El juego de las sombras

Christine Feehan

El juego de las sombras

Titania Editores

ARGENTINA - CHILE - COLOMBIA - ESPAÑA
ESTADOS UNIDOS - MÉXICO - PERÚ - URUGUAY - VENEZUELA

Título original: *Shadow Game*
Editor original: Jove Books, The Berkley Publishing Group, a division of
Penguin Group (USA) Inc., New York
Traducción: Mireia Terés Loriente

1ª edición Enero 2011

ISBN: 978-84-96711-99-0
Depósito legal: B - 44.424 - 2010

Fotocomposición: A.P.G. Estudi Gràfic, S.L. - Torrent de l'Olla, 16-18, 1º 3ª -
08012 Barcelona
Impreso por Romanyà Valls, S.A. - Verdaguer, 1 - 08786 Capellades
(Barcelona)

Impreso en España - *Printed in Spain*

A mi hermano, Matthew King. Muchas gracias por ayudarme en la investigación necesaria para el libro. Y a McKenzie King, por su sonrisa explosiva y su ayuda para conseguir la mejor portada.

Y gracias, en especial, a Cheryl Wilson. No sé qué haría sin ti.

Capítulo 1

El capitán Ryland Miller apoyó la cabeza en la pared y cerró los ojos, agotado. Podía ignorar el dolor de cabeza y los cuchillos clavados en el cráneo. Podía ignorar la celda donde estaba. Incluso podía ignorar que, tarde o temprano, cometería un error y sus enemigos lo matarían. Pero no podía ignorar la culpa, la ira y la frustración que crecían en su interior como una ola gigante mientras sus hombres padecían las consecuencias de sus decisiones.

Kaden, no puedo conectar con Russell Cowlings. ¿Tú puedes?

Había convencido a sus hombres para participar en el experimento que los había llevado a las celdas del laboratorio donde ahora vivían. Eran buenos hombres. Leales. Hombres que habían decidido servir a su país y a su pueblo.

La decisión la tomamos todos. Kaden reaccionó ante sus emociones, y aquellas palabras resonaron en la mente de Ryland. *Nadie ha conseguido despertarlo.*

Ryland maldijo en voz baja mientras se frotaba la cara con una mano para intentar relajar el dolor que le provocaba hablar telepáticamente con sus hombres. El vínculo telepático entre ellos se fortaleció en los tiempos en que estuvieron trabajando todos juntos para crearlo, pero sólo varios de ellos podían mantenerlo abierto el tiempo que quisieran. Ryland tenía que hacerlo y su cerebro, con el tiempo, se agotaba ante tan pesada carga.

No toquéis los somníferos que os han dado. Desconfiad de cualquier medicación. Miró la pastilla blanca que estaba encima de la mesita. Le gustaría poder analizar su contenido en un laboratorio. ¿Por qué Cowlings no le había hecho caso? ¿Acaso había aceptado la pastilla con la esperanza de obtener un breve respiro? Tenía que sacar de allí a sus hombres. *No tenemos otra opción, tenemos que enfrentarnos a esta situación como si estuviéramos frente a líneas enemigas.* Inspiró profundamente y soltó el aire muy despacio. Sabía que no le quedaba otra opción. Ya había perdido a demasiados hombres. Su decisión los convertiría en traidores y desertores, pero era la única forma de salvarles la vida. Tenía que encontrar la manera de sacarlos del laboratorio.

El coronel nos ha traicionado. Escapar es la única opción. Reunid información y apoyaos entre vosotros lo mejor que sepáis. Esperad noticias mías.

Percibió las alteraciones a su alrededor, las oscuras olas de disgusto rozando el odio que precedían al grupo que se acercaba a su celda.

Se acerca alguien... Ryland cortó en seco la comunicación telepática con los miembros de su grupo con los que había contactado. Se quedó inmóvil en el centro de la celda y concentró todos sus sentidos en identificar a los individuos que se acercaban.

Hoy era un grupo pequeño: el doctor Peter Whitney, el coronel Higgens y un vigilante de seguridad. A Ryland le hacía gracia que Whitney y Higgens insistieran en que siempre los acompañara un guardia armado a pesar de tenerlo encerrado detrás de unos barrotes y un grueso cristal. Se concentró en mantener el rostro inexpresivo mientras se acercaban a su celda.

Levantó la cabeza, con los ojos grises fríos como el hielo. Amenazantes. No intentó esconder el peligro que suponía. Ellos lo habían creado, ellos lo habían traicionado y quería que estuvieran asustados. Le satisfacía tremendamente saber que lo estaban... y que tenían motivos para ello.

El doctor Peter Whitney encabezaba el pequeño grupo. Whitney, un mentiroso, farsante y creador de monstruos. Era el creador de los Soldados Fantasma. Creador de aquello en que se habían convertido el capitán Ryland Miller y sus hombres. Ryland se levantó muy despacio, una exhibición de músculo; un gato de la jungla letal que se despereza y enseña las uñas mientras espera en el interior de su celda.

Su mirada helada se concentró en sus caras, se quedó mirándolos, incomodándolos. Unos ojos de ultratumba. Ojos de la muerte. Proyectó aquella imagen deliberadamente y deseó, incluso necesitó, que temieran por sus vidas. El coronel Higgens apartó la mirada, observó las cámaras, la seguridad y comprobó, con evidente preocupación, cómo el grueso cristal se deslizaba sobre los raíles. A pesar de que Ryland seguía estando detrás de los barrotes, Higgens parecía sentirse incómodo sin la segunda barrera, con la incertidumbre de no saber hasta dónde llegaban sus poderes.

El capitán se preparó para el asalto a sus oídos, a sus emociones. El flujo de información no deseada que no podía controlar. El bombardeo de pensamientos y emociones. La nauseabunda depravación y avaricia que ocultaban las máscaras de los que tenía enfrente. Se encargó de mantener su rostro inexpresivo, de no revelar nada, porque no quería que supieran lo mucho que le costaba proteger su receptiva mente.

—Buenos días, capitán Miller —dijo Peter Whitney, con amabilidad—. ¿Cómo se encuentra esta mañana? ¿Ha dormido algo?

Ryland lo miró sin pestañear y tuvo la tentación de derribar las barreras del doctor para descubrir el verdadero carácter que se escondía detrás del muro con el que Whitney protegía su mente. ¿Qué secretos se escondían allí? La única persona que Ryland necesitaba entender y leer estaba protegida por una barrera natural o artificial. Ninguno de los demás, ni siquiera Kaden, había conseguido penetrar en la mente del científico. Whitney estaba tan protegido que no podían obtener ningún dato importante, pero el sentimiento de culpa siempre estaba presente.

—No, no he dormido, pero sospecho que ya lo sabe.

El doctor asintió.

—Ninguno de sus hombres se ha tomado el somnífero. Y veo

que usted tampoco. ¿Hay algún motivo en especial para no hacerlo, capitán Miller?

Las caóticas emociones del grupo le afectaban mucho, como siempre. Al principio, el dolor lo hacía ponerse de rodillas; el ruido en su cabeza era tan fuerte y molesto que su cerebro se rebelaba, castigándole por sus habilidades adquiridas. Ahora era mucho más disciplinado. El dolor seguía ahí, como mil cuchillos clavados en su cerebro, pero ocultaba la agonía detrás de la fachada de calma fría y amenazante. Además, y en definitiva, estaba bien entrenado. Su grupo nunca revelaba sus puntos débiles al enemigo.

—El instinto de supervivencia siempre es un buen motivo —respondió, intentando retener las olas de debilidad y dolor provocadas por la batería de emociones que recibía. Mantuvo el gesto totalmente inexpresivo, sin permitir que vieran lo que le costaba.

—¿Qué coño significa eso? —preguntó Higgens—. ¿De qué nos está acusando ahora, Miller?

Se habían dejado la puerta del laboratorio abierta, algo poco habitual en aquella empresa tan obsesionada con la seguridad, y una mujer entró casi corriendo.

—Siento llegar tarde. ¡La reunión se ha alargado más de la cuenta!

De golpe, el doloroso asalto de ideas y emociones se redujo, se silenció, con lo que Ryland pudo volver a respirar con normalidad. A pensar sin dolor. El alivio fue instantáneo e inesperado. Ryland se concentró en ella, porque se dio cuenta de que, de alguna forma, atrapaba las emociones más intensas y las retenía, casi como un imán. Y no era una mujer cualquiera. Era tan preciosa que lo dejó sin habla. Cuando la miró, Ryland habría jurado que el suelo había temblado bajo sus pies. Miró a Peter Whitney y vio que el doctor estaba observando atentamente sus reacciones ante la presencia de la mujer.

Al principio, se avergonzó de que lo hubiera sorprendido mirándola, pero luego se dio cuenta de que Whitney sabía que la mujer tenía alguna habilidad parapsicológica. Ella reforzaba las habilidades de Ryland y alejaba la carga de pensamientos y emociones variados. ¿Acaso Whitney sabía lo que hacía esa chica? El doctor estaba esperando una reacción, así que Ryland se negó a satisfacerlo y mantuvo la expresión neutra.

—Capitán Miller, me gustaría presentarle a mi hija, Lily Whitney. La doctora Lily Whitney. —Peter no apartó la mirada de la cara de Ryland—. Le he pedido que se una al equipo. Espero que no le importe.

La sorpresa no podría haber sido mayor. ¿La hija de Peter Whitney? Ryland soltó el aire muy despacio y encogió sus enormes hombros con desinterés, otra exhibición de amenaza. Estaba interesado. En su interior, todo se relajó. Se calmó. Conectó. Observó a la mujer. Tenía unos ojos increíbles, pero cautelosos. Inteligentes. Cultos. Como si ella también lo conociera de alguna forma elemental. Eran de un color azul intenso, como el agua de una piscina clara y fresca. Un hombre podría perder su mente, y su libertad, en unos ojos como esos. Era de una altura media; no era alta, aunque tampoco excesivamente baja. Su figura femenina iba enfundada en un traje gris verdoso de un material que conseguía centrar toda la atención en sus exuberantes curvas. Había entrado con una clara cojera pero, cuando Ryland la miró de arriba abajo, no encontró nada que pudiera indicar una herida. Y, sobre todo, en cuanto vio su cara, cuando entró en la habitación, su alma pareció conectar con la de ella. Reconocerla. La respiración se le relajó y sólo podía mirarla.

Ella también lo estaba mirando y Ryland sabía que la visión no era demasiado tranquilizadora. En el mejor de los casos, parecía un guerrero y, en el peor, un luchador salvaje. Era imposible suavizar la expresión, eliminar las cicatrices de la cara o afeitar la maraña oscura que le cubría la angulosa mandíbula. Era robusto, de complexión fuerte, y cargaba casi todo el peso de su cuerpo en la parte superior, con el pecho, los brazos, y la espalda muy anchos. Tenía el pelo grueso y negro y, cuando lo dejaba crecer un poco, se le rizaba.

—Capitán Miller —dijo ella, con una voz amable y suave. Sexy. Una mezcla de humor y calor que le atravesó la piel y lo quemó—. Es un placer conocerlo. Mi padre ha pensado que podría ser de utilidad en la investigación. No he tenido tiempo de revisar todos los datos, pero estaré encantada de intentar ayudar.

Ryland nunca había reaccionado de una forma tan intensa ante una voz. Aquel sonido parecía envolverlo en sábanas de seda, frotando y acariciándole la piel hasta que se notó todo sudado. La imagen era tan real que, por un momento, sólo pudo mirarla e imaginar su cuerpo retorciéndose de placer debajo del suyo. En mitad de su lucha por sobrevivir, aquella reacción física lo sorprendió.

Ella se sonrojó, el cuello y las mejillas. Movió las largas pestañas de forma acelerada, cerró los ojos y luego desvió la mirada hacia su padre.

—Esta habitación está muy desprotegida. ¿Quién la diseñó? Me parece que tiene que ser difícil vivir así, aunque sólo sea un periodo de tiempo breve.

—¿Quiere decir como una rata de laboratorio? —preguntó Ryland con voz suave, directamente, porque no quería que creyeran que lo iban a suavizar con la incorporación de la mujer—. Porque eso es lo que soy. El doctor Whitney tiene sus propias cobayas humanas para jugar.

La oscura mirada de Lily se posó en él. Arqueó una ceja.

—Lo siento, capitán, Miller, ¿me han informado mal o fue usted mismo quien se ofreció voluntario para el experimento? —Había una nota de desafío en su voz.

—El capitán Miller se ofreció voluntario, Lily —dijo Peter Whitney—. No estaba preparado para los brutales resultados, igual que yo. He intentado encontrar una forma de invertir el proceso pero, hasta ahora, todo lo que he intentado ha fallado.

—Me parece que no es la forma correcta de proceder —intervino el coronel Higgens. Miró a Peter Whitney con el ceño fruncido en un gesto de desaprobación—. El capitán Miller es un soldado. Se presentó voluntario para la misión y debo insistir en que lleguemos hasta el final. No necesitamos invertir el proceso, necesitamos perfeccionarlo.

A Ryland no le costaba nada leer las emociones del coronel. No quería que Lily Whitney estuviera cerca de él ni de sus hombres. Quería que lo sacaran del laboratorio y le pegaran un tiro. O no, mejor, que lo diseccionaran para poder ver qué había pasado en su cerebro. El coronel Higgens tenía miedo de Ryland Miller y de los demás soldados de la unidad paranormal. Y destruía todo aquello que temía.

—Coronel Higgens, creo que no entiende lo que están pasando estos hombres, lo que está sucediendo en sus cerebros. —El doctor Whitney abrió un capítulo más de lo que obviamente era una discusión habitual entre ellos—. Ya hemos perdido a varios hombres...

—Conocían los riesgos —respondió Higgens, con la mirada fija en Miller—. Es un experimento importante. Necesitamos a estos hombres en acción. La pérdida de varios de ellos es trágica, pero es aceptable teniendo en cuenta la importancia de lo que pueden hacer.

Ryland no miró al capitán. Mantuvo la brillante mirada fija en Lily Whitney. Sin embargo, su mente buscó y encontró. Y presionó como un torno.

Lily levantó la cabeza de golpe. Susurró una silenciosa protesta. Deslizó la mirada hasta las manos de Ryland. Vio cómo sus dedos se aferraban a un grueso cuello imaginario. Meneó la cabeza, expresó su rechazo.

Higgens tosió. Un sonido áspero. Abrió la boca como si le faltara el aire. Peter Whitney y el vigilante acudieron a auxiliarlo. Intentaron abrirle el rígido cuello de la camisa para ayudarle a respirar. El coronel se tambaleó y el científico lo sujetó y lo tendió en el suelo con cuidado.

Déjalo. La voz en la mente de Ryland era delicada.

El capitán arqueó la oscura y poblada ceja y su mirada encontró la de Lily. La hija del doctor era telepática. Estaba muy tranquila, mirándolo fijamente, en absoluto intimidada por el peligro que emanaba. Parecía fría como el hielo.

Quiere sacrificar a todos y cada uno de mis hombres. No son prescindibles. Él también estaba tranquilo, sin ceder ni un centímetro.

Es un capullo. Nadie quiere sacrificar a los hombres; nadie los considera prescindibles. Y no merece la pena que usted tenga que cargar con la etiqueta de asesino toda la vida.

Ryland soltó el aire despacio, de forma controlada, y vació los pulmones y la mente. Se volvió, dio la espalda al grupo y caminó por la celda, relajando los dedos muy despacio.

Higgens empezó a toser, con lágrimas en los ojos. Señaló a Ryland con un tembloroso dedo.

—Ha intentado matarme, lo habéis visto todos.

Peter Whitney suspiró y cruzó la habitación, con grandes zancadas, hasta el ordenador.

—Estoy harto de tanto melodrama, coronel. Los sensores de los ordenadores saltan cuando detectan una onda paranormal, y aquí no hay nada. Miller está encerrado en una celda; no ha hecho nada. Y o bien está usted intentando sabotear mi proyecto o bien tiene un problema personal contra el capitán Miller. En cualquier caso, escribiré al general e insistiré en que envíen a otro enlace.

El coronel Higgens volvió a maldecir.

—No pienso hablar más sobre la posibilidad de invertir el proceso, Whitney, y ya sabe lo que opino de la presencia de su hija en el equipo. No necesitamos otro corazón reblandecido en este proyecto; necesitamos resultados.

—Mi permiso de participación, coronel Higgens, es del máximo nivel, así como mi compromiso con este proyecto. No tengo los datos necesarios todavía, pero le aseguro que invertiré el tiempo que sea necesario para encontrar respuestas. —Mientras hablaba, Lily estaba mirando la pantalla del ordenador.

Ryland podía leerle la mente. Lo que veía en la pantalla la extrañaba tanto como lo que su padre estaba diciendo, pero supo protegerse. Levantó un muro sobre la marcha. Tan tranquila y serena como siempre. Él no recordaba la última vez que había sonreído, pero ahora mismo tenía muchas ganas. Siguió dando la espalda al grupo, porque no estaba seguro de poder mantener el gesto neutro mientras Lily mentía al coronel. Lily Whitney no tenía ni idea de lo que estaba pasando allí dentro; su padre le había dado muy poca información y ella se las estaba arreglando como podía. Su aversión hacia Higgens, agravada por el inusual comportamiento de su padre, la habían colocado, de momento, de su lado.

El capitán no tenía ni idea de cuál era el juego de Peter Whitney, pero el doctor estaba acorralado. El experimento para reforzar las habilidades parapsicológicas y crear una unidad de elite había sido su proyecto, su creación. Peter Whitney era el hombre que había convencido a Ryland de que valía la pena participar en aquel experimento, que sus hombres estarían a salvo y que, así, podrían servir mejor a su país. Ryland no podía leerle el pensamiento al doctor, como podía hacer con la mayoría de personas, pero estaba convencido de que fuera lo que fuera lo que tenía en mente, no sería beneficioso para él ni para sus hombres. La Donovans Corporation apestaba. Ryland sólo estaba seguro de que Donovans se preocupaba por el dinero y el beneficio personal, no por la seguridad nacional.

—¿Puede usted leer los códigos que su padre utiliza en sus notas? —preguntó Higgens a Lily Whitney, olvidándose de repente de Ryland—. Si me lo pregunta, a mí me parecen garabatos. ¿Por qué diablos no escribes en cristiano como todos los seres humanos? —preguntó, irritado, a Peter Whitney.

Ryland se volvió, con la mirada gris pensativa mientras la posaba en el coronel. Había algo, algo que no captaba. Cambiaba, se movía; ideas que se formulaban y crecían. La mente de Higgens parecía una quebrada oscura, llena de giros y curvas, y repentinamente ingeniosa.

Lily se encogió de hombros.

—Crecí leyendo sus códigos; claro que los entiendo.

Ryland percibió la creciente extrañeza de la chica mientras miraba la combinación de números, símbolos y letras en la pantalla del ordenador.

—¿Qué coño haces husmeando en los archivos de mi ordenador privado, Frank? —preguntó Peter Whitney, con la mirada fija en el coronel—. Cuando quiera que leas un informe, ordenaré los datos y lo redactaré con palabras bonitas para que lo entiendas. No tienes por qué meter tus narices en mi ordenador, ni aquí ni en mi despacho. Guardo archivos sobre muchos proyectos y no tienes ningún derecho a invadir mi privacidad. Si tu gente se acerca a mis archivos, haré que te expulsen de Donovans tan rápido que no sabrás quién te ha dado la patada en el culo.

—Esto no es tu proyecto personal, Peter —alardeó Higgens frente a todos—. También es el mío y, como tu inmediato superior, no puedes tener secretos conmigo. Tus informes no tienen sentido.

Ryland observó a Lily Whitney. Estaba muy callada, escuchando, asimilando información, recopilando impresiones y absorbiéndolo todo como una esponja. Parecía relajada, pero Ryland la había visto mirar a su padre, esperando una señal, una pista sobre cómo manejar la situación. Pero Whitney no le dio nada, ni siquiera la miró. Lily ocultó su frustración a la perfección. Desvió la mirada hacia la pantalla del ordenador y dejó a los dos hombres con su discusión, otra que parecía que hacía tiempo que duraba.

—Quiero que se haga algo respecto a Miller —dijo Higgens, como si Ryland no estuviera allí.

Para él ya estoy muerto. Ryland susurró las palabras en la mente de Lily Whitney.

Pues mucho mejor para tus hombres y para ti. Presiona a mi padre para tirar el proyecto adelante, no para cancelarlo. No está satisfecho con los descubrimientos y tampoco está de acuerdo en que sea peligroso para vosotros. Lily no apartó la vista de la pantalla ni delató de ninguna forma que se estaba comunicando con él.

No sabe lo tuyo. Higgens no tiene ni idea de que eres telepática. Aquella realidad lo iluminó como la luz de un prisma. Brillante, de colores y llena de posibilidades. El doctor Whitney le estaba ocultando al coronel las habilidades de su hija. Y a la Donovans Corporation. Ryland sabía que tenía munición. Información con la que podía negociar con el doctor Whitney. Algo que quizá podría salvar a sus hombres. La emoción debió de reflejarse en su mente, porque Lily se volvió y le lanzó una mirada fría y pensativa.

Peter Whitney hizo una mueca al coronel Higgens, exasperado.

—¿Quieres que se haga algo? ¿Qué significa eso, Frank? ¿Qué tenías pensado? ¿Una lobotomía? El capitán Miller ha realizado todas las pruebas que le hemos pedido. ¿Tienes algún motivo personal para odiar al capitán? —La voz del doctor fue un latigazo de desprecio—. Capitán Miller, si mantiene una relación sentimental con la hija del coronel Higgens debería habérmelo dicho de inmediato.

Lily arqueó las oscuras cejas. Ryland percibió lo mucho que se estaba divirtiendo. Su risa fue dulce y contagiosa, aunque su expresión no revelaba nada acerca de sus pensamientos.

¿Y bien? ¿Eres un Donjuán?

Lily desprendía algo pacífico y sereno, algo que invadía el aire que respiraban. Su mano derecha, Kaden, era igual: reducía las terribles interferencias y sintonizaba las frecuencias para que todos estuvieran listos, alerta y dispuestos para cualquier otro independientemente de sus talentos. Aunque seguro que su padre no había experimentado con ella. La mera idea le revolvía el estómago.

—Ríete lo que quieras, Peter —se burló el coronel—, pero no te reirás tanto cuando la ley caiga sobre Donovans Corporation y el gobierno de Estados Unidos te persiga por arruinar el experimento.

Ryland ignoró a los hombres. Nunca se había sentido tan atraído por una mujer, ni por ninguna otra persona, pero quería que Lily se quedara en la habitación. Necesitaba que se quedara en la habitación. Y no quería que ella formara parte de la conspiración que amenazaba su vida. Parecía ajena a todo eso, pero su padre era uno de los principales titiriteros del juego.

Mi padre no es ningún titiritero. Su voz sonó indignada y altiva, como la de una princesa dirigiéndose a un súbdito.

Ni siquiera sabes lo que está pasando aquí así que, ¿cómo sabes qué y qué no es? Fue más brusco de lo que pretendía pero Lily se lo tomó bien; no le respondió pero frunció el ceño frente a la pantalla del ordenador.

No habló con su padre, pero Ryland percibió su acercamiento a él como un ligero intercambio entre ellos. Fue más percibido que presenciado, y Ryland notó cómo la preocupación de Lily se acentuaba. Su padre no le dijo nada; sólo acompañó al coronel Higgens hacia la puerta.

—¿Vienes, Lily? —preguntó el doctor, deteniéndose justo en el pasillo.

—Quiero estudiar algunas cosas —respondió ella, señalando el ordenador—, y así el capitán Miller tendrá la oportunidad de ponerme al corriente de su situación.

Higgens se volvió de golpe.

—No creo que sea buena idea que se quede a solas con él. Es un hombre peligroso.

Ella lo miró con la frialdad habitual y dibujando un arco perfecto con la ceja. Miró al coronel por encima de su hombro aristocrático.

—¿No acaba de afirmar que las instalaciones eran seguras, coronel?

El coronel Higgens volvió a maldecir y salió de la habitación. Cuando el padre de Lily lo siguió, ella se aclaró la garganta.

—Si quieres mi opinión, creo que será mejor que discutamos este proyecto largo y tendido.

El doctor Whitney la miró, con el rostro impasible.

—Nos veremos en Antonio's para cenar y podemos hablar de lo que quieras después de comer. Quiero tus propias impresiones.

—¿Basadas en…?

Ryland no percibió ni una nota de sarcasmo, pero sabía que estaba en su mente. Ella se sentía furiosa con su padre, aunque él no sabía por qué. Esa parte de su mente era inaccesible; estaba escondida detrás de un muro alto y grueso que Lily había levantado para mantenerlo fuera.

—Repasa mis notas, Lily, a ver qué conclusiones sacas del proceso. Quizá veas algo que yo he pasado por alto. Quiero un punto de vista fresco. Puede que el coronel Higgens tenga razón. Quizás haya una forma de continuar sin tener que invertir lo que hemos hecho hasta ahora. —Peter Whitney rehuyó la mirada de su hija, pero se volvió hacia Ryland y le preguntó—: ¿Debo dejar un guardia armado en la habitación con mi hija, capitán?

Ryland observó la cara del hombre que había abierto las compuertas de su cerebro para que recibiera estímulos en exceso. No vio malicia, únicamente una preocupación sincera.

—No soy ninguna amenaza para los inocentes, doctor Whitney.

—Su palabra me basta. —Y, sin mirar a su hija, el doctor salió de la habitación y cerró la puerta del laboratorio con firmeza.

Ryland era tan consciente de la presencia de Lily que, de hecho, percibió cómo la chica vaciaba el aire de los pulmones muy despacio cuando la puerta del laboratorio se cerró. Esperó el tiempo que duraba un latido del corazón. Otro.

—¿No me tiene miedo? —preguntó, hablándole por primera vez. Su voz resultó ser más ronca de lo que le habría gustado. Nunca había tenido demasiada suerte con las mujeres y Lily Whitney estaba fuera de su alcance.

Ella no lo miró, y siguió contemplando los símbolos de la pantalla del ordenador.

—¿Por qué iba a tenerlo? No soy el coronel Higgens.

—Hasta los técnicos del laboratorio me tienen miedo.

—Porque usted quiere y lo proyecta, reforzando sus propios miedos. —Su tono de voz delataba un mínimo interés en su conversación, puesto que su mente estaba concentrada en los datos de la pantalla—. ¿Cuánto tiempo lleva aquí?

Él se volvió, se aferró a los barrotes y los apretó.

—¿La incorporan al equipo y ni siquiera sabe cuánto tiempo llevamos encerrados en este agujero mis hombres y yo?

Ella volvió la cabeza. Varios mechones se soltaron del recogido alto que llevaba y le cayeron sobre la cara. Incluso bajo la luz azulada del laboratorio, el pelo se veía reluciente y brillante.

—No sé absolutamente nada acerca de este experimento, capitán. Nada. Estamos en las instalaciones más seguras de la empresa y, aunque me han concedido el permiso de acceso, esto no es mi campo de especialidad. El doctor Whitney, mi padre, me ha pedido que asistiera a la reunión y me han concedido el permiso. ¿Tiene algún problema con eso?

Ryland estudió la belleza clásica de su rostro. Pómulos altos, pestañas altas, boca seductora… no salían así a menos que nacieran ricas y rodeadas de privilegios.

—Seguro que tiene una doncella inmigrante, cuyo nombre ni siquiera recuerda, que le recoge la ropa cuando usted la deja tirada en el suelo del baño.

Aquello provocó que ella le prestara toda su atención. Cubrió la distancia que separaba el ordenador y la celda a paso lento y pausado, con lo que él se centró en su cojera. A pesar del balanceo, sus movimientos eran gráciles. Lily conseguía que todas las células del cuerpo de Ryland fueran conscientes de que eran un hombre y una mujer.

Lily le hizo un gesto con la barbilla.

—Imagino que no le enseñaron modales, capitán Miller. Yo no dejo la ropa tirada en el suelo del baño. La cuelgo en el armario. —Miró detrás de él, a la ropa que había en el suelo de la celda.

Por primera vez en su vida, una mujer le hizo pasar vergüenza. Estaba haciendo el ridículo. Hasta los tacones de aguja que llevaba tenían clase. Eran sexys, pero con clase.

Ella dibujó una sonrisa.

—Sí, está haciendo el ridículo —añadió ella—, pero, por suerte para usted, soy indulgente. Los elitistas lo aprendemos a una edad muy temprana, cuando nos ponen la cuchara de plata en la boca.

Ryland estaba avergonzado. Quizá nació en el lado incorrecto de la carretera, en el proverbial aparcamiento de caravanas, pero su madre le habría dado un buen tirón de orejas por ser tan maleducado.

—Lo siento, no tengo excusa.

—No, no la tiene. La mala educación nunca tiene excusa —Lily paseó por delante de la celda, realizando un pausado examen del habitáculo—. ¿Quién ha diseñado las celdas?

—Construyeron varias a toda prisa cuando decidieron que éramos demasiado peligrosos y suponíamos una amenaza demasiado grande como grupo. —Habían separado y repartido a sus hombres por todas las instalaciones. Sabían que el aislamiento estaba empezando a pasarles factura. Aquel escrutinio constante era agotador y temía no poder mantenerlos unidos. Ya había perdido a varios; no estaba dispuesto a perder a ninguno más.

La celda se había diseñado especialmente a partir del miedo a sufrir represalias. Ryland sabía que tenía los días contados; era un temor que se había ido afianzado a lo largo de las últimas semanas. Habían levantado el grueso cristal antibalas alrededor de su celda intentando evitar que se comunicara con los demás.

Se había presentado voluntario para el experimento y había convencido a los demás. Ahora estaban encerrados, eran objeto de estudio y observación y los utilizaban para todo menos para el objetivo inicial. Varios hombres habían muerto ya y los habían disecado como a insectos para «estudiar y entender». Ryland tenía que sacar a los demás de allí antes de que les sucediera algo más. Sabía que Higgens tenía pensado eliminar a los más fuertes. Estaba convencido de que lo haría simulando un «accidente», y si no encontraba la manera de liberarlos, sabía que ese día llegaría. Higgens tenía sus propios planes y quería utilizar a los hombres para obtener un beneficio personal, algo que no tenía nada que ver con el ejército y el país a los que se suponía que tenía que servir. Aun así, tenía miedo de no poderlo controlar todo, y él no estaba dispuesto a perder a sus hombres a manos de un traidor. Sus hombres eran su responsabilidad.

Esta vez tuvo más cuidado y habló con más calma, intentando que las acusaciones y la culpa que él colocaba enteramente sobre los hombros del padre de la chica no atravesaran sus pensamientos, por si ella podía leerlos. Tenía unas pestañas increíblemente largas, una decoración que lo fascinaba. Se la quedó mirando, incapaz de evitar parecer un auténtico idiota. Ahí plantado, convertido en una auténtica cobaya humano, y con sus hombres en peligro, no se le ocurría nada más que ponerse a pensar en una mujer. En una mujer que perfectamente podía ser su enemigo.

—¿Sus hombres están encerrados en celdas similares? No me han facilitado esa información. —Habló en un tono neutral, pero no le gustó. Ryland percibió la ira que estaba intentando controlar.

—Hace semanas que no los veo. No nos permiten comunicarnos. —Señaló la pantalla del ordenador—. Eso es una fuente constante de irritación para Higgens. Apuesto a que su gente ha intentado descifrar el código de su padre, incluso han utilizado el ordenador, pero no han debido poder. ¿De verdad que puede leerlo?

Ella dudó unos segundos. Fue casi imperceptible, pero él notó su repentina inmovilidad y su mirada incisiva no se apartó de su cara.

—Mi padre siempre ha escrito en código. Pienso con patrones matemáticos y, de pequeña, era una especie de juego. Cambiaba el código a menudo para que me entretuviera. Mi mente… —Dudó un segundo, como si estuviera sopesando sus opciones meticulosamente. Estaba decidiendo hasta qué punto podía sincerarse con él. Él quería la verdad y, en silencio, deseó que se la ofreciera.

Lily no dijo nada durante un rato, lo miró fijamente y luego apretó los labios. Levantó la barbilla unos milímetros, pero él estaba observando cada expresión, cada matiz, y se dio cuenta. Se dio cuenta de lo mucho que le costó decir la verdad.

—Mi mente necesita estimulación constante. No sé explicarlo de otra manera. Si no tengo algo complejo en qué trabajar, tengo problemas.

Ryland percibió el destello de dolor en sus ojos; fue breve pero lo vio. El doctor Whitney era uno de los hombres más ricos del mundo. Y todo ese dinero podía haber dado a su hija toda la confianza del mundo, pero no quitaba que fuera un bicho raro… como él. Y como sus hombres. Eso en lo que su padre los había convertido. Soldados Fantasma, esperando que la muerte los golpeara, cuando deberían haber sido un grupo de elite que defendiera al país.

—Dígame una cosa, Lily Whitney. Si ese código es real, ¿cómo es que el ordenador no puede descifrarlo? —preguntó Ryland en voz baja para que quien quiera que los estuviera escuchando no oyera la pregunta, aunque no apartó los ojos de su mirada, pues no quería que ella la desviara.

Lily no cambió de expresión. Estaba tan serena como siempre. Tenía un aspecto increíblemente elegante incluso en el laboratorio. Parecía tan fuera de su alcance que a Ryland le dolía el corazón.

—He dicho que siempre ha escrito con código, no que entendiera éste. Todavía no he tenido la oportunidad de estudiarlo.

Tenía la mente tan bloqueada que Ryland sabía que le estaba mintiendo. Él arqueó una ceja.

—¿En serio? Bueno, pues tendrá que dedicarle muchas horas porque, por lo visto, nadie parece entender cómo su padre consiguió mejorar nuestras habilidades parapsicológicas. Y tampoco tienen ni idea de cómo hacerlas desaparecer.

Ella alargó un brazo con gracia, casi de forma espontánea, y se agarró al extremo de la mesa. Apretó tanto que los nudillos se le pusieron blancos.

—¿Mejoró sus habilidades naturales? —De inmediato, su mente empezó a analizar esa información como si fuera una pieza de un rompecabezas y hubiera empezado a entender cómo iba.

—La ha hecho venir sin decirle nada de esto, ¿verdad? —la desafió Ryland—. Nos pidieron que realizáramos pruebas especiales...

Ella levantó la mano.

—¿A quién se lo pidieron y quién se lo pidió?

—Casi todos mis hombres forman parte de las Fuerzas Especiales. Se pidió a hombres de las distintas especialidades que se sometieran a pruebas de habilidad parapsicológica. Además de estas habilidades, había que cumplir ciertos criterios: edad, horas y tipo de entrenamiento de combate, capacidad de trabajar bajo presión o de trabajar largos periodos de tiempo incomunicados del mando superior, factores de lealtad. La lista era interminable pero, sorprendentemente, se presentaron varios voluntarios. El ejército lanzó una invitación especial para que se presentaran. Y, por lo que tengo entendido, los cuerpos policiales hicieron lo mismo. Buscaban un grupo de elite.

—¿Y de esto cuánto tiempo hace?

—La primera vez que oí hablar de esto fue hace cuatro años. Llevo un año encerrado en los laboratorios Donovans, pero todos los reclutas que consiguieron entrar en la unidad, incluyéndome a mí, entrenamos juntos en otras instalaciones. Por lo que sé, siempre nos mantuvieron juntos. Querían que formáramos un grupo unido. Practicamos técnicas de combate aplicando las habilidades parapsicológicas. La idea era conseguir un grupo de ataque que pudiera entrar y salir sin que lo vieran. Podrían usarnos contra los cárteles de la droga, terroristas, e incluso contra un ejército enemigo. Y llevamos en ello más de tres años.

—Una idea descabellada. ¿A quién se le ocurrió?

—A su padre. Se le ocurrió a él, convenció a los de arriba de que se podía hacer y me convenció a mí y al resto de mis hombres de que así conseguiríamos un mundo mejor. —Había una gran carga de amargura en la voz de Ryland.

—Obviamente, algo salió mal.

—La avaricia salió mal. Donovans recibe subvenciones del Estado. Peter Whitney prácticamente es el dueño de esta empresa. Imagino que no tiene bastante con el millón o los dos millones de dólares que guarda en el banco.

Ella esperó unos segundos antes de responder.

—Dudo que mi padre necesite más dinero, capitán. La cantidad que dedica a obras de caridad cada año bastaría para alimentar a un estado entero. No sabe nada de él, de modo que le sugiero que se guarde su opinión hasta que sepamos todo lo que ha pasado. Y, para que conste, son dos mil millones. Esta empresa podría irse a pique mañana mismo y él no cambiaría en nada su estilo de vida. —No levantó la voz lo más mínimo, pero estaba cargada de pasión e intensidad.

Ryland suspiró. La intensa mirada de Lily no había dudado ni un momento.

—No tenemos contacto con nuestra gente. Toda comunicación con el exterior debe pasar por el filtro de su padre o del coronel. No podemos opinar con respecto a lo que nos están haciendo. Hace un par de meses, uno de mis hombres murió y nos mintieron sobre las causas de la muerte. Murió a consecuencia directa de este experimento y la mejora de sus habilidades: su cerebro no pudo con la sobrecarga y el constante flujo de información. Dijeron que había sido un accidente en el campo de batalla. En ese momento fue cuando cortaron la comunicación con cualquier mando superior y nos separaron. Estamos aislados desde entonces. —Ryland la miró con la mirada oscura, furiosa, desafiándola a llamarlo mentiroso—. Y no fue la primera muerte pero juro por Dios que será la última.

Lily se echó el suave pelo hacia atrás con una mano, algo que suponía el primer signo de agitación y que provocó que varias horquillas se le soltaran y que algunos mechones le resbalaran encima de la cara. Se quedó en silencio mientras su cerebro procesaba la información, a pesar de que se negaba a aceptar las acusaciones y las implicaciones sobre su padre.

—¿Sabe exactamente qué mató al hombre de su unidad? ¿Y sabe si el resto corre el mismo peligro? —Hizo la pregunta con calma y en una voz tan baja que casi se quedó en su mente.

Ryland también respondió en voz baja para no arriesgarse a que los vigilantes escucharan su conversación.

—Su cerebro estaba completamente abierto, asaltado por todo aquello con lo que entraba en contacto. No podía cerrarlo. Funcionamos como grupo porque un par de los hombres son como usted. Bloquean los ruidos y las emociones del resto de nosotros. Entonces somos poderosos y funcionamos. Pero, sin ese imán... —dejó la frase en el aire y se encogió de hombros—, es como si nos lanzaran trozos de cristal o cuchillas al cerebro. Se rompió; ataques, derrames cerebrales... lo que usted quiera. No fue una visión agradable y no me gustó el futuro que nos auguraba. Ni a los demás miembros de la unidad.

Lily se apretó las sienes y, por un momento, Ryland tuvo la sensación de un dolor intenso. Tensó el gesto y entrecerró los ojos.

—Ven aquí. —Había experimentado una reacción física real al verla sufrir. Se le había hecho un nudo en el estómago. Todos los instintos protectores y masculinos de su cuerpo despertaron y le transmitieron una inmediata necesidad de tranquilizarla.

Los enormes ojos azules de Lily se mostraron cautelosos.

—No toco a la gente.

—Porque no quieres saber cómo son en realidad por dentro, ¿verdad? Tú también lo sientes. —Estaba horrorizado al pensar que su padre también hubiera experimentado con ella. *¿Desde cuándo eres telepática?* Es más, no quería pensar en la idea de no poder tocarla nunca. De no poder sentir su piel bajo sus dedos, su boca pegada a la suya. La imagen era tan real que casi podía saborearla. Hasta su pelo suplicaba que lo tocaran; una gruesa masa de seda que pedía a gritos que sus dedos liberaran el resto de horquillas y la inspeccionara.

Lily se encogió de hombros, pero sus pómulos se sonrojaron ligeramente. *Toda la vida. Y sí, puede ser muy incómodo conocer los secretos más oscuros de las personas. He aprendido a vivir con deter-*

minados límites. Quizá mi padre se interesó por los fenómenos parapsicológicos porque quería ayudarme. Fuera por el motivo que fuera, te aseguro que no tuvo nada que ver con el beneficio económico personal. Soltó el aire lentamente.

—Qué horrible debió ser para usted perder a cualquiera de sus hombres. Deben de estar muy unidos. Espero encontrar la manera de ayudarlos.

Ryland percibió su sinceridad. Pero, a pesar de sus protestas, seguía sospechando de su padre. *¿El doctor Whitney tiene habilidades parapsicológicas?* Sabía que había estado emitiendo sus fantasías sexuales con demasiada fuerza, pero no parecía alterada y soportaba perfectamente la intensidad de la química que se había creado entre ellos. Y sabía que la química era por ambas partes. Tenía el repentino deseo de sacudirla, de atravesar la barrera de la frialdad, aunque sólo fuera una vez, y comprobar si, debajo del hielo, ardían llamas. Aquello era terrible en medio de la situación en la que estaba metido.

Lily meneó la cabeza mientras le respondía. *Hemos realizado algunos experimentos y conectado por telepatía algunas veces bajo condiciones extremas, pero el anclaje recaía exclusivamente en mí. Debo de haber heredado el talento de mi madre.*

—Cuando lo tocas, ¿puedes leerlo? —preguntó Ryland en voz baja, curioso. Se dijo que los hombres no habían evolucionado tanto desde las cavernas. La atracción hacia ella era pura, apasionada y superaba cualquier experiencia que hubiera tenido hasta ahora. Era incapaz de controlar la reacción de su cuerpo. Y ella lo sabía. A diferencia de él, ella parecía distante y tranquila, mientras que Ryland estaba muy alterado. Ella continuó con la conversación como si él no fuera un incendio ardiendo sin control. Como si la sangre no le hirviera y como si su cuerpo no estuviera tenso y desesperado. Como si ni siquiera se hubiera dado cuenta.

—Muy pocas veces. Es una de esas personas con barreras naturales. Y creo que es porque cree muy firmemente en el talento parapsicológico, mientras que la mayoría no comparte la creencia. Al ser plenamente consciente de eso todo el tiempo, seguramente ha aprendido a levantar una barrera natural. He descubierto que hay mucha gente con barreras de distintos niveles. Algunas parecen imposibles de franquear mientras que otras son más endebles. ¿Y usted? ¿Ha descubierto lo mismo? Es un telépata muy fuerte.

—Ven aquí conmigo.

Ella desvió la mirada azul hacia él. Rechazó su ofrecimiento.

—No, capitán Miller. Tengo demasiado trabajo pendiente.

—Eres una cobarde —respondió él, en voz baja, comiéndosela con la mirada.

Ella levantó la barbilla y lo miró con su altivez de princesa.

—No tengo tiempo para sus jueguecitos, capitán Miller. Sea lo que sea lo que crea que está pasando, es mentira.

Ryland deslizó la mirada hasta su boca. Tenía una boca perfecta.

—No es mentira.

—Ha sido interesante conocerlo —respondió Lily, dio media vuelta y se alejó de él sin prisas. Con la misma frialdad de siempre.

Ryland no protestó, pero observó cómo se iba sin mirar hacia atrás. Quería que se volviera, pero no lo hizo. Y no cerró la barrera de cristal que encerraba la celda. Eso lo dejó para los vigilantes.

Capítulo 2

El mar estaba revuelto. Las olas se rizaban y se levantaban como un caldero de oscura ira hirviendo. Cuando el agua se retiraba, las rocas quedaban bañadas de espuma blanca pero, cuando volvía, alcanzaba todavía más arriba. El mar golpeaba con fuerza y rabia, con una intención mortal. Las aguas profundas y oscuras se abrieron y apareció un ojo negro. A la caza. Se volvió hacia ella.

Lily se despertó casi sin aliento. Tenía los pulmones ardiendo. Apretó el botón para bajar la ventanilla. Ligeramente desorientada, se dijo que había sido un sueño, sólo eso. Sintió el aire frío en la cara e inspiró. Aliviada, vio que estaban cerca de la casa, que ya habían entrado en la propiedad.

—John, ¿te importaría parar? Me apetece caminar. —Consiguió mantener un tono de voz neutro y ocultar que el corazón le latía muy deprisa. Odiaba las pesadillas que la sacudían con tanta frecuencia mientras dormía.

Lily quería soñar con el capitán Ryland Miller, pero había soñado con muerte y violencia. Con voces que la llamaban, con la muerte que intentaba atraerla con un huesudo dedo.

El chófer la miró por el retrovisor.

—Llevas tacones altos, Lily —dijo—. ¿Te encuentras mal?

Ella se imaginaba qué aspecto debía ofrecer. Pálida, con los ojos demasiado grandes para su cara, y ojeras. Estaba horrible. Levantó la barbilla.

—Me dan igual los tacones, John. Necesito caminar. —Necesitaba olvidarse de los restos de la pesadilla que todavía tenía en la cabeza. La opresiva sensación de peligro, de que la perseguían, todavía le aceleraba el corazón. Intentó ofrecer un aspecto normal y evitar la mirada de John en el retrovisor. La conocía desde niña y ya le había expresado su preocupación por las ojeras.

¿Por qué tenía que estar tan pálida y poco interesante cuando por fin conocía a un hombre con quien conectaba? Era tan guapo. Tan inteligente. Tan… todo. Había entrado en la reunión sin saber nada de nada, y había salido pareciendo una tonta en lugar de una mujer extraordinariamente inteligente. Seguramente Miller salía con chicas delgadas y rubias, de grandes pechos; mujeres que le obedecían en todo. Se frotó la cara con una mano para intentar alejar las pesadillas que se negaban a dejarla descansar. Para intentar olvidarse de la imagen de Ryland Miller que tenía grabada en el cerebro. Ese hombre había conseguido calar hondo en su piel y en sus huesos.

«Ven aquí conmigo.»

Su voz había sido un susurro que le había atravesado el cuerpo, le había calentado la sangre y le había derretido las entrañas. Lily no había querido mirarlo. Era demasiado consciente de las cámaras. De que no sabía nada de hombres. Estaba furiosa con la actitud de su padre y por el enorme peso de su atracción hacia Ryland Miller. Y había huido como un conejo, con ganas de reunirse con su padre y descubrir qué estaba pasando.

La limusina se detuvo en el largo y pavimentado camino que, sinuosamente, atravesaba la propiedad hasta llegar a la casa principal. Lily se bajó enseguida, porque no quería correr el riesgo de que John le diera más conversación. El chófer se asomó por la ventanilla y la miró un instante.

—Ya vuelves a no dormir, Lily.

Ella le sonrió mientras se echaba el pelo hacia atrás con la mano. El hombre decía que estaba en la sesentena, pero ella sospechaba que ya había cumplido los setenta. Se comportaba como un pariente en lugar de como un chófer y ella lo veía como un miembro muy querido de su familia.

—Tienes razón —respondió—. Vuelvo a tener esos extraños sueños que tengo de vez en cuando. Intento dormir algo durante el día. No te preocupes, ya me ha pasado antes. —Se encogió de hombros para quitarle importancia.

—¿Se lo has dicho a tu padre?

—De hecho, tenía pensado decírselo durante la cena, pero me ha vuelto a dar plantón. Pensaba que se habría quedado en el laboratorio, pero no responde al teléfono ni al busca. ¿Sabes si ya ha llegado a casa? —Si estaba en casa, le diría unas cuantas cosas. Había sido imperdonable meterla en esa reunión con Miller sin darle la más mínima indicación de lo que estaba pasando.

Esta vez estaba furiosa con él. Miller no se merecía estar encerrado en una celda como un animal. Era un hombre. Un hombre fuerte e inteligente, leal a su país, y sería mejor que terminara cuanto antes lo que estuvieran haciendo en los laboratorios de Donovans. Además, ¿qué tontería era todo aquello de los ordenadores y los códigos de su padre? Había escrito páginas y páginas de tonterías y fingía que eran notas legítimas sobre su trabajo. Ella no podía consultar nada para informarse sobre el caso. El doctor Peter Whitney, fuera su padre o no, tenía que responder a muchas preguntas y no se había presentado a su cita, huyendo como un cobarde.

La impaciencia tiñó el gesto del chófer.

—Ese hombre. Necesita un ayudante para que le vaya pisando los talones y dándole patadas para que se dé cuenta de que vive en el mundo real.

El famoso doctor acumulaba una larga lista de momentos importantes de su hija que había ignorado u olvidado, y a John le daba mucha rabia. Los eventos daban igual: cumpleaños, salidas programadas, ceremonias de graduación. El doctor Whitney nunca se acordaba. El chófer había acudido a todos y cada uno de esos eventos, y había visto cómo Lily conseguía mérito tras mérito sin estar presente ningún miembro de su familia. Ante él, John Brimslow, su jefe perdía muchos puntos por tratar a su hija con tanto desinterés.

Lily se echó a reír.

—¿Eso dices de mí cuando trabajo en una investigación y me olvido de volver a casa?

Mantuvo la mirada fija en el primer botón del abrigo de John, confiando en haberse convertido en toda una experta a la hora de esconder emociones. Estaba acostumbrada a los olvidos de su padre. La cita para cenar no era tan importante como para que él la recordara y, normalmente, ella lo habría entendido. A menudo, ella también se enfrascaba en un proyecto de investigación y se olvidaba de comer, dormir o hablar con los demás. No podía condenar a su padre por comportarse de la misma forma. Sin embargo, esta vez iba a darle un merecido tirón de orejas y lo iba a obligar a sentarse y a explicarle todo lo que ella le preguntara acerca del capitán Miller y sus hombres, sin excusas.

El chófer sonrió con arrepentimiento.

—Claro.

—Llegaré a casa en unos minutos. Díselo a Rosa porque, si no, se preocupará. —Lily se separó del coche agitando la mano y se volvió, para que John no pudiera seguir mirándola a la cara. Sabía que estaba más delgada y que los pómulos le sobresalían en exceso, aunque no en el sentido atractivo de las modelos. Las pesadillas le habían provocado las ojeras y cargado un gran peso en los hombros. Nunca había sido demasiado atractiva, con los ojos tan grandes y la cojera, y nunca había estado demasiado delgada. Su cuerpo desarrolló las curvas femeninas a una edad temprana y se negaba, por mucho ejercicio que hiciera, a deshacerse de ellas. Nunca se había preocupado demasiado por su aspecto, pero ahora…

Cerró los ojos. Ryland Miller. ¿Por qué no había podido parecer increíblemente atractiva ni una sola vez? Era un hombre terriblemente sexy. En toda su vida se había sentido atraída por la belleza clásica. Miller no era guapo; era demasiado terrenal, demasiado poderoso. Todo su cuerpo se excitaba pensando en él. Y en cómo la miraba… Nunca nadie la había mirado así. Parecía querer comérsela con la mirada.

Se quitó los zapatos y alzó la vista hacia la casa. Le encantaba San Francisco y vivir en las colinas, con las preciosas vistas de la ciudad;

era un tesoro del que no se cansaría jamás. La casa era una antigua construcción de varios pisos y llena de balcones y terrazas, confiriéndole un encanto elegante y romántico. Tenía más habitaciones de las que ella y su padre jamás podrían utilizar, pero le encantaba cada centímetro de ella. Las paredes eran gruesas y los espacios, amplios. Era su refugio. Su santuario. Y Dios sabía que necesitaba uno.

Soplaba una ligera brisa que la despeinaba y le acariciaba la cara. Le aportó una sensación de comodidad. Después de una pesadilla, la sensación de miedo solía disiparse tras unos minutos de paseo, pero esta vez permanecía, una alarma que empezó a asustarla. Estaba empezando a oscurecer. Levantó la mirada hacia el cielo y vio cómo las hebras blancas se iban convirtiendo en nubes oscuras y pasaban por delante de la luna. La puesta de sol era una suave manta que la envolvía. La niebla empezó a caer sobre las terrazas del jardín, cintas blancas que se aferraban a árboles y arbustos.

Lily giró sobre sí misma, contemplando las terrazas perfectamente cuidadas, la vegetación, las fuentes y los jardines, diseñados para complacer a la vista. Los jardines delanteros siempre estaban inmaculados, sin una hoja o una hebra de hierba fuera de lugar pero, detrás de la casa, los bosques crecían a su ritmo. Siempre encontraba un equilibrio en la naturaleza. Su casa le transmitía una paz que no encontraba en ningún otro lugar.

Siempre había sido distinta. Tenía un don, o un talento, como solía decir su padre. Para ella era una maldición. Podía tocar a la gente y conocer sus pensamientos. Cosas que se suponía que no tenían que hacerse públicas. Secretos oscuros y deseos prohibidos. También tenía otros dones. Su casa era su único refugio, un santuario con las paredes lo suficientemente gruesas para protegerla del asalto de las intensas emociones que la bombardeaban día y noche.

Por suerte, Peter Whitney parecía tener unas barreras naturales, de modo que no había podido leer su mente mientras, de pequeña, la metía en la cama. Sin embargo, siempre había sido un hombre cauteloso con el contacto físico y siempre había intentado que sus barreras mentales estuvieran alerta cuando ella estaba cerca. Además, se había preocupado por encontrar a otras personas iguales a él, de modo que la casa siempre fuera un santuario para ella. Las personas que la habían cuidado se habían convertido en su familia y podía tocarlos a todos sin ningún problema. Nunca hasta ese momento se le había ocurrido preguntarse cómo había sabido su padre que su peculiar hija no podría leer la mente de las personas que contrataba.

Ryland Miller había sido algo totalmente inesperado. Lily habría jurado que la tierra se había movido bajo sus pies cuando lo había visto por primera vez. Tenía dones y talentos propios. Ella sabía que su padre lo consideraba peligroso. Y percibía que lo era, pero no estaba segura de en qué sentido. Dibujó una pequeña sonrisa. Seguramente era peligroso para todas las mujeres. Tenía un efecto extraño sobre su cuerpo. Tenía que ver a su padre y obligarlo a escucharla, aunque sólo fuera una vez. Necesitaba respuestas que sólo él podía darle.

La ansiedad se apoderó de su estómago y Lily se apretó la barriga mientras se preguntaba por qué aquella sensación persistía tanto. Era demasiado inteligente para ignorar una continua inquietud tan aferrada a sus huesos. Con un suspiro, se dirigió con decisión hacia la casa. Tomó un camino estrecho, hecho de losas grises azuladas, que atravesaba el laberinto, cruzaba el jardín del té y terminaba en una entrada lateral.

Entonces pisó el escalón de suave losa y el suelo tembló. Se agarró a la baranda y, mientras los zapatos caían al suelo porque necesitaba las dos manos, se dio cuenta de que no era un terremoto. Era la misma sensación como si hubiera estado dentro de un barco que surcaba las aguas del océano. Oyó cómo las olas rompían contra la madera, un ruido que se reproducía una y otra vez en su mente. La visión era tan intensa que Lily podía oler la brisa marina y notar las diminutas gotas de agua salada en la cara.

Se le hizo un nudo en el estómago. Apretó la baranda con fuerza hasta que tuvo los nudillos blancos. Volvió a sentir el vaivén de las olas. Levantó la cabeza hacia el cielo negro, que empezó a dar vueltas hasta que sólo el centro estuvo nítido y oscuro; se movió muy deprisa, buscando. Lily soltó la baranda y abrió la puerta de la cocina. Entró tambaleándose, cerró la puerta y pegó la espalda a la pared, respirando con dificultad. Cerró los ojos y se llenó los pulmones con el olor de su casa, de su santuario. Entre aquellas gruesas paredes estaba a salvo. A salvo, siempre y cuando no se durmiera.

La cocina olía a pan recién hecho. Mirara hacia donde mirara, sólo veía baldosas relucientes y espacios amplios. Casa. Lily acarició la puerta con la palma de la mano.

—Rosa, huele de maravilla. ¿Has preparado algo para cenar?

La mujer, bajita y con mucho pecho, se volvió, con un enorme cuchillo en una mano y una zanahoria en la otra. Sus ojos negros reflejaban sorpresa.

—¡Lily! Me has dado un susto de muerte. ¿Por qué no has entrado por la puerta principal, como se supone que debes hacer?

Lily se rió porque era normal que Rosa la regañara y, en esos momentos, lo que necesitaba era normalidad.

—¿Por qué se supone que debo entrar por la puerta principal?

—¿De qué sirve, entonces, si nadie la utiliza? —respondió Rosa. Se fijó en el rostro pálido de Lily, luego descendió hasta los pies descalzos y las medias rotas—. ¿Qué has hecho ahora? ¿Y dónde están tus zapatos?

Lily movió la mano hacia la puerta sin demasiado entusiasmo.

—¿Ha llamado mi padre? Se suponía que teníamos que cenar en Antonio's, pero no ha venido. Esperé una hora y media, pero ha debido de olvidarse.

Rosa frunció el ceño. Como siempre, la voz de Lily sólo expresaba aceptación y diversión de que, una vez más, su padre hubiera olvidado una cita con ella. Rosa quería darle un buen tirón de orejas al doctor.

—Ese hombre. No, no ha llamado. ¿Has comido algo? Te estás quedando en los huesos, como un chico.

—Sólo estoy delgada por algunas partes, Rosa —la contradijo Lily. Cuando Rosa la miró fijamente, ella se encogió de hombros—. Me he comido todo el pan. Estaba recién hecho pero no era tan bueno como el tuyo ni de lejos.

—Te estoy preparando un plato de verduras frescas e insisto en que te lo comas.

Lily le sonrió.

—Me parece perfecto. —Se sentó en la encimera, ignorando el gesto fruncido de Rosa—. Hoy he descubierto algo inquietante sobre mí.

Rosa se volvió hacia ella de inmediato.

—¿Inquietante?

—Todo este tiempo he estado rodeada de hombres con traje y corbata, apuestos, inteligentes y con cartera que mi padre habría admirado, pero nunca me he sentido atraída por ninguno. Ni siquiera creo que me haya fijado en ellos.

Rosa sonrió.

—Ah… Has conocido a alguien. Siempre esperaba el momento en que dejaras los libros y conocieras a alguien.

—Bueno, no lo he conocido exactamente —respondió ella, dando un rodeo. Lo último que necesitaba era que el ama de llaves fuera a contarle sus confidencias a su padre. Si sospechaba que se sentía atraída por su sujeto, la apartaría del proyecto inmediatamente—. Sólo lo he visto. Tiene la espalda ancha y es… —No podía decir que «estaba bueno» delante de Rosa. En lugar de eso, se abanicó con la mano.

—Uy, es sexy. Entonces, es un hombre de verdad.

Lily se echó a reír. Rosa siempre la ayudaba a quitarse las vergüenzas.

—A mi padre no le haría gracia oírte decir eso.

—Tu padre no se fijaría en una mujer aunque tuviera un cuerpo perfecto y estuviera desnuda delante de él. Sólo se fijaría en si sabía hablar siete idiomas a la vez. —Rosa colocó un plato de verduras frescas y salsa para untar en las manos de Lily.

—La imagen es demasiado horrible para imaginármela —dijo ella mientras bajaba al suelo—. Tengo que estudiar un poco esta noche. —Le lanzó un beso a Rosa y se fue hacia la puerta—. Este proyecto nuevo en el que estoy trabajando me está dando muchos dolores de cabeza. Papá me ha involucrado en el equipo sin explicarme nada y no entiendo nada —suspiró—. Tengo que hablar con él esta noche.

—Explícamelo, Lily, quizá pueda ayudarte.

Lily cogió una manzana cuando pasó junto al cuenco de la fruta y la dejó en el plato.

—Sabes que no puedo, Rosa. Además, pondrías los ojos en blanco y me dirías que son tonterías. Es un proyecto para la Donovans Corporation.

Rosa, efectivamente, puso los ojos en blanco.

—Tanto secretismo. Tu padre es como un niño pequeño jugando a los detectives y ahora tú también.

Lily no pudo evitar sonreír.

—Qué más quisiera yo que fueran cosas de detectives. Sólo es papeleo y trabajo de laboratorio; nada emocionante. —Se despidió con la mano y cruzó el amplio vestíbulo sin mirar hacia las enormes salas con las puertas abiertas. La biblioteca era su santuario favorito y hacia allí se dirigía. Prefería trabajar en esa estancia que en su propio despacho. John Brimslow le habría dejado el maletín en la mesa, porque sabía que iría allí.

—Porque soy muy predecible —murmuró en voz alta—. Alguna vez me gustaría dejarlos a todos con la boca abierta.

La chimenea ya estaba encendida, gracias a John, y allí se estaba de maravilla. Se dejó caer en el mullido sillón e ignoró el maletín, donde tenía el portátil y todo el trabajo que se había traído a casa. Si tuviera fuerzas, pondría algo de música, pero estaba rendida. No recordaba la última vez que se había ido a dormir sin temor. Cuando dormía, las protecciones naturales bajaban la guardia y la dejaban vulnerable ante cualquier ataque. Normalmente, como la casa tenía las paredes tan gruesas, allí se sentía segura pero, últimamente…

Suspiró y cerró los párpados. Estaba agotada. Las siestas durante el día y en horas de trabajo no conseguían mitigarle el cansancio. Tenía la sensación de que podría dormir semanas.

¡Lily! Casi de inmediato oyó el agua, un sonido fuerte y persistente. Lily se incorporó y miró a su alrededor, parpadeando mientras se ubicaba.

No tenía ancla, nada que la sujetara a su mundo. Sólo la seguridad de su casa. Estaba en un territorio familiar y esperaba que eso ayudara. Fuera lo que fuera lo que venía de fuera, cabalgando las ondas energéticas hacia ella, era muy persistente. Entonces respiró hondo y, con decisión, abrió la mente y permitió que los muros protectores desaparecieran para poder recibir el flujo de información.

Olas agitadas. Había mucho ruido. Tanto que tuvo que taparse las orejas con las manos mientras se obligaba a bajar el volumen. Olió el agua salada. Había algunos almacenes, indefinidos, como si la visión fuera borrosa. La peste a pescado era intensa. No tenía ni idea de dónde estaba. Pero los almacenes eran cada vez más pequeños, como si se estuvieran alejando.

Le dio un vuelco el estómago. Se aferró al extremo de la butaca para buscar seguridad, porque le temblaban las piernas. Percibió un movimiento. Se estaban alejando de la costa. Olió la sangre. Y otra cosa. Una cosa familiar. El corazón se le detuvo y, después, se aceleró alarmado. *¿Papá?* Era imposible. ¿Qué iba a hacer su padre en un barco en medio del océano? No le gustaban los barcos.

Peter Whitney no tenía poderes telepáticos, pero había experimentado con ella durante años y, a veces, habían conseguido establecer una débil conexión. Lily agarró la almohada de su padre para poder centrarse mejor en él. *Papá, ¿dónde estás?* Estaba en peligro. Lo percibía en las vibraciones a su alrededor, notaba la violencia en el aire. Estaba herido.

Le dolía la cabeza, y la de su padre, pues tenía una herida grave. Lily notó cómo el dolor se apoderaba de su cuerpo, y del cuerpo de su padre. Respiró hondo, intentó atravesar el dolor y la sorpresa y llegar a él. *¿Dónde estás? Tengo que encontrarte para poder enviar ayuda. ¿Me oyes?*

¿Lily? Era la voz de su padre, muy débil y lejana, como si se estuviera evaporando. *Ya es demasiado tarde para eso. Me han matado. He perdido demasiada sangre. Escúchame, Lily. Ahora todo está en tus manos. Tienes que arreglarlo. Cuento contigo para que lo arregles.*

Lily percibía su miedo y su gran determinación en lugar de debilidad. Lo que estaba intentando transmitirle era de vital importancia para él. Lily intentó controlar el pánico y su necesidad de gritar pidiendo ayuda. Reprimió la reacción de una hija y estableció un vínculo con toda la fuerza de su mente para seguir conectados. *Dime lo que quieres que haga.*

Hay una habitación, un laboratorio que nadie conoce. La información está allí; todo lo que necesitas. Arréglalo, Lily.

Papá, ¿dónde? ¿En Donovans o aquí? ¿Dónde tengo que buscar?

Tienes que encontrarlo. Tienes que deshacerte de todo: los discos, el disco duro, toda mi investigación; no dejes que lo encuentren. No deben repetir nunca más el experimento. Todo está allí, Lily. Es culpa mía, pero tú tienes que arreglarlo por mí. No confíes en nadie, hija. Ni siquiera en nuestra gente. Alguien de la casa descubrió lo que estaba haciendo y me ha traicionado.

¿En nuestra casa? Lily estaba horrorizada. Aquellas personas habían estado con ellos desde que ella era pequeña. *¿Hay un traidor en casa?* Respiró hondo, llenando los pulmones para centrarse. *Papá, dime dónde estás. No veo nada relevante. Deja que te envíe ayuda.*

Los hombres son prisioneros. Tendrás que liberarlos. Saca de allí al capitán Miller y a sus hombres, Lily. Lo siento mucho, cariño. Lo siento. Debería haberte explicado lo que había hecho desde un principio, pero estaba demasiado avergonzado. Creía que el fin justificaba los medios, pero no te tenía, Lily. Recuerda estas palabras y no me odies. Recuerda que nunca tuve una familia hasta que llegaste tú. Te quiero, Lily. Busca a las demás y arréglalo. Ayúdalas.

Lily tensó todo su cuerpo cuando notó cómo arrastraban el cuerpo de su padre por la cubierta del barco. Se dio cuenta de que, quien quiera que lo estuviera haciendo, creía que el doctor estaba inconsciente. Vio un trozo de un zapato, unas muñecas y un reloj, y luego todo negro. *¡Papá! ¿Quién es? ¿Quién te está haciendo daño?* Alargó la mano para intentar retenerlo, no soltarlo. Para intentar detener lo inevitable.

Y luego, silencio. Ella seguía conectada: se balanceaba con el bote, olía la brisa marina y notaba el dolor que azotaba el cuerpo de su padre. Pero toda su sangre se había quedado en la cubierta y, con ella, casi todas sus fuerzas. Sólo le quedaba un pequeño hilo de vida. El doctor tuvo que concentrarse en las palabras y en las imágenes de su mente para comunicarse con ella. *Donovans. Lily, suéltame. No puedes quedarte conmigo.*

Se estaba esfumando muy deprisa. Lily no podía permitir dejarlo ir. *¡No!* No lo dejaría morir solo. No podía. Notó en su piel las quemaduras de las cuerdas que le ataban las manos. El doctor había cerrado los ojos. Lily no pudo ver la cara del asesino, pero notó el golpe en el riel, la caída libre y la inmersión en el agua helada.

¡Vete! La orden fue un rugido. Una directriz directa emitida por un hombre fuerte. La voz masculina era tan grave y autoritaria que la alejó de golpe de la escena del asesinato de su padre y la dejó medio anestesiada y sola en la biblioteca de su casa, balanceándose hacia adelante y hacia atrás, con un pequeño gemido de dolor subiéndole por la garganta.

Lily intentó controlar su mente y olvidarse del pánico mientras intentaba volver a conectarse con su padre. Pero sólo había... un gran vacío. Un agujero negro. Se acercó al fuego, se arrodilló y vomitó en el cubo de las brasas. Su padre estaba muerto. Lo habían tirado vivo al océano, como si fuera un saco de basura, para que se hundiera en aquellas aguas heladas. ¿Qué había querido decir al reconocer que Donovans era responsable? Donovans no era una persona, era una corporación.

Siguió balanceándose, abrazada a sí misma, buscando algún tipo de tranquilidad. No podía salvar a su padre. Sabía que lo había perdido para siempre. Oía su llanto desconsolado, un dolor tan intenso que no podía soportarlo. El primer instinto fue correr hacia John Brimslow y Rosa para abrazarlos, pero no se movió. Se quedó arrodillada frente al fuego, balanceándose y con la cara llena de lágrimas.

Nunca se había sentido tan sola. Tenía un don y, sin embargo, no había sido capaz de salvar a su padre. Si hubiera permitido el contacto antes... pero estaba demasiado ocupada protegiéndose. Su padre había sufrido mucho pero, a pesar de todo, había aguantado y había forzado la conexión. No tenía ningún poder, pero había logrado lo impensable, porque quería que ella le prometiera que lo arreglaría todo. Lily estaba fría, vacía y asustada. Y sola.

La calidez se coló primero en su mente. Una fuerza constante que se deslizaba entre su culpa y su angustia. Viajó por su cuerpo y le envolvió el corazón.

Tardó varios minutos en darse cuenta de que no estaba sola. Algo, alguien, había cruzado las protectoras paredes de su casa y, aprovechándose de su vulnerabilidad, había penetrado en su mente. El contacto fue poderoso, más fuerte de lo que ella jamás había experimentado, y era puramente masculino. Y enseguida supo quién era. El capitán Ryland Miller. Habría reconocido su contacto en cualquier sitio.

Quería que la consolara, aceptar lo que le estaba ofreciendo, pero ese hombre odiaba a su padre. Lo culpaba de su encarcelación y la desaparición de sus compañeros. Era un hombre peligroso. ¿Acaso tenía algo que ver con la muerte de su padre?

Lily se puso alerta, se secó las lágrimas de la cara, cerró su mente y volvió a levantar los muros de resistencia lo más deprisa que pudo. La persona que le había ordenado que se marchara en un tono decidido no había sido su padre. Alguien más había compartido su conexión. Alguien más había oído todo lo que su padre le había susurrado en la mente. Y ese alguien era lo suficientemente poderoso para cortar la conexión que ella mantenía abierta, y así seguramente la había salvado, porque ella no tenía ningún ancla donde aferrarse mientras su padre moría en aquel océano helado. Ryland Miller, el mismo hombre que la había llenado de calidez y serenidad. El prisionero encerrado en una celda subterránea en los laboratorios de Donovans. Tendría que haber reconocido su voz a la primera. Su voz de mando tan arrogante. Y debería haberse dado cuenta de cuándo había entrado en la conexión entre su padre y ella.

Hasta que supiera algo más sobre lo que estaba pasando, no podía permitirse mantener contacto telepático con nadie. Ni siquiera con quien le había salvado la vida. Y mucho menos con Ryland Miller, que seguro que tenía sus propios planes y que culpaba a su padre por sus circunstancias actuales. Lily tembló y se colocó una mano encima del corazón. Tenía que usar la cabeza, descubrir qué estaba pasando y desenmascarar al asesino de su padre. El dolor era tan intenso que casi no podía pensar, pero el dolor no la ayudaría. Tenía que olvidarse de la herida abierta y permitir que su cerebro se pusiera en marcha.

No quería recordar el último y acalorado intercambio de palabras entre su padre y Ryland Miller, pero era imposible ignorarlo. No había sido agradable. El capitán Miller no había amenazado abiertamente a Peter Whitney, pero tampoco hacía falta expresarlo en palabras. Exudaba poder y su actitud ya era una amenaza. Era obvio que su padre quería liberarlo, pero ella no tenía la suficiente información para poder juzgar quién era su enemigo. Estaba claro que el coronel no estaba de acuerdo con su padre respecto al experimento que se estaba llevando a cabo en secreto en los laboratorios de Donovans.

Lily se sentó con decisión sobre los talones y se quedó mirando las llamas. No podía confiar en nadie en casa ni en el trabajo, lo que significaba que no podía admitir que sabía que su padre estaba muerto. Fingir nunca se le había dado demasiado bien, pero tendría que hacerlo mientras cumplía la promesa que le había hecho a él. No tenía pruebas de que nadie de Donovans fuera culpable. Y la policía no se creería que hubiera tenido una experiencia telepática que la había conectado con su padre mientras éste moría. ¿Qué opciones tenía?

Le costó levantarse. Era como si cargara un enorme peso sobre la espalda y las piernas le temblaban. Tenía que limpiar el cubo de las brasas. No podía dejar ninguna señal de que había sucedido algo extraño. Fue hasta el baño más cercano y dio gracias de que en aquella enorme casa hubiera tan poca gente. ¿Quién podría ser el traidor de quien su padre la había advertido?

¿Rosa? ¿La querida Rosa? No recordaba un momento en que Rosa Cabreros no estuviera en su vida. Siempre había estado allí para consolarla, conversar y hablar de todo lo que una joven quiere hablar. Lily nunca había echado de menos tener una madre porque Rosa siempre había estado con ella. Vivía y trabajaba en la casa y estaba completamente dedicada a Peter y a Lily Whitney. No podía ser Rosa. Descartó aquella posibilidad.

¿John Brimslow? Estaba con Peter Whitney incluso desde antes que Rosa. Su puesto oficial era el de chófer, pero sólo porque había insistido en ponerse aquella divertida gorra y porque quería comprar y cuidar los coches igual que cuidaba de la propiedad. Vivía y trabajaba en la propiedad y, aparte de allí, había sido lo más cercano a un amigo y una familia que había tenido su padre.

El otro residente permanente de la casa era Arly Baker. Con unos cincuenta años, era un hombre alto y delgado, con la cabeza ovalada y gafas de cristales gruesos. Un auténtico bicho raro, o listillo, como le gustaba definirse a sí mismo. Mantenía la propiedad actualizada con la última tecnología. Era responsable de la seguridad y la electrónica. Había sido su mejor amigo y confidente mientras crecía, la persona con quien ella decidía comentar cualquier idea importante que tuviera. Arly le había enseñado a desmontar cosas y volverlas a montar, y la había ayudado a construir su primer ordenador. Arly era como su tío, o como su hermano. Era parte de la familia. Era imposible que fuera él.

Lily se echó el pelo castaño claro hacia atrás con la mano, sacándose las últimas horquillas. Cayeron al reluciente suelo y quedaron a su alrededor. Reprimió otro sollozo. Estaba el viejo Heath, que ya había cumplido los setenta años, que se encargaba de las tierras y que vivía en su propia cabaña en el bosque que había detrás de la casa. Había vivido en estas tierras toda su vida. Había nacido y lo habían criado allí y, de mayor, se había quedado para relevar a su padre. Era absolutamente leal a la familia y a la casa.

—Odio todo esto, papá —susurró—. Lo odio todo. Ahora sospecharé de todas aquellas personas a las que quiero. No tiene sentido. —Deseó, por primera vez, poder leer a las personas que trabajaban en la casa. Podía intentarlo pero, en todos aquellos años, nunca lo había logrado. Su padre había sido muy meticuloso con sus elecciones por la seguridad y tranquilidad de su hija. Para que pudiera llevar una vida lo más normal posible.

Llevó el cubo junto al fuego y lo movió varias veces hasta que estuvo segura de que lo había dejado en su sitio. Sabía que estaba paranoica. ¿A quién iba a importarle que moviera el cubo un centímetro? Se estaba entreteniendo con cosas triviales para mantenerse ocupada y no gritar y llorar de dolor.

¿Qué le había dicho su padre? Quería que le prometiera que lo arreglaría. ¿Qué demonios había querido decir con eso? Para él era muy importante decírselo, pero ella no tenía ni idea de qué significaba. ¿Qué tenía que arreglar? ¿Y qué había estado haciendo en su laboratorio privado? Además, el último deseo de su padre era que ella liberara a Ryland Miller y a sus hombres. ¿Y qué demonios había querido decir con que encontrara a las demás? ¿De quién hablaba?

—¿Lily? —John Brimslow entreabrió la puerta y asomó la cabeza—. He llamado al busca de tu padre varias veces pero no contesta. Rosa ha llamado a Donovans. Salió a última hora de la tarde. —Había una nota de preocupación en su voz—. ¿Sabes si tenía que acudir a algún evento de recaudación de fondos o dar alguna conferencia?

Lily se obligó a dibujar una expresión pensativa, a pesar de que quería echarse a llorar y refugiarse en sus brazos. No se atrevió a mirarlo directamente a los ojos. John la conocía demasiado bien. Notaría que había llorado incluso con la poca luz de la biblioteca. Meneó la cabeza.

—Tenía que cenar conmigo en Antonio's. He esperado más de una hora pero no se ha presentado. He dejado el mensaje habitual por si venía después: que me había cansado y me había ido a casa, pero nada más. ¿Han dicho si ha salido con alguien? Quizá se haya marchado a cenar con alguien del laboratorio.

—No creo que Rosa haya preguntado eso.

—¿Has mirado en el calendario de su mesa? —Tenía un doloroso nudo en la garganta.

John se rió.

—Por favor, Lily. Nadie puede encontrar nada en la mesa de tu padre y, aunque lo hiciéramos, no entenderíamos una sola palabra, porque siempre escribe con esos códigos abreviados. Tú eres la única que puede entender algo de ese calendario.

—Iré a echar un vistazo, John. Seguramente, ha vuelto al laboratorio y no contesta al busca. Llama a recepción y pregunta si ha vuelto. —Estaba orgullosa de sí misma por mostrarse tan práctica.

Controlando tanto la situación. Todavía no demasiado preocupada, sino divertida ante lo despistado que podía llegar a ser su padre—. Y, si no ha vuelto, pregunta si salió con alguien. Y haz que comprueben si ese ridículo coche que insiste en conducir está en el aparcamiento.

Por dentro, oyó un llanto y sabía que era su propia voz. El sonido era tan fuerte que asustaba y no tenía ni idea de cómo lo estaba haciendo mientras hablaba con John con tanta naturalidad.

Por un momento, notó que la calidez volvía a envolverla. La rodeó y la acarició. No había palabras, pero la sensación era muy fuerte. Unidad. Seguridad. Sus emociones eran demasiado intensas y se estaban derramando por todas partes a pesar de sus protecciones.

Cuando se acercó a la puerta y al chófer, tropezó a propósito con la cara alfombra oriental del suelo. Se agarró a la chaqueta de John Brimslow para no caer de bruces, y lo hizo con tanta fuerza que el pobre tuvo que retroceder.

John la ayudó a levantarse. Lily deseaba recibir un flujo de información para poder estar absolutamente segura de que John era inocente y buscar en él un aliado, pero no recibió nada. La mente del chófer estaba, como siempre, protegida contra la posible intrusión de Lily, incluso ahora que ella intentaba leerla.

—¿Te encuentras bien, Lily?

—Estoy cansada. Y ya sabes lo patosa que me vuelvo con el cansancio. Eso o la alfombra oriental de papá tendrá que desaparecer.
—Aunque lo intentó, no pudo dibujar una sonrisa. No quería pensar que John hubiera podido traicionar a su padre. No quería pensar en su padre muerto en el fondo del océano.

Lo único que le permitía dirigirse hacia el despacho de su padre era la calidez que la envolvía. Una ayuda del mismo hombre que quizás había deseado que su padre muriera. Se sentó frente a la mesa del doctor y se quedó mirando la multitud de papeles y las pilas de libros sin verlos realmente. Se estaba aferrando a la calidez y al coraje que penetraba en su cuerpo desde aquella fuente inesperada e indeseada. Ryland Miller. ¿Era su enemigo? Si no hubiera estado tan preocupada por protegerse, se habría enterado de que su padre estaba en peligro. Puede que quien quiera que hubiera planeado matarlo estuviera en aquella misma habitación. La persona que lo había traicionado vivía en su casa.

Ryland Miller se dejó caer en la única butaca decente que le habían dejado. El dolor de Lily Whitney le afectaba, lo ahogaba como una enorme piedra encima del pecho y no lo dejaba respirar. Su dolor era un cuchillo que le atravesaba el corazón. Se notaba la piel empapada de sudor. Igual que él, Lily era una transmisora; amplificaba las emociones, que ya eran lo suficientemente poderosas para viajar por las ondas energéticas entre ellos. Entre ellos dos, las emociones eran casi incontrolables.

Peter Whitney había sido su única esperanza. No había confiado en él, pero había estado trabajando en él, introduciéndose en su mente para convencerlo de que lo ayudara a planear su fuga. Había necesitado máxima concentración y una gran sobrecarga para conectar a todos los hombres por telepatía de manera que pudieran hablar en mitad de la noche. Ahora lo estaban esperando; esperaban que fuera capaz de olvidarse del terrible dolor de Lily. La admiraba por la forma en que estaba intentando llevar la muerte de su padre. ¿Cómo no iba a hacerlo? Lily no sabía a quién acudir, en quién confiar y, sin embargo, percibía su determinación.

Lily. Ryland meneó la cabeza. Necesitaba estar con ella más que cualquier otra cosa. Quería consolarla, encontrar la manera de aliviar su dolor, pero estaba encerrado en una celda con un equipo esperando a oír su plan. Suspiró, cerró los ojos, se concentró y envió el primer mensaje.

Kaden, tú saldrás con el primer grupo. Tendremos que lograrlo en el primer intento porque, si no, doblarán la seguridad. Tendréis que estar todos preparados. He estado trabajando en los ordenadores y los contadores eléctricos. De eso me encargo yo...

Capítulo 3

Normalmente, Lily sonreía ausente a los vigilantes mientras recorría el espacio que separaba los dos detectores de metales. Había repetido aquella rutina tantas veces que ya ni siquiera lo pensaba. Pero ahora todo había cambiado. Los enormes muros con las altas vallas eléctricas, la multitud de guardias y perros, las hileras de horribles edificios de cemento con sus correspondientes laboratorios subterráneos… aquello había sido su segunda casa durante muchos años. Nunca se había parado a pensar demasiado en las medidas de seguridad; sólo eran rutina. Ahora, en todo momento era consciente de que alguien había asesinado a su padre. Alguien con quien seguramente hablaba cada día.

Lily avanzó por el estrecho pasillo, levantó una mano a modo de saludo e hizo una mueca interna cuando vio que los vigilantes se dirigían hacia ella. Casi esperaba que la agarraran y la llevaran a una de las celdas subterráneas. Cuando vio que pasaban de largo y que apenas la miraban, soltó el aire de los pulmones. Llegó al segundo ascensor e introdujo el código de diez cifras. Las puertas se abrieron y entró.

El ascensor bajó en silencio hasta las últimas plantas, enterradas bajo tierra. Aquello era su mundo, los laboratorios y los ordenadores, las batas blancas y las ecuaciones infinitas. La estrecha seguridad, las cámaras los códigos y las llaves. Su vida. Su mundo; el único que había conocido. El sitio donde las rutinas estrictas que hasta ahora siempre le habían dado seguridad, ahora conseguían que fuera consciente de que la estaban vigilando. Los laboratorios Donovans se habían construido al sur de San Francisco. El complejo parecía inocente, con tantos edificios dentro de la valla de seguridad. En realidad, la mayor parte de los laboratorios eran subterráneos y estaban muy vigilados. Incluso cuando ibas de un departamento a otro, la seguridad siempre estaba presente.

En contra de su deseo de estar tranquila, el corazón le latía a gran velocidad. Había aceptado jugar al gato y al ratón con el asesino de su padre. E iba a volver a ver a Ryland Miller. La idea era casi tan inquietante como volver a los laboratorios. Era imposible ignorar la atracción entre ellos, que se magnificaba con cada pensamiento y cada movimiento.

Se acercó a la pared para el escaneo de retina, encajando la pupila frente a la lente que abría la puerta que daba acceso a los dominios de su padre. Cuando entró en el laboratorio, se puso una bata blanca que estaba colgada en una percha de la pared y se la abotonó sin dejar de caminar. Alguien dijo su nombre y ella saludó con la mano, sin detenerse.

—¿Doctora Whitney? —Uno de los técnicos la detuvo. Lily lo miró, con una expresión serena. Las ondas de compasión casi la abruman—. Siento mucho lo de su padre. Todos lo sentimos. Esperamos que aparezca pronto. ¿Se ha sabido algo más sobre su desaparición?

Lily meneó la cabeza.

—Nada. Si alguien lo ha secuestrado por dinero, no han pedido un rescate. El FBI cree que ya deberían haberse puesto en contacto conmigo pidiendo dinero. Pero nada, sólo silencio. —Lily estaba leyendo cada emoción que salía de la mente del técnico. Era imposible que estuviera implicado en la muerte de su padre. Su sentimiento era sincero por la repentina forma en que su jefe había desaparecido. Sentía apego y respeto por Peter Whitney. Lily le sonrió—. Muchas gracias por su preocupación. Sé que todo el mundo lamenta su pérdida.

En esos momentos, no podía pensar en su padre y en lo mucho que iba a echarlo de menos. No iba a pensar en que estaría sola y asustada. No podía hablar, no se atrevía. Sus emociones eran intensas y estaban a flor de piel. Había esperado toda la semana, en una mezcla de impaciencia y miedo, a que el presidente de la corporación le pidiera que se hiciera cargo de las tareas de su padre. No había querido mostrarse demasiado dispuesta y se había quedado en casa, llorando su pérdida en privado y lejos de aquellos a los que llamaba familia, al mismo tiempo que planeaba meticulosamente todos los pasos que tenía que dar para encontrar al asesino de su padre.

Había buscado un laboratorio secreto en su casa, pero había tantas habitaciones, secretas y no secretas, que parecía una misión imposible. Había pasadizos secretos que llevaban al sótano y también al desván del ático. Había analizado los planos, pero no había visto nada. De momento, no había encontrado el mundo secreto de su padre y se dijo que ojalá le hubiera dejado una pista de su ubicación en el despacho de Donovans.

Lily avanzó deprisa entre las hileras de botellas y quemadores, atravesó dos habitaciones llenas de ordenadores y se detuvo frente otra puerta. Pegó la mano al escáner y se acercó al micro para pronunciar su frase codificada, y luego esperó a que un ordenador analizara la combinación de habla y huellas para verificar su identidad. La enorme puerta se abrió y accedió a otro complejo mucho más grande.

La luz del laboratorio era tenue y convertía el mundo en un lugar azulado y tranquilo. Estaba lleno de plantas y pequeñas cascadas artificiales. El sonido del agua contribuía a la atmósfera calmada que intentaba mantenerse en la estancia. De fondo, sonaba una cinta reproduciendo continuamente el sonido del océano: las olas que rompían contra la playa y retrocedían, añadiendo más calma.

—¿Cómo ha pasado la noche? —preguntó Lily al técnico moreno después de saludarlo. El chico irguió la espalda en la silla cuando la vio. Hacía cinco años que conocía a Roger Talbot, el ayudante de su padre. Siempre le había caído bien y lo respetaba.

—No demasiado bien, doctora Whitney; no ha dormido nada. Va de un lado a otro como un animal salvaje. Los niveles de agresividad y agitación han aumentado cada día esta semana. Ha preguntado por usted varias veces y ha dejado de cooperar con las pruebas. Tanto movimiento me está volviendo loco.

Lily lo atravesó con la mirada.

—Por lo que he leído en los informes, tiene un oído muy fino, Roger... aunque dudo que le importe demasiado tu admisión. Tú no estás encerrado en una celda, ¿verdad? —Habló en voz baja, pero con una nota de reprimenda.

—Lo siento —se disculpó Roger inmediatamente—. Tiene razón. No tengo excusa para comportarme de forma tan poco profesional. Estoy dejando que el coronel me afecte. El coronel Higgens está muy alterado. Y sin su padre por aquí para actuar de parachoques, todos estamos...

—Veré qué puedo hacer para mantenerlo lejos de aquí una temporada —lo tranquilizó ella.

—Y en cuanto a su padre... —Roger dejó la frase en el aire mientras ella lo miraba fijamente—. Debe de ser difícil para usted. —Lo intentó de nuevo.

Lily estaba leyendo sus emociones, igual que había hecho con el otro técnico. Roger no tenía ni idea de cómo había podido desaparecer su padre y estaba desesperado porque su jefe volviera al trabajo. Levantó la barbilla.

—Sí, es complicado no saber qué le ha pasado. Tómate un descanso, Roger. Te lo has ganado. Estaré aquí un rato. Te llamaré al busca cuando me vaya.

Roger miró a su alrededor, como si no estuvieran solos. Bajó la voz.

—Es cada día más fuerte, doctora Whitney.

Lily siguió su mirada hacia el otro lado del laboratorio y esperó un segundo, mientras su cerebro asimilaba la información.

—¿Qué te hace pensar que es más fuerte?

Roger se frotó las sienes.

—Lo sé. Cuando no pasea, se queda prácticamente inmóvil; se

sienta, con la espalda erguida, y se concentra. Los ordenadores se vuelven locos, saltan las alarmas, la gente sale corriendo, pero es un farol. Sé que es él. Y creo que también se comunica con los demás. —Se acercó un poco más—. No es el único que ha dejado las pruebas, los demás también. Se supone que la pared de cristal impide cualquier comunicación, pero es como si tuvieran un cerebro colectivo o algo así. Ninguno coopera.

—Están aislados. —se llevó la mano a la garganta, la única señal de agitación—. Llevas demasiado tiempo vigilándolo. Mi padre te escogió porque eres muy tranquilo, pero estás dejando que las habladurías te afecten.

—Quizá, pero está cambiando y no me da buena espina. Doctora, su padre desapareció hace más de una semana y Miller está distinto. Ya me entenderá cuando lo vea. Cuando estoy con él, me transmite una sensación de invencibilidad. Tengo miedo de dejarla a solas con él. Quizá los guardias deberían quedarse en el laboratorio con usted.

—Eso sólo lo pondría más nervioso, y sabes que necesita tranquilidad. Cuanta más gente hay a su alrededor, peor se pone. Ha entrenado en las Fuerzas Especiales, Roger, o sea, que siempre ha tenido confianza en sí mismo. —Lily se frotó el labio inferior con la yema del pulgar—. Estoy a salvo con él. —Mientras pronunciaba esas palabras, notó un escalofrío en la columna vertebral. No estaba segura de si era la verdad, pero consiguió mantener la serenidad.

Roger asintió y se dio por vencido. Recogió el abrigo, pero se detuvo un segundo más en la puerta para una última advertencia.

—Pedirá ayuda si la necesita, ¿verdad, doctora Whitney?

Ella asintió.

—Sí, Roger. Gracias.

Lily se quedó mirando la puerta cerrada durante un minuto, mientras el aire le llenaba y vaciaba lentamente los pulmones y dejaba que la paz de la sala le penetrara por los poros de la piel. El laboratorio estaba insonorizado, ajeno a cualquier ruido exterior. Se frotó la cara con las manos y respiró hondo por última vez antes de volverse con decisión hacia la puerta que había al otro lado del laboratorio.

El capitán Ryland Miller la estaba esperando, caminando de un lado a otro como un tigre enjaulado. Lily sabía que se lo encontraría así. Seguro que había percibido el momento en que había accedido al complejo. Tenía los ojos grises turbulentos, furiosos, con nubes de tormenta revelando las violentas emociones que ocultaba bajo su rostro inexpresivo. La fuerza de su mirada penetró su piel y le tocó directamente el corazón. Se miraron a través del grueso cristal de la celda. Tenía el pelo oscuro revuelto de tanto moverlo con las manos, pero igualmente la dejaba sin respiración. Ryland sabía cómo impresionarla, y utilizaba aquella habilidad sin complejos.

Ábrela. La palabra resonó en su mente y descubrió que la habilidad telepática de Ryland era cada vez más fuerte.

Se le aceleró el corazón. Lo obedeció y tecleó la secuencia de botones para activar el mecanismo. La separación de cristal se deslizó sobre los raíles y ahora sólo los separaban los barrotes.

Ryland se movió a la velocidad del rayo. La sorprendió lo rápido que era. Creía que estaba a salvo, lejos de su alcance, pero la agarró por la muñeca y la atrajo hacia las barras.

—Me has dejado aquí solo como un ratón enjaulado —gruñó, con la boca pegada a su oreja.

Lily no se resistió.

—Como un ratón, lo dudo. Quizá como un tigre de Bengala.

—Pero su corazón se derritió ante la palabra «solo». La idea de Ryland solo en su celda de cristal era desgarradora.

Cuando él no apartó la mirada, ella suspiró.

—Sabes que no podía volver sin una invitación oficial. Y la he recibido esta mañana. Si hubiera intentado venir antes, habrían sospechado. Tenían que pedírmelo. Me aseguré de no mostrar ningún interés y no finjas que no sabes por qué. —Levantó la voz lo suficiente para que la captaran las grabadoras—. Seguro que ha oído que mi padre ha desaparecido. El FBI sospecha que se trata de un crimen. Ahora debo encargarme de sus proyectos y de los míos y, con todo el trabajo aquí y en casa, me temo que el tiempo apremia. —Miró deliberadamente a la cámara para recordarle que no estaban solos.

—¿Acaso crees que no sé que está ahí? —Habló entre dientes, con la rabia tiñendo su voz—. ¿Acaso crees que no sé que me vigilan mientras como, duermo y meo? Deberías haber venido de inmediato.

Ella arqueó la ceja. Le costaba mucho mantener el rostro inexpresivo. Se le encendió la mirada.

—Tiene suerte de que haya venido, capitán Miller. —Hizo un gran esfuerzo para mantener el tono de voz neutro cuando lo que de verdad quería era gritarle—. Sabe que mi padre ha desaparecido. —Bajó la voz—. Estabas allí con nosotros, ¿verdad? ¡Cómo te atreves a enfadarte conmigo! —Por un segundo, las lágrimas amenazaron con aparecer, pero las contuvo.

La voz de Ryland cambió completamente. Bajó una octava para que fuera un susurro en su mente, uniéndolos como si existiera un vínculo entre ellos. *No puedes pensar que tuve algo que ver en su muerte.*

La intimidad de su tono la dejó sin respiración. Peor; la estaba inundando de calidez y paz. Le estaba acariciando la parte interior de la muñeca con el pulgar. Intentó apartar el brazo en un movimiento reflejo y de protección, pero sus dedos se aferraron a su mano como un grillete. Tenía unos dedos cálidos y muy fuertes, pero era muy delicado.

—No te resistas Lily, o tendrás aquí a todos los guardias del complejo para protegerte. —Había una nota extraña en su voz, como si no acabara de decidir si reír por la idea o enfadarse por la acusación en su mente.

¿Puedes ordenar a una persona, desde la distancia, que mate a otra? Ella no apartó la mirada, la mantuvo en sus ojos, respondiéndole por la misma vía: la mente. *¿Puedes?*

Ryland no podía apartar la mirada de aquellos ojos azules, un espejo que reflejaba su alma. No estaba seguro de si quería ver lo que ella veía. Y no sabía si podía permitirse que ella viera en lo que se había convertido. Había demasiada rabia en su interior.

La voz impersonal del guardia los interrumpió a través del altavoz.

—¿Necesita ayuda, doctora Whitney?

—No, gracias. Estoy perfectamente. —Lily no apartó la mirada de los ojos de Ryland Miller. Lo estaba desafiando. Acusando. Viendo.

Él seguía aferrado a su muñeca pero, para tranquilizarla, no dejaba de masajearle el punto donde notaba su pulso acelerado. No dijo nada, sólo siguió mirándola.

Dime. ¿Puedes hacerlo?

¿Tú qué crees?

Ella lo observó un buen rato, atravesando su máscara, y vio al depredador que se escondía debajo de la superficie.

Creo que sí.

Quizá. Quizá sea posible si la persona en cuestión ya estuviera llena de malicia y fuera capaz de matar, si estuviera dispuesta a hacerlo. Entonces, es posible que pudiera manipularla para hacerlo.

Percibí tu odio hacia él. Creías que te había encerrado aquí, que era el responsable de las muertes de los hombres de tu unidad.

No voy a negarlo, porque sería mentira. Pero me estás tocando. Léeme, Lily. ¿Tuve algo que ver con la muerte de tu padre?

Los ojos azules de la chica le recorrieron toda la cara y luego volvieron a posarse sobre los ojos grises y brillantes de Ryland.

¿Debo creer que no puedes ocultarme tu verdadera naturaleza? Sólo veo lo que tú quieres que vea.

De acuerdo, no he llorado por su muerte, pero no mandé a nadie a que lo matara.

—Peter Whitney era mi padre y le quería. Y estoy llorando su muerte. —Y era cierto. En lo más profundo de su ser, donde nadie podía verla. Se sentía sola. Desamparada. Vulnerable.

Él volvió a acariciarla con el pulgar, le envió ondas de calidez por todo el cuerpo y le aceleró el pulso. *Sería un estúpido si quisiera matar a la única persona que puede salvarnos la vida.* Ya en voz alta, le murmuró:

—Siento mucho su desaparición, Lily. Siento tu pérdida —alargó la otra mano hasta su pelo y se lo acarició lo suficiente para dejarla sin respiración.

Me dejaste solo. No podía consolarte. Te percibía, Lily. Percibía tu dolor, pero no podía consolarte. Sabías que estaba allí cuando sucedió, que sabía la verdad. No había ninguna necesidad de cortar cualquier contacto conmigo. Me necesitabas y yo a ti, Lily. Te lo prometo. Deberías haber hablado conmigo. Entiendo la necesidad de mantenerte alejada, pero deberías haber hablado conmigo.

Lily no quería reconocer lo que implicaban sus palabras. No necesitaba más complicaciones en su vida. No necesitaba ni quería a Ryland Miller. Se concentró en recopilar información. *¿Por qué estabas allí con nosotros? Mi padre no tenía poderes telepáticos. ¿Cómo pudiste conectar con él? ¿Y cómo pudiste romper mi conexión con él?*

Conecté a través de ti. Tu angustia era tan intensa que me tocaste, incluso aquí en esta cárcel diseñada para evitar que entre en contacto con otras mentes.

El corazón de Lily dio un vuelco. Aquella respuesta sugería una conexión entre ellos. Una conexión fuerte. Se esforzó por entenderlo. Lo miró durante un buen rato, buscando, intentando ver más allá de la máscara y descubrir al hombre que había debajo. Lo estudió con ojo crítico. No era especialmente alto, pero tenía la espalda ancha y una complexión musculosa. Tenía el pelo grueso y tan negro que casi parecía azulado. Los ojos eran fríos y del color del acero. Despiadados. Cortantes. Unos ojos tan fríos que quemaban. Tenía la mandíbula fuerte y una boca esculpida que era una tentación. Se movía con gracia, fuerza y coordinación, con algo de peligro. Para ella, era pura magia y lo había sido desde que lo había visto por primera vez. Y no confiaba en algo tan instantáneo e intenso.

El otro día, cuando el coronel Higgens estuvo aquí con mi padre, ¿pudiste leerlo? ¿Estuvo implicado en la muerte de mi padre?

Todos los músculos del cuerpo de Ryland se tensaron bajo el meticuloso escrutinio de Lily. Tenía una mirada directa, firme y especulativa. Era muy típico de ella. Poder adentrarse en su cabeza le daba la ventaja de conocerla de forma más íntima. Su cerebro procesaba información a gran velocidad pero, cuando se trataba de algo personal, se mostraba mucho más cauta y se tomaba su tiempo antes de decidir qué hacía. Quería agarrarse a la sedosa mata de pelo castaño, hundir la cara en los perfumados mechones e inhalar su aroma. Olía a fresco, como una cama de rosas. Y su pelo resplandecía con las luces. Era brillante, incluso bajo aquella luz azulada, y lo cautivaba.

Higgens nunca ocultó que tu padre no le caía bien. No estaban de acuerdo en nada. Puedo captar sus emociones cuando desprende rabia, pero nunca se acerca lo suficiente para poder tocarlo. Y siempre deja sus pertenencias fuera de mi alcance. No detecté ningún complot contra tu padre.

Tenía unos ojos casi demasiado grandes para su cara, con muchas pestañas e increíblemente azules; una combinación sorprendente con el pelo oscuro. Y una boca… Había pasado demasiado tiempo fantaseando con aquella boca.

Lily respiró hondo y soltó el aire muy despacio. La mirada de Ryland era inesperadamente apasionada. Hambrienta. La estaba devorando. Y, de repente, sus pensamientos se habían vuelto fantasías eróticas. Intentó ignorarlo y que no le afectara. Su mirada se desvió momentáneamente hacia las cámaras de vigilancia.

—Voy a tomar el relevo de la investigación. Tiene que ser paciente. No soy mi padre y tengo que volver al principio para ponerme al día —lo dijo bien alto para que lo captaran las cámaras y los ojos que siempre vigilaban—. No sé nada del caso. —Tenía la muñeca cálida allí donde se la había acariciado—. Deja de mirarme de esa forma; no me ayudas. —Se alejó de la celda y luego, con decisión, se volvió hacia él.

Ryland observó con gran interés cómo lo miraba con frialdad. Se había visto acorralada un segundo, pero enseguida se había recuperado y convertido en una altiva princesa de hielo. Ryland deseaba con todas sus fuerzas volver a desconcertarla.

—No puedo evitar lo que siento cuando estoy cerca de ti —dijo, con una voz susurrada y ronca, una invitación a sexo apasionado y momentos desenfrenados.

Lily parpadeó. Se sonrojó pero lo miró fijamente a los ojos. Al menos, tenía que reconocer que era una chica valiente.

Se acercó a los barrotes y se agarró a ellos con fuerza.

—¿Te has molestado en preguntarte por qué estamos conectados? No es natural.

Ryland observó su cara unos segundos y luego colocó las manos encima de las suyas.

—Pues parece muy natural.

Su voz conseguía susurrar sobre su piel como si fuera una caricia con la yema de los dedos. A Lily se le encogió el estómago y el corazón se le derritió de una forma muy curiosa que no podía controlar.

—Bueno, nadie siente esta intensa atracción física sin algún tipo de refuerzo.

—¿Cómo lo sabes?

Ella levantó la barbilla y sus ojos empezaron a dibujar una advertencia.

—¿Te había pasado antes? ¿Estableces este tipo de conexión con todas las mujeres que entran en la misma sala que tú?

Aquella mirada provocó que quisiera pegarla a él a través de los barrotes. La necesidad de besarla era tan fuerte que se inclinó hacia ella.

Lily se separó de él, alarmada.

—¡No! —Volvió a mirar hacia la cámara—. Sabes que esto no es real. Piensa con el cerebro y no con otras partes de tu anatomía. Tenemos que saber todo lo que está pasando, no nos vale con tener sólo algunas piezas del puzle.

Tenía razón. La atracción iba más allá de cualquier otra cosa que hubiera experimentado. Rozaba la obsesión. Notaba su cuerpo tenso y dolorido, pero sabía que no era normal. Aunque saberlo no parecía cambiar mucho las cosas. Desde el primer momento en que había entrado en la habitación, se había sentido atraído por ella.

—¿Y qué crees que es?

—No lo sé, pero voy a descubrirlo. Mi padre se comportó de una forma muy extraña el último día que estuvo aquí, ¿te acuerdas? Yo tenía trabajo y le dije que ya vendría otra tarde, pero él insistió en que viniera; prácticamente me obligó. —Levantó los dedos para indicarle que la soltara.

Hablaban demasiado bajo para las grabadoras y ambos tomaron la precaución de dar la espalda a las cámaras para que nadie pudiera leerles los labios, pero el lenguaje corporal también podía traicionarlos. Ryland accedió a su voluntad muy despacio.

Lily retrocedió un paso en un intento de que los dos respiraran. El contacto de piel con piel servía para fortalecer la atracción física, para que la química entre ellos se convirtiera en electricidad. Casi parecía que tenía vida propia.

—No me dijo nada de ti ni de lo que estaban haciendo. Entré en la habitación, te vi y…

Se produjo un pequeño silencio mientras se miraban. En una muestra poco frecuente de agitación, Lily se pasó la mano por el pelo. Estaba temblando y Ryland quiso abrazarla y tranquilizarla. Lo necesitaba.

—La tierra tembló. —Terminó la frase por ella—. Hijo de puta. Lily, nos estaba observando juntos. Ese científico cabrón con hielo en las venas nos estaba observando como a dos insectos bajo la lente de un microscopio.

Ella meneó la cabeza, negando aquella opción, pero Ryland vio que estaba contemplando la posibilidad. Las dos cosas no podían ser. O su padre había esperado que pasara algo entre ellos cuando ella entró en la habitación o no. Ryland cerró los ojos un momento ante la intensa punzada de dolor que sintió ella. Era muy profunda e incisiva. ¿Qué lo había poseído para hacer esa acusación? Acababa de perder a su padre, y no necesitaba saber qué clase de cabrón era. La había herido con su desconsiderado comentario.

—Lily. —Pronunció su nombre con suavidad, un susurro en forma de caricia. Una disculpa. Lo respiró, de modo que sonó muy sensual. Y los conectó íntimamente.

—¡Basta! —exclamó ella en voz baja—. Si esto no es real, si un experimento nos está manipulando, tenemos que saberlo.

—Quizá no es eso —sugirió Ryland, porque quería que fuera real.

—Te sirvo de ancla, nada más. Seguramente eso es todo. Somos distintos y tengo una especie de imán emocional que permite…

—Dejó la frase en el aire, porque su mente estaba intentando encajar más piezas del puzle y obtener así una explicación lógica—. Tiene que ser eso, capitán Miller...

—Ryland —la interrumpió él—. Di mi nombre.

Ella tuvo que respirar hondo. Había conseguido que el simple hecho de pronunciar su nombre fuera algo íntimo.

—Ryland —accedió. ¿Cómo iba a no hacerlo? Tenía la sensación de que lo conocía desde siempre. Como si estuvieran predestinados a estar juntos—. Nos atraemos y, de alguna forma, nuestros dones especiales refuerzan lo que sentimos. Tiene que ser eso

—¿Intentas justificar la explosiva química que hay entre nosotros a través de las feromonas modificadas? Tu razonamiento no tiene precio, Lily. —Incluso podía hacerlo reír en medio de su infierno personal. Lily Whitney era una mujer extraordinaria, y bastante impredecible.

—Bueno —añadió ella—, las feromonas pueden suponer unas trampas horribles para los confiados.

Él meneó la cabeza.

—Yo creo que, simplemente, nos sentimos atraídos el uno por el otro, pero si así te sientes mejor, lo dejaremos ahí.

—Da igual el motivo, capitán... —una pequeña sonrisa iluminó su mirada cuando se corrigió a sí misma—, Ryland. Creo que ya tenemos suficiente trabajo sin eso. —Levantó la voz hasta un tono normal—. He leído todos los informes que mi padre escribió para el coronel, me entregaron una copia, pero no hay ningún dato referente a cómo consiguió hacer todo esto. —Lo miró fijamente a los ojos. *Ya oíste lo que dijo. Cree que eres un prisionero aquí. No encuentro el laboratorio del que me habló antes de morir...* Tuvo que detenerse por el dolor que le provocaba hablar de eso, y Ryland lo sintió también en su corazón. *Si quiero ayudaros, necesito la información de ese despacho.*

—¿Crees que no puedes invertir el proceso si tu padre no lo consiguió? *Tienes que encontrarlo, Lily. Lo que hay allí es importante para nosotros. No sé si mis hombres podrán sobrevivir en el exterior. Y, si Higgens se sale con la suya, algunos de nosotros no*

saldremos de aquí con vida. Y tengo la sensación de que soy el prime-
ro de la lista.

Lily se volvió porque tenía miedo de que la sorpresa se le refle-
jara en la cara.

—No sé si puedo invertirlo o si es necesario, pero plantéate una
cosa: tus hombres y tú habéis sufrido varios efectos secundarios.
¿Es posible que uno de ellos sea la paranoia? —Quería que fingiera
para la cámara. Si no podía convencer a Higgens de que era impar-
cial y estaba dispuesta a seguirle el juego, había muchas posibilidades de que la expulsaran del proyecto. *Encontraré ese despacho,*
Ryland, pero tenemos que ganar un poco de tiempo. Tienes que coo-
perar un poco o, si no, Higgens quizá mueva ficha antes de que este-
mos preparados. Seguro que debes de tener algún superior en el ejér-
cito a quien pueda acudir. Tenía la sensación de que Ryland podía
tener razón, que Higgens quería seguir adelante con el experimento
y Ryland Miller se interponía en su camino.

No tengo ni idea de en quién puedo confiar. Confié en Higgens.
Ryland se paseó por la celda, como si estuviera planteándose la
pregunta. Se pasó las manos por el pelo, interpretando para la cámara.

—No me lo había planteado. El coronel Higgens siempre nos
apoyó, pero cuando nos encerró y nos separó sentí como si...
—Dejó la frase en el aire de forma deliberada.

—Como si os hubiera abandonado. Os hubiera dejado solos. Os
hubiera separado de vuestro superior.

Ryland asintió.

—Sí, todo eso. —Se dejó caer en la silla y la miró con los ojos
brillantes y un esbozo de sonrisa en la mente mientras se burlaba de
ella. *Las ricas sabéis cómo fingir, ¿no?* Admiraba la frialdad con que
estaba interpretando su papel, la frialdad con que le daba pistas para
que siguiera el hilo. Con aquella inteligencia y aquella velocidad de
reacción, encajaría a la perfección en su equipo.

¿Tienes algún prejuicio contra el dinero? Ahora era ella quien
bromeaba.

Sólo que tienes demasiado y eso te sitúa fuera de mi liga.

Lily ignoró su respuesta, que era lo más inteligente que podía hacer.

—Creo que tenemos que contemplar la posibilidad de que el experimento os haya provocado una paranoia.

Él asintió.

—Quiero ver a mis hombres. Quiero saber que están bien.

—Me parece una petición razonable. Veré qué puedo hacer.

Ahora estás intentando ligar conmigo.

Sólo intento hacerte reír. Tu dolor me pesa como una roca en el alma. Ryland se frotó la sien.

Lily se arrepintió enseguida. En más de una ocasión, había notado los fragmentos de cristal de emociones que no podía bloquear. La comunicación telepática era complicada y el uso prolongado, doloroso. Se acercó a la celda y, una vez más, se agarró a los barrotes.

—Lo siento, Ryland, pero no puedo evitar estar triste por la desaparición de mi padre. Te hago daño, ¿verdad? ¿Quieres que cierre la pared de cristal para protegerte?

—No. —Se frotó la sien por última vez y se levantó, mientras se desperezaba; una perezosa masa de músculos que ella no pudo evitar observar—. Estoy bien. Se me pasará. —Avanzó sin prisas hacia ella y la tomó de la mano.

La sacudida los golpeó como un rayo. Lily casi esperaba ver chispas por los aires.

—No desaparecerá, ¿verdad? Los dos... —No terminó la frase, porque era incapaz de pensar con claridad cuando él la estaba mirando tan fijamente.

Por unas centésimas de segundo, él le sonrió y le enseñó sus perfectos dientes blancos.

—Encajamos. —Terminó la frase por ella—. Los dos encajamos.

Ella tiró de la mano para liberarse, pero Ryland la retuvo posesivo, con un destello de diversión masculina en los ojos. Lentamente se llevó los nudillos de Lily hasta la calidez de su boca y recorrió todos y cada uno de ellos con la lengua.

Ella se sacudió ante aquella caricia sensual. Cada vez que su lengua la tocaba, la piel se le encendía. Él levantó la cabeza y la miró. Lily se quedó inmóvil; incluso parecía que su corazón había dejado de latir. Los ojos de Ryland ya no reflejaban diversión, sino una posesión pura. Era evidente para que ella lo viera. Un desafío. Una promesa. Lily notó cómo se le formaba un nudo en la garganta.

La cámara. Se lo recordó mientras intentaba soltar la mano. Pero él la retuvo.

—¿Qué relación tienes con Roger?

La pregunta la devolvió a la realidad, porque la sorprendió de lo inesperada que era. Parpadeó.

—¿Roger? ¿Qué Roger?

—Roger, el técnico al que pongo tan nervioso que quiere meter aquí a los guardias con sus armas. —Había una nota de desprecio en su voz—. Como si eso fuera a ayudarlo.

—¿Qué tiene que ver Roger con todo esto?

—Eso es lo que te pregunto yo.

¿Estás loco? Intento ayudarte. Hay una conspiración en la empresa y un asesino por ahí suelto. No metas a Roger en esto.

«Doctora Whitney —dijo una voz a través del interfono—. ¿Necesita ayuda?»

—Tío, si necesitara ayuda sería evidente —contestó Ryland, mirando a la cámara y desafiando al observador a dar la cara. *Sí que lo meto. Se le cae la baba por ti.*

—No necesito ayuda, gracias. —Lily sonrió a cámara mientras se soltaba de Ryland. *Creo que el encierro en esta celda te está afectando. ¿Quieres concentrarte en lo realmente importante?*

Esto es importante para mí.

—Ryland. —¿No veía que la química entre ellos tenía que ser artificial? Provocada de alguna forma, igual que habían reforzado sus habilidades parapsicológicas. Cerca de ella, podía conectar mejor. Estaba claro que Lily era un amplificador.

Lo siento, sé que te estoy agobiando, pero esto va a peor. Me siento como un hombre de las cavernas que quiere arrastrarte hasta aquí por los pelos o como sea. Por Dios, Lily, duele mucho. Responde a la pregunta y déjame un poco más tranquilo.

Lily observó su cara. Había sufrido. Estaba sufriendo.

—¿Por qué no entiendo nada de todo esto? —Lo preguntó en voz baja, temerosa de la respuesta. Su mundo siempre había sido equilibrado, por necesidad. Su padre la había protegido del exterior y, al mismo tiempo, le había facilitado cualquier oportunidad para expandir su mente y reunir conocimientos. Le había abierto muchas puertas. Había sido amable, considerado y cariñoso.

Sabía que Ryland Miller creía que su padre le había traicionado a él y a sus hombres. Su padre había llevado a cabo un experimento con seres humanos y algo había salido muy mal. Y ahora ella tenía que descubrir el qué y cómo se había hecho. La atracción entre Ryland y ella empezaba a amenazar el sentido común de ambos. Era una mujer práctica, lógica y seria. Era capaz de dejar de lado los sentimientos siempre que fuera necesario.

—Yo tampoco entiendo nada. *Joder, Lily, los celos me están matando. Es horrible, incómodo y no me gusta estar así.*

Roger es un buen hombre, un amigo, pero nunca lo he visto fuera de este edificio. Ni pretendo hacerlo.

Ryland apoyó la frente en los barrotes y respiró hondo para deshacer el nudo del estómago. Tenía la piel cubierta de diminutas gotas de sudor.

—¿Qué coño me está pasando? ¿Lo sabes?

Lily meneó la cabeza y notó que los dedos le dolían de las ganas de acariciar los rizos que le caían sobre la frente.

—Encontraré la respuesta, Ryland. ¿Te había pasado antes? ¿Y a los demás?

Ryland levantó la cabeza y la miró con una mezcla de turbulencia, rabia y desesperación.

—Kaden aleja las emociones más furiosas y violentas para que podamos soportarlo mejor. Creo que, de alguna forma, es como tú. Cuando estamos entrenando juntos y él está en el grupo, las cosas salen mejor y percibimos las señales con más claridad. Tenemos más poder para proyectar. Y hay tres más, como mínimo, que son como él en distintos grados. Cuando trabajamos, intentamos que uno de ellos esté siempre con los demás en todo momento.

—¿Y el hombre que murió recientemente durante un entrenamiento?

Ryland meneó la cabeza.

—Estaba solo y se topó con quien no debía. Cuando llegamos hasta él era demasiado tarde y su mente estaba destrozada. No pudo soportar la sobrecarga de ruido. No podemos apagarlo, Lily. *¿Puedes hacerlo tú?*

Lily sabía que no se lo estaba pidiendo para él. Sabía que estaba preocupado por sus hombres y lo admiraba por ello. Notaba el peso de su enorme responsabilidad, que casi podía con él.

Con los años, he aprendido a levantar barreras. Vivo en un entorno muy controlado. Me permite descansar el cerebro y prepararme para el bombardeo del día siguiente. Creo que tú y los demás podéis aprender a levantar barreras.

¿A ti quién te enseñó?

Lily se encogió de hombros. No recordaba no tener que protegerse. Lo había aprendido desde pequeña. *Creo que, como nací con esta habilidad, mi mente empezó a buscar formas de soportarlo. Vosotros no habéis tenido tanto tiempo. Vuestro cerebro se ha visto expuesto a demasiada carga en muy poco tiempo. No puedo saltarme fases y ofreceros las barreras que necesitáis.*

—A menos que las barreras desaparezcan para siempre —dijo, resentido, y sin preocuparse por las cámaras. De repente, tenía ganas de romper los barrotes o destrozar algo. Tenía que encontrar la forma de salvar a sus hombres. Eran buenos hombres, todos; comprometidos y leales. Hombres que se habían sacrificado por su país. Hombres que habían confiado en él y lo habían seguido—. Mierda, Lily.

El dolor empañó la tormenta reflejada en sus ojos y a Lily casi se le rompe el corazón.

—Esta noche visionaré las cintas de los entrenamientos. Lo solucionaré, Ryland —le prometió—. Encontraré la información que necesitamos para salvar a los demás. Sólo tienes que darme un poco más de tiempo.

—Sinceramente, Lily, no sé cuánto tiempo les queda. Cualquiera de ellos podría derrumbarse en cualquier momento. Si pierdo a uno más... ¿Es que no lo ves? Creyeron en mí y me siguieron. Depositaron su fe y confianza en mí y los llevé hasta esta trampa.

Lily notó los pedazos de cristal que golpeaban y cortaban su mente. Era un hombre de acción y lo habían encerrado en una celda. La frustración y la angustia lo estaban minando.

—Ryland, mírame. —Lo tocó. Metió la mano entre los barrotes para agarrarle la mano—. Encontraré las respuestas. Confía en mí. Pase lo que pase, encontraré la manera de ayudaros.

Ryland la miró a los ojos un segundo, buscando e intentando leerle la mente, al tiempo que reconocía lo mucho que le costaba abrirse incluso un poco más a él. Asintió, porque la creyó.

—Gracias, Lily.

Capítulo *4*

El murmullo de voces no cesaba; una invasión que resonaba en su cabeza y que la volvía loca. Cada vez que se dormía, las voces estaban allí, invadiendo su mente, pero no podía entender nada. Sabía que había más de una voz, más de una persona, pero no lograba entender qué decían. Aunque tenía claro que eran los susurros de una conspiración, que aquellas voces transmitían un gran peligro y violencia.

Lily estaba tendida en su enorme cama, contemplando el techo y escuchando el latido de su corazón. Ya hacía rato que, frustrada, había apagado la música que normalmente ponía para enmascarar los sonidos que no podía bloquear. Esa noche tampoco iba a poder dormir. Ni siquiera le apetecía. No era seguro. Las voces la reclamaban, suaves y persuasivas, voces que susurraban peligros y tácticas.

Se sentó y se reclinó entre las gruesas almohadas que había a los pies del barroco cabezal de la cama. ¿De dónde había salido eso? Las tácticas implicaban un entrenamiento, quizás incluso militar. ¿Estaba oyendo a Ryland y sus hombres mientras recurrían a sus poderes telepáticos para planear su fuga? ¿Era posible? Estaban a kilómetros de su casa, encerrados bajo tierra y protegidos por muros de cristal. Las paredes de la casa eran muy gruesas. ¿Tan conectados estaban que podía sintonizar su frecuencia, igual que una onda de radio, una banda de sonido, la exacta?

—¿Qué has hecho, papá? —preguntó, en voz alta.

Sólo podía quedarse allí sentada, en la seguridad de su cama, mientras su mente repasaba las imágenes de los entrenamientos que había visto en las cintas y los informes que había leído. No alcanzaba a entender cómo se las había arreglado su padre para conseguir redactar unos informes con una descripción tan poco detallada de lo que había hecho. ¿Por qué diantre se había molestado en llenar su ordenador de la Donovans Corporation de sinsentidos? El archivo estaba marcado como confidencial y se suponía que sólo él, a través de su contraseña y código, podía tener acceso, aunque estaba claro que Higgens también había entrado.

Le dolía la cabeza y veía pequeños puntos blancos que flotaban en un vacío oscuro que era el dolor. Eran las consecuencias de utilizar la telepatía. Pensó en Ryland. ¿Todavía sufriría las consecuencias del uso prolongado? En los primeros años, sí. Había leído los informes confidenciales sobre el entrenamiento que habían soportado los soldados. Todos habían sufrido fuertes migrañas, que era la reacción violenta del cuerpo después de utilizar los talentos parapsicológicos.

Lily decidió olvidarse de la seguridad, se levantó, se puso la bata y se ató el cinturón alrededor de la cintura. Abrió las puertas del balcón y salió al aire frío de la noche. La brisa enseguida le revolvió el pelo y se lo colocó delante de la cara, para luego apartarlo y dejarlo caer sobre la espalda.

—Te echo de menos, papá —susurró—. Me vendrían bien tus consejos.

El pelo le molestaba, porque se le metía en los ojos, así que se lo recogió y, con gran pericia y velocidad, se hizo una trenza. Su mirada se fijó en las hebras de niebla que se posaban sobre los árboles, a medio metro del suelo. Por el rabillo del ojo, captó movimiento en la zona de las flores, una sombra que se adentraba en espacios más oscuros.

Asustada, se alejó de la baranda y volvió a la seguridad y oscuridad de su habitación. Los jardines estaban protegidos, pero la sombra que había visto no pertenecía a ningún animal. Lo había visto caminar sobre dos piernas. Se quedó inmóvil mientras intentaba ver algo entre la niebla y la oscuridad del jardín. Sus sentidos estaban alerta, pero ella tenía una sobrecarga sensorial y temía que su miedo estuviera más relacionado con el continuo susurro que oía en su cabeza que con una amenaza real en su casa. Era posible que Arly hubiera contratado más seguridad y no le hubiera dicho nada. Quizá lo había hecho después de la desaparición de su padre. Le había pedido que la acompañara un guardaespaldas las veinticuatro horas, pero ella se había negado en redondo.

Lily descolgó el teléfono y apretó la tecla de la llamada automática a Arly. Él respondió al primer tono, aunque parecía dormido.

—¿Has contratado a más vigilantes para que merodeen por mi propiedad, Arly? —le preguntó, sin ningún preámbulo.

—¿Duermes alguna vez, Lily? —Arly bostezó—. ¿Qué pasa?

—He visto a alguien en el jardín. Dentro de los muros. ¿Has contratado a más vigilantes? —Había una nota de acusación en su voz.

—Por supuesto que sí. Tu padre ha desaparecido, Lily, y tu seguridad es lo primero y no tus obsesivas ideas con la privacidad. Por el amor de Dios, tienes una casa con ochenta habitaciones y tanto terreno que podrías tener tu propio estado. Creo que podemos contratar a unos hombres más sin el riesgo de encontrártelos por todas partes. Y ahora cuelga y déjame dormir.

—Sin autorización no puedes contratar más seguridad.

—Sí que puedo, repelente. Tengo absoluta autoridad para protegerte el culo en todos los sentidos que crea convenientes y pienso hacerlo. Y deja de quejarte.

—La «señorita Lily» o la «doctora Whitney» tendrá algo que decir —refunfuñó ella—. ¿Quién fue el estúpido que te colocó en un puesto de poder?

—Pues fuiste tú, señorita Lily —respondió Arly—. Lo añadiste a la descripción de mi trabajo e incluso lo firmaste.

Lily suspiró.

—Empollón metomentodo. Seguro que metiste el papel entre los otros documentos que tenía que firmar, ¿verdad?

—Claro. Así aprenderás a no firmar documentos sin leerlos antes. Y ahora vete a la cama y déjame dormir un poco.

—No vuelvas a llamarme señorita Lily, Arly, o practicaré el kárate con tus pantorrillas.

—Sólo era respetuoso.

—Eras sarcástico. Y cuando vuelvas a la cama y estés a punto de dormirte, orgulloso de haber ganado la batalla y regodeándote de lo listo que eres, recuerda quién tiene el coeficiente intelectual más alto. —Y con esa patética frase Lily colgó el teléfono. Se sentó en el borde de la cama y se echó a reír, en parte por la conversación y en parte por el alivio. Se había asustado más de lo que ella misma había reconocido.

Adoraba a Arly. Le encantaba todo de él. Incluso sus horribles modales y la forma que tenía de gruñirle como un viejo oso. Un viejo oso esquelético, corrigió, con una sonrisa. Odiaba que lo llamaran esquelético, casi tanto como que Lily le recordara que tenía un coeficiente intelectual más alto. Ella sólo recurría a ese dato en contadas ocasiones, cuando él la había dejado sin respuesta posible y se mostraba especialmente petulante.

Avanzó por el pasillo descalza y bajó la escalera. Todo sin encender las luces. Se sabía de memoria el recorrido hasta el despacho de su padre y esperaba que su olor, que todavía permanecía en sus cosas, la tranquilizara. Había ordenado que nadie entrara en el despacho, ni siquiera los encargados de la limpieza, porque quería poder encontrar papeles pero, sobre todo, porque no quería separarse del olor de su pipa, que todavía permeaba los muebles y la chaqueta.

Cerró la enorme puerta de roble, dejó el resto del mundo fuera y se sentó en la butaca preferida de su padre. Notó que las lágrimas se le acumulaban en el lagrimal, le hacían un nudo en la garganta y le quemaban los ojos, pero parpadeó y las bloqueó. Apoyó la cabeza en el cojín donde tantas veces su padre había apoyado la suya mientras hablaban. Recorrió el despacho con los ojos. Tenía una visión nocturna muy buena y se conocía todos los rincones del despacho, de modo que le resultaba fácil fijarse en los detalles.

Las librerías hasta el techo eran simétricas, y los libros estaban perfectamente alineados y ordenados. La mesa se había dispuesto en un ángulo determinado respecto a la ventana y la silla entraba cinco centímetros debajo de ella. Todo estaba en orden, como le gustaba a él. Lily se levantó y paseó por la habitación, acariciando sus cosas. Su adorada colección de mapas, todos desplegados para un fácil acceso. Su atlas. Que ella supiera, nunca lo había tocado, pero ocupaba un lugar privilegiado en la estancia.

A la izquierda de la ventana había un antiguo reloj de sol. En el estante más cercano al enorme reloj de pared con su incesante péndulo había un barómetro de Galileo de cristal. Y, junto al barómetro, un grueso reloj de arena rodeado de espirales de plomo. Lily lo levantó y le dio la vuelta para ver cómo los granos de arena caían al fondo. La posesión más preciada de su padre era el enorme globo terráqueo sobre un pie de caoba. Estaba hecho de cristal y conchas de abulones y, a menudo, mientras hablaba con ella de noche, se colocaba junto a la esfera y la observaba con detenimiento.

Acarició la superficie lisa, deslizando los dedos por las conchas pulidas. La pena la invadió. Se dejó caer en la butaca más cercana a la esfera y bajó la cabeza al tiempo que se apretaba las sienes con los dedos.

El ruido del reloj de pared era abrumador en medio del silencio del despacho. Resonaba en su cabeza y perturbaba su soledad. Suspiró, se levantó, se acercó a él y acarició la madera tallada con sus delicados dedos. Era imponente, con más de dos metros de alto y casi sesenta centímetros de fondo. El mecanismo funcionaba con precisión detrás del cristal biselado y el péndulo dorado gigante se balanceaba de un lado a otro. A cada hora, junto al número romano pertinente, aparecía un planeta de detrás de unas puertas decoradas con estrellas; resplandecientes piedras preciosas que giraban alrededor de un cielo oscuro, completado con varias lunas. A las doce del mediodía y de la noche, aparecían todos los planetas en una maravillosa exposición del sistema solar. Las tres suponían la aparición de un resplandeciente sol y, a las nueve, salía la luna, que llenaba el reloj de preciosos destellos.

A ella siempre le había encantado ese reloj, pero quedaría mejor en otra habitación, donde el ruido constante no volviera loco a alguien mientras intentaba pensar. Entonces se volvió, se alejó de la obra maestra y se sentó en una silla, donde estiró las piernas y se miró los pies sin fijarse realmente. Había nueve planetas, el sol, la luna y la aparición de todo el sistema solar, pero, de noche, la luna no aparecía. A las nueve de la mañana hacía su aparición puntual, pero se negaba a aparecer durante la noche. A ella siempre la había irritado un poco aquella inconsistencia. Era un defecto en algo tan preciso. Le molestaba tanto que le había suplicado a su padre que lo arreglara. Era lo único de la casa que el doctor Whitney no mantenía en perfectas condiciones.

Levantó la cabeza muy despacio y sus ojos se posaron en el número nueve romano, hecho de oro. Le empezaron a venir imágenes al cerebro; todo alineado y lo vio perfectamente, vio cómo funcionaba. Se levantó con la mirada fija en el reloj de pared. La invadió una explosión de adrenalina, cargada de euforia. Y de un repentino miedo.

Sabía que había encontrado la entrada al laboratorio secreto de su padre. Cerró la puerta del despacho con llave y volvió hasta el reloj. Lo rodeó y lo observó desde todos los ángulos. Con cuidado, abrió la puerta de cristal. Con más cuidado, giró la manecilla del reloj nueve veces y la dejó encima de las nueve. Un ligero ruido le dijo que había encontrado algo.

La parte frontal del reloj se movió y reveló una entrada en la pared. Contuvo la respiración. Encontró la puerta, la abrió sin demasiados problemas y accedió al estrecho espacio y se quedó allí, mirando las paredes. No iba a ningún sitio. Lily frunció el ceño y empezó a recorrer los paneles con la mano, buscando algo. Nada.

—Claro que no. El reloj. Está en el reloj.

Se volvió para mirar el frontal del reloj. El sistema solar se reflejaba en el espejo del fondo. El sol dorado, tan radiante y en primer término. Lo apretó con fuerza con el pulgar.

El suelo que había entre las paredes se abrió y reveló una estrecha escalera que descendía. Entonces contempló la cerrada oscuridad con la boca seca y el corazón acelerado.

—No seas cobarde, Lily —susurró en voz alta.

Peter Whitney era su adorado padre y ahora, de repente, tenía miedo de los secretos que pudiera descubrir en su laboratorio privado.

Respiró hondo y empezó a bajar las escaleras. Para su mayor horror, cuando pisó el cuarto escalón, el suelo se cerró sobre su cabeza de forma tan silenciosa que se le erizaron los pelos de la nuca. Y, en ese mismo instante, se encendieron unos pequeños pivotes en los extremos de los escalones que iluminaban el descenso. La claustrofobia la invadió y la sensación de estar enterrada viva era abrumadora. La escalera era muy empinada y estrecha, obviamente diseñada así para que costara más localizarla entre los muros del sótano.

¿Lily? La voz resonó en su cabeza. *Lily, habla conmigo. Estás asustada. Lo noto y estoy aquí encerrado en esta celda. ¿Estás en peligro?*

Lily se quedó en la parte de arriba de las escaleras, sorprendida por la claridad de la voz de Ryland Miller en su cabeza. Era muy fuerte. Entendía por qué aterrorizaba al coronel Higgens. Ryland Miller podía ser capaz de influir en alguien para que matara. Podía ser capaz de influir en alguien para que se suicidara.

Ryland maldijo con una serie de duras y brutales palabras para expresar su frustración. *Maldita sea, Lily. Te juro que si no me contestas romperé la celda. Me estás matando. ¿Lo sabes? Tienes un cuchillo y me lo estás clavando en el corazón. Necesito contactar contigo, protegerte. No puedo controlar este sentimiento.*

La desesperación de su voz atravesó su miedo. Notaba la fuerza y la intensidad de sus emociones. El capitán Ryland Miller, que ante los demás ojos siempre estaba al mando de la situación y actuaba con frialdad bajo presión, con ella se descontrolaba y ardía como un incendio que nadie podía contener. Lily soltó el aire lentamente e hizo todos los esfuerzos posibles por superar su aversión a los lugares cerrados.

Se quedó en la escalera, consciente de su entorno. De repente, las voces que murmuraban habían desaparecido bajo la fuerza de la voz de Ryland. Se agarró a la baranda y se preguntó qué le daba más miedo, descubrir en qué había participado su padre o el hecho de que el vínculo entre Ryland y ella se reforzara con el paso de las horas. No pudo resistirse a la desesperada súplica de su voz. Parecía muy tenso y necesitaba saber que estaba bien.

La mayor parte de la gente aprovecha la noche para dormir. ¿Tus amiguitos y tú habéis estado jugando a la ouija? Os oigo perfectamente. Y me pregunto quién más os estará oyendo.

Notó cómo Ryland soltaba el aire. Cómo la tensión relajaba sus músculos agarrotados. *¿Por qué estás asustada?*

Por las voces. Vuestras voces. Son... —Buscó la forma de explicarse—. *Son como un millar de abejas...*

Que te pican en el cerebro, Ryland terminó la frase.

Su voz le dio confianza. Lily miró hacia el techo que se había cerrado sobre su cabeza y vio los mismos dibujos grabados en la puerta. No estaba encerrada. A diferencia de Ryland y sus hombres, tenía una salida. Empezó a bajar las escaleras. *Sé que estáis planeando vuestra huida, Ryland. Es lo que hacéis por la noche. Has encontrado una forma de comunicarte con los demás y, no sé cómo, yo he acabado participando del círculo.*

Lo siento, Lily. No sabía que te estábamos haciendo daño. Intentaré protegerme mejor, y pediré a los demás que hagan lo mismo.

Ella dudó unos segundos. *Creo que lo he encontrado. El laboratorio secreto de mi padre. No hagáis ninguna locura hasta que descubra qué hay aquí.*

No podemos arriesgarnos a quedarnos aquí, Lily. Higgens tiene un plan para deshacerse de nosotros. Tengo que hablar con el general Ranier. No estoy seguro de que te crea, porque Higgens tiene que estar engañando a nuestra gente respecto a lo que está pasando aquí. El coronel es un oficial condecorado y un hombre respetado. No será fácil convencer a nadie de que es un traidor.

Lily le creía. Higgens se había mantenido lejos de ella y había preferido que fuera Phillip Thornton, presidente de la Donovans Corporation, quien le pidiera que siguiera con el trabajo de su padre. Sin embargo, el coronel Higgens había seguido intentando obtener la contraseña del ordenador de su padre y los códigos para invalidar el mecanismo de seguridad y no perder así el trabajo del doctor en caso de acceder de forma brusca. Lily sabía que todo lo que había en el ordenador del despacho de su padre en Donovans era un conjunto de sinsentidos muy bien ordenados. Códigos y fórmulas que no tenían nada que ver con un experimento paranormal. *Creo que mi padre sospechaba que Higgens planeaba algo y que había alguien en Donovans que lo ayudaba. En el ordenador del laboratorio no hay nada y Thornton envió a alguien a recoger su ordenador del despacho privado. Ya lo había mirado y no hay nada que pueda aprovecharse.*

¿Has visto las cintas del entrenamiento? Su voz estaba teñida de dolor.

A Lily se le partió el corazón. Había visionado las primeras cintas y había visto cómo, en el segundo año de entrenamientos, dos de los miembros originales del equipo se habían vuelto cada vez más inestables y violentos. Ryland Miller había tenido que pagar el precio más alto con sus dos amigos. Había sido terrible verlo en la cinta; y todavía debió de ser peor haber tenido que pasar por eso.

El experimento debería haberse abortado en ese momento.

Las escaleras seguían bajando, hacia las profundidades de la tierra, y a veces se estrechaban tanto entre otras habitaciones que a Lily le costaba respirar. Pero el aire circulaba y la luz iluminaba, guiándola hasta más allá del sótano.

Le dije al doctor Whitney que estábamos en peligro, pero Higgens lo convenció para que continuara. Destacó todo lo que podíamos llegar a hacer. No hay ningún otro equipo como nosotros en el mundo; podemos adentrarnos en un campamento enemigo sin que nos vean. Trabajamos en absoluto silencio. Somos Soldados Fantasma, Lily, y Higgens quiere salir victorioso cueste lo que cueste. Aunque suframos un cortocircuito y tengan que eliminarnos. Tuve que matar a uno de mis amigos y ver cómo el otro moría. Perdí a otro, Morrison, hace un par de meses por derrames cerebrales. Era un buen hombre que se merecía algo mejor que lo que tuvo que sufrir. Voy a salvar a los demás como sea, Lily. Tengo que ponerlos a salvo.

Lily por fin había llegado al final de las escaleras y estaba frente a la puerta cerrada del laboratorio de su padre. Conocía todas las contraseñas y los códigos de seguridad, pero la puerta tenía un escáner de huellas dactilares.

Lo siento Ryland. Espero descubrir mucho más. No puedes sacar a los hombres de un entorno protegido sin un plan. Ya se ha demostrado su violencia potencial y existe el peligro de perderlos de la misma forma que a Morrison. Y eso no es lo que tú quieres. Vendré mañana y te explicaré lo que haya encontrado.

Intentó no sentirse culpable. Su padre debería haber insistido en detener el proyecto y, sin embargo, había consentido que encerraran a los hombres en lugar de intentar encontrar la forma de devolverlos al mundo exterior. Se avergonzaba de él y eso no le sentaba demasiado bien.

Mierda, Lily, no puedo soportar que sientas tanto dolor. Esto no es culpa tuya. No sabías nada y no es culpa tuya. Me destroza percibir tu dolor.

Lily era consciente de que la conexión entre ellos se estaba reforzando. La atracción física, emocional y mental se amplificaba por algo que los dos tenían en su interior y no podían controlar. Meneó la cabeza y buscó la respuesta lógica que siempre le había permitido solucionar sus problemas. Su vínculo con Ryland Miller era incómodo, inesperado y algo que no necesitaba en mitad de una situación cada vez más peligrosa y compleja.

Ya te explicaré lo que encuentre. Repitió, porque quería que supiera que no iba a abandonarlo.

¿Seguro que estás bien? Whitney, tu padre, dejó entrever que alguien de tu casa te había traicionado.

Casi podía verlo apretando los dientes y agobiado por no poder estar con ella cuando más necesitaba consuelo y quizá también protección. Su corazón reaccionó ante la necesidad de Ryland, ante cómo necesitaba estar con ella, cómo la buscaba. Estaba abriéndose paso hasta su alma. Por mucho que levantara sus defensas, él siempre decía o hacía algo que la tocaba.

Nadie sabe dónde estoy, Ryland. Estaré bien. Rompió el vínculo entre ellos y colocó la mano encima del escáner, confiando en que su padre hubiera grabado sus huellas en el ordenador.

La puerta se abrió con suavidad. Entró en el laboratorio sin vacilar. Las luces parpadearon cuando apretó el interruptor, pero luego se encendieron. La pared de la izquierda estaba llena de ordenadores. En una pequeña zona rodeada de librerías había una mesa. El laboratorio estaba tan bien equipado como los de Donovans. Su padre no había reparado en gastos a la hora de equipar su santuario privado. Lily miró a su alrededor con una mezcla de incredulidad y traición. Estaba claro que hacía años que utilizaba ese laboratorio.

Caminó por la sala, vio las hileras de vídeos y discos, el pequeño baño a la derecha y otra puerta que llevaba a otra habitación. En esta segunda habitación había una pared de observación hecha de cristal que, por el otro lado, era un espejo. Se asomó, y al otro lado del cristal vio lo que parecía una habitación infantil con varias camas.

Se le revolvió el estómago. Se presionó la tripa con la mano mientras una serie de imágenes borrosas se le acumulaban en la cabeza. Ya había visto antes esa habitación, estaba segura. Sabía que, si entraba y cruzaba las dos puertas que veía, descubriría otro baño y una sala de juegos.

No entró. Se quedó en la puerta mirando las doce camas pequeñas, camas de niño, mientras contenía las lágrimas. Su padre le había dicho que había hecho muchas obras en aquella enorme casa porque le encantaban los castillos ingleses y las propiedades extensas, pero Lily sabía que ahora tenía ante sus ojos el auténtico motivo. Sabía que las escaleras que descendían hasta ese laboratorio estaban encajadas entre las paredes del sótano. El laboratorio estaba por debajo del nivel del sótano, totalmente escondido, y ya sabía que la ubicación de aquel laboratorio no aparecería en ningún plano de la casa. Lo que la casa protegía era esas habitaciones, no a ella.

Se tapó la boca con una temblorosa mano. Ella había dormido en aquella habitación. Incluso sabía cuál había sido su cama. Lily se volvió y observó el laboratorio.

—¿Qué hacías aquí? —preguntó en voz alta, temerosa de la respuesta y de la certidumbre que estaba apoderándose de su cerebro lógico.

Aquella habitación con las pequeñas camas le daba asco. La cabeza le dolía más que nunca; era como un enjambre de abejas atacándola, picándole e hiriéndola tanto que tuvo que apretarse las sienes con ambas manos para intentar mitigar el dolor.

—Sólo son recuerdos —susurró, para darse coraje. No tenía más opción que enfrentarse a su pasado.

Lily se acercó a la mesa de su padre y encendió el ordenador, que estaba justamente en el centro. Mientras el ordenador se cargaba, vio su nombre escrito en la agenda de su padre. Debajo, había una carta escrita a mano a toda prisa. Estaba llena de sus extraños códigos, pero unos códigos que ella conocía, unos que reconocía de su infancia.

La cogió y acarició la tinta con los dedos. La leyó en voz alta, como si quisiera resucitarlo:

«Mi querida hija. Sé que los errores del pasado han podido conmigo. Hace tiempo que debería haber hecho algo al respecto. Debería haberte explicado la verdad, pero tenía miedo de ver cómo desaparecía para siempre el amor que veía en tus ojos cuando me mirabas.»

Había varios tachones, porque no le gustaban las palabras que había elegido.

«Tu infancia está totalmente documentada. Por favor, recuerda que eres una mujer extraordinaria, igual que fuiste una niña extraordinaria. Perdóname por no haber sido capaz de encontrar la manera de decírtelo en persona. No tuve valor.»

Más tachones, incluso uno tan fuerte que el lápiz había roto el papel.

«Eres mi hija en todos los sentidos de la palabra, aunque biológicamente no lo eres.»

Lily leyó una y otra vez la frase. «Biológicamente no lo eres.» Se sentó muy despacio en la silla y se quedó mirando las palabras. Su padre le había explicado mil veces que su madre había muerto pocas horas después de dar a luz.

«Nunca he estado casado y nunca conocí a tu madre. Te encontré en un orfanato de otro país. No había constancia de los nombres de tus padres, sólo se conocían tus extraordinarias habilidades. Lily, te quiero con toda mi alma. Siempre serás mi hija. La adopción es completamente legal y eres la única heredera. Cyrus Bishop tiene todos los documentos.»

Cyrus Bishop era uno de los abogados de Peter Whitney, en el que más confiaba y a quien recurría para todos los asuntos personales. Lily se dejó caer en el respaldo de la silla.

—Esto no es lo peor, ¿verdad, papá? Podrías haberme dicho que era adoptada en lugar de inventarte una historia tan complicada. —Soltó el aire despacio y se volvió hacia la enorme habitación que tenía a la izquierda. El dormitorio. El que tenía aquellas doce camitas.

Recordaba voces. Voces jóvenes. Cantando. Riendo. Llorando. Recordaba a esas voces llorando.

«Te dije que no tenías abuelos. No te mentí. Mi familia está muerta. Eran personas insulsas, Lily, sin emociones. Tenían dinero e inteligencia por ambas partes, pero no sabían querer. De pequeño, apenas los vi, sólo cuando me reñían porque no había hecho algo tan bien como ellos creían que tenía que hacerlo. Es mi única excusa. Nadie me enseñó a querer hasta que llegaste a mi vida. No sé cómo ni cuándo empezó, pero sé que anhelaba el momento de despertarme por la mañana y verte. Mis padres y abuelos me dejaron más dinero del que alguien puede necesitar jamás, y heredé su brillantez, pero no me dejaron ningún legado de amor. Eso lo hiciste tú.»

Lily volvió la página y encontró más.

«Tuve una idea. Era una buena idea, Lily. Estaba seguro de que podía reunir a personas cuyos talentos paranormales empezaban a florecer y reforzar esas habilidades, darles rienda suelta. Encontrarás mis notas en el ordenador. Los resultados están en los vídeos y los discos que he grabado, junto con mis observaciones detalladas.»

Lily cerró los ojos para frenar la ardiente oleada de lágrimas que intentaba abrirse paso. Sabía lo que revelaría el resto de la carta y no quería enfrentarse a eso.

¿Lily? Esta vez la voz sonó débil, lejana, como si Ryland estuviera muy cansado. *¿Qué te pasa?*

Lily no quería que lo supiera. No quería que nadie lo supiera. Se obligó a llenar de aire los pulmones. No sabía si se estaba protegiendo a sí misma o a su padre, pero sí sabía que, en ese momento, no podía revelar la verdad. *Nada. No te preocupes, sólo estoy repasando notas.*

Percibió una pequeña duda, casi como si no la creyera, pero luego su presencia desapareció.

Lily volvió a concentrarse en la carta.

«Me traje a doce niñas del extranjero. Escogí países del Tercer Mundo, lugares donde quisieran deshacerse de sus niños. Encontré a las niñas en orfanatos, donde nadie las quería, donde casi todas habrían muerto, o algo peor. Todas tenían menos de tres años. Escogí niñas porque había muchas más niñas abandonadas donde elegir. En esos países, los padres no suelen abandonar a los niños. Buscaba unas condiciones muy concretas y tú y las demás las cumplíais. Os traje aquí y trabajé con vosotras para reforzar vuestras habilidades. Os cuidé muy bien; todas teníais una niñera asignada y, lo admito, me convencí de que os había dado una vida mucho mejor de la que hubieseis tenido en los orfanatos.»

Lily dejó la carta, se levantó y paseó por la sala, con la adrenalina bombeándole en la sangre.

—Espero haberlo entendido bien, papá. Soy una huérfana abandonada de un país del Tercer Mundo a la que trajiste a casa, junto con once afortunadas más, para experimentar con nosotras. Teníamos niñeras, y seguramente juguetes, y eso lo arregla todo. —Estaba furiosa. ¡Furiosa! Y quería llorar. Pero, en lugar de eso, dio media vuelta y se sentó en la mesa de su padre.

¿Cómo es posible que encontrara rastros de habilidades paranormales en niñas de menos de tres años? ¿Qué buscaba? Se avergonzaba de que su mente quisiera responder a esas preguntas casi tanto como la enfurecía la idea de lo que su padre había hecho.

«Al principio, todo salió bien, pero entonces me di cuenta de que ninguna de vosotras podía soportar el ruido y que no os gustaba tener a la mayoría de las niñeras cerca. Descubrí que estabais recibiendo demasiada información y que no había forma de cerrar el flujo. Hice lo que pude para ofreceros una atmósfera relajante e intenté conseguir empleados a los que no pudierais leer. A veces tuve que levantar barreras de protección, pero os ayudó.»

Más tachones, que indicaban una gran agitación.

«La luz azul también ayudaba, así como el sonido del agua. Está todo en los informes que te he dejado. Sin embargo, los problemas no terminaron aquí. Algunas niñas no podían estar solas sin ti o dos o tres más del grupo. Sin ti, se volvían casi catatónicas. Los ataques eran habituales, así como una larga lista de problemas. Me di cuenta de que no podía seguir manteniendo a tantas niñas con aquellos enormes problemas. Encontré un hogar para las demás; no me costó demasiado, teniendo en cuenta la cantidad de dinero que ofrecía a los futuros padres. Y me quedé contigo.»

Lily se presionó la frente con el talón de la mano.

—Pero no porque me quisieras, papá, sino porque era la menos problemática. —Lo vio muy claro. Su padre, un hombre joven, lógicamente se había quedado con la niña que le daría menos problemas. Su padre sabía que debería abortar el experimento, pero no pudo hacerlo después de tanto tiempo, esfuerzo y dinero invertidos en él. Así que se quedó a Lily—. ¿Y qué pasa con las otras niñas, intentando sobrevivir ahí fuera sin ayuda y sin saber qué les pasa? Las abandonaste. La mitad podrían estar muertas o encerradas en instituciones mentales. —Las lágrimas querían abrirse paso pero las contuvo. ¿Cómo podía haber hecho algo tan horrible? Estaba mal, era contra natura.

«Te conozco muy bien, Lily. Sé que te estoy haciendo daño, pero tengo que confesarte la verdad o no te creerás nada. Con los años, aprendí a quererte y me di cuenta de lo que realmente debía a esas otras niñas. No es excusa por haberlas abandonado. Soy responsable de los problemas que sé que deben estar sufriendo en sus vidas actuales. He contratado a un detective privado para que las encuentre. He localizado a algunas, y esos informes también están en el ordenador. Los resultados de mi intromisión te gustarán tan poco como a mí. Sé que estarás enfadada conmigo y te avergonzarás de mí.»

Lily levantó la cabeza.

—Ya estoy enfadada y avergonzada —dijo—. ¿Cómo pudiste hacerlo? Experimentar con personas, con niñas. Papá, ¿cómo pudiste?

Intentó recordar a las otras niñas, pero sólo oía voces que se mezclaban entre risas y llantos. Sintió una afinidad inmediata con las otras niñas, que ahora eran mujeres y estaban ahí fuera sin tener ni idea de qué les pasaba. ¿Dónde estaban ahora mismo? Quería dejar la carta de su padre y buscar los informes del investigador privado, pero se obligó a continuar.

«Sólo puedo decir que, en aquellos tiempos, no tenía demasiado corazón o conciencia. Fuiste tú quien introdujo esos dos elementos en mi vida. Lo aprendí de ti. Viéndote crecer y el amor que había en tus ojos cuando me mirabas. Aprecio cada uno de los días en que me perseguías haciéndome mil preguntas y discutiendo conmigo. Por desgracia, Lily, ahora sabes cómo era mi mente. Te cuidé durante años, te protegí lo mejor que supe, pero vi tu potencial y, al hacerlo, me di cuenta del enorme beneficio que supondría para nuestro país un equipo de elite.»

Lily meneó la cabeza.

—Ryland. —Suspiró su nombre como si quisiera protegerlo.

«Pensaba que me había equivocado al elegir a sujetos tan jóvenes. Al principio, tenía sentido porque sus cerebros no estaban desarrollados; podía aprovecharlo y enseñarles a utilizar las partes que estaban dormidas, esperando a que alguien las despertara. Pero las niñas eran muy jóvenes. Pensé que si escogía a hombres con un entrenamiento y una disciplina superiores no caería en los mismos errores. Podía contar con que ellos mismos hicieran las prácticas y levantaran las barreras necesarias cuando necesitaran un descanso. Tú fuiste capaz de hacerlo, por lo que un hombre adulto sería más fuerte, y un militar estaría más acostumbrado a obedecer y a sacar el máximo partido de los entrenamientos.»

Lily suspiró y giró la página.

«Todo ha vuelto a salir mal. Verás los problemas en los discos y los informes. No se puede invertir el proceso, Lily. He intentado encontrar una manera, pero, cuando está hecho, no se puede deshacer y esos hombres, esas mujeres y tú tendréis que vivir con lo que he hecho. No tengo respuestas para Ryland Miller. Ni siquiera me atrevo a mirarlo a los ojos. Creo que el coronel Higgens y alguien de Donovans están conspirando para encontrar los informes y venderlos a otros países. Me han seguido y alguien ha entrado en mis despachos en Donovans y en casa. Creo que Miller y su equipo están en peligro. Tienes que enviar un mensaje al general Ranier (es el inmediato superior del coronel Higgens) y explicarle lo que está pasando. Lo conoces bien y no puedo imaginarme que no te responda. Yo le he dejado miles de mensajes para que me llame o venga a verme a Donovans, pero no he sabido nada de él.»

Lily observó los símbolos tan familiares y ansió oír la voz de su padre. Podía estar herida y enfadada, pero no podía cambiar nada de lo que él había hecho.

«He abierto cuentas bancarias para el equipo de Miller, por si acaso. Si fracaso, tendrás que ayudarlos por mí. Tendrás que explicarles la verdad. Sin alguien como tú, con tu talento para bloquear los sonidos y las emociones, tendrán que estar continuamente trabajando para encontrar rincones de paz o, al final, acabarán saturados. Mira las cintas, lee los informes y luego busca la manera de compensar los daños y enseñar a esos hombres y a las mujeres a vivir como has vivido tú. En un entorno protegido y sirviendo a la sociedad, pero viviendo la vida. Te ruego que pienses en mí con todo el amor y la compasión que sé que tienes en tu corazón. Tengo miedo, Lily. Tengo miedo por nosotros dos y por todos esos hombres.»

Lily se quedó sentada un buen rato, con la cabeza agachada y los hombros temblorosos. Las lágrimas asomaron en sus ojos, pero no cayeron. No estaba preparada para esto pero, aunque no sabía por qué, no se había sorprendido tanto como debería. Conocía a su padre, sabía que las leyes eran demasiado estrictas y que sólo dificultaban la investigación médica y militar. Su nombre era venerado en muchos círculos. Su nombre siempre había estado por encima de los reproches y, sin embargo, había realizado experimentos secretos con niñas. Era imperdonable.

Lily se levantó y se acercó a la hilera de vídeos. Miró la estantería. Su vida. Justo allí. Todo perfectamente etiquetado con la letra de su padre. No iba a ver sus primeros pasos, como los grababan muchos padres, ni cómo se graduaba con honores en la universidad; iba a ser un documental realizado, a sangre fría, de un sujeto con habilidades parapsicológicas que un hombre, que decía que la quería, había reforzado.

No creía que pudiera soportarlo. Además, ni siquiera podía correr a los brazos de él para que la consolara. Estaba en el fondo del mar. Asesinado. Tuvo un escalofrío. Probablemente, Peter Whitney había muerto a manos de alguien que quería conseguir la información que ahora ella tenía delante. Alguien quería saber cómo había conseguido reforzar los talentos parapsicológicos que una persona tenía de forma natural. Su padre no había compartido el proyecto con nadie, ni en Donovans, ni con el coronel Higgens ni con el general que era su superior.

Lily cogió el primer vídeo con la mano temblorosa. Ryland Miller y su equipo estaban vivos porque su padre no había facilitado a nadie la información. ¿Por qué iban a matar al único hombre que podía dársela? Si no podían conseguir la información de una forma, seguro que lo intentarían de otra.

Un accidente les proporcionaría un sujeto muerto al que poder diseccionar. Un sujeto al que podrían llevarse y estudiarlo con la esperanza de poder obtener el secreto. Si conseguían utilizar los talentos que su padre había generado, serían muy poderosos. ¿La muerte de Morrison había sido realmente casual? ¿Había sufrido los ataques por lo que Whitney le había hecho o porque le habían dado alguna droga para provocarlos y así poder estudiarlo?

Era consciente de que tenía que empaparse de mucha información en muy poco tiempo, así que insertó la cinta en el reproductor y se sentó para ver el contenido.

Lily se quedó absolutamente anestesiada mientras veía cómo aquella niña de enormes ojos se pasaba horas «jugando». La voz de su padre no mostraba ningún tipo de afecto mientras ofrecía datos y relataba sus habilidades. Intentó, desesperadamente, desvincularse de cualquier emoción igual que hacía su padre mientras observaba y grababa a la niña, que no dejaba de vomitar a consecuencia de las migrañas. La luz le hacía daño a los ojos, el ruido le molestaba a los oídos; lloraba, se balanceaba y suplicaba y, a pesar de todo, Peter Whitney filmaba, documentaba y hablaba con su voz monótona e impersonal.

Lily vio el vídeo y le repugnaba que el hombre al que llamaba padre, a quien quería como su padre, hubiera sido capaz de hacerle eso a una niña. Se quedaba allí de pie mientras la niñera intentaba consolarla y ayudarla. Incluso ordenó a la mujer que se apartara para tomar unos primeros planos de ella tapándose las orejas con las manos. Varias veces, cuando había desconectado y se balanceaba hacia adelante y hacia atrás, retirándose del mundo, hasta se había enfadado y le había dicho a la niñera que la aislara de las demás para que no «las infectara con sus métodos de refugio».

Lily apagó el vídeo con la cara llena de lágrimas. Ni siquiera se había dado cuenta de que estaba llorando. Temblorosa, abrió la puerta de la habitación donde había pasado tantos meses de entrenamiento. Donde la habían observado y grabado. Tenía un nudo en el estómago. Igual que Ryland y sus hombres. No podían quedarse en los laboratorios de la Donovans Corporation. Tenía que encontrar un lugar seguro y protegido hasta que pudiera revisar toda la información y encontrar la forma de ayudarlos.

Se tendió en la tercera cama de la izquierda. Su cama. Se acurrucó en posición fetal y se tapó las orejas con las manos para bloquear el sonido de su propio llanto.

Capítulo 5

Russell Cowlings seguía desaparecido. Ryland contó la flexión número cien y siguió repasando, paso a paso, el plan de huida. Había conseguido reunir a todos los hombres mediante la telepatía, excepto a uno. Russell no había respondido ni nadie del equipo había podido contactar con él desde hacía días.

Ryland se sentía impotente y maldecía mientras levantaba y hacía descender su cuerpo, trabajando los músculos para mantenerse en forma. Tenía que convencer a Lily de que todos sus hombres estaban en peligro. No tenía pruebas fehacientes, pero lo presentía. En su corazón y en su alma, lo sabía. Si permanecían mucho más tiempo en las celdas de los laboratorios Donovans, desaparecerían todos. Como Russell.

Frustrado, se levantó y se paseó de un lado a otro de su celda. Le dolía la cabeza después de haber mantenido el puente telepático durante tanto tiempo para todos los miembros del equipo mientras comentaban cómo sobrevivirían en el exterior si conseguían escapar. Había sido una conversación más larga de lo habitual y habían seguido poniendo a prueba y desactivando las alarmas y los sistemas de seguridad con frecuencia, lo que les había robado más energía. Se frotó las sienes porque se encontraba mal.

De repente sintió un intenso dolor. Tuvo que arrodillarse. *Lily.* Fue como un navajazo en el abdomen que lo dobló por la mitad.

Una piedra en el pecho que lo aplastaba. Un dolor como nunca había experimentado y esperaba no tener que hacerlo. En ese momento, lo único que importaba era acercarse a ella. Encontrarla y consolarla. Protegerla. La necesidad estaba viva e invadía su cuerpo.

Empezó a construir el puente entre ellos. Un puente tan fuerte y seguro que le permitiera cruzar las fronteras del tiempo y el espacio.

Lily estaba soñando con un río de lágrimas. Las lágrimas llenaban el mar y chocaban contra la orilla. Soñaba con sangre, dolor y unos hombres monstruosos que la acechaban en la oscuridad. Soñó con un hombre que se arrodillaba a su lado, que la tomaba en brazos y la pegaba a él, acunándola para intentar consolarla. Cuando el hombre vio que no podía detener las lágrimas, le besó la cara y siguió el rastro que éstas dejaban desde los ojos hasta la boca. La besó una y mil veces. Besos largos y embriagadores que hicieron que se olvidara de pensar, respirar o sufrir.

Ryland. Lo conocía. Era su amante en sueños. Se había introducido en su pesadilla para llevársela.

—Me siento vacía y perdida. —Incluso en sueños sonaba triste.

—No estás perdida, Lily —respondió él con amabilidad.

—No soy nada. No pertenezco a ningún sitio. No tengo a nadie. Nada de esto es real, ¿no lo ves? Él nos ha robado la vida, nuestra libertad de decisión.

—Perteneces a mi mundo, donde no hay límites. Eres un Fantasma. Da igual cómo sucedió, Lily, pero es así. Estamos predestinados. Quédate conmigo. —Ryland se levantó y le ofreció la mano.

—¿Qué vamos a hacer? —murmuró ella, alargando el brazo para aceptar su mano, sorprendida de descubrir que se encontraban fuera de una celda, fuera de las gruesas paredes de su casa. Lejos de los secretos que estaban guardados bajo tierra—. ¿Adónde vamos?

—Él apretó su mano, con fuerza y seguridad. A ella, el corazón le dio un vuelco cuando lo reconoció.

—¿Adónde te gustaría ir?

—A cualquier sitio. Donde sea, pero lejos de aquí. —Quería alejarse del laboratorio y de la verdad que estaba escondida debajo de los pisos de su casa. El peso de lo que había descubierto le pesaba tanto que apenas podía respirar.

Ryland quería que Lily confiara en él lo suficiente como para explicarle qué la había angustiado tanto, pero se limitó a tomarla de la mano y perderse juntos en la noche.

—¿Cómo puedes estar aquí, Ryland? ¿Cómo puedes estar aquí conmigo?

—Puedo entrar en los sueños. Raoul, nosotros le llamamos Gator, puede controlar a los animales. Sam puede mover objetos. Hay mucho talento entre nosotros, pero sólo unos pocos pueden adentrarse en los sueños.

—Gracias por venir —dijo Lily, sencillamente. Lo decía de corazón. No tenía ni idea de por qué la hacía sentirse plena cuando había estado tan mal, pero caminar a su lado, arropada bajo la protección de su brazo, le daba una sensación parecida a la paz.

Pasearon juntos por las calles oscuras, sin prestar demasiada atención de adónde iban; sólo querían estar juntos.

—Explícamelo, Lily. —Ryland caminaba muy cerca de ella, acariciándola con su enorme cuerpo de forma protectora.

Ella meneó la cabeza.

—No puedo pensar en eso, ni siquiera aquí.

—Aquí conmigo estás a salvo. Yo te mantendré a salvo. Explícame qué te hizo.

—No me quería. Eso es lo que hizo, Ryland. No me quería. —No quiso mirarlo a la cara. Dejó la mirada perdida en la noche, con la cara inclinada y una expresión tan triste que amenazaba con romperle el corazón.

Él la abrazó, la pegó a su cuerpo y los transportó a través del tiempo y el espacio. Muy lejos de los laboratorios y las celdas. Lejos de la realidad, para que el viento les acariciara la cara y ellos pudieran disfrutar de estar juntos. Un respiro que el cerebro de Lily aceptó y acogió de buen grado. Sus cuerpos volaban libres y podían ir donde sus mentes los llevaran, pero su dolor viajó con ellos en su mundo onírico. Así como las preocupaciones de Ryland.

—No localizo a uno de mis hombres, Lily. No puedo contactar con él.

Ella sabía qué quería.

—Lo encontraré. Mañana pediré hablar con todos. Se supone que tengo permiso para hacerlo. ¿Cómo se llama? —Bajó la cabeza, notando el peso de la culpa.

—Russell Cowlings. Y no te culpo, Lily, porque sé qué es lo que estás pensando. Tu padre…

—No quiero hablar de él. —Su mundo onírico estaba empezando a disolverse por los extremos ante la dureza de la realidad, que penetraba en él.

Ryland le tomó la cara entre las manos.

—Vi sus ojos cuando te miró. Te quería mucho. Independientemente de los pecados que cometiera, te quería mucho, Lily.

Ella levantó la cabeza y lo miró, con las largas pestañas empapadas de lágrimas.

—¿En serio? Yo también lo creía, pero hay una habitación llena de cintas con mi nombre escrito que demuestran lo contrario.

Ryland inclinó la cabeza y la besó, porque necesitaba borrar su dolor. Su boca fue muy delicada, tierna y paciente. El beso pretendía ser inocente. Curador. La intención era consolarla. Pero el fuego prendió en su interior. Ryland lo notó en las venas. En el estómago. En la entrepierna, con toda su plenitud. Le quemaba la piel y lo sorprendió mucho.

Lily se derritió en sus brazos, maleable y rendida. Abrió la boca y levantó los brazos para rodearle el cuello y que él notara sus generosos senos pegados a la pared de músculo de su pecho. La energía flotó entre los dos, serpenteando como si estuviera viva. De la piel de él a la de ella y al revés. Ryland notaba pequeños latigazos relámpago en la sangre. La abrazó con más fuerza y posesión.

Lily levantó la cabeza para mirarlo, buscando respuestas en su rostro. Nada la había preparado para ese instante ni para la abrumadora atracción física. No confiaba en algo tan intenso. Meneó la cabeza a modo de negación.

Ryland lo vio en su cara. Gruñó.

—Lily, ¿no ves que entre nosotros hay algo más que una mera atracción física? Te deseo, sí, pero estoy triste cuando tú lo estás. Quiero hacerte feliz por encima de cualquier otra cosa, saber que estás a salvo. Pienso en ti cada minuto del día. Tú te niegas a ver lo que hay entre los dos. Te miro y en tus ojos veo nubes. ¿Tanto te importa el porqué?

—Esto no es real, Ryland. Estás aquí conmigo, hablando, porque sentiste mi necesidad, pero sigue sin ser real. Es un sueño que estamos compartiendo.

—Sentía tu necesidad, a través del tiempo y del espacio, y también tu necesidad de mí. ¿Eso no te dice nada, Lily?

—Sigue siendo un sueño, Ryland.

—Es tan real que podríamos quedarnos aquí atrapados. Entrar en los sueños no es sencillo, Lily. —Dejó caer los brazos, porque no podía soportar tocarla si ella no lo quería.

Lily le tomó la mano y entrelazó sus dedos, porque no podía soportar estar sin contacto físico con él.

—¿Qué quieres decir con que podríamos quedarnos atrapados? ¿En el sueño?

Él se encogió de hombros.

—Nadie sabe muy bien cómo funciona. Tu padre me advirtió que tuviera cuidado. Dijo que era muy difícil mantener el puente en este estado y que cualquiera que estuviera en la misma onda podría entrar y hacerme daño si me pillaba desprevenido. Y que si me quedaba atrapado en el sueño, viviendo en este mundo, quizá no podría regresar nunca al otro. Estaría siempre soñando; en una especie de coma para el mundo exterior. —Bajó la cabeza, la miró y sonrió. Lily reaccionó como él esperaba: asimilando la información con gran interés.

—No tenía ni idea de que eso era posible. ¿Alguien más del grupo puede entrar en los sueños?

—Uno o dos. Descubrimos que era una habilidad muy extraña para la que se necesita mucha concentración. Más que para mantener el vínculo telepático durante un periodo largo. —Colocó la mano de Lily en su pecho, encima del corazón. Con el pulgar, le acarició el reverso de la mano; unas caricias tan delicadas que ella las notó hasta en los pies.

—Quisiera ver los datos grabados sobre eso y leer las notas de mi padre para saber qué pensaba. No tiene sentido que parezca tan real. Puedo sentirte. —Le acarició el pecho con la otra mano—. Puedo saborearte. —Ryland seguía en su boca, en su lengua, en lo más profundo de ella, donde no pudiera deshacerse de él.

—Y, sin embargo, podemos estar en cualquier sitio. Donde queramos. —La abrazó y Lily descubrió que estaban en un parque, rodeados de árboles. La luna teñía de plata las hojas—. Desde la celda no puedo ver ningún árbol, así que a veces vengo aquí.

Lily sonrió encantada y lo miró. Enseguida, la sonrisa desapareció y el corazón se le aceleró. Era por cómo la miraba. La intensidad de su deseo por ella. El deseo puro que en ningún momento intentó ocultar. La intensa mirada de él que la quemaba con posesión, la marcaba como suya.

Su cuerpo entero se excitó. Por dentro, el fuego líquido la recorría entera, despertando la pasión y el deseo. Extendió la mano en el pecho de Ryland. Por un segundo, pensó en quitarle la camisa y sentir la calidez de su piel. Quería que los dos fueran uno, piel contra piel. Cuerpos entrelazados. Gotas de sudor mezcladas.

—Para —dijo Ryland, muy despacio. Le levantó la barbilla para besarla de nuevo. Ese beso no fue inocente ni relajado. Deslizó la mano por encima de la seda de la camisa hasta que llegó al pecho—. Siento lo que sientes. Transmites tus pensamientos alto y claro, y no puedo pensar con claridad. —Le acarició el pezón con el pulgar, incluso mientras volvía a bajar la cabeza para besarla otra vez—. ¿Llevas algo debajo de la blusa?

El beso la sacudió. Las llamas le inflamaron la sangre y experimentó explosiones de colores detrás de los párpados. Ryland la dejó sin aliento y, sin embargo, le daba aire. Con el peso de su pecho reposando en la mano de él, todos y cada uno de los músculos de su cuerpo se tensaron y pidieron más. Por un segundo, Lily dejó que su cuerpo dominara a su cerebro. Le devolvió el beso con la misma posesión y el mismo deseo. Sin pensar y sin inhibiciones.

Lo deseaba. A menudo había soñado con el hombre perfecto, con cómo sería. Y en cada sueño se había olvidado de las inhibiciones. Y aquí lo tenía, al hombre perfecto. Su hombre. Delante de ella y daba igual lo que hiciera.

Acarició su cuerpo con las manos de forma instintiva, reclamándolo con la misma intensidad que él. Estaba decidida y segura, y no podía controlar el fuego que la poseía. Oyó un gruñido en su cabeza, un caleidoscopio de puro sentimiento, fuego y color. Se entregó a él, deseando que sólo fuera un sueño. Deseando no sentir nada más que obsesión y pasión.

Lily se tensó. Se separó para mirarlo a la cara. A la pasión allí reflejada, la oscura posesión. El amor puro. Empujó fuerte contra la pared de su pecho mientras meneaba la cabeza.

—No, esto está yendo demasiado lejos. Cámbialo. Cambia el sueño.

Él le tomó la cara entre las manos.

—Es nuestro sueño conjunto. No soy sólo yo, Lily.

—Me lo temía —murmuró ella. Apoyó la frente en su pecho, mientras intentaba llenar de aire los pulmones y aclararse la mente—. Nunca en mi vida he estado así con alguien.

Ryland colocó la mano encima de su nuca. Le besó la cabeza.

—¿Se supone que tengo que sentirme mal? Porque preferiría que no desearas a cada hombre que ves, Lily. —Había una nota de humor en su voz.

Ella levantó la cabeza para mirarlo.

—Sabes perfectamente lo que quería decir. No puedo dejar de tocarte. —E incluso en sueños se sonrojó ante aquella confesión.

—Cierra los ojos —le ordenó él en voz baja.

Lily notó el beso como un aleteo de mariposa en los párpados. Cuando Ryland levantó la cabeza, ella los abrió, y no daba crédito a lo que veía. Estaba en su museo favorito. Su refugio. Solía pasear por él, y a veces se sentaba en los bancos para contemplar la belleza de los cuadros. Las obras de arte siempre le daban paz. Por algún motivo que desconocía, mientras estaba en el edificio rodeada de aquellos tesoros de valor incalculable, podía bloquear las emociones de los que la rodeaban y disfrutar de la atmósfera.

—¿Cómo lo sabías?

—¿Que te encanta este sitio? —La tomó de la mano y se la llevó hasta un cuadro que representada dragones y guerreros—. Has pensado en él varias veces. Y si es importante para ti también lo es para mí.

Lily lo miró y sonrió, con el corazón en los ojos. No podía evitarlo. La emocionaba que él hubiera cambiado su sueño al aire libre por su museo.

—No estoy demasiado segura de lo que llevo debajo de la ropa, Ryland. —Se rió, invitándolo, consciente de que no debería aunque no podía evitarlo.

Ryland volvió a besarla porque tampoco podía evitarlo. Lo estaba mirando con aquellos enormes ojos y los tentadores labios y lo sacudió hasta el alma. Se separó para observar su ropa. La delicada seda de la blusa. La falda larga que le cubría las piernas hasta los tobillos. Arqueó una ceja.

—Muy bonito.

—Ya me lo imaginaba. Pero tienes que adivinar lo que llevo debajo.

Todos los músculos del cuerpo de Ryland se tensaron. Cada célula se puso en alerta. Su mirada recorrió su silueta, buscando pistas para resolver el misterio. Lily se rió y lo guió por la sala, enseñándole sus cuadros preferidos.

Mientras estaban frente a la escultura cristalina de un dragón alado, Ryland alargó la mano y deslizó los dedos por el cuello de la blusa. Con ligereza. Acariciándole delicadamente la piel.

—¿Llevas ropa interior, Lily? Tengo que saberlo. —Y tenía que saberlo. Parecía la información más importante del mundo.

Ella deslizó la mano por su pecho, consciente de que estaba siendo provocadora, pero ya le daba igual. Estaba en un sueño y pretendía aprovecharlo. En un sueño, podía hacer cualquier cosa, tener cualquier cosa, y ahora quería a Ryland Miller.

—¿Y crees que debería hablar de esas cosas en un lugar tan público como éste?

Ryland se rió.

—Esta noche no es tan público. He conseguido que lo abran sólo para nosotros. Una visita privada. Y no dejo de pensar en la ropa interior, Lily; en si estás completamente desnuda debajo de lo que llevas o hay algo más —Deslizó un poco más los dedos, entre los pechos—. Necesito saberlo.

—¿Qué haces? —preguntó ella, casi sin aliento. La mano de Ryland siguió descendiendo por la parte delantera de la blusa, como si le estuviera sacudiendo unas migas, aunque lo que hacía era acariciar los oscuros pezones que estaban escondidos debajo de la delicada tela. Consiguió encender su cuerpo, endurecerle los pezones e hincharle los pechos.

Sus dedos se los acariciaron por segunda vez. Despacio. Sin prisas. Esta vez, desabrochó un botón. La blusa se abrió un poco, proporcionándole una mejor visión de su escote. Era preciosa, y tenía unos pechos redondos y firmes, que se balanceaban ligeramente bajo la seda mientras caminaba a su lado. Y no llevaba sujetador, como él sospechaba. El cuerpo de Ryland reaccionó de inmediato, duro, grueso y ardiente.

—No sé, cariño, pero este sitio tiene algo que me excita. —Le sonrió, absolutamente desinhibido y pecaminosamente pícaro. Los ojos le ardían con deseo. Entrelazó sus dedos con los de ella y la desequilibró para que cayera sobre él. Sus cuerpos se amoldaron perfectamente.

Justo allí, en la sala llena de cuadros de más de cien años de antigüedad, la besó. Ella saboreó su deseo, una ardiente pasión masculina que enseguida despertó una cálida respuesta en su estómago. Ella se perdió en la fuerza y la pasión de él, que le deslizó las manos por la espalda, recorrió su cuerpo y descendió hasta la tela de la falda.

Su corazón se aceleró ante la certeza. Su entrepierna se endureció hasta dolerle y notó el fuego en el estómago. No notaba ni una sola línea de ropa interior. El beso cobró pasión y la pegó a su cuerpo. El contacto contra su entrepierna provocó que viera relámpagos resplandecientes.

—Necesitamos una cama, Lily —respiró en su boca—. Ahora mismo. Aunque el banco no es una mala opción.

Ella lo besó, se frotó contra él con descaro, pegando los senos a su pecho mientras exploraba los músculos de la espalda con la mano.

—No necesitamos ninguna cama; no tenemos tiempo para una cama. No llevo nada debajo de la falda. —Daba igual, era un sueño. Podía recurrir al erotismo y olvidarse por completo de las inhibiciones. NO quería la realidad, quería a Ryland.

Ryland se quedó sin respiración.

—¿Estás mojada, Lily? ¿Mojada y caliente, esperándome? Porque yo estoy duro como una roca.

—Nunca lo habría dicho.

Le estaba tomando el pelo. Sin Ryland, el mundo sería gris y frío. Estaría vacío y la certeza de la traición se apoderaría de ella y le atravesaría el corazón con un cuchillo.

—Hay cámaras de seguridad —recordó ella, decidida a quedarse con él en el rincón que habían encontrado.

Él se la llevó hasta la relativa privacidad de una pequeña sala con tres extraños cuadros de un artista de nombre impronunciable.

—Estamos en un sueño. Da igual, ¿no?

La besó con la boca húmeda y salvaje, dominándola de forma deliberada y exigiendo su respuesta. Ella se abrió como una flor para él, con la misma pasión, y con la lengua tan exigente como la suya. Jadeando por el esfuerzo, Ryland se sentó en el banco y estiró las piernas para aliviar la tensión de la entrepierna y para colocar a Lily en ese hueco.

—¿Qué haces? —jadeó ella, sin respiración, con el cuerpo temblando por los nervios cuando él colocó la mano en un tobillo y empezó a subir muy despacio, levantándole la falda. Lily se notó caliente y húmeda al instante, con los músculos tensos y temblorosos. Tenía ganas de él, de que llenara su vacío. Parecía que la temperatura de la sala había subido diez grados. Esperó, con el cuerpo inmóvil y cada terminación nerviosa pendiente de la mano que le rodeaba el tobillo como una cadenita.

Muy despacio, Ryland empezó a subir la mano por el contorno de su pierna, acarició la parte posterior de la rodilla, el muslo. Con las piernas la obligó a abrirse más, exponiéndose todavía más a él. La lenta exposición de la piel casi le provocó una explosión en su estómago. Era como desenvolver una obra maestra. Exquisita. Preciosa. Sólo para él. Los oscuros rizos del triángulo estaban húmedos. Ryland bajó la cabeza para saborear su dulzura única. La acarició delicadamente con la lengua, sólo un roce. El cuerpo de Lily se tensó, dio un vuelco. Él se tomó su tiempo, acariciando con los dedos y memorizando cada rincón secreto. Cuando ella se aferró a su hombro con fuerza, en una súplica silenciosa, él la penetró con dos dedos. Una penetración tan profunda que la hizo gritar.

Ryland sabía que lo que estaban haciendo era peligroso. Podían quedar atrapados en el sueño, perderse juntos para siempre, pero no habría podido parar ni aunque su vida dependiera de ello, y quizá fuera eso lo que estuviera pasando. No sabía tanto sobre cómo entrar en los sueños. La excitación y el placer se apoderaron de él con oleadas tan intensas que era difícil recordar que no era totalmente real. Lily estaba tan preciosa, presa del deseo. Le encantaba la mirada nublada y apasionada que tenía y el calor que su cuerpo desprendía mientras se aferraba con fuerza a sus dedos. Le encantaba cómo confiaba en él por completo, aunque sólo creyera que era un sueño erótico.

Él siguió penetrándola, de modo que ella se balanceaba al ritmo de su mano. Su cuerpo se tensó y fabricó un líquido cálido que le resbaló por los dedos. Ryland lo notó, reconoció los inicios del orgasmo y sacó los dedos, se pegó a ella y siguió acariciándola con la lengua. El orgasmo fue intenso y él lo compartió: la explosión, el líquido caliente y la intensidad del placer que se apoderó de su cuerpo y de su mente.

A Lily le temblaban las piernas y casi no se sostenía en pie. Abrió los ojos y lo miró. Tenía una cara tan perfecta que le acarició las cicatrices de la mandíbula. Vio la expresión de sufrimiento. Y no costaba demasiado entender por qué. El bulto debajo de los pantalones era enorme y duro como una roca. Ella alargó la mano y le bajó la cremallera para que la verga pudiera quedar libre: erecta, gruesa y ansiosa.

—Lily. —Era una protesta. Una súplica—. Es demasiado arriesgado. No podemos, cariño. Aquí no. —Pero ya era demasiado tarde, porque ella se levantó la falda y se sentó a horcajadas encima de él, allí en el banco, mientras los ojos de los cuadros los miraban sorprendidos. O quizás indulgentes—. No podré mantener el puente si me distraes de esta forma —le dijo, mientras la agarraba de la cintura para levantarla.

Pero ella fue descendiendo muy despacio. Era una tortura. Estaba tan caliente, húmeda y tensa que Ryland sólo pudo abrirse camino entre sus aterciopelados pliegues. Gruñó, un sonido entre el placer y el dolor que no pudo silenciar. Los músculos de Lily, todavía temblorosos después del orgasmo, se aferraron a él mientras empezaba a moverse.

—Deja que vengan, Ryland —susurró ella con picardía, mirándolo fijamente con esos ojos azules—. Me da igual que nos encuentren así pegados. ¿Sabes lo que se siente al tenerte tan dentro de mí?

Aquellas palabras lo sacudieron. Sabía lo que era llenarla y abrirse paso entre sus pliegues. Sabía lo que era tenerla encima, montándolo, resbaladiza de sudor. Y sabía lo que era empujar casi con impotencia, con violencia, penetrándola hasta el fondo. Una y otra vez, duro y rápido, aceptando la posibilidad de que podían quedarse atrapados en el sueño para siempre. En ese momento, lo único que importaba era la absoluta indulgencia ante el deseo del otro.

El ruido empezó en la cabeza de Ryland. El fuego prendió en su estómago. Los músculos de Lily se tensaron y lo envolvieron de forma que la explosión fue tan fuerte que no pudo silenciar el grito que le subió por la garganta. Por un momento, vio explosiones de colores a su alrededor. Se agarró a ella, con la respiración profunda, intentando recuperar el control. Se quedaron abrazados, pegados, mientras sus corazones intentaban relajarse y sus pulmones luchaban por encontrar aire.

Oyeron el murmullo de voces. Otra visita nocturna al museo. Intrusos en su sueño. A regañadientes, Lily se separó de él y notó cómo el semen le resbalaba por la parte interna del muslo. ¿Cómo habían conseguido invadir su sueño los visitantes? Miró a su alrededor y vio las luces de las alarmas; unas luces que revoloteaban a su alrededor y los señalaban con un dedo acusador. Dos experimentos de la naturaleza que ya no pertenecían al mundo exterior con los demás.

Ryland quería aferrarse a ella y abrazarla, porque notaba cómo el dolor volvía a invadirla a medida que se iba alejando. La besó con fuerza y pasión. Le recorrió el cuerpo con delicadas caricias, con deseo avaricioso y con necesidad temblorosa. Cuando sus bocas se tocaron, a su alrededor estallaron fuegos artificiales de color naranja, rojo y blanco.

Lily notaba los músculos de Ryland debajo de sus dedos y oía el latido de su corazón en el pecho. Los fuegos artificiales volvieron a estallar a su alrededor, dentro de ella, con destellos rojos y blancos. La luz la distraía y la alejaba de su mundo erótico de amantes y caricias, y la acercaba a la realidad donde había caído en un pozo para toda su vida. Por mucho que se aferrara al sueño, la luz emitía una advertencia constante en su cabeza, separándola de los brazos de Ryland y abandonándola en la fría realidad de la habitación del laboratorio.

Lily miró a su alrededor, algo desorientada, con la vista borrosa y parpadeando con frecuencia para ver mejor. Había destellos de luz estroboscópica roja. Iba y venía, como si fuera una alarma. Se incorporó en la cama y se sorprendió de que su cuerpo estuviera agitado y sudoroso, excitado y anhelando las caricias de Ryland. Lo deseaba. Lo necesitaba. No tenía sentido engañarse a sí misma, pero la intensidad del deseo era sorprendente. Había sentido su contacto en la piel, había notado sus manos en su cuerpo, acariciándola. Había oído cómo se evaporaba el grito de protesta a medida que ella se iba alejando de la cama. Del sueño.

La luz roja le hacía daño a los ojos y le clavaba miles de agujas en las paredes de su mente. Eran latigazos rojos. Salió a la sala y buscó el botón para ver las cámaras, porque estaba segura de que su padre lo había instalado. Apretó uno que encontró y, al instante, la cámara que tenía encima de la cabeza se encendió. Vio el despacho de su padre a oscuras y la puerta abierta, a pesar de que ella la había cerrado con llave. Una figura se movía entre las sombras. Abrió y revolvió los cajones de la mesa de su padre.

Iba vestido de negro y llevaba un pasamontañas que sólo revelaba sus ojos, aunque ella no podía verlos en aquella oscuridad. Con un nudo en la garganta, vio cómo observaba el reloj de pie, aunque luego se volvió y enfocó la hilera de libros con la linterna. Lily observó cómo se movía: con decisión. Estaba claro que era un profesional. Ni siquiera se había acercado al ordenador, como si supiera que no iba a encontrar nada. E ignoró por completo la agenda de su padre, que seguía abierta junto al ordenador.

Cogió varios libros al azar, los hojeó y volvió a dejarlos en su sitio. A ella le extrañaba que entrara en el despacho de su padre dando la sensación de no buscar nada. ¿Qué estaba haciendo?

El intruso miró el reloj y se marchó, aunque volvió la cabeza una vez para comprobar que todo estuviera en su sitio. Cerró la puerta con sigilo y en la pantalla sólo quedó el despacho vacío.

Entonces ella se tocó la muñeca y se dio cuenta de que el comunicador, el que Arly insistía en que llevara encima, estaba en la mesita de noche, junto a la cama, donde lo había dejado con rabia. Por motivos obvios, en el laboratorio secreto de su padre no había teléfonos, así que subió corriendo las escaleras, giró la manecilla del reloj que había en el techo nueve veces y volvió a dejarla en el número romano IX y vio cómo la trampilla se abría.

El intruso debía de haber colocado aparatos de vigilancia y ella tenía que encontrarlos antes de que encendiera el receptor. Tendría que volver a entrar en el laboratorio secreto para estudiar los documentos. No podía tener a alguien vigilándola constantemente. Levantó el teléfono y apretó el botón de la llamada directa a la habitación de Arly.

—Ya estoy en ello, preciosa. Ha hecho saltar una alarma silenciosa cuando ha entrado en el despacho de tu padre —dijo Arly sin más preámbulos—. Quédate en tu habitación mientras vamos tras él.

—Estoy en el despacho de mi padre y ha colocado micros por todas partes. Demasiado para tus hombres, Arly —señaló ella.

—No te muevas, Lily —respondió él, con el miedo por ella en la voz—. ¿Por qué coño no estás escondida debajo de la cama, como cualquier mujer normal?

—Pregúntate cómo ha conseguido entrar cuando tienes vigilado cada metro cuadrado de la casa, listillo chovinista. ¿Y cómo ha conseguido abrir la puerta del despacho? Necesita huellas, Arly. Las huellas de mi padre. Y ha superado tres controles de seguridad y eso que no sabía nada del guardaespaldas, pero sí lo de los demás hombres.

—Escúchame bien, Lily. Cierra la puerta con llave y no le abras a nadie que no sea yo. Iré a buscarte cuando sea seguro.

—No estoy preocupada, Arly. Mi padre y tú os asegurasteis de que supiera protegerme. Puede que se hayan llevado a mi padre, pero yo no seré un objetivo tan fácil.

Arly maldijo en voz baja antes de colgar. A Lily le daba igual. Él era el experto en seguridad. Tenía acceso a suficiente dinero como para instalar los últimos juguetes de vigilancia para estar en la vanguardia, pero, aún así, alguien había conseguido entrar en la casa y superar el control de seguridad que ella había activado al cerrar el despacho de su padre con llave.

Temblaba de la rabia. Se negaba en redondo a que un intruso la intimidara en su propia casa. No iba a permitir que la asustaran ni la obligaran a esconderse debajo de la cama. No sabía quién era amigo y quién enemigo, pero lo averiguaría y conseguiría que su casa volviera a ser un lugar seguro.

Empezó a buscar los micros que sabía que el intruso había ido colocando en el despacho de su padre. Los cajones, la mesita… reprodujo sus pasos, y no le costó demasiado encontrar los libros. Su cerebro había grabado el recorrido, que quizás no había sido premeditado, aunque para ella mostraba una configuración precisa. El azar tenía un orden que ella era capaz de ver mientras los demás no. Destruyó cada micro a medida que los iba encontrando. Arly haría un barrido del despacho más tarde, pero estaba segura de que los había encontrado todos.

Quería que atraparan e interrogaran al intruso. Quería el nombre del traidor de su casa. Quería el nombre de los conspiradores de Donovans Corporation y del ejército. Lily apretó los labios y colocó los restos de los micros en fila encima de la mesa de su padre.

Explícamelo, Lily. Habla conmigo. Ábreme tu mente.

Eres una distracción demasiado grande. No quería hablar con él. No podía. Tenía que digerir demasiadas cosas. Cuando Ryland estaba en su mente o cerca de su cuerpo, predominaban la culpa y la pasión, y no la fría lógica. *Tengo la mente lo suficientemente abierta para que puedas contactar conmigo quiera o no quiera.* La sorprendió lo lejano que había sonado, como si sus poderes se hubieran desvanecido.

Descubro que estás llorando, sacudiéndome con tu dolor, y ahora sucede algo muy grave. Mierda, estoy encerrado en esta celda como un animal y no puedo ir hasta ti. Invertí demasiada energía manteniendo el puente entre los dos. La cabeza...

El corazón de Lily dio un vuelco ante el dolor en la voz de Ryland. Reconoció la nota de pura frustración. Había desgarro en su voz, una brusca e implacable nota que la advertía de que empezaba a ser peligroso. Valoró sus opciones. Lo último que quería era que Ryland Miller intentara contactar con ella y se sobrecargara. El sueño erótico compartido lo había agotado y llevarlo más allá de su límite era peligroso. Se sentó en la silla de su padre.

No es nada. Un intruso. El sistema de seguridad de esta casa rivaliza con el de Donovans y, sin embargo, un hombre ha conseguido entrar.

Se produjo un breve silencio durante el cual Lily notó que Ryland se liberaba de parte de la tensión que lo agarrotaba.

Deberías haberte puesto en contacto conmigo enseguida.

La reprimenda la irritó y la asustó a partes iguales. No quería que se hiciera una idea equivocada de ella y pensara que necesitaba que la protegieran. Básicamente, sabía que él necesitaba descansar. Si seguía manteniendo la comunicación, podría sobrecargarse.

Ya sé que he estado emitiendo emociones extremas, pero espero que te des cuenta de que con el asesinato de mi padre, el descubrimiento de los experimentos que llevaba a cabo y la repentina, angus-

tiosa e incómoda atracción física hacia ti, he estado bajo mucha presión. Tú emites rabia y descontrol, a pesar de que sé, después de haber estado en tu mente, que eres un hombre extremadamente controlado. Que sepas que soy una mujer independiente y muy capaz de cuidarme sola. No me gustaría que te hicieras una idea equivocada sobre mí.

Se produjo un largo silencio. Lily jugueteó con las piezas de los micros que había encima de la mesa, girándolas una y otra vez, haciendo formas mientras esperaba. Se dio cuenta de que, mientras esperaba su respuesta, estaba conteniendo la respiración. Esperaba algo de él que necesitaba. El silencio duró una eternidad.

¿Angustiosa e incómoda atracción física? Te odio por decir eso, Lily. Ya sé que estás fuera de mi alcance. Eres lista, guapa y tan sexy que, cuando estás en la misma habitación que yo, no puedo respirar. Siento mucho si mi necesidad de protegerte te molesta, pero forma parte de mi personalidad. Soy un tipo rudo, y no demasiado agradable a la vista pero, maldita sea, tengo un cerebro. Y veo perfectamente lo que eres.

El golpe en la puerta la hizo levantarse de la silla de un salto y le aceleró el corazón antes de que pudiera evitarlo. *Me gusta tu aspecto, Ryland. Me gusta todo de ti.* Por desgracia, era verdad. Lo admiraba, y también su necesidad de proteger a los de su alrededor. Suspiró. No tenían tiempo para una sesión de confesiones. *Ha llegado Arly.*

Lily no debería haberlo admitido, pero le encantaba cómo era. Todo en él la atraía y eso le provocaba desconfianza. No quería la intensidad de su química, tan explosiva que apenas podían controlarse. Era algo desconocido para su naturaleza. ¿Acaso su padre había hecho algo más aparte de los reprochables experimentos que había realizado primero con niñas y luego con hombres? ¿Había decidido entrometerse todavía más en su vida? ¿Acaso había encontrado la forma de provocar la atracción física entre dos personas?

¡No! Lily, no sé qué has descubierto que es tan devastador, pero lo que hay entre nosotros es real.

Tú no naciste telepático. Es una habilidad que aprendiste.

El golpe en la puerta fue más fuerte, y vino acompañado de gritos. Lily suspiró y se dirigió hacia ella. Estaba cansada. Agotada. Quería cerrar los ojos y dormir una eternidad. Soñar una eternidad, pero si lo que sospechaba era cierto ni eso podría hacer.

Pero ahora es real, Lily, no puedo apagarlo. No podré apagarlo nunca. Si tu padre te hizo participar en un experimento y nos implica a los dos, no vamos a poder detenerlo, igual que no puedo detener el flujo de información que me invade el cerebro.

Tengo que estar segura Ryland. Mi mundo está patas arriba.

Marcó el código de la puerta y la abrió para Arly. Estaba histérico, pero enseguida se recuperó. Incluso le frunció el ceño cuando ella lo miró con frialdad, arqueando la ceja, interrogándolo en silencio.

—No hemos podido atraparlo. —Levantó la mano para silenciar las protestas de Lily—. Era bueno; diría que un auténtico profesional. Me gustaría saber cómo conocía los códigos y los sistemas que tenemos. Ha estado colocando micros y una o dos cámaras en tu despacho.

Lily soltó el aire muy despacio.

—¿Sabía dónde estaba mi despacho privado en una casa de más de ochenta habitaciones? Nadie sabe dónde están todas las habitaciones. Ni siquiera yo. ¿Cómo es posible que un desconocido tenga esa información, Arly? Viene directo al despacho de mi padre, lo llena de micros y luego hace lo mismo con el mío. ¿Qué nos dice eso? —Levantó la barbilla a modo de desafío.

—Que no estoy a la última en seguridad y que tú corres más peligro del que imaginaba. —Arly apretó un puño y se dio un golpe en la palma de la otra mano—. Mierda, Lily, alguien ha debido facilitarle la información. Sabía perfectamente la distribución de la casa y se ha largado como un auténtico fantasma.

Lily se tensó. ¿Podría Ryland atravesar la seguridad de su casa? Estaría entrenado para adentrarse en terreno enemigo sin que lo vieran. ¿Había otros Soldados Fantasma, hombres de los que no sabía nada y que colaboraban con su enemigo? *¿Es posible? ¿Hay más?*

—Lo siento, Lily. Creía que la casa era impenetrable.

—Tenemos que vigilar de cerca al personal de día y repasar con esmero su pasado. *¿Es posible, Ryland? ¿Hay otros?*

Arly meneó la cabeza.

—Es imposible que el personal de día tenga información sobre el sistema de seguridad. Quizá podrían facilitar la ubicación exacta de tu despacho o del despacho del doctor Whitney, pero no saben los códigos. Y no tendrían las huellas dactilares del doctor Whitney. Es un auténtico profesional, Lily, con mucho dinero detrás.

Podría haber más. Hubo varios hombres a quienes descartaron porque decían que no cumplían con los criterios exactos. Quizá se los llevaron a otro sitio.

¿Y tú crees que se los llevaron?

Eso sólo lo sabe Dios. Ryland parecía extremadamente cansado.

Lily maldijo a su padre en silencio. Miró a su alrededor y buscó una silla para sentarse. ¿Cómo era posible que un solo hombre hiciera daño a la vida de tantas personas? ¿Y cómo es que ella nunca había sospechado nada?

—¿Lily? —Arly la tomó del brazo y la acompañó hasta una silla—. Te has quedado muy pálida. No pensarás desmayarte ni hacer nada estúpidamente femenino, ¿no?

Lily se rió; un sonido lejano y distante.

—¿Estúpidamente femenino, Arly? ¿De dónde sacó mi padre a un misógino como tú?

—No soy misógino, es que no entiendo a las mujeres —respondió él, arrodillándose junto a ella mientras le rodeaba la muñeca con los dedos y le tomaba el pulso—. Soy brillante, guapo, doy mil vueltas a los demás tipos y las mujeres se estremecen cuando me ven. ¿Por qué?

—Podría ser por cómo arrugas los labios cuando pronuncias la palabra «mujer». —Lily se liberó la muñeca—. Llevas años trabajando para papá. Crecí contigo, siguiéndote a todas partes...

—Y haciéndome preguntas. Nadie hacía tantas preguntas como tú. —Sonrió. Lily reconoció un destello de orgullo en sus ojos—. Nunca tuve que explicarte lo mismo dos veces.

—¿Alguna vez lo ayudaste con sus experimentos?

En ese instante, la cara de Arly se tensó y la sonrisa desapareció.

—Sabes que no hablo de las cosas de tu padre, Lily.

—Está muerto, Arly. —Lo siguió mirando fijamente, observando cualquier reacción—. Está muerto y no puedes proteger lo que ha hecho.

—Está desaparecido, Lily.

—Sabes que está muerto y creo que lo asesinaron por culpa de uno de sus proyectos. —Se inclinó hacia él—. Y tú también lo crees.

Arly retrocedió.

—Quizá, Lily, pero ¿qué cambia eso? Tu padre conocía a personas que la mayor parte de nosotros esperamos no conocer en nuestra vida. Su mente siempre estaba trabajando para mejorar el mundo y, al intentarlo, consiguió localizar a la escoria de la sociedad. Creía que le ayudaría a entender cómo pensaban los humanos.

—¿Te caía bien? —le preguntó ella directamente.

Arly suspiró.

—Lily, hace cuarenta años que conozco a tu padre.

—Ya lo sé. Pero ¿te caía bien? Como persona. Como hombre. ¿Erais amigos?

—Respetaba a Peter. Lo respetaba profundamente y admiraba su mente. Tenía una mente privilegiada. Era un verdadero genio. Pero no tenía amigos, excepto quizá tú. No hablaba con la gente, la utilizaba como caja de resonancia, pero no podía tomarse la molestia de conocer a nadie. Utilizaba a la gente para ampliar sus propios intereses... no intereses económicos, ¿eh? Tenía dinero suficiente para mantener a un país pequeño. La utilizaba para sus infinitas ideas. En todos los años que lo conocí, dudo que alguna vez me hiciera una pregunta personal.

Ella levantó la barbilla.

—¿Sabías que me había adoptado?

Arly encogió sus esqueléticos hombros.

—Puesto que nunca lo vi con ninguna mujer, supuse que te había adoptado, pero tampoco hablamos del asunto. Si no eras su hija biológica, seguro que hizo todo lo que pudo para que lo fueras de forma legal. Eres lo único que quiso en su vida, Lily.

—¿Sabías que tuvo a más niñas aquí?

Arly parecía incómodo.

—Eso fue hace años, Lily.

—¿Y los hombres? —Dio un palo al agua y observó atentamente su reacción.

Arly levantó la mano.

—Cuando se trata del ejército, soy ciego y sordo. Las cosas son así, Lily.

—Es importante, Arly. Si no, no te lo preguntaría. Creo que el proyecto en el que estaba trabajando en Donovans, algo para el ejército, se le escapó de las manos y alguien lo mató para conseguir información que él no quería facilitar. Me han pedido que me encargue del proyecto y encuentre la información que falta. Necesito todas las piezas del puzle. ¿Sabes si vinieron hombres a casa hace poco? ¿Hombres con los que papá estuviera trabajando?

Arly se levantó y paseó por el despacho.

—He conservado la casa y el trabajo durante más de treinta años porque he sabido mantener la boca cerrada.

—Arly —dijo Lily muy despacio—, mi padre está muerto. Y puedes ofrecerme tu lealtad, trabajar conmigo y formar parte de mi familia y mi casa o no. Necesito esa información para seguir con vida. Tendrás que decidir qué vas a hacer.

—Te ofrecí mi lealtad en cuanto te vi —respondió él, tenso.

—Entonces, ayúdame. Tengo la intención de averiguar qué ha pasado y quién ha matado a mi padre.

—Deja que se encargue la policía, Lily. Acabarán encontrando una pista.

—¿Trajo hombres a casa? ¿Militares? ¿Y se quedaron algún tiempo? —La mirada de Lily estaba fija en la cara de su jefe de seguridad, sin permitirle apartar la suya.

Arly respiró hondo.

—Sé que trajo a tres hombres y sé que no se marcharon ese mismo día. No volví a verlos ni los vi marcharse. No los llevó a su despacho, sino a las habitaciones del segundo piso del ala oeste.

—¿Trabajas para mí o para el gobierno de Estados Unidos?

—Joder, Lily, ¿cómo puedes preguntarme eso?

—Pues te lo estoy preguntando, Arly. —Lily alargó el brazo para tomarlo de la mano, agarrándolo de la muñeca. Con delicadeza. Y, sin embargo, sus dedos localizaron su pulso e intentó leer sus emociones. La verdad.

Instintivamente, Arly intentó soltarse, pero ella lo agarró con más fuerza.

Contactó con Ryland. *¿Puedes leerlo?*

No, no tengo ese talento, ni siquiera cuando haces de puente de sus emociones. Tendría que estar en la misma habitación que yo, tocándome, o yo estar tocando algo suyo para poder leerlo. Ten cuidado, Lily, porque se va a dar cuenta de que te estás comportando de forma extraña.

—No trabajo para el gobierno. —Había acaloramiento en su voz.

—¿Trabajas para la Donovans Corporation? —insistió ella.

Arly estiró el brazo para soltarse con tanta fuerza que se fue hacia atrás, y estuvo a punto de caer al suelo.

—¿Qué coño te pasa? ¿Me culpas por todo esto? Quizá sí que es culpa mía, quizá la desaparición de tu padre también lo es. Lo dejé conducir ese viejo coche que tanto le gustaba sabiendo que podía ser objetivo de cualquier desgraciado.

Lily se agarró la cabeza con las manos.

—Lo siento, Arly, de verdad. Toda mi vida está patas arriba. No te culpo por lo de papá. Nadie habría podido evitar que condujera ese coche. Le encantaba ese trasto. Es que no se veía a sí mismo como alguien rico, famoso o que trabajara en algo que los demás pudieran admirar. Ya lo sabes. No es más culpa tuya que mía. Pero hay alguien en esta casa que está filtrando información y tenemos que descubrir quién es.

Arly se sentó en el suelo y la miró fijamente.

—No soy yo, Lily. Eres la única familia que tengo. Tú. Sin ti, estoy absolutamente solo en el mundo.

—¿Sabes por qué me trajo aquí mi padre?

—Supongo que quería un heredero. —Hizo un gesto abarcando la enorme casa—. Tenía que dejarle todo esto a alguien.

Ella dibujó una sonrisa forzada.

—Supongo.

—Pareces cansada, Lily. Ve a acostarte. He informado del allanamiento de morada. Ya me encargo yo de la policía. No tienes que hablar con ellos.

—Arly, quiero un control absoluto del ala este de la casa. De todas las habitaciones de todos los pisos de ese ala. Quiero seguridad fuera, pero ni una cámara ni un detector de movimiento dentro. Quiero un sitio donde pueda ir y goce de absoluta privacidad cuando cierre las puertas. Y no quiero que lo sepa nadie más. Hazlo tú mismo.

Él asintió despacio.

—¿Considerarás, al menos, la posibilidad de llevar guardaespaldas?

—Me lo pensaré —prometió ella.

—Y ponte el transmisor. Me tomé la molestia de instalártelo en el reloj, y lo mínimo que puedes hacer es llevarlo. —Dudó unos segundos y luego respiró hondo—. Hay un túnel subterráneo que pasa por debajo del sótano. Atraviesa toda la propiedad por debajo y tiene dos entradas distintas. Tu padre lo utilizaba para traer a personas que no quería que tú o el personal de la casa viera.

—Debería haberlo sospechado. Gracias, Arly. ¿Me enseñarás los túneles?

Él asintió a regañadientes.

—Después de hablar con la policía.

Capítulo 6

Ryland estaba esperando, con los ojos de color gris ardientes de emoción. En cuanto Lily lo vio, los recuerdos de su boca besándola despertaron y la provocaron. Su cuerpo se excitó y se incomodó. Se ablandó y sensibilizó. Lo notó en su interior, llenándola, convirtiéndose en parte de ella.

Basta, Ryland.

Estaba enfadado con ella. Lily había cortado cualquier comunicación entre ellos. No había podido entrar en su mente ni siquiera cuando estaba dormida. Y ahora estaba decidido a hacerle saber qué pensaba de su comportamiento pero, en cuanto la vio, cambió de idea. Odiaba ver aquellas ojeras oscuras; unas sombras que antes no tenía. Estaba sufriendo y él no pretendía añadir más leña al fuego. Se obligó a controlar su riada de emociones y, con suavidad, dijo: *No soy yo. Te juro que no lo hago yo.*

Sí que lo haces. Tienes una... imaginación muy rica y transmites con claridad.

Y entonces Ryland lo vio claro, vio que ella necesitaba alejarlo. Creía que sería por el sueño erótico, que estaría avergonzada o tímida. Eso era soportable. Podía persuadirla. Tentarla. Pero Lily no podía creer en él porque no podía creer en nadie. Whitney le había hecho eso a su hija. Maldito fuera ese hombre por dejarla sin nada.

—Lily. —Pronunció su nombre con delicadeza. Para atraerla.

Para coaccionarla—. Gracias por venir en un momento que sé que debe de ser muy difícil para ti.

Ella abrió sus enormes ojos azules. Era agradable ver sorpresa en lugar de cautela. Ryland sonrió.

—Ven aquí. Habla conmigo.

Lily lo miró a la cara, observó sus largas pestañas, la fuerte mandíbula y el pelo negro que le caía encima de la frente. El estricto corte militar hacía tiempo que había desaparecido y, en su lugar, había unos rizos descontrolados que le añadían un gran atractivo.

Necesito hablar contigo, pero no así. Tengo que arreglar algo para que podamos ir a algún sitio donde las cámaras y los micros no nos capten.

Sus ojos grises se posaron en su cara pensativos. Lily apartó la mirada y se sonrojó ligeramente, a pesar de su determinación por aparentar serenidad. Había soñado con ese hombre. Sueños desenfrenados de sexo pecaminoso y respuestas apasionadas. Y no estaba sola. De alguna forma, Ryland había logrado acompañarla y compartir cada fantasía, acariciarla y besarla. Cerró los ojos y recordó cómo se había colocado encima de él a horcajadas, absolutamente desinhibida. Había sido un sueño. Necesitaba escapar y se había lanzado al vacío con toda su alma. Y él lo sabía.

—Lily, fue precioso.

—No te lo discuto.

Ryland no insistió porque no quería incomodarla más. En cuanto la vio por primera vez, supo que era la mujer para él. Puede que ella todavía no lo supiera, pero daba igual. Él sí y, cuando se marcaba un objetivo, era muy perseverante. *Puedo apagar las cámaras y los micros. Llevo haciéndolo un tiempo; al principio, para practicar y, ahora, para tranquilizarlos. Ya no se alarman y no vienen corriendo a ver cómo estoy. No quieres hablar así conmigo.*

Y Lily no quería. Era demasiado íntimo y no confiaba en la intensidad de lo que compartían. Tenía miedo de que, cada vez que hablaban con telepatía, el vínculo entre ellos se fortaleciera. Pero, sobre todo, sufría por la salud de Ryland. Notaba su dolor constante, cómo se le agotaban las fuerzas. Y no tenía ni idea de las consecuencias del uso prolongado de la conexión telepática. Si Ryland podía apagar la amenaza de las cámaras, mejor para los dos. Mejor para él. El deseo de evitarle cualquier sufrimiento bordeaba la obsesión. Y no podía confiar en que no hubiera alguien más escuchándolos.

Lo miró y se ahogó en la pura necesidad de sus ojos. Nadie le había dicho que sería así, un deseo que le quemaría la piel, le calentaría la sangre y le crearía un ansia tan profunda y elemental que casi no podría soportar estar separada de él.

Se volvió de espaldas, incapaz de seguir mirándolo. Él lo sabría, porque podía leerle la mente con facilidad. La química entre ellos se estaba descontrolando. A veces tenía miedo de que si pudiera sacarlo de la celda haría cualquier cosa con él allí mismo, con cámaras o sin ellas.

—Para —dijo él, con la voz ronca y afectada—. No puedo moverme. Y ahora eres tú la que proyecta. Me estás volviendo loco y no puedo ni pensar.

—Lo siento —susurró ella, aunque estaba segura de que la había oído. No se volvió y tenía la cabeza agachada—. Hace días que no duermes, ¿quieres que te dé algo para descansar?

—Sabes por qué no puedo dormir. Tú tampoco puedes. Maldita sea, tienes miedo de dormirte. —Hablaba tan bajo que su voz ardía. Le acariciaba la piel, le penetraba por los poros y le sacudía el cuerpo de modo que todas las células estaban vivas con un ansia extrema y apasionada. *Cuando duermo, sueño contigo. Con tu cuerpo debajo del mío. Con mi cuerpo dentro del tuyo.*

Lily sabía que soñaba con ella, con sus cuerpos entrelazados. Ella compartía sus sueños eróticos, unas fantasías salvajes que ni siquiera imaginaba poder igualar en realismo.

—Es una complicación que no esperábamos. —Se aclaró la voz, porque había sonado ronca y extraña—. Sólo es eso, Ryland. Si tenemos la suficiente disciplina, lo superaremos.

—Mírame.

Lily levantó la mirada hasta él. No pudo evitar acercarse hasta la celda. Él la tomó de la mano a través de los barrotes mientras ella notaba la acumulación de energía y cómo Ryland la utilizaba para interferir los equipos de vigilancia.

—¿Qué te pasa, cariño? —Se colocó a su lado, en silencio, tranquilo, acariciándola con su enorme cuerpo protector a través de los barrotes—. Habla conmigo. Explícame qué has encontrado.

Lily escuchó el ruido del océano de fondo, el agua meciéndose, a pesar de que las olas parecían enfurecidas. Se las imaginó cabalgando hasta la costa y rompiendo contra las rocas. La espuma salía volando por los aires, lanzando gotas de agua en todas direcciones. Se dijo que ojalá pudiera cabalgar como las olas, escaparse hacia las profundidades del mar con sus emociones a flor de piel, en lugar de limitarse a oír las olas del sistema de sonido del laboratorio.

—Fui un experimento, Ryland. —Lo dijo tan bajito que él tuvo que hacer un esfuerzo por entenderla—. Eso es lo que era para él. Un experimento, no su hija. —Mientras pronunciaba aquellas palabras en voz alta, mientras su mundo entero se desmoronaba, sintió la amargura de la traición.

Él no dijo nada, pero la siguió sujetando desde el otro lado de los barrotes. Notaba el dolor que latía en su interior como si fuera un ser vivo que respiraba. No quería hacer o decir algo incorrecto. Lily estaba a punto de romperse como el cristal, así que no dijo nada.

Entonces respiró hondo para calmarse y soltó el aire muy despacio.

—He encontrado su laboratorio secreto. Todo está allí. Cintas mías y de otras niñas. Una habitación donde dormíamos, comíamos y hacíamos sus pruebas. Me impusieron una dieta muy estricta, la mejor nutrición, y sólo veía cintas educativas. Para leer sólo me daban material educativo. Cada juego estaba diseñado para reforzar mis habilidades parapsicológicas y ampliar mi educación. —Se pasó la mano temblorosa por el pelo—. Yo no sabía nada; él nunca dijo nada, ni una sola vez. Nunca lo sospeché, de verdad que no.

Ryland estaba desesperado por abrazarla y protegerla de cualquier dolor. Maldijo en silencio los barrotes que los separaban. Era el golpe más duro que Lily podía haber sufrido. Peter Whitney era su padre, su mejor amigo y su mentor. Ryland se inclinó y le rozó la parte superior de la cabeza con la mandíbula, de modo que el pelo de Lily se pegó a su incipiente barba. Era una pequeña caricia, un gesto de afecto, de ternura.

Ella agradeció el silencio de él. Si la hubiera interrumpido o compadecido, no estaba segura de si se lo habría podido explicar todo. Su fe y su confianza se tambaleaban. La base de lo que había sido su mundo estaba rota.

—Dijo... —Le tembló la voz y se le rompió.

El corazón de Ryland se rompió con su voz. Se dio cuenta de que le estaba apretando la mano con demasiada fuerza e hizo un esfuerzo por relajar los músculos. Al parecer, ella no se dio cuenta. Se aclaró la garganta y continuó:

—Primero, intentó reforzar las habilidades parapsicológicas en huérfanos. Hizo algunas pruebas a niñas de países donde había muchos niños sin hogar, abandonados. Tenía el dinero y los contactos necesarios, de modo que se trajo a las que creyó que mejor encajaban con sus necesidades. Yo era una de ellas. Ningún apellido, sólo Lily. Las sujetos... —Se aclaró la garganta—. Eso es lo que soy, Ryland. Una sujeto. Nos llevó directamente al laboratorio subterráneo. Nos hizo pruebas y nos entrenó cada día; igual que el régimen por el que vosotros pasasteis.

Lo miró. Tenía los ojos llenos de lágrimas. Antes de que pudiera parpadear y dejarlas caer, él inclinó la cabeza y se las secó con la boca. Las saboreó. Le besó los párpados con dulzura. Con ternura. Lily parpadeó mientras lo miraba, ligeramente confundida.

—Explícame el resto. Sácatelo de dentro, Lily.

Ella levantó la cabeza para analizar su cara, con los ojos tan tristes que él se moría de pena. Sin embargo, algo en su mirada fija le dio seguridad, así que respiró hondo y continuó:

—Tenía la sensación de que, de todos modos, a las otras niñas y a mí nadie nos quería y que él nos estaba ofreciendo una casa decente, atención médica y alimentación. Dijo que era más de lo que teníamos donde nos encontró; así excusaba su comportamiento. No podía tomarse la molestia de aprenderse todos nuestros nombres, de modo que nos llamaba como a las flores, las estaciones y cosas como

Lluvia o Tormenta. —Separó la mano del contacto de Ryland y se llevó el puño a la boca temblorosa—. No éramos nada para él. No más que ratas de laboratorio.

Se miraron y se produjo un pequeño silencio.

—Como yo. Como mis hombres. Repitió el experimento con nosotros.

Lily asintió muy despacio, se alejó de la celda y volvió a acercarse mientras la rabia que sentía iba creciendo. Ryland vio las sombras que se apoderaban de su rostro pálido mientras iba y venía, incapaz de quedarse quieta, y le entregó su corazón. Ella estaba luchando de la única forma que sabía, con el cerebro. Intentando aplicar la lógica a todas las situación.

—Y lo peor es que los mismos problemas que ha tenido aquí ya los había tenido con nosotras. Por Dios, Ryland, cuando se convirtieron en un problema para él, las dejó a su suerte ahí fuera, desprotegidas, abandonadas.

Hablaba tan bajo que él apenas podía oírla. Estaba demasiado avergonzada, como si lo que su padre había hecho fuera culpa suya.

Ryland alargó los brazos a través de los barrotes e intentó agarrarla de la mano, atraerla hacia sí, pero ella ya se estaba alejando, encerrada en sí misma, bloqueando sus emociones.

—Nunca vi sus datos, Ryland, nunca tuve la oportunidad de saber realmente cómo lo consiguió. Lo que hizo fue propio de un genio; estuvo mal, pero de todas formas es propio de un genio. Descubrió que los antiguos antidepresivos como la amitriptilina perjudicaban las habilidades parapsicológicas, mientras que los nuevos inhibidores de la recaptación de serotonina eran neutros o las beneficiaban. Papá tuvo la oportunidad de realizar un estudio postmortem a un clarividente. El sujeto demostró una cantidad de receptores de serotonina en el hipocampo y en el tejido de las amígdalas siete veces superior al de los controles.

—No estoy entendiendo nada.

Ella agitó una mano en el aire, sin mirarlo y sin dejar de ir de un lado a otro.

—Son partes del cerebro. Da igual, sólo escucha. Además, se trataba de un subtipo de receptores con unas características vinculantes absolutamente nuevas. Secuenció la proteína, descubrió el gen asociado, lo clonó y lo insertó y expandió en una línea celular cultivada. Dilucidó la estructura proteínica con modelos por ordenador y luego modificó un inhibidor de la recaptación de serotonina ya existente para obtener una mayor especificidad para el ligando recién descubierto. La parte complicada era mantener el lípido de la molécula soluble para que atravesara la barrera del cerebro sanguíneo. Y, ¡pam!, de repente la radio había sintonizado la emisora correcta.

—Cariño, es como si me hablaras en chino. —Lily no se había dado cuenta, pero había pasado de hija afligida a científica entusiasmada—. ¿Puedes hablarme en cristiano?

Lily siguió paseando, deprisa, mientras los movimientos agitados del cuerpo revelaban el torbellino que tenía dentro; hablaba más para ella que para él.

—No todos los sujetos tenían las mismas habilidades. Igual que en el caso de un practicante de halterofilia medio, la respuesta eran más medicamentos. Recurrir a un programa de entrenamiento triplicado fue una idea brillante. Cada vía proporcionaba una posibilidad de reforzar las habilidades naturales. Y utilizó descargas eléctricas, igual que se ha probado con el Parkinson, para intentar estimular una mayor actividad. Sin embargo, las niñas pequeñas empezaron a recaer, víctimas de la sobrecarga. Descubrió que había varias anclas y que las demás gravitaban a su alrededor. Lo atribuyó a una corta edad. Empezaron a sufrir problemas emocionales y físicos graves. Ataques que provocaban derrames cerebrales, histeria, pesadillas… síntomas asociados a un trauma severo. Creo que, seguramente, las descargas eléctricas provocaron las hemorragias, pero tendré que estudiarlo mejor. Sólo eran niñas. Sólo éramos niñas.

—Se volvió y cruzó los brazos encima del pecho—. Apagó todos los filtros naturales y luego las abandonó. Yo era un sujeto. Así es como me llamaba. Sujeto Lily.

Dirigió la mirada hacia el ordenador y estaba desolada.

—Se dio cuenta de que las niñas iban a sufrir una sobrecarga, a agotarse, así que enseguida les buscó familias, se inventó una explicación plausible para sus problemas y les dio la espalda. Se quedó conmigo porque era un ancla y tenía la esperanza de volver a usarme. —Se volvió hacia él, con los ojos azules llenos de lágrimas—. Y lo hizo.

—Lily. —Su nombre era un dolor entre los dos. Su precioso nombre que era como ella: puro, perfecto y elegante. Quería estrangular a su padre con sus manos. Sabía que la historia era mucho más larga. Peter Whitney era un científico obsesionado con el éxito. No era un hombre capaz de hacer daño a otro ser humano de forma deliberada, pero era despiadado en sus métodos. Ryland se lo imaginaba «comprando» a las niñas en países donde tampoco las querían. Tenía el dinero y los contactos para hacerlo.

—Cuando decidió volverlo a intentar, utilizó a hombres adultos y con mucha disciplina. —Lo miró—. Ni siquiera sé mi nombre real.

Ryland consiguió agarrarla por la manga y atraerla hacia sí. La pegó a los barrotes, a él y la abrazó, porque no podía evitarlo. Ella estaba tensa y se resistía, pero él la colocó bajo la curva protectora de su hombro, cerca del corazón, que era su sitio.

—Te llamas Lily Whitney. Eres la mujer que quiero a mi lado día y noche. Quiero que algún día seas la madre de mis hijos. Quiero que seas mi amante. Quiero que seas la persona a la que acuda cuando el mundo me abrume.

Ella emitió un pequeño sonido de protesta, un grito desde las profundidades de la garganta, e intentó volverse, pero él le tomó la cara con las manos, se inclinó con actitud protectora, escondiéndola de la cámara, a pesar de que no funcionaba.

—Sé que ahora mismo no puedes escucharme, pero eras el mundo de Peter. Era un hombre sin risas ni amor que sólo seguía los dictados de su cerebro para aprender más. Vi cómo te miraba. Te quería; quizás al principio no fue así, pero acabó queriéndote. Quizá no te trajo a su vida por los motivos correctos, pero se quedó contigo porque te quería. No podía separarse de ti. Le enseñaste qué era el amor. —Ryland habría dicho cualquier cosa por consolarla, pero, mientras pronunciaba aquellas palabras, sentía que eran verdad.

Ella meneó la cabeza; no se atrevía a creerlo porque, si se equivocaba, sería otro cuchillo que le atravesaría el corazón.

—No puedes saberlo.

Los ojos grises de Ryland reflejaron la verdad.

—Sí que lo sé. ¿Recuerdas lo que te dijo? Quería que encontraras a las demás y lo arreglaras. Se refería a las otras niñas. Sabía que lo que había hecho estaba mal e intentó compensarlo encontrándoles casas y creando fondos a su nombre. Estuvo mal, Lily, pero no operaba al mismo nivel que nosotros. —Ryland había obtenido el resto de la información sobre su padre directamente del cerebro de Lily y lo usó sin ningún apuro.

Ella agitó la mano hacia arriba.

—Están ahí fuera, en alguna parte. Jugó con sus cerebros, encendió algo que ellas no pueden apagar y destruyó cualquier tipo de filtro natural que pudieran tener; nos dejó y tenemos que valernos por nosotras mismas. —Lo miró—. Higgens y los de aquí nunca deben encontrar a esas chicas. Si lo hicieran, las utilizarían, y luego las matarían.

—Tienes que destruir las cintas —dijo Ryland—. Es la única forma de proteger a todo el mundo, Lily; a cualquier otro en el futuro. Y tu padre lo sabía porque, si no, no te habría pedido que destruyeras sus datos. No han podido obtener nada de los discos duros. Se aseguró de no grabar nada donde ellos pudieran encontrarlo.

—Esas cintas son lo único que tengo para estudiar e intentar invertir el proceso, Ryland. Si me deshago de ellas, no habrá marcha atrás.

—Ya lo sabíamos, cariño. Peter también lo sabía. Repitió el experimento, un poco más refinado, con sujetos mayores y con mayor disciplina, pero el resultado final fue el mismo. Crisis, ataques, traumas, sobrecarga sensorial.

—Tengo que verlas todas. No puedo arriesgarme a perderme ningún detalle. Tengo memoria fotográfica. Recuerdo todo lo que veo y leo. Voy a tardar un poco. Mi padre expresó sus sospechas acerca de, al menos, dos muertes, Ryland, y estoy preocupada por ti y los demás. Quería que salierais de aquí. Y lo quería con tantas ganas que me pidió que os ayudara. Después de leer su informe, pienso que quizá tenía motivos para preocuparse. Coincido con él en que aquí no estáis a salvo. Hay registros de llamadas que mi padre hizo a varios oficiales del ejército y, no obstante, nadie le dijo nada a Higgens. No sé hasta dónde está implicada la cadena de mando. Eso es cosa tuya. Tienes que decirme en quién puedes confiar. Intentaré hablar con el general Ranier, pero hasta ahora me ha sido imposible. Es un amigo de la familia desde que era pequeña.

Él asintió, con la mirada fija en su cara.

—Lily, tenemos que hablar de lo de anoche. No podemos fingir que no ha pasado.

Lily meneó la cabeza. Él quería hacerle creer que podía enamorarse de él cuando apenas la conocía. No sabían nada el uno del otro. Ryland creía que le daría confianza saber que alguien podía quererla, pero después de lo ocurrido entre ellos sólo logró reforzar su creencia de que su padre había generado la química entre ellos.

Ryland Miller y sus hombres necesitaban un santuario. No podía distanciarse de él cuando la necesitaba tanto.

—Arly, mi jefe de seguridad, me ha enseñado la entrada a dos túneles que van por debajo de mi propiedad hasta la casa. Mi padre los utilizaba cuando no quería que nadie de la casa viera a quién traía.

—¿Seguro que puedes confiar en este hombre?

Lily se encogió de hombros.

—Ya no estoy segura de nada, Ryland. Sólo puedo esperar que esté de mi lado. El ala este de la casa estará preparada para manteneros escondidos. Hay algo así como quince habitaciones, aparte de las mías, y el ala entera es totalmente independiente. Arly está haciendo acopio de víveres y podréis utilizar la casa como base, pero hay personal de seguridad y cámaras dentro y fuera. Te daré los códigos para poder entrar.

—Gracias, Lily. —Estaba tan orgulloso de ella. Era muy valiente y se hallaba dispuesta a arriesgarse por sus hombres. Por él.

—Creo que Higgens tiene preparados más accidentes, y también a mi entender, a uno o dos Fantasmas trabajando para él, a menos que uno de tus hombres esté con él. Si es así, la fuga será imposible.

—Mis hombres no son unos traidores. —Lo dijo con rotundidad.

—Nunca habría creído que alguien de mi casa traicionaría a mi padre, pero alguien lo ha hecho. Nunca habría creído que alguien de Donovans ayudaría a asesinar a mi padre, pero lo han hecho. Y nunca habría creído que mi padre fuera capaz de coger a una niña de un orfanato y experimentar con ella, pero lo hizo. No confíes demasiado en la lealtad, Ryland, o te arrancarán el corazón de cuajo.

Él se quedó callado, sintiendo las oleadas de dolor y vergüenza que se apoderaban de ella.

—Ya he visitado a tus hombres con el pretexto de pedir su colaboración en futuras pruebas. No he podido encontrar a Russell Cowlings. Según el registro, tuvo un ataque hace más de una semana y lo sacaron para llevárselo al hospital. He llamado y me han dicho que le dieron el alta y que se lo llevó un helicóptero sanitario veinte minutos después de su ingreso. No me cuadra. Si estaba tan inestable, habrían tardado más en darle el alta. Estoy intentando localizarlo, pero me temo que se ha esfumado. Por lo visto, nadie tiene sus papeles o su ficha. He llamado a Higgens, pero no me ha devuelto la llamada.

—Joder, Lily. —Ryland agachó la cabeza y apretó los puños—. Russell es un buen hombre. Esto no está bien.

—No —asintió ella—. Nada de esto está bien.

—Lily… —Ella lo miró con sus ojos azules y lo calló antes de que pudiera seguir.

Meneó la cabeza.

—No quiero que lo que fuera que pasara entre nosotros vaya a más. No está bien y no me inspira confianza. No me conoces, ¿cómo es posible que pienses que podrías quererme? Ni yo misma me conozco. Ni siquiera hemos hablado.

—He entrado en tu mente. Sé la clase de mujer que eres. Sé perfectamente quién eres, Lily, aunque creas que no. Veo lo que has hecho, lo que estás haciendo por nosotros. Es extraordinario, estés de acuerdo o no. —La agarró de la muñeca y le acarició la sensible parte interior con el pulgar. Con la mirada clavada en sus ojos, se acercó la mano a la boca y le acarició la piel con la lengua.

—No juegas limpio, Ryland.

La sonrisa de él se reflejó en sus ojos, un breve destello que provocó que una pequeña brasa en el interior de Lily prendiera en llamas.

—Para mí no es un juego, Lily. Te vi. Supe que tenías que ser mía en cuanto te vi por primera vez. Da igual que estemos en medio de todo este rollo. Tú eres eterna. Eres real. —Mientras a regañadientes le soltaba la mano, ella se alejó de los barrotes y se acercó la mano al cuerpo. Tenía los nudillos temblorosos y ardientes, marcados para siempre por el breve e intenso contacto con su boca—. Y si crees que estás a salvo —continuó él—, recuerda que las cámaras no funcionan.

—Lo siento —susurró ella, porque sabía que lo oía. No se volvió y mantuvo la cara escondida. Era humillante saber que no podía controlar las salvajes llamas de deseo que sentía cada vez que estaba cerca de él. Lily siempre lo había controlado todo, pero ahora se sentía confundida y descentrada.

—Mírame.

Ella meneó la cabeza en silencio.

—Vaya, eres una cobardica, ¿eh? —bromeó él.

Y en ese momento sí que se volvió, echando chispas por los ojos y con la espalda recta.

—Será mejor que reces para que no sea una cobardica o tus opciones se reducirán a cero, ¿entendido?

Ryland maldijo en voz baja y apretó los puños. Se obligó a llenar de aire los pulmones, dio una patada al suelo de frustración y se centró en ella. Siempre era muy profesional y eso lo sacaba de quicio. La quería con todo su ser; la ansiaba. Y los sueños compartidos no habían ayudado. Sólo lo dejaban con ganas de más.

Desde que la había conocido, las ganas de ella se lo habían comido vivo día y noche, y se habían apoderado de su cuerpo hasta que conoció el significado de la palabra «obsesión». Quería compartir con ella cualquier fantasía que había tenido en la vida.

—Lo siento, Lily. Tú no estás encerrada aquí dentro. Tengo el cuerpo entero dolorido y la mente me está matando. Es como si me estuvieran abriendo la cabeza a martillazos.

Lily reconoció la pura y dura verdad en su voz y corrió hacia la celda para verlo de cerca.

—¡Por Dios, Ryland!

Era demasiado tarde para protegerla. Ryland había mantenido las barreras lo mejor que había podido en su debilitada condición, pero no podía evitar intentarlo. Lily era una fortalecedora, una amplificadora, igual que él. Percibía su dolor y lo rebotaba multiplicado por diez. Se agarró a los barrotes con tanta fuerza que los nudillos se le quedaron blancos.

—¿Por qué no me has dejado ver esto? —De repente, se quedó inmóvil cuando lo entendió todo—. Anoche. Mantuviste el puente tú solo. —Atravesó los barrotes con la mano y le acarició la cara—. Ryland, no puedes ponerte en peligro por mí. Las voces que oí anoche erais tus hombres y tú. Desgastas demasiado tus talentos. Tienes que descansar, pensar en ti.

Le agarró la mano y se la pegó a la boca.

—Descansaré cuando estén a salvo. Los convencí a casi todos para que participaran en el experimento. Siempre pude hacer cosas, cosas que nadie más podía. Quería hacer más. Me gustaría culpar al doctor Whitney, a tu padre, pero la verdad es que me pareció una idea brillante. Me gustó la idea de poder adentrarme en un campo enemigo, «sugerir» al vigilante que mirara hacia el otro lado y que lo hiciera. El equipo, juntos, éramos invencibles.

El dolor era real, como pequeños pedazos de cristal que se le clavaban en el cerebro. Tenía el pulso demasiado acelerado y las cejas sudadas.

—Ryland, me gustaría recetarte algo para dormir, pero me da miedo lo que puedan hacerte. Te traeré algo yo, pero tardaré un poco. Tienes que descansar y dejar que tu cerebro se relaje.

Él meneó la cabeza.

—No tomaré ningún medicamento. Sácame de aquí de una vez, Lily. Ya descansaré cuando esté contigo y a salvo.

Lo dijo de forma que sonó muy íntimo. Lily no pudo protestar. Ryland le había entregado mucha energía. A ella. A sus hombres. Pensaba en todos menos en él.

Entonces le sonrió, una breve demostración de su confianza masculina.

—Anoche estaba pensando en mí, Lily. No sólo en ti.

Ella se sonrojó a pesar de haber hecho el propósito de ignorar cualquier referencia a lo de la noche anterior.

—Seguro que los vigilantes deben de estar preocupados por mí. Ya ha pasado mucho rato. Deberías conservar tu energía y dejar de interferir en el sistema de seguridad. ¿Dónde está tu familia, Ryland?

—Sólo quería distraerlo.

Él la soltó, pero únicamente porque necesitaba sentarse. Caminó hasta la cama, se tendió y cerró los ojos, para que la débil luz no le hiciera más daño en el cerebro.

—Mi madre me crió sola, Lily. Es la típica historia. Madre adolescente y soltera sin perspectivas de futuro. —Había una nota de humor en su voz que delataba que la adoraba—. Sin embargo, nunca aceptó vivir según las normas de los demás. Me tuvo cuando todo el mundo le aconsejaba que abortara, y terminó el instituto nocturno. Trabajó y estudió las asignaturas de una en una hasta que llegó al curso preuniversitario.

—Parece una mujer impresionante. —Lily se sentó en la silla al otro lado de los barrotes mientras el ordenador resucitaba y los monitores se encendían, una señal de que Ryland ya no los manipulaba.

—Te habría gustado —dijo—. Vivíamos en una vieja caravana en medio de un parque que parecía un vertedero. Nuestra casa era la más limpia. Se sabía los nombres de todas las flores del jardín y me hacía arrancar todas las malas hierbas. —Se frotó la frente con el dorso de la mano—. Bueno, las arrancaba conmigo. Le gustaba solucionar las cosas hablando.

Lily dibujó una pequeña sonrisa, casi a regañadientes.

—¿Hay una moraleja?

—Seguramente. Estaba a punto de explicártela.

—Apuesto a que sí. —Entonces ella arqueó una ceja al vigilante que entró corriendo en la sala—. ¿Existe algún motivo por el que nos moleste mientras hablamos?

Habló con una voz ultra fría. Ryland no podía evitar admirar lo segura que parecía y cómo había conseguido ignorar al vigilante con su tono altivo. Su rostro era absolutamente inexpresivo mientras observaba con desinterés al intruso. A Ryland le encantaba que para los demás fuera una princesa de hielo y que, para él, ardiera como el fuego.

El vigilante se aclaró la garganta, porque no sabía dónde meterse.

—Lo siento, doctora Whitney. Los micrófonos no dan señal, las cámaras de seguridad no funcionan y...

—Se estropean con frecuencia —lo interrumpió ella—. No veo motivo alguno para que ignore una regla básica y entre en un laboratorio mientras estoy realizando una entrevista privada. ¿Y usted?

—No, señora. —El vigilante se marchó corriendo.

—Se supone que tienes que estar descansando —riñó a Ryland.

—Y lo hago —respondió él en tono piadoso.

—Estás emitiendo un descarado interés sexual.

—¿En serio? —Se volvió y le sonrió—. He estado pensando en eso y no creo que sea yo solo.

—¿Ah, no?

Meneó la cabeza y luego se lo pensó mejor.

—Sí, le he estado dando vueltas. Kaden también es un amplificador, pero cuando estamos en la misma sala te aseguro que no siento esta obsesiva atracción sexual hacia él.

Lily reprimió una carcajada. Aquel sonido resonó por todo el cuerpo de Ryland hasta la punta de los pies. La voz de Lily podía estremecerlo. Sonrió, a pesar del terrible dolor de cabeza.

—Piénsalo, Lily. Tú eres la que genera todos los sentimientos sexuales hacia mí y, como eres amplificadora, esos sentimientos son especialmente potentes. —Hizo lo que pudo para parecer inocente.

—Te has estrujado unas cuantas células cerebrales, ¿no? Mentir no se te da demasiado bien, Ryland. Apuesto a que, de pequeño, siempre te pillaban. —Por algún motivo, la imagen de él joven, con el pelo rizado, le derritió el corazón.

Ryland se rió ante los recuerdos.

—No tenía nada que ver con mi capacidad de mentir. Mi madre tenía ojos en la espalda. Lo sabía todo; no sé cómo pero lo sabía. Sabía que iba a hacer algo antes de que lo hiciera.

Lily se rió, un sonido que le recorrió el cuerpo como una delicada caricia.

—Seguramente lo confesabas todo sin ni siquiera darte cuenta.

—Seguramente. Estaba obsesionada con la educación. No me atrevía a retrasarme con los estudios. Algún día conseguía no ordenarme la habitación o no hacer las tareas de casa para ir a jugar con los amigos, pero siempre hacía los deberes. Me los revisaba todos e insistía en que leyéramos cada noche un libro.

—¿Qué clase de libros?

—Leímos todos los clásicos. Tenía una voz que daba vida a la historia. Me encantaba escucharla leer. Era mucho mejor que la televisión. No se lo decía, claro. Me quejaba mucho para que pensara que le estaba haciendo un favor al leer con ella. —Su voz denotó una sombra de remordimiento.

—Pero ella lo sabía —dijo Lily con firmeza.

—Sí, supongo que sí. Siempre lo sabía todo.

Lily se tragó las lágrimas.

—¿Qué le pasó?

Se produjo un pequeño silencio.

—Un día, vine de visita sorpresa y decidió que tenía que hacerme una de sus famosas cenas. Fuimos a la tienda. Un conductor borracho se saltó un semáforo en rojo y nos embistió. Yo sobreviví, pero ella no.

—Lo siento mucho, Ryland. Parece que era una mujer extraordinaria. Me habría encantado conocerla.

—La echo de menos. Siempre decía lo correcto en el momento exacto. —Como Lily. Empezaba a creer que Lily compartía ese mismo rasgo.

—¿Crees que tenía habilidades naturales?

—¿Parapsicológicas? Quizá. Sabía cosas pero, sobre todo, era una madre maravillosa. Me dijo que asistió a clases y leyó libros para aprender a criar un hijo. —Una nota de humor tiñó su voz—. Por lo visto, yo no reaccionaba como los niños de los libros.

—Seguro que no. —Lily quería abrazarlo y consolarlo. Percibía su dolorosa soledad y le partía el corazón. Silenció un gruñido. Por muy razonables que parecieran sus motivos, la atracción por Ryland sólo crecía cuando estaban juntos. La necesidad de verlo feliz y sano se estaba convirtiendo, a toda velocidad, en un factor esencial para su propia felicidad.

—Le di muchos problemas —admitió él—. Siempre me estaba peleando.

—¿Por qué no me sorprende? —Ella arqueó una ceja y lo miró, pero lo que llamó la atención de Ryland fue el leve temblor que vio en su boca.

Se sentó al borde de la cama y se pasó las manos por el pelo.

—Viviendo en aquel parque éramos el blanco de muchos comentarios. Los dos. Y yo era lo suficientemente joven como para creer que tenía que defendernos, cuidarnos.

—Sigues haciéndolo —comentó ella—. Es una característica tuya bastante encantadora. —Suspiró con arrepentimiento, porque sabía que el tiempo se les acababa. Disfrutaba de su compañía y su conversación—. Tengo que irme, Ryland. Tengo que trabajar en otras cosas. Volveré por la noche, antes de marcharme, para ver cómo estás.

—No, Lily. Vete a casa. —La miró fijamente con sus ojos grises. Se levantó, con cada músculo de su cuerpo fatigado. Se acercó a los barrotes, a pesar de que cada paso suponía sentir más agujas clavadas en el cerebro.

Ella contuvo la respiración de forma sonora.

—Quizá deberíais esperar.

—No puedo arriesgarme, Lily. Vete y no vuelvas.

Ella asintió, con los labios ligeramente apretados. Estaba de perfil y perdida en sus pensamientos, así que Ryland aprovechó la oportunidad para permitirse el lujo de contemplar su voluptuosa silueta. Lily no tenía ángulos rectos, sólo curvas femeninas. Llevaba la bata blanca por encima de la ropa sin abrochar, y se movía cuando ella lo hacía, ofreciendo interesantes vistas de sus senos. Cuando caminaba, la tela de los pantalones se le pegaba a las nalgas y llamaba a gritos la atención de Ryland. Su cuerpo era una tentación muy obvia en la que no podía pensar demasiado porque, si no, se encendía en llamas. Sería suya. Caminaría a su lado, se tendería debajo de él, resucitaría y se partiría en dos entre sus brazos. Era su otra mitad en todos los sentidos, aunque ella todavía no lo había aceptado.

—Lo estás haciendo otra vez, capitán —le recordó ella, con una pequeña reprimenda, mientras el color rosado se apoderaba de su cara pálida.

Él se aferró con fuerza a los barrotes, porque se moría de ganas de comprobar si su piel era tan suave como parecía.

—No, todavía no, Lily. —Habló en un susurro, y le daba igual si lo había oído o no.

Ella se quedó allí de pie un segundo, completamente descolocada.

—Cuídate —susurró antes de volverse y dejarlo a solas con su dolor y su culpa, dentro de la celda donde estaba prisionero.

Capítulo 7

Hacía una noche inesperadamente fría. Lily se estremeció cuando levantó la mirada hacia la delgada luna creciente. El cielo estaba cubierto de nubes oscuras que tapaban las brillantes estrellas sobre su cabeza. El viento le sacudió la ropa y le tapó la cara y los ojos con varios mechones de pelo. Había pequeños remolinos de niebla que envolvían el cable eléctrico de las vallas y que parecían avanzar hacia ella como zarpas. Olía la tormenta que se avecinaba desde el océano.

—¡Doctora Whitney! Creía que se había ido a casa. —Un enorme vigilante apareció entre las sombras. Era uno de los hombres más mayores y experimentados. Lily lo observó atentamente y se preguntó si era militar.

Ella fingió que la había asustado y dio un respingo.

—Me ha asustado, no lo he oído.

—¿Qué está haciendo aquí fuera? —Había una nota de preocupación en su voz. No llevaba chaqueta.

Lily tembló por el aire helado.

—Respirar —respondió, simplemente—. Y preguntarme si vuelvo a casa y duermo un poco o si me quedo a trabajar y así no tengo que enfrentarme a la ausencia de mi padre. —Se echó el pelo hacia atrás con los dedos.

—Hace mucho frío, doctora Whitney. La acompañaré al coche.

—La nota de preocupación le llenó los ojos de lágrimas y le provocó un nudo en la garganta. El dolor se acumuló, punzante, directo e intenso. Había arrinconado la pena y la certeza de la muerte de su padre durante todo el día; los había mantenido a raya con el trabajo mientras planificaba meticulosamente las horas posteriores a la huida. La culpa se apoderó de sus agitadas emociones. Si alguien resultaba herido durante aquella misión, la responsabilidad recaería directamente sobre sus hombros. Peter Whitney le había dicho lo que quería, cuáles eran sus últimas voluntades, pero, al final, la responsabilidad sería suya.

Los Whitney ya habían cometido suficientes errores y no estaba segura de si estaba haciendo más daño que bien. ¿Y si los hombres no podían sobrevivir lejos de las condiciones del laboratorio? La huida proporcionaría a Higgens la excusa que buscaba para llevar a cabo cualquier plan que tuviera en mente para acabar con cualquiera que se enfrentara a él. Calificaría a cualquier militar de desertor.

—¿Doctora Whitney? —El vigilante la tomó del brazo.

—Lo siento. Estoy bien, gracias. —Lily no sabía si algún día volvería a estar bien—. Tengo el coche aparcado junto a la primera torre de vigilancia. No tiene que acompañarme. Estoy bien, de veras.

—Yo también iba hacia allí —dijo él, llevándosela con él al tiempo que se interponía entre ella y el viento.

Mientras caminaban, algo en su interior se congeló. Y, de repente, la conciencia tomó forma. Notó los movimientos, la presencia de otros en la noche. Camaleones, Fantasmas, se autodenominaban, que se movían y camuflaban en cualquier terreno. Se sentían cómodos en la tierra, el agua, la jungla y entre los árboles. Eran sombras entre las sombras, capaces de controlar sus corazones y pulmones, de caminar entre el enemigo sin que los vieran. Lily los notó, notó la vibración de energía que emitían mientras se movían por el edificio de máxima seguridad y «convencían» a los vigilantes de que miraran hacia otro lado con la fuerza de sus mentes.

Según el plan, ella tenía que estar lejos del edificio para que nadie pudiera poner en duda su coartada, pero ella se había quedado, víctima de la culpa y el miedo. Era muy difícil entrar en el edificio sin que nadie te viera, pero salir resultaba mucho más sencillo. Ryland Miller y sus hombres tenían varios niveles de habilidades parapsicológicas. Sabía que Ryland había planeado llamar al coronel Higgens a su celda para que las sospechas recayeran sobre él, puesto que habría sido el último en estar en su presencia antes de que escapara. Ryland liberaría a los demás. Al principio, los hombres encontrarían seguridad en los números, permitiendo que sus variados talentos beneficiaran a todo el grupo, pero, una vez fuera de Donovans, era más seguro dispersarse y llegar a su destino, su propia casa, en parejas o solos.

Ella dejó que su mirada se desviara casualmente hacia los edificios, las torres y demás equipamientos. Tenía un nudo en el pecho. No los veía, pero los notaba. Se movían por el complejo de alta seguridad como los fantasmas que presumían ser. Oyó el ladrido de un perro a su izquierda y el corazón le dio un vuelco. El animal paró de golpe, como si alguien lo hubiera mandado callar. El vigilante la agarró con más fuerza del brazo, algo incómodo.

Volvió la cabeza hacia el perro, y entonces tropezó para distraerlo.

—Lo siento. —Sonó más asustada de lo que pretendía mientras él la cogía y evitaba que se cayera al suelo—. Está muy oscuro. La tormenta está llegando más deprisa de lo previsto.

—Y se supone que va a ser fuerte. Debería llegar a casa antes de que empiece —le aconsejó—. Los vientos podrían alcanzar los cien kilómetros por hora y su coche es pequeño.

Había rechazado la limusina a propósito, porque sabía que todos los coches serían investigados y una limusina fácilmente podía sacar a varios fugitivos del complejo.

La preocupación del vigilante casi fue su perdición. Estaba mucho más tensa de lo que se había dado cuenta y el dolor por su padre a punto de salir a la superficie y amenazaba con sobrepasarla. Angustia por saber que había formado parte de los experimentos científicos de su padre. Culpa por la huida que le pesaba en la conciencia. Y el miedo de que alguien resultara herido o muerto la carcomía por dentro hasta el punto que tenía miedo de empezar a gritar. Las lágrimas se le acumularon en los ojos y le nublaron la visión. ¿La vida de esos hombres sería mejor en el exterior, donde nadie los protegería? Tenía que convencerse de que, al menos, estarían a salvo del daño que podían hacerles de manera intencionada.

—Está temblando, doctora Whitney —dijo el vigilante—. Quizá debería volver dentro y pasar la noche aquí. —El hombre se detuvo en medio de la nada y la hizo detenerse a su lado.

Lily se obligó a hablar con un tono alegre.

—Estoy bien, sólo un poco alterada. He tenido varias semanas para acostumbrarme a la ausencia de mi padre, pero la idea de quedarme en la casa vacía durante una tormenta me pone nerviosa. Nos pasábamos horas hablando. Ahora sólo encuentro silencio.

Sin aviso previo, un relámpago atravesó el cielo. La luz iluminó el complejo y la zona de alrededor. Para mayor horror de Lily, también iluminó la silueta oscura de un hombre que estaba a escasos metros de ellos. Los estaba mirando fijamente. Concentrado. Directo. Tenía los ojos de un depredador. Movió la mano y ella vio el brillo de la hoja de un cuchillo. *Kaden*. Lo reconoció enseguida. Era uno de los que tenía los poderes más fuertes.

Lily se colocó entre el fantasma y el vigilante al tiempo que lo golpeaba, lo que provocó que los dos cayeran al suelo en un lío de brazos y piernas. La luz del relámpago desapareció y ellos quedaron atrapados y vulnerables en la oscuridad. Al caer al suelo Lily se golpeó la cabeza con tanta fuerza que gritó. El vigilante maldijo en voz baja, se levantó y alargó los brazos para ayudarla a levantarse justo cuando un atronador trueno abrió el cielo y las cortinas de agua empezaron a desplomarse sobre ellos.

—No debería ni plantearse conducir su coche si los relámpagos le dan tanto miedo —la advirtió el vigilante, sujetándola con firmeza para comprobar que estaba bien.

Lily se dio cuenta de que el hombre estaba mirando hacia el otro lado. Ni siquiera había visto la amenaza invisible que se había cernido sobre ellos. Era posible que estuvieran rodeados de fantasmas. Aquella idea provocó una explosión de adrenalina en sus venas. La lluvia le resbalaba por la cara y le empapaba la ropa. ¿Sería mejor volver al edificio o ir hasta el coche? ¿Dónde estaría más seguro el vigilante?

Un relámpago se abrió paso entre las nubes, zigzagueó desde el suelo hasta el cielo, sacudió la tierra bajo sus pies y volvió a iluminarlos. Kaden había desaparecido en la noche, pero Lily vio otra cara. Un par de despiadados ojos grises que la miraban y que se desviaban hacia el hombre que la tenía en sus brazos. Ryland estaba tan cerca que casi podía alargar la mano por encima del hombro del vigilante y tocarlo. El breve momento de luz se apagó con el consecuente trueno y volvieron a quedarse, inevitablemente, a oscuras.

Lily se sacudió, aterrada por la salvaje y amenazadora máscara en la cara de Ryland. Era muy habilidoso en el combate cuerpo a cuerpo y en las artes marciales. Llevaba la muerte grabada en sus enormes manos. Ella no sabía qué hacer o a quién proteger. Si mantener la atención del vigilante centrada en ella o advertirlo del peligro real.

Relájate, cariño. La voz se adentró despacio en su cabeza y le acarició los sentidos como si fuera un guante de terciopelo. *No voy a hacerle daño a tu héroe. Y protégete de la lluvia antes de que cojas una neumonía.*

El alivio se apoderó de ella. Levantó la cara mojada al cielo y sonrió sin motivo alguno. *No se puede coger una neumonía por la lluvia.*

—Tenemos que salir de aquí ahora mismo —dijo el vigilante, llevándosela cogida por el brazo—. Voy a llevarla al edificio. Aquí fuera es peligroso.

—Muy peligroso —asintió ella, de todo corazón.

Dos de mis hombres todavía no han salido. Mantenlo alejado de los laboratorios.

—Pero no puedo volver a los laboratorios esta noche. Vayamos a la cafetería —improvisó ella sobre la marcha.

El vigilante le pasó el brazo por el hombro, en un intento inútil por protegerla de la lluvia mientras atravesaban corriendo la gran superficie de cemento hacia el bloque más grande. Lily iba mirando al suelo, para ver dónde pisaba, cuando estalló el siguiente relámpago. Cayó mucho más cerca, sacudió las ventanas e hizo que las torres se tambalearan, lo que provocó el grito de miedo de uno de los vigilantes.

—Esos hombres deberían bajar de allí —gritó ella, cuando resonó el trueno. El ruido fue atronador, tan fuerte que casi los tira al suelo. Los oídos le dolían del impacto.

—Las torres tienen pararrayos. Estarán bien —aseguró el vigilante, pero aceleró el paso, arrastrándola consigo.

Justo cuando acababa de decir eso, un relámpago cayó sobre una de las torres y provocó una fuerte explosión. Las chispas cayeron al suelo y el fuego ardió con fuerza, como piedras preciosas en el cielo. Lily estaba mirando a su alrededor mientras se protegía la cara, porque quería echar un último vistazo, una última mirada, pero las sombras habían desaparecido y ella estaba sola en la tormenta.

Se sintió vacía. La emoción la había agotado de una forma desconocida hasta ahora.

El brazo del vigilante la empujó hacia el interior del edificio principal justo cuando saltaron las alarmas.

—Seguramente no será nada —dijo él—. Últimamente, han estado saltando las alarmas sin ningún motivo. Será un problema técnico, o quizá la tormenta, pero tengo que irme. Usted quédese aquí, a resguardo de la lluvia. —Le dio unos golpecitos en el brazo para tranquilizarla y se marchó.

Lily miró hacia la ventana, obviamente hacia su reflejo con el cuerpo calado hasta los huesos y la ropa empapada, mientras rezaba por haber hecho lo correcto. Ryland ya no estaba, se había fugado con sus hombres. Ahora dependía de ella ayudarlos a volver a vivir en el mundo. No tenía ni idea de cómo iba a hacerlo. Y tampoco tenía ni idea de si tenía la cara mojada por la lluvia o las lágrimas.

Apoyó la frente en el cristal y dejó la mirada perdida. ¿Cómo iban a sobrevivir los hombres en un mundo lleno de emociones, violencia y dolor? Un exceso de estímulos podía volverlos locos. Y era una locura pensar que todos llegarían a su casa sin ningún contratiempo. ¿Cómo iba a sobrevivir Ryland Miller sin ella, que lo protegía del mundo, aunque fuera por un periodo de tiempo breve? Para él sería muy fácil separarse de los demás. Enviaría a los más débiles con Kaden y les cubriría las espaldas. Lily lo sabía y lo aceptaba. Ryland protegería a los demás antes de pensar en su propia seguridad. Era esa la característica suya que tanto la atraía.

Si los hubiera dejado en el laboratorio, los hombres no habrían tenido ninguna esperanza de encontrar la paz. Los hubieran usado, observado, acabado tratando como ratas de laboratorio y no como humanos, porque ya se había dado cuenta de que los técnicos y los vigilantes habían empezado a despersonalizarlos. Estaba claro que el coronel Higgens los quería muertos y ella sospechaba que estaba montando «accidentes» durante las pruebas. Al menos, ella podía ofrecerles el dinero suficiente para que vivieran en libertad; quizá recluidos, pero vivirían. Estarían a salvo. Y tanto Peter Whitney como Ryland Miller creían que valía la pena correr ese riesgo. Tenía que conformarse con eso.

Cuando la ferocidad de la tormenta hubo pasado, se dirigió a su coche. Todo el mundo estaba nervioso, los vigilantes corrían en todas direcciones, los focos de las torres iluminaban la compuerta haciendo barridos y buscando por todos los rincones, buscando a sus presas. El murmullo de la lluvia no podía silenciar los gritos de sorpresa y los ruidos secos a medida que empezaba a correr el rumor de que los Soldados Fantasma habían huido. Las jaulas estaban abiertas y los tigres se habían escapado. El miedo se extendió como una enfermedad. Lily lo notaba en los vigilantes que revoloteaban a su alrededor. La puerta estaba cerrada y nadie podía salir.

Tantas emociones al límite eran abrumadoras. Sólo deseaba que Ryland y sus hombres estuvieran a salvo y lejos de allí. De hecho, sus propias barreras eran endebles y no la protegían de los altos niveles de miedo y adrenalina que emitían los vigilantes y los técnicos. Se refugió en su despacho, tapándose los oídos con las manos para silenciar un poco el ruido de las escandalosas sirenas. La tranquilizó cuando, al cabo de un rato, el ruido cesó de golpe. El repentino silencio supuso un descanso para su alborotada cabeza. Se dio una buena ducha en su baño particular y se puso una muda que siempre tenía en el despacho para las muchas noches que se quedaba allí trabajando.

No la sorprendió cuando dos vigilantes le pidieron que los

acompañara al despacho del presidente para reunirse con un enlace del ejército y los ejecutivos de Donovans. Suspiró para expresar su desacuerdo, pero los acompañó. Estaba agotada física y mentalmente y desesperada por esconderse del mundo.

Thomas Matherson, ayudante de Philip Thornton, estaba esperando para acompañarla a la reunión.

—Resulta que el general Ronald McEntire estaba visitando el complejo esta noche. Ha llamado al general Ranier, el superior directo del coronel Higgens, y ha insistido en participar en el proyecto. —El ayudante abrió la puerta y le indicó que pasara delante de él.

Lily no podía creerse que tuviera tanta suerte. Un general que no sabía nada del experimento. Si pudiera encontrar la forma de hablar con él a solas, podría expresarle sus sospechas acerca del coronel Higgens. Los nudos en el estómago empezaron a aflojarse.

La enorme sala estaba presidida por la gigantesca mesa redonda. Todas las sillas estaban ocupadas y las caras se volvieron hacia ella. Casi todos los hombres hicieron ademán de levantarse cuando entró, pero ella hizo un gesto para que se sentaran.

—Caballeros. —Habló despacio y con la confianza habitual. Sabía que su expresión era absolutamente serena, porque había practicado mucho.

Phillip Thornton demostró lo furioso que estaba al hacer él mismo las presentaciones. Casi siempre dejaba lo que él consideraba tareas sin importancia a su ayudante.

—La doctora Whitney ha accedido a seguir al mando del proyecto justo donde su padre lo dejó. Ha estado revisando sus datos e intentando traducirlos para nosotros.

Casi sin prestar atención a la presentación, el general miró a Lily.

—Doctora Whitney, infórmeme de este experimento. —Era una orden, clara y directa. Los ojos del general reflejaban su ira.

—¿Qué sabe? —Lily se mostró cautelosa. Quería ir con cuidado, leer sus emociones. Entretenerse. Dar tiempo a los chicos para que encontraran sus vías de escape y se alejaran. Miró de reojo al coronel Higgens y arqueó una ceja.

El hombre asintió en un gesto casi imperceptible, dando su aprobación.

—Digamos que no sé nada.

Matherson acercó una silla para Lily y la colocó cerca del general y delante de Phillip Thornton. Con una sonrisa de agradecimiento al ayudante, se tomó su tiempo para acomodarse.

—Imagino que todos los que están en esta sala tiene en el permiso de entrada, ¿verdad?

—Por supuesto —le espetó el general—. Hábleme de esos hombres.

Lily lo miró a la cara fijamente.

—Los hombres fueron reclutados de todas las ramas del ejército. El doctor Whitney, mi padre, estaba buscando un tipo de hombre en particular. Boinas Verdes, SEAL de la marina, Fuerzas Especiales, Rangers…, hombres expertos y de gran capacidad para sobrevivir en circunstancias difíciles. Tengo entendido que también reclutó a policías. Quería hombres de una inteligencia superior y soldados que hubieran progresado desde la base. Quería hombres que pudieran tomar decisiones por sí mismos si la situación lo requería. Todos los candidatos tenían que obtener una puntuación alta en la predisposición para las habilidades parapsicológicas.

El general arqueó una ceja. Miró al coronel Higgens.

—¿Usted estaba al corriente de esta tontería y lo aprobó? ¿Usted y el general Ranier?

Higgens asintió.

—El experimento entero se aprobó desde el principio por méritos propios.

Se produjo un pequeño silencio mientras el general digería aquella información. Se volvió hacia Lily.

—¿Y qué pruebas se les hicieron para comprobar sus habilidades parapsicológicas?

Lily miró al coronel Higgens como si quisiera que la ayudara, pero cuando vio que no respondía a la llamada, se encogió de hombros.

—La parte de la investigación de precedentes fue bastante fácil.

Mi padre desarrolló un cuestionario que resaltaba las tendencias clarividentes.

—¿Cómo cuáles? —preguntó el general McEntire.

—La capacidad de recordar e interpretar sueños, *déjà vu* frecuentes, la repentina necesidad de llamar a un amigo justo cuando éste tiene problemas, incluso la tendencia a aceptar la clarividencia porque «parece natural» se asocia de forma positiva al talento.

El general soltó una risotada.

—Bobadas. Abandonamos esos programas hace años. No existe una cosa así. Ustedes cogieron a unos hombres buenos y les lavaron el cerebro para hacerles creer que eran superiores al resto de los mortales.

Lily intentó ser paciente, porque quería hacerle entender la enormidad de lo que se había hecho con esos hombres.

—Por supuesto desconocemos muchas más cosas acerca de la neurobioquímica de la clarividencia de las que conocemos, pero algunos avances recientes en el campo de la psicología neurocomportamental han reforzado algunas hipótesis. Por ejemplo, sabemos que la capacidad para la clarividencia viene determinada genéticamente. Todos hemos oído hablar de algunos individuos que consiguen logros destacables en la esfera paranormal. Son genios de la parapsicología. —Lily buscó una manera de que su discurso fuera más comprensible—. Como un Einstein de la física o un Beethoven de la música. ¿Lo entiende?

—Perfectamente —respondió el general con seriedad.

—Sabemos que muchos de los maestros de la física no son genios, ni la mayoría de niños prodigio concertistas. Mi padre creó un programa para localizar a candidatos potenciales, entrenarlos y reforzar su potencial. Piense en un culturista. Es el resultado de un potencial físico, un programa de entrenamientos estrictos y... —dejó la frase en el aire, autocensurándose la continuación «seguramente, drogas de diseño». Cuanto menos entraran en ese terreno, mejor.

No tenía ninguna intención de entrar en detalles con esos hombres, y mucho menos con Phillip Thornton y el coronel Higgens. Su padre había sido muy meticuloso para evitar que su fórmula cayera en manos de nadie; ella no iba a estropearlo todo confesándolo ante quien sospechaba culpables de su asesinato.

El general suspiró y se hundió en la silla. Se frotó las sienes y la miró.

—Esto empieza a parecer demasiado plausible. ¿Cómo consiguió que funcionara? Hace años que todos los países del mundo intentan poner en marcha un proyecto de estas características y todos han fracasado.

—El doctor Whitney utilizó más de una vía. —Golpeó con el pie en el suelo mientras intentaba encontrar la forma de explicarlo en un lenguaje comprensible—. Cualquier objeto que supere los doscientos setenta y tres grados Celsius o los cero grados Kelvin emite energía. Los organismos biológicos tienden a concentrarse en determinadas frecuencias mientras ignoran otras. Y eso requiere energía. —Cuando el general frunció el ceño, Lily se inclinó hacia él—. Piense en una nevera. No solemos darnos cuenta de que el motor está en marcha hasta que se apaga, lo que supone un gran alivio. Estos «filtros» están guiados por el sistema nervioso autónomo y se suele creer que escapan al control consciente. ¿Me sigue? —Cuando él asintió, ella continuó—: Sin embargo, hay varios ejemplos de un control sorprendente del sistema nervioso autónomo. Las técnicas de bioretroalimentación pueden ralentizar el ritmo cardíaco, la presión sanguínea y la temperatura corporal. Los maestros zen y los yoguis son legendarios por dichos controles. Incluso la actuación sexual prolongada en los machos es un ejemplo de la intervención somática sobre el sistema nervioso autónomo.

El general frunció el ceño.

—La clave es que la energía que es importante para los sujetos paranormales, los adultos suelen filtrarla hasta niveles patéticos, y dichos filtros actúan bajo un control autónomo. El doctor Whitney descubrió la manera de reducir el sistema de filtros a través de técnicas de control del cuerpo y la mente que le enseñaron los maestros zen.

El general se frotó la cara y meneó la cabeza.

—¿Por qué empiezo a creerla?

Lily se quedó en silencio, porque deseaba que lo entendiera, que se posicionara del lado de los hombres de Ryland. Pensó en ellos, ahí fuera en la tormenta. Lanzó una plegaria silenciosa para que estuvieran bien.

—Continúe doctora Whitney, por favor. —El general empezó a golpetear un lápiz contra la mesa, fruto de los nervios.

—A partir de los estudios PET de los clarividentes en acción, mi padre descubrió que las zonas del cerebro más importantes para la clarividencia eran las mismas que para el autismo: el hipocampo, la amígdala y el cerebelo. También descubrió otros vínculos. En comparación con la población en general, el nivel de habilidades parapsicológicas entre los autistas es mucho mayor. Además, los autistas suelen sufrir de sobrecargas sensoriales; seguramente, tienen un defecto en el sistema de filtros. Si reducimos los filtros, aumentamos el ruido, como una radio mal sintonizada. Y no fabricas sujetos parapsicológicos, sino autistas.

—Por lo que dice, entiendo que aparecieron problemas.

Lily suspiró con arrepentimiento.

—Sí, se encontró con algunos problemas. Al principio, colocaron a los hombres en barracones normales para fomentar la unidad. La idea era crear una unidad de elite que pudiera utilizar sus habilidades combinadas en operaciones de alto riesgo. El grupo realizó entrenamiento de campo y de laboratorio. Superaron las expectativas de cualquiera. La mayoría demostraron ser capaces de comunicarse a través de la telepatía a distintos niveles.

—Explíquemelo un poco mejor.

—Tenían la capacidad de hablar entre ellos sin pronunciar ni una palabra; enviándose los pensamientos. Lo siento, no sé explicarlo mejor. El doctor Whitney los conectó a los escáneres y la actividad cerebral era increíble. Algunos de ellos tenían que estar en la misma habitación para comunicarse, mientras que otros podían hacerlo desde la distancia. —Lily volvió a mirar al coronel Higgens—. Entenderá lo valioso que sería un talento como ese en una misión militar. También había otros que podían «oír» los pensamientos de las personas que estaban en la misma habitación que ellos.

»Señor, la diversidad de talentos está documentada y grabada en vídeo, por si le interesa verlo. Algunos de los hombres podían sujetar un objeto y «leerlo». Los talentos eran variados. Psicometría. Levitación. Telequinesia. Telepatía. Algunos sólo tenían uno y otros demostraron habilidad en varios a distintos niveles.

Lily inspiró y soltó el aire muy despacio.

—Los problemas que aparecieron eran imprevisibles y el doctor Whitney no pudo resolverlos. —Había una nota de arrepentimiento real en su voz. Lily envolvió con las manos la humeante taza de té que Matherson le había colocado delante—. Existe una reacción llamada taquifalaxia. El cuerpo percibe demasiada acción en el receptor y lo autoregula a la baja. De repente, la radio vuelve a estar estática. Hubo algunos que experimentaron constantes ataques debido a la sobrestimulación. Uno se volvió loco… autista, en realidad. Otro murió a causa de una hipoxia cerebral, una hemorragia intracraneal, fruto de heridas en la cabeza. —No era exactamente verdad; tenía la sensación de que había otra explicación para la hemorragia intracraneal, pero no estaba dispuesta a lanzar una hipótesis.

—Dios mío. —El general meneó la cabeza.

Higgens se aclaró la garganta.

—Se produjeron brotes psicóticos, señor. Dos individuos se volvieron violentos. Ni siquiera sus compañeros pudieron ayudarles.

La culpa se apoderó de las entrañas de Lily, quemándole el estómago.

—En cuanto el doctor Whitney se dio cuenta de cuál era el problema, intentó crear una atmósfera relajante con aislamiento acústico, un lugar que pudiera aislar a los hombres del constante tormento de tener gente a su alrededor. Reguló la atmósfera, recurrió a la iluminación y a los sonidos relajantes de la naturaleza para aliviar el continuo asalto a sus cerebros.

—¿Es verdad que esos hombres pueden sugerir a los demás y forzar la obediencia? —preguntó el general McEntire—. ¿Es posible que le dieran a su padre algún tipo de sugerencia posthipnótica? Su coche apareció en el muelle y se ha empezado a especular con que podría estar en el fondo del océano.

Lily contuvo el aliento.

—¿Está insinuando que estos hombres tuvieron algo que ver con la desaparición de mi padre? Él era el único capaz de ayudarles.

—Quizá no, doctora Whitney. Quizás usted también pueda —señaló el coronel Higgens—. Es posible que Ryland Miller lo descubriera. Oyó su respuesta cuando cometí el error de preguntarle, delante de él, si podía leer el código de su padre.

Un escalofrío la recorrió de arriba abajo cuando fue consciente de la realidad. En cuanto respondió afirmativamente a esa pregunta, sentenció a muerte a su padre. Recordaba cómo Higgens había cambiado de repente, cómo había dejado de discutir con él y la había mirado con curiosidad en lugar de hostilidad.

—Lamento mucho que esto sea necesario, Lily —dijo Phillip Thornton—. Sé que lo estás pasando mal y que te has pasado muchas noches en vela intentando ayudarnos en esto.

Lily se obligó a sonreír y calmó al presidente de la empresa.

—No me importa hacer lo que pueda para ayudar, Phillip. Al fin y al cabo, esta empresa también es mía. —Tenía un buen número de acciones y quería recordárselo—. ¿Alguien sabe cómo ha podido suceder esto? Esta mañana, he hablado un buen rato con el capitán Miller. Parecía bastante cooperativo e incluso empezaba a plantearse la posibilidad de que uno de los efectos secundarios del experimento pudiera ser la paranoia. Habló maravillas del coronel Higgens y luego, de repente, se volvió hostil contra él. Se lo comenté y creo que aceptó esa posibilidad. Tiene una mente rápida y lógica.

—Pidió verme —admitió el coronel Higgens—. Fui a hablar con él y dijo algo en esa línea. —Se frotó la frente—. La celda estaba cerrada cuando salí del laboratorio. Las cámaras corroborarán mi versión.

—Las cámaras se habían estropeado, otra vez —dijo Thornton.

Se produjo un repentino silencio. Todos los ojos estaban puestos en el coronel Higgens. Se reclinó en el respaldo y los miró a todos.

—Os digo que la celda estaba cerrada. Jamás la habría abierto, con o sin vigilante armado al lado. En mi opinión, el capitán Miller es un hombre peligroso. Con su equipo, es casi invencible. Vamos a tener que enviar a todos nuestros efectivos contra él.

—Espero que no esté insinuando que deberíamos eliminarlos. —El general lo fulminó con la mirada.

—Quizá no tengamos otra opción —respondió el coronel Higgens.

—Discúlpenme, caballeros —los interrumpió Lily—. Siempre hay otra opción. No pueden abandonarlos porque hayan cometido un acto desesperado. Estaban bajo una presión enorme. Creo que tenemos que olvidarnos de esta situación e intentar averiguar cómo podemos ayudarles.

—Doctora Whitney, ¿tiene alguna idea de cuánto tiempo podrán vivir sin aislamiento del ruido y las emociones de los que los rodean? —preguntó Phillip Thornton—. ¿Tenemos entre manos una bomba de relojería?

Lily meneó la cabeza.

—Sinceramente, no lo sé.

—¿Qué pasará si se vuelven violentos? —preguntó el general. Estaba retorciendo un lápiz entre los dedos. Golpeó la mina en la mesa mientras jugueteaba con la goma, como si eso pudiera detener lo que estaba escuchando—. ¿Es una posibilidad? —Miró todas las caras de la mesa—. ¿Es una posibilidad factible?

Lily entrelazó los dedos con fuerza.

—Por desgracia, estos hombres son expertos en condiciones de combate. Han gozado de todas las ventajas del entrenamiento especial que el ejército les ha facilitado. El primer año de entrenamiento, se produjo un incidente con uno de ellos. He visto la cinta. —Bebió un sorbo de té con cautela.

—Creo que lo que voy a oír no me va a gustar —dijo el general McEntire.

—Uno de los componentes del equipo se desorientó durante una misión en Colombia y, aparte de los objetivos, se puso a perseguir a civiles inocentes. Cuando el capitán Miller intentó detenerlo, el soldado se volvió contra él. Al capitán no le quedó otra opción que salvar su vida y proteger a los otros miembros del equipo. Eran amigos, buenos amigos, y se vio obligado a matarlo. —Había visto el ataque en la cinta: sangriento y deprimente.

Y las cintas de Ryland Miller posteriores a ese día eran todavía peores. A pesar de que ella sólo lo veía por el monitor de la televisión, casi podía absorber sus emociones. La culpa, la frustración, la rabia. Se había quedado abatido, desesperado.

Señor, tiene que entender que los paranormales estás sujetos y responden a estímulos distintos a los que nosotros podamos sentir. Viven en el mismo mundo, pero en una dimensión distinta. Por lo tanto, la línea que dibujamos entre la clarividencia y la locura es muy delgada y, a veces, inexistente. Estos hombres no se parecen a cualquier soldado que usted haya entrenado. No tiene ni idea de lo que son capaces de hacer.

Lily bebió otro sorbo de té y saboreó la calidez mientras le resbalaba hasta el estómago. El general no se imaginaba el poder que los hombres podían reunir. Pero ella lo sabía.

—¿Por qué iban a querer marcharse si conocían los riesgos? —El general frunció el ceño y los miró a todos—. ¿En qué condiciones vivían? —La insinuación de maltrato estaba presente en su voz y Lily tuvo que hacer un esfuerzo por contenerse y no soltarle toda la historia allí mismo. Cómo los habían aislado, incluso uno del otro, los habían incomunicado con sus superiores y los habían observado como a animales en jaulas. Los habían sometido a pruebas continuas.

El lápiz que el general tenía en las manos se partió en dos; un extremo voló hacia Lily y el otro se quedó en su poder.

Lily cogió esa mitad antes de que cayera al suelo, frotó la goma con el pulgar, absorbiendo las texturas y las emociones. Se tensó, miró al general y luego apartó la mirada. No le estaba explicando nada que no supiera. Estaba conteniendo su rabia por la fuga de Ryland Miller y su equipo. Había mucho dinero de por medio y Ryland se interponía.

Las emociones se mezclaron y el resultado fue violencia e impaciencia por el plan abortado. El gesto del general McEntire era una pose y una traición. Lily entrelazó los dedos de las manos encima de la mesa, lentamente, con la máxima serenidad y confidencia, aunque lo que realmente quería era darle una bofetada, tildarlo de traidor con su país y preguntarle qué sabía acerca de la muerte de su padre.

—Las condiciones de vida de estos hombres, coronel Higgens. ¿Por qué han decidido que su única opción era huir?

—Estaban aislados unos de otros. —Lily se obligó a hablar.

—Por su propio bien —respondió Higgens—. Se habían convertido en un grupo demasiado poderoso. Podían hacer cosas que no nos imaginábamos. Ni siquiera su padre se imaginó que sus poderes combinados fueran así.

—Eso no es excusa para olvidarse de la dignidad, coronel. Son seres humanos, hombres que estaban sirviendo a su país, no ratas de laboratorio —protestó Lily con frialdad.

—Su padre era el único responsable del experimento —rebatió éste—. Él es el responsable de los resultados.

—Por lo que yo sé —dijo Lily, muy tranquila—, mi padre puso en marcha el experimento de buena fe. Cuando quedó claro que los hombres estaban sufriendo, inmediatamente ordenó que se detuvieran los ejercicios para reforzar sus talentos e intentó encontrar la manera de ayudarlos a vivir con las repercusiones. Buscó soluciones para que estuvieran más cómodos. Por desgracia, nadie le hizo caso. He leído sus órdenes directas, coronel Higgens, y he visto la firma de Phillip Thornton plasmada en ellas; documentos donde insistía en que los hombres continuaran. Ante su visto bueno, coronel, el capitán Miller ordenó a sus hombres que siguieran sus órdenes, y el capitán y sus hombres lo hicieron. Sus órdenes, señor, eran continuar entrenando bajo una diversidad de condiciones y los hombres, al ser quién y cómo son, acataron las órdenes a pesar de saber que se estaban deteriorando a toda velocidad y que estaban perdiendo el control, incluso cuando sus poderes y habilidades aumentaban. Está perfectamente documentado que mi padre se opuso, que presentó las repercusiones y que, cuando usted ordenó que fueran aislados, le dijo que lo pasarían mucho peor. Usted ignoró todo lo que el doctor Whitney dijo y aquí tiene los resultados de sus estúpidas decisiones.

—Su padre se negó a facilitarme los datos que necesitaba. —El coronel Higgens estaba tan furioso que tenía la cara roja—. Quería invertir el proceso y echarlo todo a perder a raíz de una o dos pérdidas aceptables.

—Mi padre intentó encontrar la forma de restaurar los filtros y desactivar la parte del cerebro que había estimulado. Pero no pudo. No hay pérdidas aceptables, coronel; estamos hablando de seres humanos.

Phillip Thornton levantó la mano.

—Será mejor que dejemos esta discusión para después, cuando tengamos la cabeza más fría y hayamos dormido un poco. Ahora mismo tenemos que encontrar la forma de contener esta situación. Doctora Whitney, nos ha dado cierta información, pero necesitamos saber qué se hizo exactamente a esos hombres. Tenemos acceso a algunas de las mejores mentes del mundo para que nos ayuden, siempre que sepamos lo que hizo su padre y cómo lo hizo.

—Lo siento, señor, pero no puedo. No encuentro sus datos originales. No estaban en su despacho de aquí ni en el de casa. He buscado en ambos ordenadores y ahora estoy repasando sus informes por si encuentro algo que me ayude a entenderlo. —Lily dejó que su agotamiento saliera a la luz y se echó el pelo hacia atrás con las manos—. Les he dado toda la información que tengo en este momento, pero seguiré buscando.

Higgens resopló para dejar claro su disgusto. El coronel empujó la taza de café hacia el centro de la mesa, salpicando de líquido oscuro la superficie pulida.

—¿Quién está al corriente? —El general siguió mirando a todos los presentes.

—Es un asunto clasificado. Pocas personas —respondió el coronel Higgens—. Aparte de los que estamos en esta habitación, el general Ranier y los técnicos del laboratorio.

—Que siga así. Tenemos que solucionar esta situación lo antes posible. ¿Cómo coño ha podido pasar esto? Con la seguridad del edificio, ¿cómo han podido hacerlo?

Silencio. Otra vez respondió el coronel Higgens:

—Creemos que han estado poniendo a prueba la seguridad, haciendo saltar las alarmas, apagando las cámaras y manipulando a los vigilantes, a modo de práctica, durante las dos últimas semanas.

El general estalló de rabia y apretó los puños.

—¿Qué quiere decir manipulando a los vigilantes? —gritó, tan colorado que Lily creía que le iba a dar algo.

—Ya se lo he explicado, señor. Forma parte de su entrenamiento habitual —explicó ella, pacientemente—. Sugieren a la mente de otra persona que mire hacia el otro lado. Algo muy útil cuando se están infiltrando en un campo enemigo o terrorista, o en situaciones con rehenes. Son capaces de logros increíbles. Utilizan sus mentes para coaccionar al enemigo sin que éste lo sepa.

—¿Y esos hombres están ahí fuera ahora mismo? ¿Bombas de relojería andantes, hombres que podrían convertirse en mercenarios o, peor todavía, pasarse al otro bando?

Lily levantó la barbilla.

—Esos hombres fueron elegidos por su lealtad y patriotismo. Le puedo asegurar, señor, que no traicionarán a su país.

—Su lealtad quedó en entredicho en el momento en que se convirtieron en desertores. Y no se equivoque, doctora Whitney, porque eso es lo que son. ¡Desertores!

Capítulo 8

El viento soplaba con fuerza entre los árboles, doblando troncos muy gruesos y llenando el suelo de ramas. La verja de cadenas y eslabones apareció y Ryland saltó, se agarró a los eslabones, escaló y pasó al otro lado con un movimiento muy ágil, aterrizando en cuclillas. Se quedó agachado y, en silencio, hizo un gesto al hombre que estaba a su izquierda.

Último hombre fuera.

Raoul «Gator» Fontenot se tendió bocabajo y se arrastró por el suelo hacia los perros que estaban ladrando. La telepatía no era su fuerte, pero sabía conectar con los animales. Su trabajo era alejar a los perros de los demás miembros del equipo. Con un cuchillo entre los dientes, se movió entre la hierba que bordeaba la verja, rezando para que los relámpagos se quedaran entre las nubes. Había demasiados vigilantes alborotados tras su fuga y, a pesar del tremendo control de Ryland, manipularlos a todos era imposible. Era necesario un esfuerzo colectivo y la necesidad los había obligado a separarse.

Los vigilantes emitían ondas de miedo y agresividad, porque conocían el poder del equipo. Todos estaban agobiados por la enorme cantidad de energía que se había generado.

Estoy detrás de ti, Gator.

Éste se volvió hacia Ryland, vio el movimiento de sus dedos y asintió. Cogió el cuchillo con la mano derecha, se pegó el filo al brazo para evitar que emitiera destellos con la luz y se fundió con el suelo, respirando despacio, en silencio, deseando volverse parte de la naturaleza. Los perros estaban rabiosos, corriendo hacia la verja, hacia sus compañeros. La importancia de su tarea lo descolocó durante unos segundos. Tenía que quedarse allí, a la vista de cualquiera, confiando en que su capitán haría que los vigilantes miraran hacia otro lado mientras él enviaba a los perros en otra dirección. Si fallaba, estaban muertos.

La lluvia lo golpeaba con fuerza; un ataque constante. El viento silbaba y resoplaba como si estuviera vivo y protestara ante la antinaturaleza de lo que estaban haciendo. De lo que eran.

Capitán. Era lo máximo que podía hacer mediante telepatía: un llamamiento de una palabra ante el hecho de que tantas vidas dependieran de él.

Esto es pan comido para ti, Gator. Una manada de perros pisándonos los talones no es nada. Era el capitán Miller. Gator se tranquilizó un poco.

Un paseo por el parque. Kaden añadió su granito de arena, riéndose, como si estuviera disfrutando de la explosión de adrenalina después de tanto tiempo encerrados. Gator se rió ante la idea de Kaden suelto por el mundo.

De golpe, sintió el movimiento de los demás y supo que Ryland estaba tan concentrado en él que ya se encontraba dirigiendo al resto del equipo. Los hombres serían fantasmas avanzando bajo la tormenta, pero no podía preocuparse por ellos. Y no podía preocuparse por si lo veían o lo capturaban. Gator dejó su destino en manos de su líder y su mundo se redujo a los perros que se acercaban.

Ryland intentó visualizar y localizar a los vigilantes y los perros a través de la oscura cortina de agua mientras se acercaban a la verja. Confiaba en que Kaden alejaría a los demás. Su trabajo era proteger a Gator y a los dos hombres que llevaba detrás. Estaba preocupado por Jeff Hollister. No estaba en demasiadas buenas condiciones, pero tenía fuerzas suficientes para avanzar y no retrasar al equipo. Le había costado mucho saltar la verja con ayuda de

Gator y de Ian McGillicuddy. Este último estaba junto a Hollister en algún lugar detrás de Ryland, en posición para proteger al más débil del equipo.

Los perros se mostraban histéricos, oliendo y corriendo hacia ellos. Se detuvieron casi en seco, olfatearon el suelo, empezaron a correr en círculos e ignoraron las órdenes de los vigilantes para que siguieran adelante. Un enorme pastor alemán salió corriendo hacia el sur, lejos de los prisioneros fugados. Los demás perros lo siguieron, aullando con fuerza.

Gator apoyó la frente en la tierra blanda y húmeda en un esfuerzo por aliviar el dolor provocado por una concentración y un uso de energía tan intensos. El miedo que emanaba de los vigilantes era como una enfermedad que se expandía e infectaba a todo aquel a quien tocaba. A los vigilantes les habían dicho que esos hombres eran asesinos muy peligrosos y todos estaban extremadamente nerviosos.

Histeria masiva. La voz de Ryland supuso un alivio en la alborotada mente de Gator. *Sé que estás muy cómodo, pero no te duermas.*

Gator se volvió hacia Ryland, calculó su posición y se arrastró hasta él con el máximo sigilo. La distracción de los perros no duraría demasiado, pero les daba unos minutos más para borrar sus huellas y ponerse a salvo.

Ryland alargó la mano y tocó a Gator para expresarle que agradecían su enorme esfuerzo. Empezaron a avanzar hacia el prado, flanqueando a Hollister y a McGillicuddy.

Hecho. Kaden informó de que su grupo había conseguido llegar al otro lado del prado sin incidentes.

Avanzad. Estamos justo detrás de vosotros. Gator ha limpiado el camino por detrás, pero no durará demasiado. Ryland estaba inquieto. Miró a Jeff Hollister. Su cara reflejaba el intenso dolor que estaba sintiendo. A pesar de las nubes oscuras y la cortina de agua que estaba cayendo, veía las líneas de sufrimiento en su cara. Maldijo en silencio a Peter Whitney y redujo el ritmo un poco más. La agonía que invadía la cabeza de Jeff salía radiada y tocaba a todos los miembros del equipo. Jeff necesitaba la medicación que Ryland les había ordenado que no tomaran por miedo a que fuera demasiado peligrosa. Y ahora se preguntaba si aquella orden habría supuesto una sentencia de muerte para Hollister.

Ánimos, Jeff. Ya casi hemos llegado. Hay unos médicos esperando para ayudarte.

Os estoy retrasando.

¡No te comuniques! Ryland protestó con energía. *No puedes permitirte ese esfuerzo.* Temía que Jeff sufriera un ataque si el asalto a su cerebro continuaba. La inquietud seguía creciendo. Miedo por sus hombres y la repentina premonición de peligro. *¿Ian?* Ian McGillicuddy era una antena humana para los problemas. Veía venir el peligro.

Sí, tenemos problemas. Se acerca deprisa.

Ryland avanzó sobre su estómago y se volvió para mirar a Gator. *Muévete, Jeff. Ian, ayúdale a levantarse y corred hacia los coches. Esperad cinco minutos y largaos.*

No vamos a dejaros aquí. La voz de Jeff era inestable y afectada por el dolor.

El corazón de Ryland se llenó de orgullo. A pesar de lo enfermo que estaba, Jeff anteponía la seguridad de los miembros del equipo. *Es una orden, Jeff. McGillicuddy y tú os largáis en cinco minutos.*

Ryland lo notó, la explosión de energía maligna abalanzándose sobre él. Instintivamente, se volvió para proteger a Gator y le cubrió la espalda mientras se quedaba boca arriba. Alargó las manos y tocó el bulto enorme de carne y sangre.

No vio el cuchillo pero lo sintió mientras se le acercaba. Los reflejos y el entrenamiento lo salvaron, y agarró con fuerza la muñeca del atacante para controlar el arma blanca. Y entonces lo reconoció. Russell Cowlings había aparecido de la nada y los había atacado. Ryland rodó para alejarse de Gator, llevándose con él al otro hombre. Apoyó el pie en el pecho de Cowlings y lo lanzó por encima de su cabeza.

Éste aterrizó con un golpe seco, rodó por el suelo, se levantó y dobló las rodillas. Ryland se levantó, apartó el cuchillo con la mano y se preparó para el segundo ataque. Se movieron en círculos.

—¿Por qué, Russell? ¿Por qué nos has traicionado?

—Tú lo llamas traición, yo os llamo desertores. —Cowlings fintó otro ataque y se abalanzó sobre Ryland, con el cuerpo agachado y la cuchilla hacia arriba para hacer el máximo daño posible, justo cuando Ryland se apartaba hacia un lado.

Éste notó cómo la punta del cuchillo le atravesaba la camisa a la altura del estómago. Ya estaba girando sobre sí mismo, agarró la muñeca de Cowlings y lo tiró al suelo, de modo que tuvo que levantar las piernas y cayó al suelo. Contrarrestando el movimiento, Cowlings giró la muñeca para controlar el filo del cuchillo. Gritó y llamó a los vigilantes para que lo ayudaran.

—Gator, vete —ordenó Ryland mientras inmovilizaba el brazo de Cowlings, doblándoselo hacia atrás, de modo que el cuerpo siguió la inercia. Cowlings se vio obligado a soltar el cuchillo o permitir que le rompieran la mano. El cuchillo cayó al suelo y Ryland lo alejó de una patada, lanzándolo hacia la hierba alta del prado.

Hombre a tierra. Jeff esta inconsciente. Tiene un ataque. Informó Ian McGillicuddy con su habitual calma.

—Gator, vete —repitió Ryland. *Ayuda a Ian a poner a Jeff a salvo.*

Cowlings intentó atacar con las piernas con un golpe de tijera para intentar tirar a Ryland al suelo.

—Eso, envíalos lejos —intervino Cowlings—. Da igual. Morirán todos.

Ryland se apartó a un lado y golpeó con el pie, con fuerza y por detrás, el muslo de Cowlings.

—¿Es eso lo que Higgens te ha dicho? ¿Por eso nos has vendido, Russ? ¿Higgens te convenció de que íbamos a morir?

Cowlings maldijo y escupió en el suelo. Volvió la cabeza para mirar a Ryland.

—Eres un estúpido, Ry. ¿Qué tiene de malo utilizar nuestras habilidades para ganar dinero? ¿Sabes lo que tiene Peter Whitney? ¿Sabes lo que tiene su hija? ¿Por qué van a llevarse ellos el dinero si el riesgo lo corremos nosotros? Los empleados de Donovans ganan más que nosotros.

Cowlings organizó un ataque rápido, lanzando dos puñetazos a la mandíbula de Ryland. Éste interceptó los dos golpes y respondió con un puñetazo que iba directo a la garganta. Cowlings consiguió retroceder y escapó del golpe letal por los pelos.

Ryland oyó a los perros otra vez, acompañados de voces gritando que se acercaban.

—Entonces, todo esto es por dinero, ¿no? Es por tu avaricia, no por la muerte, ¿verdad? —dijo Ryland—. Morir no te da miedo, ¿no? ¿Por qué? ¿Acaso Higgens nos dio algo para provocar los ataques?

Cowlings se rió.

—Van a morir todos, Miller. Del primero al último. No puedes salvarlos y, entonces, ¿quién será el héroe? Higgens me necesitará.

—Estás pactando con el diablo, Russ. ¿Crees que el coronel actúa por el interés del país? Nos está vendiendo.

—Es lo suficientemente listo como para ver el dinero que se puede ganar. Y tú te interpones en su camino, Miller. Lo hiciste desde el principio con tu actitud de *boyscout*. Joder, intentó matarte dos veces y no hubo manera.

—Higgens se deshará de ti en cuanto no te necesite.

Los ladridos de los perros estaban cada vez más cerca. Alguien había oído el grito de Cowlings y se acercaba.

—Siempre me necesitará. Puedo decirle cosas que nadie más puede. Lo sabe y no va a matar a la gallina de los huevos de oro.

Ryland se movió deprisa, haciendo gala de la velocidad que lo caracterizaba, y atacó con pies y manos obligando a Cowlings a retroceder. No notó ninguno de los golpes de su atacante porque la adrenalina lo protegía. Su mundo se había reducido a su enemigo. Había muy pocos soldados que pudieran ganarlo en un combate cuerpo a cuerpo. Estaba enfrascado en una batalla a vida o muerte. Russell Cowlings quería matarlo.

Cowlings gruñó cuando Ryland le dio una patada en las costillas. Se quedó sin aire en los pulmones y cayó al suelo, intentando respirar. Los vigilantes y los perros estaban demasiado cerca, únicamente separados de él por la valla. Entonces dio una patada en la cabeza a Cowlings, con la esperanza de dejarlo fuera de juego. Se volvió y echó a correr por el prado, en dirección contraria a donde estaban Gator, Hollister y McGillicuddy.

Las botas de Ryland golpeaban el barro con fuerza, hacían ruido y llamaban la atención de los perros. Los animales ladraban histéricos, tirando de las correas con tanta fuerza que los vigilantes tuvieron que soltarlos. En cuanto estuvieron libres, corrieron hacia la verja y empezaron a morderla. Algunos intentaron saltarla, otros escalarla, y hasta los hubo que intentaron abrirse camino por debajo.

Pequeños círculos de luz bailaban entre las gotas de agua; era el inútil intento de los vigilantes por iluminar la zona. Ryland zigzagueó por la hierba, haciendo más ruido para que los vigilantes lo oyeran a pesar incluso de los ladridos de los perros. Los hombres tardaron un poco en reaccionar, pero hicieron lo que él quería: echaron a correr tras él y se alejaron de los otros tres soldados. Mientras corrían en paralelo a él, a nadie se le ocurrió cortar la verja para soltar a los perros. Eso le dio unos minutos más para avanzar todavía más y que sus hombres tuvieran tiempo de alejarse de allí con el compañero caído.

Dio las gracias por los intensos vientos y la lluvia torrencial, por los truenos y los relámpagos que iluminaban el cielo. Con ese tiempo, el helicóptero para intentar seguirles la pista tardaría en llegar. Sus hombres ya debían estar a salvo en los coches que Lily les había dejado. Su jefe de seguridad, Arly, los había aparcado en diferentes puntos a unos tres kilómetros de los laboratorios.

Ryland oyó ruidos en la verja y se alejó corriendo hacia el grupo de edificios más cercano. Uno de los vigilantes la cortó y ensanchó el agujero para dejar salir a los perros. Los animales salieron corriendo tras él, ansiosos por cazar a su presa. Los vigilantes los siguieron, después de agacharse para pasar por el agujero.

Las botas de Ryland resonaban con fuerza en el cemento mientras corría por la calle y se subió encima de un coche aparcado. Saltó y se agarró al alerón delantero de una tienda. Era una parte de la ciudad muy pobre y los edificios se veían viejos y ruinosos, aunque la madera aguantó mientras escalaba hasta el tejado.

Todos en posición. Ian informó de que habían localizado uno de los coches y estaban a salvo. *Podemos dar media vuelta y recogerte.*

¿Y Jeff? Ryland quería conseguir atención médica para su hombre lo antes posible. Nadie sabía qué pasaba en un cerebro sobreestimulado. Corrió por el tejado y saltó al edificio de al lado. El suelo estaba resbaladizo por la lluvia, así que no pudo mantener el equilibrio y cayó de espaldas justo cuando una descarga de balas pasaba por su lado.

Necesita atención médica. Danos tu posición.

Ryland se arrastró por el tejado sin arriesgarse a facilitar su posición a los vigilantes que lo estaban apuntando. Si Cowlings tenía razón y habían intentado matarlo dos veces, había muchas posibilidades de que las órdenes fueran disparar a matar. En el tejado había una puerta que conducía hasta una escalera interior. *Yo iré hasta vuestra posición. Quedaos donde estáis. Ha habido disparos. Manteneos lejos de aquí.*

La puerta estaba cerrada. Ryland no perdió el tiempo. Se arrastró hasta el otro extremo del tejado y se asomó a la calle. Había un saliente que protegía la entrada a una tienda. Se tiró, intentó agarrarse a algo en la madera empapada y lo consiguió después de resbalar unos centímetros. De allí, saltó a la acerca. La caída fue fuerte y se hizo daño.

A su derecha, había un callejón pero no estaba seguro de que llevara a la calle que buscaba. Llenó de aire los pulmones, redujo el ritmo respiratorio y se fundió con las sombras de los edificios. Sólo se oía el ruido de la lluvia mientras caía del cielo y el rugir del viento, demostrando su furia. Las nubes se acumulaban, remolinos negros de ira cuyas venas de luz iban de una nube a otra. La buena estrella de Ryland no se apagó y los relámpagos no lo iluminaron, con lo que pudo llegar en silencio hasta la esquina donde lo estaba esperando el coche, con el motor en marcha y la puerta del copiloto abierta.

Entró y la cerró mientras Gator arrancó tan deprisa que derraparon en el asfalto mojado. Ryland se volvió y miró a Jeff, que estaba tendido y pálido en el asiento trasero.

—¿Está consciente?

Ian meneó la cabeza.

—Después del ataque perdió el conocimiento. Gator y yo lo arrastramos hasta el coche, pero no hemos conseguido despertarlo. Espero que la doctora sepa lo que se hace porque, si no, vamos a perderlo.

El coche se quedó en silencio. Ya habían perdido a demasiados compañeros. Ninguno sabía si era inevitable o no.

Lily miró por la ventanilla mientras la limusina avanzaba por las calles empapadas. Había dejado su coche en el aparcamiento y daba gracias de que John hubiera ido a buscarla. ¿Dónde estaba Ryland? ¿Habría llegado ya a su casa? El miedo por él casi la paralizaba. No esperaba sentir aquello. No podía pensar en su padre o en la conspiración. No podía pensar en los otros hombres, que también estaban ahí fuera, luchando por su libertad ante la ferocidad de la tormenta. Sólo podía pensar en él. Ryland Miller.

Ansiaba verlo. Cerró los ojos y allí lo tenía, tras los párpados, compartiendo su piel. Era inquietante, juvenil e ilógico, pero daba igual. No podía dejar de pensar de él. Tenía que saber si estaba vivo o muerto. Si estaba herido. La asustaba la magnitud de su necesidad por verlo, tocarlo y oír el sonido de su voz. No se atrevía a contactar con él mediante la telepatía, porque se estaba jugando mucho y necesitaba toda su concentración.

La puerta del garaje se abrió con suavidad y la limusina entró en aquel espacio enorme. Para su tranquilidad, había más coches aparcados. Por un segundo, se apoyó en el reposacabezas y soltó el aire muy despacio. La limusina se detuvo y el chófer apagó el motor.

—Gracias por venir a buscarme en medio de esta tormenta, John. Siento mucho haberte sacado de casa, pero estaba agotada y no quería pasar la noche en Donovans. —Ahora que Ryland ya no estaba en los laboratorios, nada la habría convencido para quedarse. Era extraño, casi aterrador, lo desprotegida que se sentía.

—Me alegro de que me llamaras, Lily. Todos estábamos muy preocupados por ti. ¿Por qué han revisado el coche hasta el último centímetro los vigilantes? Nunca lo habían hecho. —El chófer se volvió hacia ella con una ceja arqueada, pero no dijo nada acerca de la desaparición y posterior reaparición de coches mojados en el garaje.

—Lo siento, John. Es un asunto confidencial que atañe al ejército. —Salió del coche, tambaleándose por el agotamiento. Oía cómo el viento sacudía las puertas del garaje y se estremeció—. ¡Menuda noche!

Él la miró mientras abría la puerta del conductor.

—No has comido nada en todo el día, ¿verdad? Absolutamente nada.

Lily se inclinó y le dio un beso en la cabeza.

—Deja de preocuparte tanto por mí, John. Soy una mujer fuerte, no una damisela delicada.

—Tengo la sensación de que siempre me preocuparé por ti, Lily. Esto de la desaparición de tu padre… lo siento mucho. —Meneó la cabeza—. Pensé que lo encontrarían, pero él nunca estaría lejos de ti tanto tiempo. Y si se hubiera tratado de un secuestro a cambio de una recompensa económica, o de algún tipo de secreto, ya lo sabríamos.

Lily vio las arrugas del tiempo en su rostro y el tono gris de la piel. Lo tomó por el brazo.

—Sé lo mucho que lo querías, John. Lo siento por nosotros dos. —El dolor del chófer la estaba afectando, de forma profunda, y estaba penetrando en su mente desprotegida.

Cerró los ojos un segundo, preocupada por Ryland Miller y sus hombres. Quería ir a ver a Arly y asegurarse de que habían llegado y de que estaban a salvo entre los gruesos muros de su casa. Cuando miró al chófer, la compasión la invadió. De repente, John parecía frágil y aparentaba la edad que tenía. La sorprendió. No quería perderlo.

—Era mi amigo, Lily. Mi familia. Lo conocía desde que era un niño. Mi padre trabajaba para su familia. Creo que fui su único amigo. Su vida en aquella casa era un infierno. Sus padres y sus abuelos habían estado realizando una especie de experimento para tener un hijo con una inteligencia superior. No fue un niño querido, sólo el fruto de la unión de los genes correctos. Sus padres nunca le dirigían la palabra si no era para insistir en que estudiara. No lo dejaban hacer deporte, jugar o estar con otros niños. Querían un cerebro extremadamente desarrollado y todo lo que hacía era con esa finalidad. Y cuando —dudó unos segundos—... llegaste —improvisó—, Peter se prometió que no sería como sus padres. Muchas veces le recriminé sus despistes. Sé que te dolía que no recordara tus celebraciones importantes. —Meneó la cabeza con tristeza—. Te quería, Lily. A su manera extraña y particular, pero te quería mucho.

Sin embargo, Peter Whitney había sido como sus padres. Exactamente como ellos. Había seguido sus pasos hasta que algo le abrió los ojos. Lily se acercó a John cuando salió del coche y lo abrazó.

—¿Sabéis todos que no soy su hija biológica?

John Brimslow se tensó y se apartó para mirarla.

—¿Quién te lo ha dicho?

—Él mismo —dijo ella—. En una carta.

John se frotó la cara con las manos y luego la tomó de los brazos.

—Lo eras todo para Peter. —Se aclaró la garganta—. Y para mí. Para todos nosotros. Trajiste la alegría a la casa, Lily. Rosa no podía tener hijos. Arly salía con muchas mujeres pero no podía soportar la compañía de otra persona que no fuera él durante demasiado tiempo. Somos una familia de inadaptados, Lily. Siempre has sabido lo mío, nunca te he escondido cómo soy. Construimos la familia a tu alrededor.

Lily le sonrió, agradecida por aquellas palabras.

—John, ¿sabes cómo me adoptó mi padre?

John cambió el peso de pierna, incómodo.

—Hizo un viaje muy largo. Habrá quien diga que te compró, pero ¿importa a estas alturas? Tú no tenías familia y nosotros tampoco.

Avanzaron juntos por el pasillo que comunicaba el garaje y la casa, con la mano de Lily enganchada al codo de John mientras él continuaba:

—Por aquel entonces, Rosa era muy joven y apenas hablaba inglés, pero era enfermera y necesitaba un trabajo para quedarse en el país. Peter la contrató como niñera y, al final, ha acabado llevando la casa para todos nosotros. —Le sonrió—. Al principio, no aprobaba mi estilo de vida. Yo ya había conocido a Harold y ya éramos pareja. Peter nunca me juzgó, pero Rosa tenía miedo de que pudiera hacerte daño de alguna manera con mis perversiones.

—¡John! —protestó Lily—. Rosa jamás ha dejado entrever, mediante actos o palabras, que no aprobara tu vida. Sólo tiene palabras afectuosas para ti.

—Esto fue en los viejos tiempos, cuando tú eras pequeña. Acabó aceptándome y cuidó de Harold con devoción al final de su vida. No sé qué habría hecho sin ella. —Le dio unos golpecitos en la mano—. O sin ti, Lily. Jamás olvidaré cuando te colocaste a mi lado frente a la tumba de Harold, con tu brazo alrededor de mi cintura, y lloraste conmigo.

—Quería a Harold, John. Era tan parte de la familia como Rosa, Arly o tú. Todavía le echo de menos, y sé que tú también. —Se detuvo justo delante de la puerta de la cocina, donde sabía que Rosa la estaba esperando—. ¿Te has hecho un chequeo, últimamente? Quiero que descanses y que te cuides. No puedo permitirme perder a nadie más de la familia.

Él le tomó la barbilla con la mano, se la subió y le dio un beso en el pelo.

—Quisiera que recordaras lo importante que eres para nosotros, Lily. Tienes dinero de sobras y una casa preciosa; no tienes que trabajar si no quieres. No te involucres en el proyecto en el que estaba trabajando tu padre. Sé que esas últimas semanas estaba más distraído de lo habitual.

Rosa abrió la puerta de la cocina y abrazó a Lily. Para terror de la chica, estaba llorando.

—Te he enviado cientos de mensajes al busca, Lily. ¿Por qué no me has llamado? No dijiste que ibas a llegar tarde y, cuando llamé a Donovans, sólo me dijeron que había habido problemas.

Lily la abrazó, sorprendida de que la imperturbable Rosa estuviera tan nerviosa por su retraso.

—Me he dejado el busca en la taquilla. Lo siento mucho, Rosa. Tendría que haberte llamado. He sido muy desconsiderada.

—La tormenta ha sido muy fuerte y pensé que habías tenido un accidente. —Rosa se aferró a ella mientras alternaba los abrazos y las caricias en la espalda.

—¿No te ha dicho Arly que he llamado para que John fuera a buscarme? —Lily se volvió hacia el chófer, implorándole que la ayudara. Rosa solía alterarse por cualquier cosa y perseguía a la gente por la cocina con toallitas de té, pero nunca lloraba como si le hubieran roto el corazón.

—Cuando la policía no llamó para informar de un accidente, pensé que te habían secuestrado. Oh, Lily… —Se volvió y se tapó la cara con las manos, sollozando descontrolada.

John la rodeó con el brazo y frunció el ceño.

—Rosa, cariño, te dará algo. Siéntate, te prepararé una taza de té —La acompañó hasta la silla más cercana.

Rosa apoyó la cabeza en la mesa y siguió llorando. John puso la tetera en el fuego para hervir agua. Lily se quedó junto a la mujer, atónita ante su comportamiento.

—Rosa, estoy perfectamente. No llores más. Prometo que te llamaré más a menudo.

Rosa meneó la cabeza. Lily suspiró.

—John, quizá debería hablar con Rosa a solas, ¿te importa?

John dio un beso a Rosa en la cabeza.

—Tranquilízate. Ha sido una temporada difícil para todos.

Lily no dijo nada hasta que la puerta de la cocina se cerró.

—¿Qué te pasa, Rosa? Explícamelo.

Rosa seguía sacudiendo la cabeza y se negaba a mirar a la chica.

Lily preparó el té con parsimonia. Primero, calentó la taza con agua de la tetera, la tiró, calculó la cantidad de hojas de té y echó el agua hirviendo para que infusionaran. Aquel sencillo ritual le despejó la cabeza y le permitió hacerla funcionar como a ella le gustaba, abordando un problema desde todos los ángulos. Esperó a que Rosa se calmara un poco antes de colocarle la taza de té en la mesa. Durante todo ese tiempo, su cerebro no dejó de funcionar y digirió la información de que Rosa era una enfermera y que Peter Whitney la había traído al país.

—¿Todo esto tiene que ver con el hecho de que fueras mi niñera cuando mi padre me trajo aquí con las demás niñas? —Lo preguntó con suavidad, sin ningún acento, porque no quería parecer que la estaba acusando.

Rosa gritó y la miró fijamente. En las profundidades de sus ojos había culpa. Culpa, pena y remordimiento.

—Nunca debí haber aceptado. No tenía dónde ir, Lily, y te quería mucho. No podía tener hijos. Tú has sido mi hija.

Lily se sentó en ese mismo instante.

—¿Por qué nunca me dijiste nada acerca de mi padre, Rosa? ¿Por qué nunca me hablaste de esa horrible habitación ni de las otras pobres niñas?

Rosa miró a su alrededor asustada.

—Shhh, no hables de esas cosas. Nadie puede saber jamás de la existencia de esa habitación o de las otras niñas. El doctor Whitney no debería habértelo dicho. Estaba mal. Al final, se dio cuenta e intentó buscar un hogar a cada una. Lo que hacía era feo, contrario a la naturaleza. Abrió los ojos un día que casi te matas.

Lily bebió un sorbo de té. Estaba claro que Rosa creía que su padre se lo había explicado todo.

—La pierna —dijo, mientras dejaba la taza en el plato—. Tuve muchas pesadillas y papá nunca me dijo nada.

—Fue un accidente horrible, Lily. Tu padre se quedó destrozado. Me prometió que nunca volvería a obligarte a hacer algo así. —Rosa susurraba, porque tenía miedo de que alguien la oyera.

—¿John sabía lo de las otras niñas? ¿Sabía lo del experimento? —Lily no podía mirar a la mujer que la había criado. No podía mirar esa cara llena de lágrimas, que le indicaba que había mucho más que no le gustaría oír.

—Uy, no —respondió Rosa—. Habría pegado a Peter al instante y luego se habría marchado. Peter necesitaba a John para seguir sintiéndose humano. Tu padre dejaba entrar a pocas personas en su mundo, y John era una parte importante de ese mundo. Eran amigos de la infancia y a él nunca le importaron las excentricidades de Peter.

Lily estaba observando la cara de la mujer con detenimiento.

—¿Por qué estás tan alterada, Rosa? Explícamelo. Todo esto pasó hace mucho tiempo. Nunca te culparía por algo que hizo mi padre. Tú eres tan víctima como yo.

—No te lo puedo explicar, Lily. Nunca me perdonarías y eres la única familia que tengo. Ésta es mi casa y John, Arly, tu padre y tú sois mi mundo.

Lily alargó el brazo y la tomó de la mano.

—Te quiero. Nunca nada podrá cambiar eso. No me gusta verte así.

—Arly me dijo que alguien entró en la casa. Dice que esa persona sabía exactamente dónde estaba el despacho de tu padre. Dijo que tenían los códigos de seguridad. —Fijó la triste mirada en la taza de té.

Lily vació los pulmones de golpe. No dijo nada, sólo esperó. Apretó la mano de Rosa para tranquilizarla.

—Me amenazaron, Lily. Dijeron que podían sacarme del país. Dijeron que podrían provocar problemas con mi tarjeta de ciudadanía. Dijeron que nunca volvería a verte.

—¿Quién?

—Dos hombres me pararon en la calle cuando salía del coche frente al supermercado. Llevaban placas y traje.

—Rosa, eres una mujer independiente y mi dinero es tu dinero. Nuestros abogados jamás permitirían que nadie te alejara de aquí. Hace años que vives en el país. Eres ciudadana con todos los derechos. Todo es legal. ¿Cómo pudiste pensar que permitiríamos que alguien te hiciera algo así?

—Dijeron que me cogerían por la calle, me mandarían lejos y nadie sabría qué me había pasado. Y luego dijeron que también te harían desaparecer a ti. Debería habértelo dicho, pero es que tenía mucho miedo. Pensé que Arly los atraparía, aunque tuvieran los códigos. Tiene todas esas maquinitas que adora.

Rosa nunca había prestado demasiada atención a la vida fuera de casa de los Whitney. Sus orígenes humildes y la culpa que siempre había sentido por haber participado en un experimento con niñas pequeñas habían contribuido a mantenerla alejada del mundo exterior.

—¿Les hablaste del laboratorio?

Rosa gritó aterrada.

—Nunca habló de ese lugar maldito. Intento olvidar que existe. Tu padre debió haberlo destruido. —Levantó la cabeza y miró a Lily con arrepentimiento—. Lo siento, Lily. Copié unos papeles del despacho de tu padre. Intenté darles algo inútil, pero no sabía qué era importante y qué no.

«Hay un traidor en nuestra casa.» Lily se inclinó y le dio un beso.

—No sabes lo mucho que me alegro de oír eso. Sabía que alguien de casa estaba facilitando información al exterior, y pensaba que sería por un asunto de dinero o política. Esa gente no puede hacerte nada, Rosa. —Rosa no era ninguna traidora, sólo una mujer asustada que había intentado dar información poco importante a las personas que la estaban amenazando. El alivio era enorme—. Si vuelven a ponerse en contacto contigo, dímelo o explícaselo a Arly.

—Ya no salgo de casa, Lily. Encargo la compra y nos la traen a casa. No quiero ver a esos hombres. —Se acercó a ella mientras las lágrimas volvían a resbalarle por las mejillas—. ¿Y si fueran los hombres que han hecho desaparecer a tu padre? Me avergüenzo de mí misma. Debería habérselo dicho a Arly, pero no quería que supiera ni que había hablado con ellos. ¿Y si te separan de mí? Tengo tanto miedo.

—Nadie va a hacerme daño, Rosa. Y si alguna vez desaparecieras, removería cielo y tierra para encontrarte. Necesito saber unas cuantas cosas más acerca de la época en que mi padre te contrató.

Rosa meneó la cabeza, se levantó, cogió la taza y se fue hasta el fregadero.

—No hablo de esa época. No lo haré, Lily.

Ella la siguió.

—Lo siento, Rosa, pero no es pura curiosidad. Están pasando otras cosas y necesito encontrar la manera de arreglarlas. Ayúdame, por favor.

Rosa se santiguó y se volvió hacia Lily con un suspiro de impotencia.

—Si hacemos algo malo, nos perseguirá el resto de nuestras vidas. Tu padre hizo cosas que no eran naturales y yo le ayudé. Independientemente de lo que hagamos ahora, tenemos que pagar por lo que hicimos entonces. Y eso es todo lo que diré sobre este asunto. Vete a la cama, Lily. Estás muy pálida y pareces agotada.

—Rosa, ¿qué hice para llamar la atención de Peter Whitney de buenas a primeras? ¿Qué me diferenciaba tanto de las demás? Seguro que había otras niñas que hacían lo mismo que yo.

Rosa agachó la cabeza.

—Las cosas que tu padre hizo están mal, Lily. He intentado con todas mis fuerzas compensar lo de haberlo ayudado. No quiero pensar en aquellos años.

—Por favor, Rosa. Tengo que saberlo.

—Incluso de pequeña podías hacer volar cosas. Si querías la leche y nosotros tardábamos en traértela, la levantabas en el aire y te la acercabas. No es bueno pensar en esas cosas. Tenemos una buena vida y ya hace tiempo que dejamos atrás esa época. Vete a la cama y duerme.

Rosa le dio un beso y se marchó de la cocina, dejando que Lily la siguiera con la mirada. Entonces ella apoyó la cabeza en el fregadero y gruñó de pura frustración. Rosa siempre había sido muy terca para las cosas más extrañas. Insistirle para que le diera más información no serviría de nada. Lily se separó de la encimera y avanzó por la casa a oscuras hasta la escalera.

Arrugó la nariz cuando vio que Arly la estaba esperando en el primer escalón. Debería habérselo imaginado; su familia tenía cierta tendencia a merodear a su alrededor.

—Pensé que no llegarías nunca. Me has dejado solo con un buen lío, Lily.

Ella frunció el ceño ante el tono molesto y acusatorio de su voz.

—Bueno, he tenido que solucionar algunos problemas esta noche Arly. Lamento mucho haberte causado molestias y que te hayas perdido tus reparadoras horas de sueño.

—Vaya, no estamos de humor, ¿eh?

—¿Han llegado?

Arly se levantó y se erigió frente a ella como una torre.

—¿Ahora sí que quieres saberlo? El problema de las mujeres es que nunca ordenan sus prioridades.

—Si vas a seguir por ahí, te juro que te daré una bofetada. No estoy de humor para soportar tu ego sobrealimentado, para cantar tus alabanzas o para aguantar tus pataletas de niño pequeño.

—Siempre le dije a tu padre que tenías cierta afición por la violencia. ¿Por qué no podías ser una de esas niñas que se entretenían solas y nunca decían nada? —refunfuñó Arly.

—Después de pasar cinco minutos contigo, tomé la decisión de ser la plaga de tu vida. —Lily apoyó la cabeza en su pecho y lo miró—. Y lo soy, ¿verdad, Arly?

Él le dio un beso en la cabeza y la despeinó como si todavía fuera una niña.

—Sí, Lily. Puedes estar segura de que eres la plaga más grande de mi vida. —Suspiró—. Uno de los hombres está grave. Han dicho que tuvo un ataque y todos están preocupados por si sufre una hemorragia cerebral.

El corazón se le congeló. Las piernas se le volvieron de goma. Se agarró a la manga de Arly.

—¿Quién? ¿Quién es?

Él se encogió de hombros y entrecerró los ojos ante el nerviosismo de Lily.

—No lo sé. Ellos lo llaman Jeff. Está totalmente inconsciente.

Lily respiró una plegaria de agradecimiento porque no fuera Ryland.

—Llévame con ellos, Arly. Y necesitaré el botiquín.

—¿Estás segura de eso? Si los encuentran aquí, nos meteríamos en un buen lío. ¿Estás preparada para eso?

—¿Y tú estás preparado para la alternativa?

Capítulo 9

Ryland la estaba esperando en la puerta, devorándola con la mirada gris, observando cada sombra, contemplando lo pálida que estaba. Sin más preámbulos, la abrazó. La necesitaba. Necesitaba sentirla junto a él. Necesitaba recorrerle el cuerpo con las manos y asegurarse de que no estaba herida.

—¿Por qué demonios llegas tan tarde? ¿No se te ocurrió pensar que estaría preocupado? No tenía fuerzas para comunicarme mentalmente. —La sacudió ligeramente.

Lily descansó sobre la robustez de su cuerpo, dando gracias porque estuviera vivo. El latido del corazón de Ryland la tranquilizaba y notaba los músculos sólidos bajos sus manos.

—Estaba muy preocupada por ti, Ryland. Me retuvieron en los laboratorios. Tuve que hablar con el general McEntire. Estaba en el edificio cuando se produjo la fuga y Higgens y Thornton me pidieron que participara en la reunión para dar explicaciones.

—En ese momento, no se preocupó por razonar por qué era tan importante que Ryland estuviera a salvo; lo importante era que lo estaba, que su mundo podía seguir girando y que podía volver a respirar.

Descubrió que sus dedos estaban aferrados, con posesión, al pelo de Ryland. Tenía que tocarlo. Quería llorar.

—Arly me ha dicho que alguien está grave. —*Tenía tanto miedo por ti.* Estaba revelando demasiada información acerca de sus sentimientos, pero no podía evitarlo.

—Sí, Jeff Hollister. No hemos podido despertarlo. —La tomó de las manos y se acercó sus dedos a la calidez de la boca, absolutamente consciente de que no estaban solos cuando era lo único que necesitaba desesperadamente.

—¿Sabes si le dieron algo para dormir anoche?

—Le dolía mucho la cabeza. La comunicación telepática es difícil en el mejor de los casos, y él ya estaba agotado. Yo intenté mantener el puente para todos pero... —Se interrumpió, sintiéndose culpable. Había sido un egoísta. Había querido entrar en los sueños. Había querido consolar a Lily. Estar con ella. Y, como había gastado su energía, no había podido ofrecer más a los demás.

Lily se aferró a sus dedos.

—Ryland, no eres responsable de todo el mundo. No lo eres.

Había demasiada compasión en sus ojos. Lily podía derretirlo en cualquier momento. La forma de mirarlo lo hacía sentirse distinto por dentro. Le gustaba. Le gustaba estar con ella, oír su voz, mirar sus expresiones. Se había apoderado de su corazón; lo notaba.

—Claro que lo es. —Era una voz grave y con una nota de humor.

Lily se volvió para mirar a Kaden, dispuesta a luchar por Ryland. Kaden era alto y robusto, una masa de músculo y nervio. Un hombre con la mirada fría y la cara de un dios griego. Y le estaba sonriendo.

—Pregúntaselo. Cree que es responsable del mundo entero. —Los ojos negros se dirigieron a Ryland para burlarse de él—. Y estás haciendo el ridículo mirándola como un bobo. Haces quedar mal al género masculino.

Ryland arqueó una ceja.

—Es imposible que yo mire a nadie como un bobo.

—Habla de ti todo el rato, no podemos hacerlo callar.

—¿Es normal que asustes a la gente que no te ha oído acercarse? —Lily estaba intentando contener la risa. La había hecho sonrojarse a propósito. Ella intentó controlarlo, pero estaba claro que su vista de lince se había dado cuenta de las mejillas sonrosadas. Arly la estaba mirando como si, de repente, tuviera dos cabezas. Lily tuvo que contener las ganas de darle una patada en la pantorrilla y se concentró en mantenerse serena.

—Sí. Ahora que lo dices, debo admitir que es una de mis especialidades. —Kaden no parecía arrepentido.

Lily puso los ojos en blanco.

—¿Dónde habéis dejado a Jeff Hollister? Me gustaría echarle un vistazo. ¿Y alguno de vosotros ha pensado en traer una de esas pastillas para dormir que os daban para que pudiera analizarlas? —Se refugió en lo que mejor conocía. La ciencia. La lógica. Los conocimientos. Cualquier cosa menos hombres.

—Cierra la boca, tecnopijo —susurró mientras pasaba junto a Arly con la cabeza alta—. Te entrarán moscas.

Arly la siguió, pisándole los talones. Se inclinó y le dijo al oído:

—No te criamos para que fueras una promiscua.

Ryland vio que arqueaba los labios un segundo, pero consiguió mantener la expresión seria y lo seguía mirando con la nariz patricia bien alta.

—No sé lo que crees haber visto, pero ya hace algún tiempo que quería decirte que sacaras partido del nuevo plan de seguros. Unas gafas de culo de botella te vendrían bien.

—Ah, quieres hacerme creer que no lo estabas acariciando como a tu gato favorito. Me he puesto rojo sólo de verte. ¿Dónde has aprendido a comportarte de esa forma?

—¿Sabes esas pelis que miras y que se supone que nadie sabe que existen? —dijo Lily, con dulzura—. Pues un día, accidentalmente, las pasaste por el canal equivocado. Es increíble la educación que una puede recibir.

Arly siguió caminando detrás de ella, sin detenerse.

—¿Sabes cómo se llama, al menos? Se lo diré a Rosa.

—Hazlo. Yo le diré lo de tu colección de películas.

Ryland se rió.

—Parecéis dos hermanos peleando.

—Siempre ha tenido celos de mi inteligencia superior —le explicó Arly.

Lily giró la cabeza.

—¡Ja! De lo único que siempre he tenido celos es de tu delgadez.

Ryland abrió la puerta de la habitación del compañero herido. A pesar de que Lily había hecho instalar luces azules, las habían bajado y, al principio, le costó localizar a Jeff Hollister. Allí tendido, y con la cara pálida y el pelo tan rubio, parecía una estatua de cera. Lily oyó el CD de música suave por encima del ruido de la lluvia; a pesar de los gruesos muros de la casa, necesitaban la música para crear un ambiente tranquilo para los hombres.

—Jeff es de San Diego, California. Es un campeón de surf —dijo Ryland, mientras se inclinaba y le daba unos golpecitos en el hombro a su compañero—. Habla como un idiota, casi siempre en argot, pero tiene un coeficiente intelectual elevado y un título universitario del MIT. Si le pasa algo, su familia se quedaría destrozada. Su madre le envía galletas cada mes y recibe cartas de todos sus hermanos.

Lily estaba observando cómo las grandes manos de Ryland, llenas de cicatrices, recuerdo de múltiples batallas, acariciaban el hombro de Jeff Hollister con suavidad. El nudo en la garganta aumentó de tamaño. Si ella no encontraba una forma de salvar a Jeff, Ryland se quedaría igual de destrozado que la familia del chico.

—Tendrás que dejarme examinarlo. Rosa, el ama de llaves, es enfermera y, si fuera necesario, puedo hacer venir a un médico que será absolutamente discreto.

Arly se aclaró la garganta.

—Lily, no puedes traer aquí a Rosa. No puede saber todo esto. Es… una extraña.

—No es una extraña. —Lily la defendió de inmediato—. Sólo es que no cree en experimentos. —Frunció el ceño hacia su amigo.

—No estaba diciendo nada malo de ella, cariño —respondió Arly, mientras le acariciaba el hombro en un breve gesto de solidaridad—. Ya sabes lo que siempre ha dicho de su familia. Son muy religiosos.

Lily inclinó el cuerpo hacia él un segundo y luego se acercó a Hollister para examinarlo.

Ryland meneó la cabeza.

—No podemos arriesgarnos a traer un doctor hasta aquí. Si necesita asistencia médica, lo llevaremos a otra parte. No comprometeré tu seguridad más de lo que ya lo hemos hecho.

Lily levantó la cabeza, lo miró y reconoció el brillo de acero en sus ojos. Estaba decidido. También vio el arrepentimiento que le atravesó el gesto y que enseguida desapareció.

—De acuerdo. ¿Quién vio lo que le pasó?

—Yo, señora. —La voz provenía del rincón más oscuro de la sala y daba tanto miedo que Lily estuvo a punto de dar un respingo. Se volvió y vio a un corpulento hombre que se movía y se levantaba hasta que pareció que había un gigante en la habitación. Era alto y musculoso, con el pelo castaño con destellos rojos bajo la luz de la lámpara. La sorprendió lo silencioso que fue al cruzar la habitación hasta ella—. Ian McGillicuddy, señora. ¿Se acuerda de mí?

¿Cómo podía olvidarse? Había leído su informe antes de verlo por primera vez, pero nada podía haberla preparado para el intenso poder que radiaba de él. Tenía los ojos marrón oscuro y la mirada penetrante e inteligente. Se movía con una velocidad y un silencio que parecían imposibles en un hombre tan corpulento.

—Sí, por supuesto. Me alegro de que esté a salvo, señor McGillicuddy.

De uno de los rincones, llegó una risotada burlona por el uso formal de su nombre por parte de Lily. Ella se dio cuenta de que todos estaban en la habitación del compañero herido.

—Llámeme Ian, señora. No quiero tener que dar a los chicos una lección de buenos modales.

Ella lo miró y reconoció el humor en su mirada oscura.

—No, supongo que no. Llámame Lily y me olvidaré de lo de «señor». ¿Puedes describirme todo lo que recuerdes acerca de su estado?

—Estaba muy pálido. Jeff siempre estaba al aire libre y tenía un bronceado permanente. Hemos estado encerrados y hacía tiempo que no lo veía, pero me sorprendió verlo tan pálido. Sudaba y estaba empapado. Dijo que le parecía que le iba a explotar la cabeza y, mientras lo decía, no dejaba de tocarse la parte de atrás de la cabeza. Sabía que tenía miedo, y Jeff nunca tiene miedo de nada. Es uno de esos kamikazes que lo da todo.

—¿Dijo si se había tomado alguna pastilla para dormir?

Ian meneó la cabeza.

—No, pero dijo que sólo quería dormir para huir del dolor y soñar con arena, surf y su casa era mejor que saber que te estabas muriendo de una hemorragia cerebral. Estaba preocupado por si nos retrasaba y todo el rato me decía que lo dejara allí mismo.

—¿Alguno de vosotros tomó una pastilla para dormir? —preguntó Lily.

—Ni hablar, señora. —Un hombre alto de piel oscura y ojos negros salió de las sombras—. El capitán dijo que no tocáramos nada de lo que nos dieran y no lo hicimos.

—Tú eres Tucker Addison. —Recordaba su perfil. Había servido en una unidad antiterrorista y se había ganado varias medallas—. Tengo que mirarle la parte posterior del cuello y la cabeza. ¿Te importaría ayudar a Ian a darle la vuelta con delicadeza?

—Sólo quería darle las gracias, doctora Whitney, por dejarnos montar un puesto de mando y campamento en su casa. —Mientras ayudaba a Ian a dar la vuelta a Jeff Hollister, vio que sus manos eran extremadamente delicadas. Lo trataba como si fuera un bebé.

Lily se acercó a Jeff y le tocó el cráneo con los dedos. La respiración era normal y el pulso, estable. Tenía la piel más fría de lo normal y el pulso latía con fuerza en la sien, pero parecía dormido. Con suavidad, le apartó el pelo de la nuca y le examinó la piel. No veía ninguna señal externa de hinchazón ni desgarro. Y, entonces, las yemas de los dedos localizaron las cicatrices: estaba claro que Jeff tenía receptores detrás de las orejas.

Lily maldijo en voz baja mientras se levantaba.

—¿Lo han llevado al hospital hace poco? ¿Alguien, aparte de mí, lo ha visitado a solas? —Estaba furiosa. Muy furiosa. Apretó el puño. Su padre tendría que responder por tantas cosas.

Ryland se levantó de inmediato y examinó el cráneo de Jeff. Descubrió las mismas cicatrices cuando llegó detrás de las orejas. Al retroceder, tenía la mandíbula tensa.

Tucker e Ian dejaron a Jeff otra vez plano en el colchón con gran delicadeza.

—¿Qué pasa? ¿Qué has encontrado? —preguntó Ian.

Ryland alargó la mano y allí, delante de todos sus hombres, abrió el puño de Lily.

—Jeff se quejaba de fuertes dolores de cabeza y, hace un par de días, se lo llevaron al hospital y, en teoría, lo trataron. Jeff dijo que los dolores de cabeza habían vuelto y eran peores que antes. Dejó de utilizar cualquier tipo de telepatía. Conectábamos con él con nuestras ondas para que participara pero le dijimos que no respondiera a menos que fuera imperativo. —Ryland se llevó la mano de Lily a la boca y le sopló aire cálido en la palma—. ¿Qué sucede, Lily? ¿Qué crees que pasó en el hospital?

Ella retiró la mano de golpe y empezó a pasearse por la habitación, sin darse cuenta de que los hombres se iban apartando a su paso. Ryland quiso protestar, pero Arly meneó la cabeza, dejando clara la necesidad de silencio.

Ryland la observó, los movimientos rápidos e incesantes de su cuerpo, el ceño fruncido. Estaba muy lejos de ellos, analizando datos. Mientras ella andaba ocupada, él se tomó su tiempo para examinar a sus hombres. Les tocó el cráneo en busca de las mismas cicatrices. Incluso el suyo propio. Y en cuanto descubrió que nadie más las tenía, suspiró aliviado.

—Tengo que saber cuáles eran sus talentos. ¿Qué puede hacer? —preguntó Lily.

—Jeff puede mover objetos. Si tienes las llaves de la celda, no las dejes a la vista, porque las hace volar como si nada —dijo Tucker—. Y puede hacer el truco de magia.

Sorprendida, Lily parpadeó y miró fijamente a Tucker.

—Lo siento, no estoy familiarizada con el truco de magia.

Tucker se encogió de hombros.

—Puede levitar.

—No, no puede —negó enseguida Ian—. Nadie puede hacer eso. Es un truco o algo y a él le encanta regodearse.

—¿Puede levitar? —Lily miró a Ryland para que se lo confirmara—. ¿Cómo diantre lo hace? ¿Y cómo encaja esto con vuestras habilidades? —Había visto las cintas de las niñas. Ninguna había conseguido levitar, pero Lily nunca se había planteado la posibilidad ni para qué podía servir—. Y qué, ¿flota en el aire?

—Se levanta unos centímetros del suelo. Si se levanta más, le duele mucho la cabeza. Tiene migraña durante días —le explicó Ryland—. Algunas de las habilidades no compensan el esfuerzo de hacerlas.

—¿Cuánto tiempo practicasteis para aprender a utilizar vuestros talentos?

Esta vez respondió Kaden.

—Entrenamos juntos, como una unidad militar, durante varios meses mientras el doctor Whitney nos sometía a una serie de pruebas. Empezó a entrenarnos como un equipo parapsicológico bajo condiciones militares. Yo era miembro de las Fuerzas Especiales. De hecho, entrené con Ryland. Pero ahora soy un civil, detective de homicidios en el cuerpo de policía. Cumplía los requisitos, lo hablé largo y tendido con Ryland y decidí apuntarme. Cuando hubimos reforzado nuestras habilidades, trabajamos muy bien durante un tiempo. —Miró a los demás en busca de confirmación.

—Unos tres o cuatro meses. Menudo subidón.

—Pero ¿hicisteis ejercicios para protegeros de la información y las emociones no deseadas?

—Al principio hacíamos muchos ejercicios mentales, pero entonces el coronel Higgens exigió resultados más deprisa. Nos quería en misiones de prueba, enfrentándonos a equipos sin ningún tipo de habilidades —explicó Kaden.

—Por desgracia, nosotros estábamos deseando volver a la acción. Estar sentados en una habitación con la cabeza llena de cables era aburrido —dijo Ryland—. Tu padre nos advirtió de que era demasiado temprano. Se organizaron varias reuniones y, al final, nos comprometimos. Nos pasábamos tres días en el campo de batalla y dos con electrodos pegados a la cabeza para grabar todos nuestros movimientos.

Lily volvió a pasearse por la habitación. Ryland empezó a reconocer las emociones contenidas en sus andares acelerados. Seguramente, no se había dado cuenta de que estaba enfadada, pero su cuerpo delataba la profundidad de sus emociones.

—No puedo creerme que mi padre aceptara algo así. No es normal que comprometiera la seguridad, y más cuando tenía datos previos.

—¿Datos previos? —repitió Kaden.

Lily se paró en seco, como si hubiera olvidado que estaban allí con ella.

Arly desvió la atención del asunto:

—Es lo que pasa cuando hablas solo todo el día. Crees que tienes una conversación contigo mismo.

Lily emitió un ruido extraño y le siguió el hilo.

—¿Sabe alguien si Hollister podía adentrarse en los sueños? —Evitó, a propósito, la mirada reluciente de Ryland.

Se produjo un silencio mientras los hombres se miraron los unos a los otros.

—Adentrarse en los sueños está considerado un truco de magia, como la levitación —respondió Kaden. Miró alrededor de la habitación, examinando la oscuridad—. Es un talento inútil.

Ryland se encogió de hombros.

—El doctor Whitney dijo que adentrarse en el sueño de otra persona podía ser peligroso y nos desaconsejó explorar esa habilidad.

—¿Lo has probado? —preguntó Kaden—. Deberías habérmelo dicho, Ryland. Sabes que la regla número uno es tener siempre un ancla. Whitney nos machacó con eso. Y tú también.

—Hablando de trucos de magia —murmuró Tucker.

Ryland suspiró.

—Descubrí que podía hacerlo por casualidad. Se lo comenté al doctor Whitney y se mostró categórico en que era demasiado peligroso para molestarse en intentarlo. En ese momento, le pregunté si alguien más del grupo podía adentrarse en los sueños, y me dijo que uno o dos. —Miró a su alrededor—. ¿Alguien más lo ha intentado?

Se produjo un pequeño movimiento en el extremo más lejano de la habitación. Todas las miradas se dirigieron hacia el hombre que estaba sentado entre las sombras más profundas. Lily tuvo la sensación de oscuridad y de fuerza pura. De algo letal que despertaba peligrosamente. Intentó verle la cara, pero la tenue luz de la lámpara no lo iluminaba.

—¿Nico? —preguntó Ryland—. ¿Puedes adentrarte en los sueños?

—Siempre he podido. —La voz iba acorde con la imagen, y provocó un escalofrío en la columna vertebral de Lily. Sabía quién era. Nicolas Trevane. Nació y se crió en una reserva hasta los diez años. Vivió diez años más en Japón. Un francotirador del ejército con más medallas de las que ella podía contar y más muertes a sus espaldas de las que quería saber. Recordaba cómo la había analizado con la mirada mientras estaba sentado tranquilamente en el centro de su celda. La había puesto nerviosa incluso desde detrás de los barrotes, porque daba la sensación de que era un peligroso depredador esperando su oportunidad para atacar.

—Mi padre dijo «uno o dos». Si Ryland y el señor Trevane pueden adentrarse en los sueños, y nadie más lo admite, cabe la posibilidad de que el señor Hollister también pueda —reflexionó Lily en voz alta. Ya se estaba dirigiendo hacia la puerta, abriéndose paso entre los hombres.

—Lily —dijo Ryland, con sequedad—, ¿adónde vas?

Ella se detuvo, sorprendida.

—Lo siento. Vigiladlo, tiene el pulso fuerte y respira con normalidad. Tengo que hacer unas averiguaciones. No quiero arriesgarme a intentar despertarlo si no es seguro. Así que no le hagáis nada, sólo vigiladlo.

Ryland salió con ella y la siguió por el pasillo.

—Háblame, Lily. ¿Qué le está pasando? ¿Qué sospechas?

—Creo que le han dado una descarga eléctrica en el cerebro, provocando una concentración de energía en un punto muy pequeño. —Caminaba deprisa, analizando mentalmente todas las posibilidades—. Debo reunir más información antes de llegar a una conclusión lógica, pero tengo mis sospechas. Las hemorragias cerebrales son un efecto secundario, aunque poco común.

Ryland la tomó del brazo, la detuvo y la obligó a mirarlo.

—Para un momento y explícamelo. Siento mucho no seguirte el hilo, pero si crees que alguien está provocando descargas en el cerebro de mis hombres, realizándoles una especie de lobotomía eléctrica, creo que es importante que lo sepa. —La sacudió ligeramente—. ¿Qué han hecho a mis hombres?

—Sinceramente, no lo sé, Ryland. Tengo algunas sospechas, pero ¿de qué serviría acusar a alguien sin pruebas?

—¿Adónde vas? —Sus ojos plateados reflejaban una turbulencia que presagiaba la explosión de una tormenta debajo de la superficie.

Lily tardó un segundo en responder, porque su tono la inquietó.

—Ya te lo he dicho; necesito más información. Voy a consultar las notas de mi padre. —Intentó no reflejar enojo en la voz, porque sabía que él tenía todo el derecho del mundo a enfadarse por las potenciales amenazas a sus hombres. Lily sabía que, cuando su mente estaba concentrada en algo, podía resultar abrupta y seca. Arly se lo recordaba con frecuencia y también lo había visto en su padre.

Ryland la agarró por la nuca con la palma de la mano y la pegó a él.

—Me gustaría recibir algún tipo de explicación, técnica o no. No soy un idiota, Lily, y tengo derecho a conocer las amenazas sobre mis hombres.

Lily soltó el aire muy despacio y le tomó la cara entre las manos.

—Si te he dado la impresión de que creía que no podías entenderlo, te pido disculpas. Tengo tendencia a perderme en mi trabajo y a olvidarme de lo que está a mi alrededor, ya sean cosas o personas.

Ryland inclinó la cabeza y la besó. El tiempo se detuvo. Las paredes desaparecieron cuando él la llevó más allá de los límites del mundo y se perdieron entre las estrellas. Ella le rodeó el cuello con los brazos, amoldándose a él de inmediato.

—Siempre creí —dijo Arly en voz alta, mientras se acercaba por el pasillo—, que esto de enrollarse en los pasillos era cosa de adolescentes.

Ryland se tomó su tiempo y la besó a conciencia. Cuando, a regañadientes, levantó la cabeza, miró a Arly.

—Un punto de vista interesante pero, en mi opinión, besar a Lily cuando sea y donde sea es una obligación.

Lily le hizo una mueca a Arly en cuanto pasó junto a él camino de la escalera de caracol que conducía a los pisos inferiores.

—No puedo saberlo, Arly, puesto que de adolescente no fui al colegio y nunca me he enrollado con nadie en los pasillos.

Ryland la siguió.

—Para ser alguien sin experiencia, yo te sigo poniendo un excelente en enrollarte en los pasillos.

—Gracias —respondió ella, con recato—. Estoy segura de que lo habría podido hacer mucho mejor si Arly me hubiera concedido unos minutos más.

—No, no, has estado muy bien —le aseguró Ryland—. Sólo te estaba recordando que estoy aquí. Pasillo o no, quería que te acordaras de mi existencia.

Lily se rió, pero la sonrisa desapreció cuando empezó a bajar las escaleras.

Ryland vio cómo sus ojos recuperaban la mirada distante y suspiró. Arly meneó la cabeza.

—Es brillante, ¿sabes? Si le das datos, es como una máquina. Hay muy poca gente en el mundo que pueda hacer eso.

Ryland asintió, pero el gesto fruncido no desapareció.

—Es un poco difícil para el ego de un hombre.

—Es una persona especial, Miller. Distinta en cosas que ni te imaginas. Y te ha elegido a ti. —Arly lo miró de arriba abajo. Se fijó en las manos curtidas y llenas de cicatrices, pruebas de las mil batallas en las que había participado; también en el musculoso y robusto cuerpo y en el rostro anguloso—. Aparte de que seguramente estarás en la lista de los más buscados del FBI, ¿posees otras características que debería saber?

—¿Características? —repitió Ryland—. ¿Me estás preguntando, con muchos rodeos, por mis intenciones?

—Todavía no. —Arly estaba siendo sincero—. Primero quería averiguar si querías oír tus intenciones. Aún no lo he decidido. Puede que todavía te eche a la calle.

—Entiendo. ¿Tienes algo en contra de los soldados?

—¿Aparte de que seguramente serás un adicto a la adrenalina porque, si no, no te habrías acercado a las Fuerzas Especiales ni al doctor Whitney y su alocado experimento? ¿O que los hombres como tú acaban muertos porque no saben decir «hasta aquí»? ¿O que seguramente tienes una mujer en cada puerto? —Le señaló las manos con la barbilla—. ¿O que probablemente has visto el interior de más de una cárcel porque no puedes evitar meterte en peleas?

Ryland silbó.

—Dime lo que piensas en realidad y no me hieras los sentimientos.

—No tenía ninguna intención de herirte los sentimientos. Lily es como una hija para mí. Es mi familia. Descubrirás que los miembros de esta casa la quieren y están dispuestos a hacer lo que sea para protegerla. Y es más rica de lo que puedas soñar. No necesita a un cazafortunas que la engatuse con unos cuantos besos bien dados.

—Ahora estás entrando en terreno peligroso —le advirtió Ryland—. El dinero de Lily no me interesa para nada. En cuanto a mí concierne, puede invertirlo todo en obras de caridad. Soy perfectamente capaz de mantenernos a los dos.

Arly arqueó una ceja.

—Y, encima, eres arrogante. Genial. Eso va a encajar a la perfección con la deliciosa personalidad de Lily. —Siguió caminando en silencio, porque estaba decidiendo cómo enfocar la siguiente parte del discurso—. Lily no es como las demás, Miller. Tiene unas necesidades especiales y su cerebro necesita información constante para funcionar. Sin eso, se bloquea. Tus hombres necesitarán que su casa y su trabajo reúnan unos requisitos especiales, pues Lily también. Te digo todo esto porque cuando ya no haya más que decir, creo que tú eres tan sincero y ella es tan terca que, si quiere, no podré persuadirla para que se separe de ti.

—Sé que necesitará mucha atención.

—Atención no, Miller. Esta casa. Estas paredes. Gente como yo a su alrededor, gente que no le robe energía ni la atosigue con emociones indeseadas. Ella sigue creciendo porque su padre se tomó todas estas molestias. No puedes llevártela lejos de aquí por mucho tiempo.

—Dijo que había otras niñas. Ahora serán mujeres. ¿Qué hay de ellas? ¿Cómo consiguieron sobrevivir sin el dinero de Whitney ni su entorno protegido? —preguntó Ryland con curiosidad.

Arly tragó saliva varias veces antes de responder. Al final, meneó la cabeza con impotencia.

—No tengo ni idea de las demás. Yo cuido de Lily y es lo que me preocupa.

Tuvieron que correr por las escaleras y el laberinto de pasillos para atrapar a Lily. Estaba inmóvil frente a la puerta del despacho de su padre. Marcó el código para abrirla y dudó, mirando a su alrededor.

—¿Seguro que nadie ha colocado ninguna cámara en esta zona, Arly? Has hecho otro barrido del despacho, ¿verdad?

—Hace unas horas, cuando el personal de día de marchó —admitió Arly—. Es donde somos más vulnerables. Necesitamos al personal, pero no tienen que ser necesariamente leales a la familia. Independientemente de lo mucho que les paguemos, si ellos les ofrecen más, darán información y quizás incluso se atrevan a acceder a zonas restringidas para colocar algún micro.

—He montado un punto de vigilancia en el tercer piso —dijo Ryland—. Hemos dibujado varias rutas de escape que salen por el tejado y bajan hasta los túneles. Gracias por los detectores de movimiento, Arly. Hacen que los hombres estén mucho más seguros.

—No podéis saliros de los parámetros que os indiqué —advirtió Arly—. Si lo hacéis, no podemos garantizar vuestra seguridad. Lily me ha dicho que va a trabajar contigo y con los demás para prepararos para la vida exterior y, con suerte, minimizar los riesgos de complicaciones. Mientras tanto, tenéis que ser conscientes de que el mayor riesgo a nivel de seguridad es el personal de día.

Lily se apartó para dejar entrar a los dos hombres. Quería asegurarse de que la puerta estaba cerrada. Arly había cambiado el código de seguridad ante la remota posibilidad de que entrara otro intruso.

—Voy a controlar la casa entera desde mis habitaciones —anunció Arly—. ¿Estarás bien? —Ignoró a Ryland a propósito y dirigió la pregunta a Lily.

—Creo que el capitán Miller conoce muchos trucos del cuerpo a cuerpo —bromeó ella.

—Es lo que me da miedo —confesó Arly. En una extraña demostración de cariño, se inclinó y le dio un beso en la mejilla—. No llevas el reloj. Y pareces cansada. Quizá deberías dormir unas horas antes de ponerte con esto, Lily.

—Esto no puede esperar, Arly, pero gracias por preocuparte. Me iré a la cama en cuanto pueda y dormiré todo el día.

—Y ponte el reloj.

Lily abrazó aquel cuerpo delgado contra el suyo.

—No te preocupes por mí, Arly.

Ryland vio cómo el hombre se iba.

—Es un tipo duro cuando se trata de ti. Me ha sometido al segundo grado. He tenido la sensación de que era capaz de entregarme él mismo si creía que no tenía buenas intenciones. —Observó con gran interés cómo Lily se acercaba al reloj de pared y hacía algo que no pudo ver con la manilla de la hora.

Para su sorpresa, la parte frontal del reloj se deslizó y reveló un espacio detrás. Y luego se vio contemplando una trampilla en el suelo.

—¿En la casa hay muchas habitaciones como esta? —La siguió por la escalera empinada y estrecha. Tocaba la pared a ambos lados con los hombros.

—Bueno, si te refieres a los pasadizos y las habitaciones secretas, sí, aunque en ningún sitio hay constancia de esta escalera. Está perforada entre dos paredes del sótano. Lleva a niveles todavía inferiores y no creo que apareciera en los planos, así que el laboratorio de mi padre es muy secreto. Tiene equipos de última tecnología y una biblioteca de documentación tanto del anterior experimento como del vuestro.

—Explícame lo de las descargas eléctricas, Lily. Tengo que entender a qué se enfrenta Jeff. —Ryland observó la estancia, sorprendido por la meticulosidad en los detalles del laboratorio privado de Peter Whitney. Aunque no debería sorprenderse. La investigación era la vida de Whitney y tenía el dinero suficiente para comprar lo que quisiera, aunque los mejores equipos sólo se encontraban en los mejores centros.

—La idea de las hemorragias cerebrales como efecto secundario me preocupa —dijo Lily mientras empezaba a buscar datos en la perfecta colección de discos—. Parece que todos lo aceptan como algo normal, pero no lo es. Los ataques tendrían que ser masivos y continuos para provocar las hemorragias. ¿Y qué provoca los ataques? ¿Una exposición prolongada a ondas de energía emocionales? ¿Utilizar la telepatía sin un ancla o un protector? Podría ser, el cerebro se pone a prueba, entra demasiada porquería, pero lo más normal es que provocara migrañas. Yo he vivido durante años sobreestimulada por las emociones y la información indeseada. Y sí, tengo migrañas y me agotan, pero no sufro ataques ni hemorragias cerebrales.

—Sigo sin entender qué significa. Hemos perdido a dos hombres por culpa de las derrames cerebrales; o, al menos, eso es lo que nos dijeron que les había pasado.

Lily introdujo un disco en el ordenador.

—Mi padre intentó utilizar pequeñas descargas para estimular la actividad cerebral en sus experimentos iniciales. Implantó electrodos de forma quirúrgica en las zonas que quería potenciar. Los microelectrodos grababan la acción generada por las neuronas individuales. Amplificaba y filtraba las señales eléctricas y se podían ver e incluso convertir en sonidos a través de un audiómetro.

—¿Observaba cómo reaccionaban las ondas cerebrales? —Ryland miraba los datos que aparecían en la pantalla a una velocidad que no podía seguir pero que Lily, a pesar de estar hablando, parecía procesar. Observó las expresiones de su cara: interés, ceño fruncido, una pequeña pausa para menear la cabeza y más datos.

—Y las escuchaba. Las neuronas tienen unos patrones de actividad muy característicos que se pueden ver y escuchar —murmuró la información ausente, observando más de cerca la pantalla.

—¡Joder, Lily! ¿Me estás diciendo que, aparte de todo lo que nos han hecho, tenemos una cosa implantada en el cerebro? Nadie se ofreció para eso. —Se frotó las sienes, con la rabia acumulada en el estómago.

—Jeff Hollister presenta señales claras de cirugía. Pero no me imagino que papá hubiera repetido el mismo error; uno de los efectos secundarios más remotos que descubrió hace años eran las hemorragias cerebrales y decidió que no valía la pena hacerlo a cambio de los resultados.

—¿Y crees que todos tenemos esas cosas implantadas? —No pudo evitar tocarse la cabeza una y otra vez, en busca de cicatrices. La idea lo ponía enfermo.

Lily meneó la cabeza.

—Es un proceso complejo. Tendrían que haberle puesto una estructura en la cabeza y fijarla a la mesa de operaciones. Tiene que realizarse con el paciente despierto, de modo que él sabría lo que le estaban haciendo. Se utiliza un ordenador para obtener las imágenes exactas. Es algo muy preciso, Ryland. Alguien tenía que saber lo que estaban haciendo.

Ryland maldijo otra vez en voz baja. Se alejó de ella y luego volvió a acercarse.

—Si alguien estuviera provocando accidentes o intentando que el experimento parapsicológico pareciera un fracaso, podrían haberos hecho algo en la unidad quirúrgica de Donovans. Tienen el equipo necesario para ello.

—¿Qué? ¿Sabotaje? —Ryland se echó el pelo hacia atrás—. Cabrones.

Lily se encogió de hombros.

—Casi siempre, en este tipo de conspiraciones hay dinero de por medio. O política. Si pudieran conseguir que pareciera que corríais grandes riesgos en el exterior y que no os podían utilizar para los propósitos militares pero, en realidad, el experimento funcionara sin demasiadas complicaciones, podrían vender la información a otro país.

—¿Cómo sabían que los electrodos en la cabeza provocaban hemorragias cerebrales? Yo no lo sabía —admitió Ryland—. Si Higgens está detrás de todo esto, ¿cómo lo sabía?

—Thornton lo sabía. —Ante la expresión de extrañeza de Ryland, se lo explicó—. El presidente de Donovans. Hace varios años, los médicos empezaron a investigar un proyecto que utilizaba la estimulación cerebral en la enfermedad de Parkinson. La idea era buena y hubo investigadores interesados en ver en qué otros procesos podía aplicarse la técnica. Hace unos meses, Thornton y yo tuvimos una larga discusión sobre este tema. Lo recuerdo porque se mostró muy interesado por el proceso y las aplicaciones. Y si papá mencionó que se lo había planteado pero que había desestimado la idea porque le parecía muy peligroso y ellos buscaban la forma de sabotear el experimento, aquello despertó su interés.

Parecía tan fascinada que a Ryland le molestaba.

—Joder, Lily. ¿Existe la posibilidad de que tengamos electrodos en el cerebro y no los notemos? Y si es así, ¿qué nos provocan?

—Habría pruebas, Ryland. Además, papá dijo que no se iba a arriesgar a cometer los mismos errores que en el primer experimento, a pesar de que ahora podría establecer con exactitud los peligros. —Lo miró—. El informe de la autopsia se redactó en Donovans y papá no se lo creyó. Sospechaba que alguien os estaba saboteando, pero no pudo demostrarlo. Mira esto, Ryland. —Miró a la pantalla—. Papá intentó hablar con el general Ranier varias veces; de hecho, mantuvo varias conversaciones con su asistente que, por lo visto, mi padre grabó, lo que significa que las cintas tienen que estar por aquí. Ranier jamás le devolvió las llamadas. —Tecleó algo en el ordenador—. Está en sus diarios. El general es un amigo de la familia. No tenía ni idea de que papá hubiera intentado contactar con él tan a menudo.

Ryland paseó de un lado a otro, maldiciendo en voz baja. Lily estaba agotada y tenía unas ojeras más oscuras que nunca. Quería abrazarla y pegarla a él. Llevarla a su cama y envolverla con su cuerpo, protegerla. La agarró por los hombros para darle un masaje.

—Tienes que descansar, Lily. Deberías irte a la cama. Por ahora, Jeff está a salvo. Deberías dormir unas horas.

—Estoy cansada —admitió ella—. Tengo que verificar unas cuantas cosas más y luego iré a ver a Jeff otra vez.

—¿Cómo se hacían las descargas eléctricas? —preguntó él con curiosidad.

Ella revisó el contenido del tercer disco muy deprisa, y sólo se detuvo dos veces para absorber los detalles más técnicos.

—Si se hubiera hecho de la manera correcta, llevaríais un pequeño aparato, parecido a un marcapasos. Podríais encenderlo vosotros mismos. Y eso provocaría la mínima descarga necesaria para obtener resultados. Ninguno de vosotros tiene ningún aparato de este tipo, así que, si le ha pasado a Jeff, le colocaron los electrodos sin que lo supiera ni diera su consentimiento, y después lo sometieron a una frecuencia magnética alta fruto de una fuente externa. Sólo son hipótesis, Ryland, porque no sé cómo podría hacerse, en caso de que pueda hacerse.

—¿Por qué? ¿Qué sentido tendría hacerle eso?

—Matarlo, por supuesto. —Lily apagó el ordenador—. Venga. Vamos a verlo. Ha sido una noche muy larga.

Él la tomó de la mano.

—Y un día todavía más largo —añadió él.

Capítulo 10

Te necesito. Lily se despertó de golpe, con el corazón acelerado de miedo, o de nervios, y los ojos entrecerrados para intentar ver algo en la oscuridad de su habitación. La voz había sido alta y clara. Esta vez no era un sueño. Ryland estaba en la misma habitación que ella.

Se dio la vuelta y miró debajo de la cama. Se rió de lo tonta que era y volvió a caer rendida en la almohada, con la mirada fija en el techo. El sonido de su risa contribuyó a reducir la decepción que se había instalado en su cuerpo. Lo deseaba. Lo deseaba por dentro y por fuera. Deseaba a Ryland Miller. Su mirada gris. La tentación de su boca. Su cuerpo. Soñaba con su cuerpo. Con abrazarlo, con que la besara y la acariciara, la saboreara. Con el contacto de su piel. Se despertaba ardiendo y sola. Vacía y malhumorada.

Cuando lo había dejado con Jeff Hollister, había regresado al despacho secreto de su padre porque quería seguir leyendo sus diarios. Tenía miedo de hacer algo que perjudicara a Hollister, pero Ryland se había mostrado firme en su decisión de no traer un médico a la casa. Trabajó toda la mañana y parte de la tarde, hasta que cayó rendida en su cama poco antes de las cinco. Obviamente, no se había despertado hasta bien entrada la noche.

No iba a buscar a Ryland. Pensar en él interfería en su capacidad de concentrarse para ayudarlo. Era mucho más importante encontrar respuestas. Le había ofrecido un refugio seguro y comida de

191

sobras. Implicarse más con él lo pondría todo en peligro, se dijo con firmeza. La mejor forma de ayudar a Ryland Miller y a los demás era descubrir todo lo que pudiera acerca de cómo su padre había conseguido abrir sus cerebros a las ondas energéticas.

Lily se apartó la gruesa mata de pelo de la cara. Nunca estaría a la altura del sueño erótico que habían compartido. Era muy fácil desinhibirse por completo en un sueño, pero no tenía ni idea de cómo comportarse ante un hombre de carne y hueso que esperaba una sirena. ¿Por qué había tenido que compartir ese sueño con él? Se sonrojó, gruñó y se tapó la cara con las manos.

—Piensa en otra cosa, Lily. Por el amor de Dios, eres una mujer adulta. ¡Deja de pensar en él! —Intentó ser firme consigo misma y obligó a su mente a pensar en otra cosa que no fueran hombres fuertes y atractivos. Bueno, uno en concreto—. De acuerdo, Lily, piensa en esto. Seguro que el coronel Higgens acabará sospechando de ti. Tarde o temprano encontrará la forma de atravesar la seguridad de la casa. Arly es el único que cree que obra milagros.

Se destapó y cruzó la habitación hasta el baño descalza. Sólo llevaba una camisa. La camisa de Ryland. Todavía conservaba su olor y la envolvía como si lo tuviera allí, abrazándola. Se la había robado, un impulso patético del que estaba ligeramente avergonzada pero que agradecería eternamente haber seguido. Estaba en el laboratorio con el resto de su indumentaria, lista para llevar a la lavandería. No podía creerse que hubiera acabado robando una camisa. Era más que patético, era verdaderamente horrible.

Se tomó su tiempo para lavarse la cara y aprovechó para aleccionarse ella misma, aunque al final levantó la cabeza para mirarse en el espejo.

—Además, no lo quieres, Lily, tú quieres que te quieran por cómo eres, no fruto de una química brutal. —Tenía los ojos demasiado grandes para su cara y estaba demasiado pálida. Agotada. ¿Por qué no había nacido delgada como una modelo y preciosa? ¿Con un bronceado perpetuo?

A mí la química brutal me basta. La voz se coló en su mente. Le recorrió el cuerpo como una caricia.

Lily se tensó y se aferró a los bordes del lavabo. Recorrió todos los rincones con la mirada a través del espejo. Una cosa era soñar con él y otra muy distinta enfrentarse a él sola y en la intimidad de su habitación. La conexión entre ellos era demasiado fuerte. No le generaba confianza... ni él tampoco.

—¿Estás en la habitación conmigo? Porque será mejor que no. Tienes una zona de seguridad designada y mi habitación queda fuera de tus límites. —Lo preguntó en voz alta porque quería que le respondiera en voz alta. Una conversación en su mente ya era demasiado íntima. En sus pensamientos. En sus fantasías. El color ya no se limitaba a la cara, sino que le estaba invadiendo todo el cuerpo.

Me gustan tus fantasías. Ronroneó la voz de Ryland. Como un gato satisfecho. Ronroneó tanto que su voz vibró en su cuerpo y lo encendió en llamas.

Era imposible que estuviera en su habitación. Más le valía que no estuviera en su habitación. El corazón le latía con fuerza con una mezcla de miedo y emoción. Quería verlo, pero le daba miedo estar a solas con él. Y llevaba su camisa... Era imposible que lo deseara tanto que se lo estuviera imaginando todo. Cerró los ojos. La imaginación ya le había traído problemas una vez; no iba a permitir que se repitiera.

Unas manos se deslizaron por sus muslos, apartaron los extremos de la camisa, le acariciaron la curva de las caderas, subieron hasta la caja torácica y no se detuvieron hasta que llegaron a los senos, sopesándolos en unas palmas rugosas. Lily abrió los ojos y vio su cara encima de la suya. Era real. Ryland se acercó a ella. Su cuerpo, ardiente y excitado, se pegó a su espalda. Las manos se movían por debajo de la delicada tela de la camisa con posesión, endureciéndole los pezones.

Él observó su cara en el espejo. El miedo. La sorpresa. El placer. Bajó la cabeza muy despacio para acariciarle el cuello con la boca.

—No te preocupes, Lily. Te conozco. Sé lo que quieres. Sé lo que necesitas ahora mismo. Yo también lo necesito. El resto ya vendrá después.

El deseo corría desenfrenado por su cuerpo, despertando todas las terminaciones nerviosas. Lily contuvo la respiración y se aferró con más fuerza al borde del lavabo. Debería estar gritando una protesta pero, en lugar de eso, se quedó inmóvil absorbiendo la sensación de sus manos en su cuerpo.

—¿Estás loco? ¿Cómo me has encontrado? No deberías estar aquí, Ryland. —Lo deseaba más que a la vida, pero no era lo que él creía. Jamás podría igualar la fantasía erótica que habían compartido.

Ryland le mordisqueó el cuello y le encendió la piel.

—¿Pensabas que había algo que pudiera mantenerme lejos de ti? —Sus manos le acariciaban los pechos con posesión—. No tengas miedo, Lily. Hagamos lo que hagamos, será perfecto.

Lily no pudo evitar el estallido de emoción que la recorrió de arriba abajo, a pesar de que su mente se burlaba de ella por su inexperiencia. Sus miradas se encontraron en el espejo. Vio el deseo de Ryland. Puro e intenso. Había arrugas en su rostro que antes no estaban allí. También vio unas sombras y una cierta tensión en la forma sensual de su boca.

Lily contuvo el aliento para decirle que estaba mal, que no se querían, que era una reacción química, cualquier cosa para alejarlo, pero él la pegó a su cuerpo de forma que encajaban perfectamente. Entonces notó la entrepierna endurecida en su espalda, prueba de la urgencia de su cuerpo. Tenía la sensación de que le pertenecía. Era suya. Ya no era Lily, sino una parte de Ryland. Como si ella ya no pudiera existir sin él.

—Estar sin ti ha sido un infierno, Lily. No lo sé explicar de otra forma. Contigo, puedo funcionar. Puedo controlar lo que me pasa.

—Pues ahora no te estás controlando demasiado. —No estaba segura de que quisiera que se controlara. Tenía una mano encima de su estómago, y sus dedos se movían en una caricia-masaje imposible de ignorar. Cerró los ojos ante las sensaciones y, por sorpresa, empezó a llorar.

La mano de Ryland se detuvo de inmediato. Se le hizo un nudo en la garganta.

—No hagas eso. No te hagas daño. —Sus manos abandonaron el refugio de su cuerpo. Le dio la vuelta y la pegó a su pecho, abrazándola con fuerza. Su cuerpo era protector y sus manos le acariciaban el sedoso pelo con ternura—. Sé que ahora mismo estás muy confusa. Sé que piensas que lo que hay entre nosotros no es real o que las emociones juegan un papel importante, pero te equivocas, Lily. Pienso en ti en todo momento, en cómo estás, en qué sientes. Me encanta el sonido de tu voz, tu sonrisa. No es sólo sexo.

—No es eso. —Lily giró la cabeza para apoyarla justo encima de su corazón, que latía con fuerza. Ya estaba otra vez con lo mismo. Cuando se encontraba cerca de él, no podía negarle nada. No podía mirarlo. No sabía si podría volver a mirarlo alguna vez—. No quiero decepcionarte.

Ryland se quedó inmóvil. Era lo último que se esperaba. Lily era el epitome de la confianza. Era preciosa, perfecta y su boca un verdadero pecado.

—Lily, cariño, mírame.

Ella meneó la cabeza sin decir nada. Ryland le acarició el pelo y le agarró un mechón entre los dedos. Agachó la cabeza e inspiró su olor. Inspiró su esencia. *Lily.* Su Lily.

—Sería imposible que me decepcionaras.

Ella se alejó de la calidez y la solidez de su cuerpo.

—No deberías estar aquí. Y no quiero hablar de esto. —Era demasiado humillante. Ya había hecho suficientemente el ridículo. Pensó en poner distancia entre ellos, pero estaban en el espacio limitado del baño y tenía la espalda pegada al lavabo. Ryland era un hombre corpulento y sus espaldas llenaban la habitación y su cuerpo bloqueaba la puerta. Lo miró, con la cabeza temblorosa y los ojos azules tristes—. Esperarás que sea como… —Frunció el ceño, agitó la mano en el aire y se decidió por una palabra—. Ella. *La apasionada mujer de tus fantasías que puede hacerlo todo. Lo que sea.* —Volvió a sonrojarse y esperó que la oscuridad del baño disimulara la intensidad del color.

Él alargó el brazo, entrelazó los dedos con los suyos y tiró de ella hasta que Lily no tuvo más remedio que seguirlo hacia el dormitorio.

—Creo que tenemos que hablar, Lily.

El corazón le dio un vuelco. Dejó que la llevara hasta la amplia butaca que había junto a la lámpara de pie. Era ridículo lo sumisa que se volvía ante el tono aterciopelado de su piel. Su cuerpo se derritió y no podía pensar con claridad.

Él se sentó y tiró de su mano hasta que ella cayó encima suyo. La sentó en su regazo, consciente de que no llevaba nada debajo de la camisa. Su camisa. Le encantaba que llevara su camisa.

—No creo que una charla vaya a hacer mucho, Ryland. No puedo ser la mujer de nuestro sueño. Nunca he estado con un hombre. Todo eso fue fruto de la imaginación y de los libros que leo.

—Quiero leer esos libros. —Parecía que sus manos tenían vida propia, porque se deslizaron por sus muslos con caricias lentas y delicadas para sentir el tacto de pétalo de su piel. Siempre supo que su piel sería así de suave. Le era imposible mantener las manos lejos de ella.

Siguió la forma de los muslos, los rodeó para cubrir las nalgas y las masajeó y frotó hasta que Lily casi estuvo fuera de sí.

—Ryland, no será igual que en el sueño. —Tenía la sensación de estar suplicándole, aunque no sabía si era para que la creyera o para que la sedujera.

—Espero que no. Quiero que sea real. Quiero estar dentro de ti. Quiero que tus manos toquen mi piel. Dará igual que no tengas experiencia, Lily. Aquí sólo importa que queremos dar placer al otro, disfrutar del otro.

Lily se odiaba por ser tan cobarde. Juntos serían espectaculares, y luego él se iría y la dejaría.

—¿Crees que nos lo estás poniendo más fácil a alguno de los dos? —Lily saltó como si sus caricias la estuvieran quemando. La estaban quemando. Tenía la respiración agitada. Caminó de un lado a otro, descalza por el suelo de madera, confundida y ligeramente desorientada—. ¿Y qué crees que pasará si... si dejo que... —Lo miró por debajo de las largas pestañas—. Después...

Él tenía las piernas estiradas, muy cómodo, y la estaba contemplando, deslizando la mirada muy despacio por su cuerpo. Devorando cada centímetro de su piel. En aquel instante, Lily se dio cuenta de que su cuerpo desnudo estaba temblando descontrolado debajo de la camisa. Le dolían los pechos y el cuerpo le pesaba, anhelando la liberación. A él.

—Después, espero volver a empezar otra vez. Y otra. Y otra. Nunca será suficiente.

Lily meneó la cabeza y se alejó de él.

—Los dos sabemos que algún día tendrás que dejarme. Y cuando te vayas será mucho más duro.

Él se levantó en un movimiento fluido y se abalanzó sobre ella. Lily retrocedió para evitarlo.

—No puede ser más duro que ahora, Lily. —Su voz penetró hasta su flujo sanguíneo y provocó un río revuelto. Con su velocidad característica, alargó el brazo y la agarró por la muñeca.

Ella se quedó inmóvil, con un nudo en el estómago. Lo deseaba. Si cerraba los ojos para no verlo, daría igual, porque ya lo tenía grabado dentro. ¿Y qué sería peor: tenerlo y verlo marcharse o no tenerlo y sentirse vacía el resto de su vida? Prefería tener el recuerdo de una experiencia real que un sueño.

—Lily. —Su voz era de terciopelo, como la noche. Los dedos que le rodeaban la muñeca la agarraron con más fuerza y la pegaron a él—. Lily, ¿qué siento ahora mismo?

Ella se obligó a mirarlo. Se permitió absorber sus emociones. Deseo. Intenso. Peligroso. Primario. La fuerza de su deseo por su cuerpo la sacudió. Él no apartó la mirada cuando vio el reconocimiento en sus ojos.

—¿Cómo puedes pensar que existe una separación entre tu cuerpo, tu mente y tu corazón? Te necesito. Te deseo. Cada centímetro cuadrado de ti, Lily. ¿Tan terrible es? ¿Tanto miedo me tienes? ¿Tanto miedo tienes a estar conmigo?

¿Era dolor lo que había oído en su voz? Siempre parecía muy decidido y dominando la situación pero, cuando estaba con ella, había una extraña vulnerabilidad. Ella lo siguió mirando, incapaz de apartar la mirada de sus fascinantes ojos. Del deseo puro que veía en ellos.

Y entonces Ryland se movió y descendió la cabeza hacia ella muy despacio. Centímetro a centímetro. Manteniéndola cautiva del poder de su intensa mirada plateada. El pulso de Lily, bajo las caricias del pulgar de Ryland, se aceleró. La sedujo con los labios. Con delicadeza. Rozándola. Apenas la tocó.

—Te has olvidado de respirar. —Su aliento era cálido contra su piel, su boca, respirando por ella y compartiendo el aire de sus pulmones.

Sus labios fueron muy suaves. Como el terciopelo. El estómago de Lily se llenó de calor y se desbocó en un dulce deseo. Ryland se acercó un poco más, frotándole los labios con los suyos, ofreciéndole pequeñas caricias. Una atracción. Una tentación. Siguió la línea de sus labios con la punta de la lengua, una delicada persistencia que rivalizaba con la sacudida de deseo que corría por debajo de la superficie de su cuerpo.

Sus manos eran delicadas, incluso tiernas, mientras una la agarraba por la nuca para inmovilizarla. La otra siguió la línea de la espalda, la curva de las caderas y se posó encima de las nalgas.

Lily notó una llama en su interior, salvaje, apasionada y descontrolada. La sensación la sorprendió porque él estaba siendo muy delicado, persuadiendo su respuesta en lugar de solicitarla. Ella se notaba debilitada por el deseo y cansada de luchar contra la atracción entre ellos. La tentación de la pasión y el fuego la hizo olvidarse del sentido común. Sus labios se movieron bajo los de él, delicados, flexibles y abiertos.

Ryland profundizó el beso, apasionado y peligroso, obligándola a abrirse para él. Su brujo exigía sus derechos. En un momento, Lily se vio transportada a otro mundo, uno de puros sentimientos, colores y sensaciones. Lenguas de fuego le lamían la piel. Todas las terminaciones nerviosas estaban activas. Tenía la sangre espesa y ardiendo de deseo. Su cuerpo quería más, y más, hasta que le rodeó el cuello con los brazos y su cuerpo se amoldó al suyo.

Le dolían los pechos, le temblaba el cuerpo. Él le agarró las nalgas y las subió, pegándola contra la dura evidencia de su excitación, frotándola contra él hasta que la fricción resultó casi insoportable.

Ryland gruñó, un sonido de necesidad pura.

—Me estoy volviendo loco, Lily. Ardo por ti día y noche. —Le susurró contra la boca abierta—. No es algo cómodo ni agradable. Duele mucho. Acaba con mi sufrimiento, cariño. Ayúdame, Lily. No puedo pensar cuando tengo tantas ganas de ti.

«Ganas» era una palabra muy insípida. ¿Cómo podía explicarle lo que sentía? Se pasaba el día y la noche pensando en ella, soñando con ella, era como una droga en vena, un ansia que no se podía saciar. Siempre tenía el cuerpo encendido e incómodamente excitado. No había palabras para describirlo, para ajustarse a la intensidad, para describir las noches de sábanas empapadas en sudor y los días con los vaqueros tan apretados contra la constante erección que creía que nunca más podría volver a caminar sin sentir dolor.

Las manos se aferraron a los firmes músculos de las nalgas y empezaron un lento e íntimo masaje, seduciéndola deliberada y astutamente.

Lily no podía respirar. La boca de Ryland se apoderó de la suya y la devoró; la amable seducción despareció bajo el volcán que estaba estallando entre ellos. Ella dejó que su cuerpo respondiera por sí solo, sin palabras, dando el consentimiento con las manos, deslizándose con posesión sobre su cuerpo mientras las dos lenguas se peleaban.

Ryland gruñó en un sonido grave, un sonido a medio camino entre el gruñido y el ronroneo. Lily estaba temblando bajo sus manos. No quería que estuviera asustada o nerviosa, ni siquiera un segundo.

—He soñado con este momento, Lily. —La levantó como si fuera una pluma, besándole la cara y el cuello mientras se la llevaba a la cama—. He soñado con esto tantas veces.

Lily notó la frialdad de las sábanas en su espalda cuando él la dejó encima del colchón. Las manos de Ryland eran fuertes, decididas y posesivas incluso mientras la acariciaban. Tenía la cara tensa de la emoción, con los ojos ardiendo. Le sacó la camisa y la tiró al suelo. Ella oyó cómo contenía la respiración, y hacía un ruido ronco con la garganta. Las palmas de sus manos descendieron lentamente desde los hombros, le cubrieron los pechos, la estrecha caja torácica y la delicada cintura, hasta que llegaron a la llanura del estómago.

—Es increíble lo suave que es tu piel.

Sus caricias eran exquisitas y dulces, algo totalmente opuesto al deseo que le quemaba los ojos. Él bajó la cabeza muy despacio hacia sus pechos. El aliento llegó primero. Cálido. Húmedo. Sus labios eran suaves.

Lily se sobresaltó ante el contacto de su boca; estaba tan sensible que hasta el roce de su pelo le resultaba erótico.

Ryland estaba decidido a ir despacio, a mantener el control, a mantener a raya el deseo tan intenso que sentía por ella. Lo último que quería era asustarla. Ya tendrían tiempo de sobras para urgencias sexuales; aquí y ahora, lo más importante era complacer a Lily.

«Ve despacio, ve despacio.» Las palabras resonaban como una letanía en su cabeza. Le temblaban los dedos mientras le acariciaba los pechos. La adoró. Cerró los labios alrededor del montículo rosado, un botón húmedo, y bailó con la lengua alrededor del pezón mientras lo succionaba.

Lily gritó, se arqueó contra él. Necesitaba sus caricias. Necesitaba más. Siempre más.

—Quítate la ropa, Ryland —le suplicó—. Quiero tocarte. Mirarte.

Su voz, presa del deseo, deseo por él, lo sacudió. El primer día que lo vio supo que lo deseaba e inmediatamente empezó a cultivarse, a leer todo lo que podía acerca de los apetitos sexuales, porque quería saber cómo complacerlo. Sin embargo, nada de lo que había leído o visto la había preparado para lo que estaba sintiendo.

Creía que le daría vergüenza y tendría miedo de estar desnuda ante él, pero, en lugar de eso, disfrutaba de cómo la miraba. Cómo la tocaba. Cómo su mirada la quemaba con posesión.

Ryland levantó la cabeza, observó sus ojos entrecerrados y los labios hinchados a consecuencia de sus apasionados besos.

—Intento ser delicado, cariño. —Quiso explicárselo, pero tenía las palabras atrapadas en el corazón.

Ya se estaba quitando la ropa y tirándola al suelo. El corazón le latía como un trueno. Había fantaseado tanto con ese momento, en un continuo estado de excitación durante tanto tiempo, que se temía que las palabras no bastarían para describir lo que sentía por ella. No había palabras. Lily era como una fiebre en su piel, un deseo, una obsesión; era su corazón y su alma. ¿Cómo podía decírselo?

—Te juro que no te haré daño. —Y quería decir nunca. Ni con su cuerpo ni con su mente.

Lily lo miró, tendida en la oscuridad y maravillada por la intensa pasión que se reflejaba en su cara. Le quitaba la respiración. Todos los músculos de su cuerpo estaban debilitados por el deseo, y cada célula ardía en llamas bajo sus caricias. Debería tener miedo de la pasión de Ryland, de la intensidad de su deseo pero, en el fondo, en los oscuros rincones de su alma, descubrió sus propios deseos oscuros.

En sus venas no había hielo, había lava ardiendo. En su interior, había estallado un volcán, ardiente, enorme y listo para entrar en erupción y salir a la superficie y sucumbir a todos los deseos de él. Con ganas. Con intensidad. Lo acarició.

—Soy una mujer, Ryland, no una muñeca de porcelana. Sé exactamente lo que quiero.

Sus bocas se unieron, eléctricas y apasionadas. Lily lo tocó, porque necesitaba recorrer cada músculo de su cuerpo, igual que él necesitaba explorarla por completo. Él se mantuvo en sus trece: pequeñas torturas para excitarla hasta límites insospechados. Le succionó los pechos henchidos, su lengua lamió, los dientes mordisquearon y la boca, cálida y hambrienta. Le recorrió las costillas y el abdomen plano. La curva de la cadera, cada rincón. Quería descubrir todos los secretos de Lily y no pensaba conformarse con menos.

—Ryland, por favor. —Tenía el cuerpo tan sensible que se temía que iba a gritar de deseo. Le dolía todo, se notaba pesada y más allá de la razón.

—Cariño, mírame —dijo él, dirigiendo la mirada hacia su enorme erección—. Soy un hombre grande y no quiero hacerte daño.

Penetró su cálida humedad con un dedo y ella estuvo a punto de caerse del colchón.

—Me estás torturando —dijo, pero no podía evitar empujar las caderas contra su mano, buscando desesperadamente el anhelado alivio.

Ryland la obligó a seguir empujando mientras deslizaba el dedo por el estrecho canal. Estaba excitada y húmeda, pero todavía muy cerrada para él. Era obvio que nunca había estado con nadie y la idea de que iba a ser sólo suya, de que él sería quien se lo enseñaría todo, lo excitaba todavía más. Era apasionada, participativa y estaba dispuesta a seguir sus instintos.

—Voy a abrirte un poco más, cariño; relájate para mí. Confías en mí, ¿verdad, Lily? —Retiró el dedo y la penetró con dos lentamente, observando su expresión en busca de señales de dolor mientras la penetraba un poco más.

La sensación era tan placentera que daba miedo. Lily intentaba encontrar aire para respirar y para controlar lo incontrolable. No quería que Ryland parara nunca. La penetró una vez más y la fricción era eléctrica y sorprendentemente intensa. Le estaba haciendo cosas por dentro; la estaba acariciando, seduciendo y volviéndola loca, con lo que no podía quedarse quieta. Levantó las caderas hacia su mano.

—Esto no debería doler, Lily. Haré que te guste —le susurró, separándole las piernas y colocándose entre sus muslos—. Míranos, cariño. Somos perfectos. —Ryland tomó la erección con la mano y colocó la cabeza hinchada en la húmeda entrada.

Era mucho más grande de lo que se había imaginado y le tensaba la piel muy despacio, abriéndose camino entre sus pliegues húmedos, obligando a sus tensos músculos a dejarlo entrar. Ella gritó cuando la penetró un poco más y se detuvo ante la delgada y casi inexistente barrera, y luego con un poco más de fuerza, llenándola hasta tal punto que ella ardió, se estremeció y, por sorpresa, alcanzó el orgasmo.

Ninguno de los dos se esperaba la reacción mientras las ondas de placer la invadían y le recorrían el cuerpo como una marea creciente. Su cuerpo se aferró al de Ryland, con tanta fuerza que él tuvo que apretar los dientes porque el placer era tan intenso que rozaba el dolor. El orgasmo lo bañó en líquido cálido, con lo que pudo penetrarla un par de centímetros más.

Lily lo miró y su belleza masculina la dejó sin habla. Ella también lo quería todo con él. Inexplicablemente, confiaba en él. Y quería compartir cada momento a su lado.

—Quiero ser tu fantasía erótica. —Las palabras salieron de la nada. Se perdieron en la noche—. Enséñame a darte placer, Ryland.

La sinceridad de su voz lo sacudió, le arrancó el corazón del pecho. Se retiró y volvió a penetrarla muy despacio, sintiendo cada centímetro y con ganas de hacerlo bien. De que todo fuera perfecto para ella. Se aferró con fuerza a sus caderas mientras empezaba a imponer un ritmo lento y constante. Obligó a su cuerpo a moverse con el suyo.

—Todo, cariño. Lo tendremos todo. Quiero conocer tu cuerpo mejor que tú. Quiero hacer mío cada centímetro cuadrado de tu piel.

La agarró por las caderas y la sujetó con firmeza, inclinando su cuerpo mientras la penetraba todavía más, con ganas de dárselo todo. Lily contuvo el aliento cuando el calor se apoderó de ella y él la llenó completamente. Ryland empezó a moverse otra vez, con embistes largos y lentos, profundos y perfectos.

Ella volvió a gritar, un sonido ahogado en la garganta, cuando él cambió de velocidad y la penetró con más fuerza y más deprisa.

—Sólo estamos empezando, Lily —le prometió—. Esto es para descorchar el champán. —Se dejó ir, pegando sus caderas con fuerza contra su estrecho túnel una y otra vez, alcanzando un placer que creía inimaginable. La cabeza le daba vueltas y tenía el cuerpo tenso y ardiendo, pero no quería que el éxtasis terminara.

Cuando alcanzó el orgasmo, fue explosivo, recorriéndole el cuerpo con una fuerza que le hizo un nudo en el estómago, sacudiéndolo, casi una locura. El cuerpo de Lily era tan receptivo, respondía ante cada gesto, que Ryland nunca había experimentado nada remotamente parecido. Estaba asombrado ante la intensidad de placer que Lily le había dado. Y que él le había devuelto.

Cayó a su lado, abrazándola y con la cara enterrada entre la suavidad de sus pechos, todavía dentro de ella. Sabía que la quería, y que sería para siempre, pero no se había dado cuenta de lo que había entre ellos. Un regalo de valor incalculable, un tesoro que superaba todos sus sueños. Ella ya estaba en su interior, y él sabía que era algo más grande que su cuerpo y su mente. Más grande que su corazón. Lily estaba en su alma.

—Pensaba que, para las mujeres, la primera vez era dolorosa —dijo—. Me esperaba algo muy diferente. Como si sólo fueras a divertirte tú y yo me tuviera que quedar con las ganas.

—¿Y ha sido así? —Él estaba sonriendo, desbordado por la alegría. Aquella era la Lily que conocía, la que analizaba todos los datos—. Supongo que pensabas que te haría el amor otro hombre. —Con descaro, le tomó el pecho en la boca sabiendo que cada vez que succionaba o lamía, la sorpresa se apoderaba de ella y el placer era mayor.

Lily cerró los ojos mientras el placer la recorría entera.

—¿Siempre es así? He leído un montón de manuales pero... —dejó la frase en el aire cuando la lengua de Ryland jugueteó con el pezón.

—¿Manuales? —Le levantó la cabeza y le sonrió en la oscuridad—. Es típico de ti, Lily. Leer un libro para experimentar la vida. Si querías saber algo, ¿por qué no me lo preguntaste?

Los dedos de ella localizaron la suavidad de su pelo, lo acarició y lo agarró.

—Quizá me daba vergüenza. No es fácil hablar de asuntos íntimos con alguien que tiene experiencia.

Tenía el ceño fruncido, Ryland lo sabía. Todo lo hacía sonreír. Su tono era tan científico y, sin embargo, su cuerpo temblaba. Ryland notaba las sacudidas posteriores al orgasmo.

—Siempre hemos hablado de todo, cariño. Nunca me escondí

de que te deseaba. Podrías haberme dicho que no tenías experiencia. Habría rebajado el tono de nuestro sueño erótico.

—Me gustaban tus sueños. Las imágenes eran increíbles, mucho mejores que las de los manuales. De hecho, no estaba segura de si era físicamente posible hacer las cosas que los libros describían.

Él se aclaró la garganta.

—¿Se puede saber de dónde los has sacado?

—De internet. Hay información muy explícita y gente dispuesta a responder a todas tus preguntas.

Él gruñó.

—Seguro que sí. Creo que me gustaría echar un vistazo a esos libros. Tenía miedo de que me dijeras que habías mirado las películas de Arly.

Ella se rió con malicia.

—No estoy segura de que tenga películas pero, si las tiene, se habrá inventado algún sistema de seguridad para que no las encuentre.

—Qué mala eres. —Ryland bajó la cabeza para morderle el pezón—. Hueles tan bien. —Su cuerpo todavía estaba dentro del suyo. Notaba cada reacción de sus músculos. Descubrió que respirando sobre los endurecidos pezones provocaba una contracción de respuesta en lo más profundo de su ser. Lo bañó en líquido cálido y envió descargas de placer por todo su cuerpo—. Enseguida me di cuenta de lo bien que olías.

Ella frotó la cara contra su garganta.

—Me encanta tenerte dentro. —Y cómo cuidaba de sus hombres. Y cómo quería a su madre. Y cómo un rizo descontrolado le caía encima de la frente por mucho que se lo echara hacia atrás. Era sorprendente todo lo que le gustaba de él. No podía dejar de acariciarle la espalda para sentir todos los músculos—. Solía preguntarme acerca de los milagros.

—¿Los milagros? —repitió él, sorprendido por la emoción que notó en su voz. Lily era capaz de conmoverlo con una palabra.

—Sí. Los milagros. Qué podía considerarse un verdadero milagro y esas cosas. Es sorprendente que tanta gente en el mundo comparta una forma de adoración y una misma creencia. Pero, de hecho… —Le besó la garganta, subió por la mandíbula hasta que lo sedujo con besos en la comisura de los labios.

Una acción muy directa para una mujer inexperta, pero su cuerpo reaccionó y se endureció cuando todas las leyes de la naturaleza dirían que era imposible. La besó porque no podía evitar saborearla. No podía evitar unir sus cuerpos y querer quedarse así, pegado a ella en un mundo privado de calor y pasión. Le recorrió todo el cuerpo. Memorizando cada línea y cada hueco. La textura de su piel. Sus reacciones, sus músculos contrayéndose a su alrededor y soltando el aire en un momento de placer.

Lily era su milagro. En medio de un infierno al que él había contribuido, la había encontrado. El exuberante cuerpo de Lily era el paraíso. Su sonrisa, el sonido de su voz. Incluso cómo se movía y miraba con altivez, con la boca tentadora y los ojos azules y distantes. Levantó la cabeza para mirarla.

—Lily, a partir de ahora, si tienes cualquier duda sobre sexo, pregúntamela. —La agarró por la cintura mientras rodaba por el colchón, porque no quería perder el contacto, porque quería permanecer enterrado en la tensión de su cuerpo cálido y húmedo.

Lily contuvo la respiración cuando descubrió que estaba sentada a horcajadas encima de él, con su cuerpo todavía dentro del suyo. El pelo le caía lacio a los lados y los mechos sedosos le acariciaban la piel sensible. Era imposible tener vergüenza cuando estaba tan claro que Ryland veía disfrutando de las vistas y de su cuerpo. Él alargó los brazos para tomarle los pechos con las manos, jugueteando y acariciando con los dedos.

Lily cerró los ojos y se entregó al placer de experimentar. Movió las caderas, se deslizó sobre su cuerpo y apretó los músculos. Lo notó en lo más profundo de su cuerpo, creciendo, ensanchándose, respondiendo a sus movimientos. Ella inició un vaivén lento y arqueó la espalda para ofrecerle una buena vista de sus pechos balanceándose como una gran tentación. Dejarse llevar por las sensaciones era increíble. Al principio, se movió despacio, calibró la reacción de Ryland y se acostumbró a llevar la voz cantante. Después se lanzó un poco más, le recorrió el cuerpo con los dedos, le arañó con dulzura las abdominales con las uñas y enredó los dedos en el pelo rizado del pecho. Experimentó y tensó los músculos cuando subió, mientras abrazaba su verga erecta, acelerando el ritmo hasta que tuvo que abrir los ojos y ver la pasión en el rostro de él.

Le encantaban sus facciones duras y curtidas. La oscura sombra sobre la mandíbula. El brillo de sus ojos grises. Le quitaba el aliento y derretía su cuerpo. Disfrutaba viendo cómo la miraba y la tocaba. Su mirada apasionada e intensa la electrizaba, hacía que su cuerpo cobrara vida propia.

Ryland no podía apartar la mirada de ella. El cuerpo de Lily estaba encendido con la fiebre de la pasión. Sus pechos se sacudían con cada movimiento de cadera. Estaba cabalgando encima de él con fuerza, totalmente desinhibida, demostrando lo mucho que disfrutaba de su cuerpo con cada caricia y gesto. Tenía los ojos entrecerrados y la respiración agitada. Emitió un suave sonido. En ese instante, él la agarró de las caderas y la sujetó con fuerza mientras se acomodaba a su ritmo, la penetraba con brío y guiaba sus movimientos para que su cuerpo se amoldara al suyo. Con una suavidad de terciopelo y una pasión enfurecida, una llama líquida lo envolvió.

Lily echó la cabeza hacia atrás, gritó su nombre, y soltó un grito de asombro, de maravilla, mientras su cuerpo se aferraba a Ryland con fuerza y vida, llevándoselo con ella al paraíso.

—Eres increíble —susurró ella, cuando se inclinó para darle un beso. Aquel gesto tensó los músculos que lo abrazaban y pegó los suaves senos al pecho de Ryland.

A él lo sorprendió lo masculino que lo hacía sentir aquel simple gesto. Y estaba alucinado de lo vacío que se sintió cuando ella separó sus cuerpos y se tendió a su lado. Quería estar dentro de ella, llenarla, unir sus cuerpos, compartir la misma piel.

—Esto sólo es el principio, Lily. Hay miles de formas de hacer el amor y de disfrutar el uno del otro. Tengo muchos planes.

Ella lo miró son recelo.

—¿Qué clase de planes?

Él la tomó de la mano, se la acercó a los labios y se sirvió de la lengua para rodearle el dedo y luego hundirlo en la calidez húmeda de la boca. Ella abrió los ojos ante la reacción de su cuerpo cuando Ryland le succionó el dedo y utilizó la lengua, sin ningún reparo, para fingir una felación.

Se sonrojó, pero su cuerpo ardía de pasión, una inquietante promesa de placer.

—Mi cerebro ya se ha derretido, Ryland. Demasiado tarde. —Hablaba sin aliento, deseosa de compartir lo que fuera con él, pero estaba agotada y lo sabía.

Ryland recogió el edredón del suelo y los tapó a los dos antes de abrazarla con fuerza.

—Tenemos tiempo de sobras, Lily. No me voy a ningún sitio. Duérmete, cariño, que necesitas descansar.

Capítulo *11*

Lily notó los brazos de Ryland a su alrededor y las manos en sus pechos. Estaba pegado a su espalda y desprendía tanto calor que le sobraba el edredón.

—Lárgate —gruñó—. No puedo moverme. Nunca más podré volver a moverme. ¿Es posible que alguien se muera por hacer el amor demasiadas veces?

Él le mordisqueó la nuca.

—No lo sé, pero me muero de ganas de comprobar si te puede pasar a ti. —Despertarse con Lily entre sus brazos era una bendición—. Quiero esto para el resto de mi vida. —No había querido decirlo en voz alta, pero le había salido así.

Lily se volvió y sus suaves pechos se rozaron contra él de forma íntima. Lo miró con sus ojos azules hasta que Ryland la notó en su interior, como un susurro, como un aleteo de mariposas.

—Yo también, Ryland pero, sinceramente, no sé si lo que sentimos es real o provocado de alguna forma por mi padre. ¿Crees que pudo hacer algo para reforzar lo que sentimos? ¿Y si más adelante descubrimos que sí?

—¿Crees que es posible?

Ella frunció el ceño, pensativa.

—No lo sé. No puedo imaginarme cómo, pero reaccionamos con mucha intensidad ante el otro. No puedo dejar de tocarte. De verdad que no puedo. Y yo no soy así, Ryland. Me conozco muy bien y jamás había pensado en el sexo como ahora.

—Imagina que descubrimos que lo hizo. —Le acarició el pezón únicamente para comprobar cómo se estremecía. Respiró el aroma de su pelo—. ¿Qué diferencia habría? Quizá descubrió la forma de manipular los instintos sexuales, aunque lo dudo, pero es imposible que fuerce las emociones de alguien. Si no pudiera tener tu cuerpo, Lily, te seguiría queriendo.

—¿Por qué? ¿Qué crees que tengo tan especial que querrías pasar el resto de tu vida a mi lado? —Hablaba en voz baja.

—Tu valor, tu lealtad. —Él respondió inmediatamente—. ¿Crees que no puedo ver esas cosas en ti? Estoy entrenado para leer la mente de las personas. Defiendes a tu padre a pesar de todo lo que has descubierto acerca de él. Veo cómo tocas a Jeff, un completo desconocido y, aún así, lo tratas con amabilidad y delicadeza. Veo el amor que sientes por tu familia. Estás dispuesta a ayudarnos cuando ni siquiera tenías por qué abrirnos tu casa. Joder, Lily, podrías habernos dado la espalda; seguramente, deberías haberlo hecho. ¿Acaso crees que no te veo arrastrándote por el suelo, tan agotada que lo único que quieres es meterte en un agujero y, sin embargo, sigues adelante por los demás, para que estén mejor? ¿Quién no se enamoraría de una mujer así?

Ella meneó la cabeza.

—No soy todo eso. Sólo soy yo, Ryland.

Él le dio un beso en la boca apretada en una mueca.

—Eres exactamente así. Los pequeños detalles ya vendrán, pero las cosas importantes ya las sé. Tienes un gran sentido del humor. Y puedes mantener una conversación inteligente. —Le sonrió—. Quizá no entienda lo que dices la mitad de las veces, pero suena bien.

Se produjo un silencio mientras Lily observaba su expresión. ¿Cómo podía dudar de él? Se había arrancado el corazón y se lo había entregado envuelto para regalo. De repente, él se estremeció en una agonía de miedo.

—¿Cambiaría algo si descubrieras que tu padre nos había hecho algo, Lily? ¿Es eso lo que intentas decirme?

—Ryland, ¿anoche me miraste bien? Estaba oscuro. ¿De veras miraste bien mi cuerpo? Porque no soy guapa como tú crees. —Lily se incorporó, con la determinación reflejada en la cara—. Hay muchas cosas que no están bien. Defectos. Seguro que los has visto.

Ryland también se sentó en la cama y se frotó la cara para disimular la risa que no podía contener. Lily era una mujer, de acuerdo. Anoche se había derretido en sus brazos, lo había montado sin ninguna vergüenza, luciendo su cuerpo, pero ahora, a la luz del día, estaba decidida a hablarle de sus «defectos».

—¿Defectos? ¿En plural? —Se frotó la barbilla, aunque seguía cubriéndose la boca—. ¿Hay más de uno? Me he fijado en tu tendencia a ser un poco altiva.

Toda la fuerza de su mirada azul recayó sobre él. Lo miró fijamente.

—Yo nunca soy altiva.

—Ya lo creo. Tienes esa mirada de princesa que nos lanzas a los simples vasallos cuando hacemos algo mal —dijo, sonriendo—. Conozco esa mirada, pero es un defecto sin importancia con el que podré convivir.

—La pierna, imbécil. Estaba hablando de la pierna. —Se la colocó delante para que la viera. Tenía la pantorrilla llena de cicatrices, que estaba hundida y más delgada donde, obviamente, faltaba un pedazo de músculo—. Es feo. Y, cuando estoy cansada, cojeo. Bueno, cojeo casi siempre pero, cuando estoy cansada, se nota mucho más. —Lo estaba mirando fijamente en busca de alguna señal de repulsa.

Ryland se inclinó para observar la pantorrilla de cerca. Le tomó la pierna con ambas manos y le dedicó una larga caricia desde los tobillos hasta el muslo. Ella intentó retirarla, pero él se la sujetó con fuerza y se acercó para besar las cicatrices más grandes. Su lengua recorrió el extraño dibujo.

—Esto no es un defecto, Lily. Esto es la vida. ¿Cómo diantres consigues tener una piel tan suave?

Ella lo miró fijamente, e incluso consideró lanzarle su famosa mirada altiva, pero al final se echó a reír. La voz de Ryland era sincera y tenía la mirada directa.

—Me parece que todavía sigues pensando en sexo, Ryland. Se supone que estamos hablando en serio. —No quería apartar la pierna de sus manos. Sus caricias la calmaban. La hacía sentir guapa incluso sabiendo que no lo era—. Además, no soy exactamente una modelo. Estoy gorda en unas partes y delgada en otras.

Él arqueó la ceja.

—¿Gorda? —Su mirada llena de pasión le recorrió el cuerpo como algo suyo.

Lily se cruzó de brazos encima de sus generosos pechos.

—Sabes perfectamente que mis caderas son enormes, y mis pechos también. Parece que me vaya a caer hacia delante. Y tengo las piernas delgadas, de modo que parezco una gallina.

—Veo que tendré que realizar una inspección —respondió él, muy animado—. Vamos, déjame echar un vistazo.

Lily se alejó de él, y recogió la camisa para taparse. Le lanzó su mirada más fría, pero los ojos le sonreían.

—Eres imposible. Tengo que ir a ver a Jeff Hollister.

Él sonrió mientras ella se levantaba y se alejaba de él.

—No sé, cariño. Me gusta tu cuerpo pero tengo un punto de celoso. No creo que mi corazón pueda soportar que te pasees por delante de mis hombres vestida sólo con mi camisa.

Ella levantó la nariz.

—Primero, me voy a dar una ducha y a vestirme. —Intentó sonar insolente y estuvo a punto de arruinar su actuación con una risa, pero consiguió controlarse.

Ryland fue tras ella completamente desnudo. Lily no lo oyó acercarse y dio un respingo cuando lo notó pegado a su espalda en la ducha.

—No habíamos terminado de hablar, ¿no? —le preguntó él, con inocencia.

Ella lo miró por encima del hombro, con toda la frialdad y altivez.

—Claro que hemos terminado. Vete.

Ryland se rió, la apartó y abrió el grifo para que el agua cayera en forma de cascada sobre los dos. La besó para silenciar las protestas antes de que empezaran. La pasión surgió de inmediato entre los dos, hambrienta, intensa y elemental.

—No podemos —jadeó Lily, rodeándolo por el cuello y sujetándole la cabeza mientras él le lamía el agua de los pechos. Le temblaban las piernas y se notaba el cuerpo derretido y entregado, ardiendo de necesidad.

—Tenemos que hacerlo —respondió él y pegó la boca a la tentación de sus pechos—. Te quiero tanto que no puedo soportarlo.

—Bueno, si sigues haciendo eso, creo que voy a caerme.

—Estás tan caliente como yo. —La estaba acariciando entera, explorando todas las posibilidades—. Agárrate a mi cuello. Voy a levantarte y sólo tienes que enrollar las piernas alrededor de mi cintura.

—Peso demasiado —protestó ella, pero lo obedeció porque era tan tentador que no podía resistirse a él. Jamás podría resistirse a él.

Lily gritó cuando encajaron sus cuerpos, olvidándose de cualquier protesta; sólo quería que la llenara. Que estuviera siempre con ella.

Ninguno de los dos fue consciente del paso del tiempo, porque les encantaba estar juntos y hacer el amor. Se lavaron mutuamente, hablaron entre susurros y se rieron con frecuencia.

Cuando Ryland cerró el grifo y le dio una toalla, la vio con el ceño fruncido.

—No estarás preocupada por otro defecto inexistente que crees que debería saber, ¿verdad? —le preguntó mientras se secaba.

Lily intentó no observar su cuerpo completamente fascinada, pero sus músculos realmente se tensaban debajo de la piel.

—¿Te das cuenta de que ni siquiera sé qué tipo de música te gusta?

Ryland se rió y le lanzó la toalla antes de pasearse desnudo por la habitación sin ningún tipo de pudor.

—¿Importa?

—Claro que importa. Sólo digo que no sabemos demasiado el uno del otro. —¿Por qué demonios no podía apartar la mirada de su culo? Por mucho que lo intentara, no conseguía mirar a otro sitio. Y él se estaba riendo.

—Me gusta todo tipo de música. Mi madre escuchaba de todo e insistía en que yo también lo hiciera. Incluso me obligó a ir a clases de baile. —Hizo una mueca mientras se ponía la camisa.

Lily se rió ante aquella expresión. Se lo imaginaba de pequeño, con el pelo rizado despeinado sobre la frente mientras se quejaba ante su madre.

—Yo también di clases de baile —respondió—. Privadas, aquí en casa, en el salón del primer piso. Tuve muchos profesores. Era divertido.

—Cuando tienes diez años y eres un niño, te parece que es el fin del mundo. Tuve que defenderme y pegar a todos los que se reían de mí durante dos años, hasta que me dejaron en paz. —Le sonrió mientras se ponía los pantalones—. Por supuesto, cuando llegué al instituto, descubrí que saber bailar era perfecto porque a las chicas les gustaba bailar, y me hice muy popular. Mis amigos dejaron de burlarse de mí bastante deprisa.

También se lo imaginaba como un chico popular entre las chicas. Parecía un rompecorazones, con los rizos negros y los ojos rasgados.

—Tu madre parece una mujer interesante.

—Le gustaban especialmente los bailes latinos. Se reía y le brillaban los ojos. Bailar no me disgustaba ni la mitad de lo que le hacía creer. Me encantaba verla bailar, porque siempre se lo pasaba en grande. No teníamos dinero para comprar la ropa o los zapatos adecuados, pero siempre conseguía que fuésemos a clase. —Miró a Lily—. ¿Tu padre bailaba?

—¿Papá? —Lily se echó a reír—. Por el amor de Dios, no. Ni siquiera se le pasó por la cabeza. Fue Rosa la que insistió en que aprendiera a bailar y se salió con la suya sólo porque Arly había insistido en que aprendiera artes marciales y papá había dado el visto bueno. Rosa recurrió al argumento de una educación equilibrada. Traían a casa profesores de casi todo. De arte, de música y de canto. Aprendí a disparar con una pistola, con un arco y hasta cons una ballesta.

Ryland estaba fascinado con la diminuta ropa interior de encaje:

un tanga rojo que se había puesto sin tener la más mínima idea de que su cuerpo se estaba excitando tan sólo de verla.

—Arly bailaba conmigo. Arly y John eran como mis padres o mis tíos. Su opinión sobre mi educación contaba tanto como la de mi padre, quizás incluso más. Papá era un padre ausente. Si estaba trabajando en algún proyecto, se olvidaba de que existía durante días.

—¿Y no te importaba? —Su voz era tan neutra que lo sorprendió. Su madre se había interesado por cada aspecto de su vida. No recordaba algo de lo que no hubieran hablado.

—Papá era así. Tenías que conocerlo. La gente no le interesaba. Ni siquiera yo. —Se encogió de hombros mientras se ponía un par de vaqueros grises que se amoldaban perfectamente a sus caderas. No había ni una sola arruga que estropeara cómo el material le definía las nalgas—. Fue bueno conmigo, Ryland, y me sentí querida, pero no me hacía mucha compañía a menos que fuera por algo relacionado con su trabajo. Insistía en que hiciera unos ejercicios a diario para fortalecer las barreras de mi mente. Pretendo enseñárselos a tus hombres. Vivo en un entorno protegido, pero puedo vivir en el mundo exterior cuando tengo que hacerlo. Espero, al menos, poder ofreceros eso a vosotros.

Se había puesto una camisa de seda encima del sujetador de encaje. Ryland se le acercó para abotonarle los diminutos botones de perla porque necesitaba tocarla. Le rozó los pechos con los nudillos y, como respuesta, los pezones de Lily se endurecieron. Ella levantó la mirada y se quedaron mirándose fijamente con un deseo irremediable.

Sujetó los extremos de la blusa y, muy despacio, inclinó la cabeza y la besó. Quería besarla justo encima de la seda y el encaje y lamerle los pechos, juguetear y seducirla hasta ver cómo la pasión se apoderaba de su mirada y su piel se erizaba por él, pero se conformó con un intenso beso.

—Ryland —dijo ella, agitada—. ¿Esto es normal?

—Nunca he sentido esto por otra mujer. ¿Cómo demonios voy a saber si es normal? —Le besó los párpados y la comisura de los labios—. Sea lo que sea, es normal para nosotros y eso me basta. —Terminó de abotonarle la blusa e inclinó la cabeza una vez más para besarle la cresta de los pechos, haciéndole cosquillas a través de la seda.

Lily tenía unas ganas terribles de sujetarle la cabeza y apretarlo contra sus pechos ansiosos, sujetarlo allí mientras su lengua, sus dientes y el calor de su boca hacían magia con su cuerpo. Le dolía todo el cuerpo, pero era un dolor delicioso porque le recordaba continuamente que la había hecho suya.

—Lily. —Él pronunció su nombre, parpadeó y lo miró, volviendo a la realidad. Se dio cuenta de que le estaba acariciando el cuerpo, siguiendo la línea de sus músculos, como si fuera suyo—. ¿No tenemos que trabajar?

—Pues intenta no distraerme tanto —le ordenó ella—. Tengo una idea que quizás ayude a Hollister. Estar aquí, en esta casa, debería suponer un alivio para todos vosotros. Las paredes son muy gruesas y todas las habitaciones están insonorizadas. —Lo miró muy seria—. Ése es el otro defecto, ¿sabes? Nunca seré normal. Necesito esta casa para sobrevivir. Todo está diseñado para proteger mi mundo. La cantidad de terreno que rodea la casa. El personal de día entra y sale en cuestión de un par de horas y nunca estoy en contacto con ellos.

Ryland le tomó la cara entre las manos.

—Me da igual lo que necesites para existir, Lily, siempre que existas. Es lo único que me importa. Contamos contigo para que nos enseñes a volver a vivir en el mundo. Tienes un trabajo, eres una ciudadana más. Esperamos que puedas hacer eso mismo con nosotros. Que nos permitas volver a vivir.

Ella lo miró, completamente ajena a la realidad: tenía el corazón en los ojos.

—Yo también lo espero, Ryland.

Lily esperaba rechazo. Lo aterraba pensar que ella no supiera lo mucho que valía. Notaba su dolor justo debajo de la superficie y se le estremeció el corazón. Acababa de perder a su padre y estaba descubriendo más de lo que podía soportar acerca de él y acerca de su propia vida. Y él le había traído todavía más problemas y había permitido que lo arriesgara todo por esconder a un grupo de fugitivos en su casa.

Él se echó el pelo hacia atrás y le dio la espalda.

—Lo siento, Lily. No tenía dónde llevarlos. —Se dejó caer en la cama y cogió los zapatos.

Lily le acarició la cabeza, rozándole el pelo húmedo, conectándolos.

—Claro que tienen que estar aquí. Voy a entregaros unos ejercicios que tendréis que hacer varias veces al día. Tengo todas las grabaciones de todo el trabajo previo con las niñas, conmigo. Creo que ése es en gran parte el problema. Todos estaban tan impacientes por teneros en el campo de batalla que no os prepararon a conciencia contra el asalto a vuestros cerebros. Abrieron las compuertas y no os facilitaron ninguna barrera para protegeros. Confiabais en vuestros anclas. Y, cuando os separaron, sólo los anclas pudieron existir sin un dolor continuo.

Ryland escuchaba el tono de su voz. Había vuelto a cambiar el chip y volvía a pensar en voz alta en lugar de conversar. Su mente estaba analizando el problema, lo estaba examinando desde todos los ángulos y buscando soluciones a un ritmo frenético. Lo hizo sonreír. Su Lily. Saboreó aquella sensación. Suya. Era suya en todos los sentidos.

—Al privaros de vuestros anclas os condenaron a realizar continuos viajes al hospital. Tengo que volver y mirar las cintas, ver si siempre trabajaban las mismas personas en cada turno.

—Un momento. —Ella ya se dirigía con decisión a la cocina que parecía repetirse en cada ala de la casa. Ryland la siguió con el corazón en la garganta—. No pensarás volver a ese sitio, ¿verdad?

Ella lo miró con frialdad.

—Pues claro. Trabajo allí. Parte de las acciones de la empresa son mías. La investigación en la que he estado trabajando los últimos cuatro años podría salvar vidas. —Atravesó el suelo de mármol hasta la reluciente nevera—. La persona que mató a mi padre está en Donovans y voy a desenmascararla. —No era ningún desafío ni ninguna amenaza; simplemente una afirmación calmada y tranquila. Le ofreció un vaso de leche y ella se bebió otro.

No tenía sentido discutir con ella cuando se ponía así. Ryland arqueó una ceja.

—¿Ya está? —Miró el líquido blanco—. ¿No hay café? ¿Ni desayuno? Te ofrezco una noche de sexo increíble, ¿y tú me das un vaso de leche?

Lily le hizo una mueca.

—No te engañes, Miller. Yo te he ofrecido una noche de sexo increíble, y no cocino. Nunca.

—Ah, vaya, vaya. Ahora lo entiendo. La mujer increíblemente inteligente no sabe cocinar. Admítelo, Lily.

Lily aclaró el vaso en el fregadero.

—Recibí clases de alta cocina de uno de los mejores cocineros del país. —Señaló los armarios—. Sírvete tú mismo. Rosa los tiene llenos de comida con la esperanza de que algún día me anime a comer algo más.

—Estoy intrigado. ¿Sabes cocinar?

Lily se concentró en el mosaico de las baldosas.

—No he dicho eso. Sólo que recibí clases. El hombre ése podría haber estado hablando en griego. —Le sonrió—. Bueno, griego no. Hablo griego, pero no entendía nada de lo que me decía. Es un arte y yo no soy nada creativa.

Ryland la rodeó con el brazo y la colocó debajo de su hombro.

—Por suerte, yo soy un cocinero excelente. —Le dio un beso en la sien. Fue un beso casto, pero notó cómo ella se estremecía y se alegró—. Creo que tienes el potencial para ser muy creativa —susurró sugerentemente—. Sólo elegiste la forma incorrecta de expresarlo.

Lily se sonrojó. Incluso su tono de voz se le colaba debajo de la piel y le encendía la sangre. De repente, descubrió que era mucho más creativa de lo que jamás hubiera imaginado. Meneó la cabeza con firmeza.

—Deja de tentarme. Tengo trabajo que hacer con Hollister y los demás.

Él deslizó la mano desde el hombro hasta el escote de la camisa y le acarició la piel. Lily contuvo la respiración ante el rastro de llamas que dejaba en su cuerpo.

—¿Te estoy tentando, Lily? Siempre pareces tan fría. Siempre tengo el deseo incontrolable de derretir a la princesa de hielo.

Ella nunca se sentía fría a su lado. No respondió y obligó a su mente a analizar los hechos.

—Ryland, quizá lo estamos mirando desde el ángulo equivocado. Démosle la vuelta. Pongamos que el experimento tuviera un alto nivel de éxito. Se produjeron varias muertes y los hombres sufrieron ataques y derrames cerebrales.

—Yo no lo consideraría un alto nivel de éxito. —Caminó tras ella, con el ceño fruncido—. No te pongas científica conmigo. Estos hombres son seres humanos que tienen una familia. Son buenos hombres. No nos rindamos y los consideremos ratas de laboratorio.

Lily suspiró.

—Te implicas demasiado, Ryland. Tienes que aprender a tomar distancia. Ellos esperan esa reacción. Es la naturaleza humana. Unas cuantas muertes, y punto. Es un precio demasiado alto para esos resultados.

—Joder, Lily. —Sabía que se estaba enfadando. Quería sacudirla. Hablaba con un tono impersonal, como un ordenador que calcula datos—. Unas cuantas muertes son un precio demasiado alto.

—Por supuesto que sí, Ryland. Deja a un lado las emociones un segundo y plantéate otras posibilidades. Tú mismo dijiste que el primer año todo fue bastante bien. Os utilizaron en misiones de prueba y tu equipo respondió bien.

—Hubo algunos problemas —respondió él, adelantándola para abrirle la puerta de la habitación de Jeff Hollister.

Lily vio a todos los hombres, vigilando a su compañero caído. Comprobar cómo lo cuidaban le encogió el corazón. Eran hombres corpulentos y duros, capaces de ser letales si la ocasión lo requería, pero que ahora se dedicaban a susurrarle tonterías a un amigo inconsciente y a estar sentados cuando disponían de cómodas camas, y todo por si necesitaba algo.

—¿Algún cambio? —le preguntó a Tucker Addison.

A la luz del día, el hombre parecía un jugador de fútbol americano. No se lo imaginaba entrando en un campo enemigo sin que nadie lo viera, pero sus manos se mostraban delicadas mientras tapaba a su amigo con la manta.

—No. Anoche estuvo inquieto durante unos diez minutos, pero luego volvió a quedarse así.

Lily realizó una segunda exploración a Jeff Hollister, prestando una especial atención a su cabeza.

—Toca esto, Ryland. Son cicatrices de cirugía, seguro.

—Bueno, lo operaron. Hace unos tres meses, se lo llevaron corriendo al hospital porque se le estaba hinchando el cerebro —dijo Ryland—. Y le hicieron un agujero en la cabeza.

La mirada de Lily era fría y observadora.

—Dudo que estuvieran liberando presión del cerebro; lo más probable es que le implantaran los electrodos. —Se quedó mirando a Ryland un momento—. Sé que lo hiciste ayer, Ryland, pero me gustaría examinar a todos los hombres. Quiero estar absolutamente segura.

Gator se levantó.

—Raoul Fontenot se ofrece voluntario. —Le sonrió con picardía—. Podemos ir a mi habitación, un par de puertas más abajo a la izquierda.

—Gracias, pero no será necesario —respondió Lily, y le tocó la cabeza con los dedos mientras sus compañeros se reían—. Está bien.

Ryland aprovechó la oportunidad para darle una palmada en la cabeza a Gator.

—Tu único problema es que tienes la cabeza demasiado grande.

Uno a uno Lily los examinó a todos. El único que presentaba cicatrices quirúrgicas era Jeff Hollister.

—¿Alguien más ha tenido ataques?

—Yo —admitió Sam Johnson, el otro afroamericano aparte de Tucker Addison. Era un hombre corpulento, ágil y conocido por sus habilidades en el combate mano a mano. Poca gente podía ganarle en una pelea física. Había sido entrenador en las Fuerzas Especiales—. Estaba sobre el terreno y sufrí un pequeño ataque durante una misión. Ese día, el vídeo y el micro de mi cámara y de la de mi compañero no funcionaban, así que no se registraron datos. Por eso no aparece en ningún informe.

Ryland se volvió.

—¿No informaste verbalmente?

—No, señor —respondió Sam, mientras desviaba la mirada hacia el rincón más oscuro de la habitación, donde estaba Nicolas—. Lo hablamos y decidimos que era mejor no hacerlo. Los hombres que iban al hospital acababan muertos a las pocas semanas. Habría informado si se hubiera repetido.

—Pero no fue así. —Lily terminó la frase por él—. ¿Te acuerdas si sufriste alguna migraña antes del ataque, quizás uno o dos días antes?

—Tuve una migraña muy fuerte después. Creía que la cabeza me iba a explotar, pero no me atrevía a ir al hospital, así que lo solucioné con la ayuda de mi compañero. Conocía algunos trucos, remedios antiguos, y funcionaron.

Lily supo inmediatamente que el compañero que sabía «trucos» era Nicolas. Por lo visto, tenía un amplio conocimiento de las plantas medicinales. Lo miró, pero él estaba mirando al frente, como si no estuviera oyendo nada.

—¿Y antes de eso?

—Había entrenado un par de días y me separaron de Nicolas. Es un ancla y yo no podía bloquear toda la mierda que me entraba en el cerebro. Parecía que tenía el cerebro en llamas. Empecé a vomitar esa noche y no veía nada, así que pedí medicación.

—¿Quién le separó de su ancla? —preguntó Lily.

—Fue una orden —respondió Sam. Miró a Nicolas—. Del capitán Miller.

Ryland meneó la cabeza.

—Yo jamás habría dado la orden de separar a los anclas de sus hombres asignados. Arruinaría la misión. —Miró a Nicolas—. ¿Creíste que había sido yo?

—No estaba seguro, Rye, y no quería correr riesgos con la vida de Sam. Te vigilé y esperé. Si habías sido tú... —Se encogió de hombros.

Lily se estremeció cuando aquellos ojos fríos e inexpresivos miraron a Ryland. Nicolas no tenía que expresar verbalmente la amenaza, porque estaba escrita en sus ojos y en su gesto.

—Russell Cowlings nos comunicó la orden —admitió Sam—. No había motivo para creer que no la habías dado tú.

—Ese cabrón —dijo Gator—. Nos atacó e intentó matar al capitán.

—Gator, si lo estoy entendiendo bien —dijo Tucker—, Russ hizo más que eso. Planeó la muerte de Sam. ¿No te parece, doctora?

—Sí, creo que sí. Creo que Sam sufrió un violento dolor de cabeza cuando lo separaron de su ancla y, cuando solicitó la medicación, le dieron algo que provocó el ataque. No creo que los ataques sean consecuencia del proceso de reforzamiento de habilidades o, si lo son, es un efecto secundario muy poco habitual. Y no creo que los derrames cerebrales sean consecuencia de los ataques. Creo que los hombres que habéis perdido fruto de esas complicaciones fueron, en algún momento, al hospital con la excusa de liberar presión de los cerebros. En mi opinión, los sometieron a una operación quirúrgica y les implantaron electrodos en determinadas partes del cerebro. Después, los sometieron a campos magnéticos de una frecuencia extremadamente alta y el calor provocó daños en los tejidos y provocó los derrames.

—¿Cómo pudieron hacer algo así? —preguntó Ryland.

—Ellos realizaban las autopsias, ¿no? Ellos determinaban la causa de la muerte. ¿Qué mejor forma de sabotear un proyecto que seleccionar a miembros de la unidad uno a uno y hacer que pareciera que habían muerto a consecuencia de complicaciones o efectos secundarios?

Tucker maldijo en voz alta y se volvió para golpear el suelo con fuerza, lleno de rabia y frustración. Era un hombre grande, muy musculoso, y daba la sensación de tener un poder inmenso y mucha fuerza.

—¿Y qué coño ganan? —preguntó—. No lo entiendo, ¿qué ganan?

Ryland suspiró y se echó el pelo hacia atrás.

—Dinero, Tucker. Una fortuna. Cualquier gobierno pagaría una fortuna por lo que hacemos. Incluso las organizaciones terroristas estarían dispuestas a pagar por esa información. Susurramos y convencemos a los vigilantes para que miren hacia otro lado. Desconectamos los sistemas de seguridad. Las posibilidades son infinitas. Nos convencieron para que tuviéramos miedo del proceso y de usar lo que tenemos para frenarnos.

—Seamos cautos. No estoy diciendo que tenga razón —advirtió Lily—. Peter Whitney era mi padre y lo quería mucho. Preferiría creer que llevó a cabo un experimento de buena fe y que siguió adelante hasta que descubrió un sabotaje deliberado. Pero podría estar equivocada.

—¿Y qué podemos hacer por Jeff? —preguntó Ian McGillicuddy.

—Primero tenemos que despertarlo y luego llevarlo a un cirujano. Conozco a alguien que nos ayudará. —Miró a Ryland—. Creo que Hollister puede entrar en los sueños. Creo que tomó algún tipo de medicación...

Ian meneó la cabeza.

—Ryland dijo que no era seguro. No desobedecería órdenes.

—Pero, seguramente, esa pastilla se la dieron antes, en el hospital, de modo que pensó que era seguro. No consideró estar desobedeciendo una orden, porque no aceptó la que le dieron por la noche.

—¿Cómo podemos despertarlo sin provocarle daños? —preguntó Nicolas. Habló en voz baja, pero consiguió silenciar las conversaciones susurradas entre sus compañeros y llegar a oídos de Lily—. He intentado despertarlo a la antigua pero se resiste.

Lily era consciente del silencio que se había apoderado de la habitación. Todos la estaban mirando. Soltó el aire de los pulmones muy despacio.

—Creo que tenemos que entrar en su sueño y traerlo de vuelta. Y ahí es donde podemos tener problemas.

Ryland se acercó a la cama para examinar el rostro pálido de Jeff Hollister.

—¿Qué tipo de problemas?

Lily estaba mirando a Nicolas. La expresión del soldado nunca cambiaba. Estaba inmóvil, pero sus ojos negros la miraban fijamente.

—Lily —insistió Ryland—, ¿en qué estás pensando?

—Piensa que Jeff es una trampa. —Nicolas respondió con su voz calmada y neutra—. Y creo que tiene razón. Lo presiento. Cuando intento conectar con él, siento que su espíritu me advierte que me aleje.

Ian miró a Lily, a Nicolas y, por último, a Ryland.

—No estoy seguro de si entiendo lo que estáis diciendo. ¿Cómo podrían utilizar a Jeff como trampa?

Lily acarició el hombro de Jeff mientras éste dormía pacíficamente.

—Si estoy en lo cierto, se tomó una pastilla contra el dolor que le dieron en el hospital. Creo que lo dejó inconsciente el tiempo suficiente para que alguien entrara en su celda y creara un campo magnético de una frecuencia tan alta que los electrodos reaccionaron. En mi opinión, fue un intento de asesinato. Las pulsaciones eléctricas eran demasiado fuertes y provocaron la hemorragia. Hollister resistió, seguramente con el corazón, mientras os escapabais. Tuvo el ataque, sabía que tenía problemas y recurrió a su habilidad para entrar en los sueños y así refugiarse.

—Entonces, está en otro sitio.

—Seguramente era lo único que podía hacer para salvarse. Si tengo razón, hay alguien más que tiene la habilidad de entrar en los sueños y lo están utilizando como señuelo para el resto. No me preguntéis cómo. Sólo son hipótesis. Si conseguimos despertarlo, tendremos que comprobar el daño que ha sufrido. Quiero llamar al doctor Adams, es un reconocido neurocirujano y estaría dispuesto a ayudarnos.

Ryland meneó la cabeza.

—Somos fugitivos, Lily. Por ley tiene que entregarnos.

—Sí, bueno. —Lily dio un rodeo—. Hollister necesita atención médica inmediata. Garantizaré la cooperación del doctor Adams. Mientras tanto, tenemos que sacar a Jeff de su sueño.

—Lily, deja de hablar en plural. No puedes venir con nosotros —dijo Ryland, con firmeza—. Y, antes de protestar, escúchame. Si tienes razón y están utilizando a Jeff para atraparnos, te necesitamos aquí como ancla con Kaden. Y, lo más importante, si hay alguien esperándonos, no te pueden identificar. Esta casa es nuestro único refugio. Mis hombres necesitan aprender esos ejercicios de los que tanto hablas. No tenemos otro sitio adonde ir.

Lily tenía que admitir que tenía razón, aunque no le resultaba fácil. Tenía un mal presagio, un augurio de peligro que no desaparecía. Y Nicolas también lo sentía.

—Necesitaremos que todos colaboréis con la onda de energía, por si acaso —añadió Ryland.

Los hombres aceptaron sin dudarlo. Una vez más, aquella camaradería la conmovió; estaban dispuestos a jugarse la vida y la salud mental.

Nicolas se sentó con las piernas cruzadas en el suelo, cerró los ojos y se concentró. Ryland lo hizo en la cama junto a Jeff. Lily observó cómo buscaban en su interior, una práctica de meditación esencial para cualquiera que tuviera que enfrentarse al poder parapsicológico. Supo el momento exacto en que los dos hombres se perdieron, porque su respiración se relajó y se volvió constante.

Ryland miró a su alrededor con curiosidad. Estaba en una duna de arena, frente al océano. Claro, Jeff elegiría un lugar que le resultara familiar. Las dunas parecían no terminar nunca y las olas rompían contra la orilla cerca de él y salpicaban por encima de las rocas, formando pequeños lagos de agua salada.

Empezó a caminar hacia la playa, porque sabía que Jeff tenía que estar por allí cerca. Nicolas apareció brevemente a su izquierda, corriendo por las dunas en dirección contraria, bloqueando el sol con la mano y mirando hacia el océano.

—Está ahí —agitó la mano hacia el mar—, cabalgando las olas. Y no quiere volver.

—Pues es una lástima. Tiene una familia en la que pensar —dijo Ryland. *Esto me da mala espina.*

A mí también. Voy a tomar posición.

El agua se hinchó y la ola creció y creció hasta que empezó a correr hacia la orilla. Ryland vio a Jeff encima de la tabla de surf deslizándose hacia él mientras la ola empezaba a doblarse y a crear un tubo. Por un segundo, quedó alucinado por la pericia atlética de Jeff, por cómo parecía integrarse perfectamente en la naturaleza, anticipando el movimiento de la ola para salir de debajo del agua antes de que el tubo desapareciera.

Ryland apartó la mirada fascinada de Jeff y empezó a buscar posibles amenazas en el agua. Tenía los cinco sentidos alerta y controlaba el cielo, el mar y las dunas. Sabía que Nicolas estaría haciendo lo mismo. No tenía que verificarlo, porque siempre era el primero en estar alerta. Se pasó meses solo detrás de las líneas enemigas, meses persiguiendo a un solo objetivo. Los hombres como Nicolas nunca sufrían emboscadas, porque las preparaban. Ryland estaba encantado de tener a un hombre así cubriéndole las espaldas.

Nicolas se puso los dedos en la boca y silbó, un sonido agudo y grave muy particular que voló con el viento. Ryland se volvió y echó a correr hacia su derecha, hacia el mar y hacia Jeff.

Inmediatamente, Jeff Hollister se acercó a la orilla y, a escasos metros, saltó al agua, se colocó la tabla bajo el brazo y corrió hacia Ryland.

—¿Qué estás haciendo aquí?

—Voy a llevarte a casa. —Ryland señaló la relativa protección que supondrían los montículos más cercanos, lejos de las dunas. Corrió detrás de Hollister, para cubrirlo.

—Cowlings está por aquí, le he visto un par de veces vigilándome. —Hollister tiró la tabla al suelo y corrió más ligero—. No deberías haber venido, capitán, no puedo volver. No quiero vivir como un vegetal.

—Ahórrate las energías —le respondió Ryland—. Y corre.

El silbido atravesó el aire otra vez, aunque en esta ocasión con una sola nota. Ryland se abalanzó sobre Jeff, lo placó y lo lanzó al suelo. Cayó encima de él y se puso a cubierto justo cuando una ráfaga de balas chocaba contra la arena que tenían delante. No tenía ni idea de las posibles consecuencias de la muerte onírica en el cuerpo físico, pero se imaginaba lo peor. Los dos rodaron hacia las olas, se levantaron y echaron a correr. Ninguno miró hacia atrás, sólo corrieron zigzagueando para no ser unos objetivos fáciles.

—¡Ahora! —Ryland dio la orden justo cuando el silbido volvió a cortar el aire. Los dos hombres se tiraron inmediatamente al suelo, arrastrándose por la arena para ponerse a cubierto. Las balas hacían saltar pedazos de las rocas que había sobre sus cabezas.

Se colocaron detrás de las rocas y se agacharon, relajando un poco el ritmo respiratorio.

—No estás como un vegetal, idiota —dijo Ryland, dándole una bofetada cariñosa—. Estás atrapado en un sueño. —Miró a su alrededor—. ¿Dónde está la chica?

Hollister se rió.

—Estaba aquí hasta que vi al bobo de Cowlings. Supe que pasaba algo cuando no hizo nada. Me di cuenta de que había venido a matarme. Cuando no hizo nada, imaginé que pensaba que vendrías.

—Pero no contaba con Nicolas. —Ryland sonrió, se sacó una pistola de debajo de la camisa y se la dio—. Para empezar, si tuvieras cerebro, te darías cuenta de que es imposible que estés como un vegetal porque, si no, no habrías podido llegar a esa conclusión.

Jeff se pegó al suelo y se asomó a un pequeño hueco entre dos rocas para comprobar la situación.

—Mira quién ha caído en la trampa. —Disparó tres ráfagas de balas muy deprisa y aprovechó el tiempo para protegerse mejor detrás de una roca más grande y plana que le permitía tener una mejor visión.

Ryland lo estaba observando meticulosamente. Se encontraban en un sueño, pero Jeff ya no se acordaba de que estaba soñando y arrastraba una pierna.

—Si sabes que te están esperando, no es una emboscada. Nadie se escapa de Nicolas cuando va de caza. Sólo tenemos que quedarnos aquí un rato y dejarle hacer su trabajo. Cowlings no sabía que Nicolas podía entrar en los sueños. —Incluso mientras hablaba, Ryland estaba arrastrándose por el suelo y alejándose de Jeff para poner distancia entre ellos. La trampa era para él. Si no hubiera acudido a buscar a Hollister, Cowlings habría acabado matándolo.

Kaden, llévate a Jeff. Sácalo de aquí. Ryland dio la orden a través del vínculo telepático que mantenía con su segundo al mando. Jeff había creado el sueño, con lo que todo el peso de mantenerlo activo en su ausencia recaería en manos de Ryland.

Hollister emitió un grito de protesta, pero la fuerza combinada de todos los hombres era más fuerte que su voluntad. Jeff notó el blando colchón bajo la espalda y esperó a que llegara el dolor de cabeza atroz. Abrió los ojos con cuidado. Lily Whitney se le acercó y le hizo decenas de preguntas, ocupando su mente para que no pensara en las posibilidades de un daño cerebral.

¿Puedes sacarlo, Nicolas? Ryland percibió una repentina explosión de energía en el aire a su alrededor. *Cuidado, está intentando proyectar.*

Tengo que acercarme un poco más.

Se está moviendo. Está corriendo. De repente, el viento se aceleró y sopló con ferocidad, provocando una tormenta de arena. Ryland maldijo y se arrastró por el suelo, cambiando de posición muy deprisa, con la arena pinchándole la piel. Tenía los ojos cerrados, pero dejó que sus sentidos fluyeran, intentando localizar ondas de energía que indicaran actividad «caliente».

Oyó el silbido de una bala, pero chocó contra las rocas donde estaba hacía unos segundos. Y enseguida oyó los pasos de alguien que corría por la arena. Levantó la cabeza para asomarse desde detrás de la pequeña roca que utilizaba de protección. Se le metió arena en los ojos, pero pudo ver a Cowlings corriendo hacia lo que parecía una puerta. Justo antes de que la alcanzara, Nicolas se levantó de entre las dunas con un cuchillo en la mano.

Ryland notó la explosión de energía, y Cowlings simplemente desapareció. *¡Kaden! Sácanos de aquí ahora mismo. ¡Ya! ¡Nicolas, despierta!* Esperó lo suficiente para verificar que Nicolas lo obedecía antes de seguir. Tras él, el mundo se convirtió en un infierno, con una lluvia de fuego que quemaba la arena y la convertía en un caldero de llamas naranjas y rojas.

Nicolas y Ryland se miraron en la seguridad de la habitación.

—¿Lo habéis notado? —preguntó Ryland a los demás.

—¿El qué? —preguntó Kaden.

—No ha sido Cowlings. No podría producir tanta energía. Sus poderes telepáticos no son tan poderosos, ni mucho menos —dijo Ryland.

Se produjo un breve silencio. Nicolas se levantó, se estiró y se acercó a Jeff Hollister. Cuando pasó junto a Kaden, le dio unas palmaditas en el hombro a modo de agradecimiento.

—¿Qué crees que era? —le preguntó a Ryland.

—Creo que alguien estaba utilizando a Cowlings como conducto. Nos estamos enfrentando a una energía. Hay miles de tipos de energía. —Ryland miró a Lily—. ¿Quién sabría cómo manipular el voltaje o la energía acumulados en el aire?

Lily suspiró.

—Alguien de Donovans.

Capítulo 12

Estás segura de que quieres volver, Lily? —preguntó John Brimslow. No había apagado el motor, con la esperanza de que Lily le dijera que diera media vuelta y la llevara a casa.

—Tengo mucho trabajo, John —respondió ella—. No puedo retrasarme demasiado. Y no te preocupes por venirme a recoger. Dejé el coche en el aparcamiento, así que volveré sola.

John suspiró.

—No soy quién para decirte lo que debes hacer, Lily, pero esto no me gusta. Tengo un mal presentimiento. Sé que has hablado varias veces con los investigadores sobre la desaparición de tu padre...

—Está muerto, John. —Lo dijo muy tranquila.

—¿Qué te han dicho?

—Sé que está muerto. Sentí cómo moría. Lo asesinaron. Lo lanzaron al océano desde un barco. Había sangrado mucho y estaba muy débil, pero todavía estaba vivo cuando cayó al agua helada, —Se frotó la cara con la mano—. Alguien de aquí —señaló el complejo de edificios—, tuvo algo que ver con su muerte.

John se sonrojó de rabia.

—Pues no se hable más, Lily. No puedes volver a ese sitio. Tenemos que ir a la policía.

—¿Y qué vamos a decirles, John? ¿Que mi padre experimentaba

con seres humanos y que abrió una compuerta parapsicológica que no supo volver a cerrar? ¿Qué conecté con él justo antes de morir y que, antes de que lo tiraran por la borda, me dijo que el responsable era alguien de Donovans? ¿Crees que me harán caso o que me encerrarán? Sería la hija histérica o, peor, la hija que heredó una fortuna cuando su padre desapareció.

—La fortuna ya era tuya —señaló John, pero estaba meneando la cabeza con tristeza, porque sabía que tenía razón—. ¿Qué quieres decir con que experimentaba con seres humanos? ¿Y qué es eso de las compuertas parapsicológicas?

Lily soltó el aire muy despacio para recuperar la calma.

—Lo siento, John. No debería haberlo dicho. Sabes que papá trabajaba para el ejército y que a menudo participaba en proyectos de alta seguridad. Nunca debí haberlo mencionado. Por favor, olvídalo y nunca le digas ni una palabra a nadie sobre esto. —Aquella metedura de pata demostraba lo asustada y angustiada que estaba. John desprendía cierta inocencia y fragilidad que hacían que Lily siempre quisiera protegerlo.

—¿Arly lo sabe?

Lily apoyó la cabeza en el reposacabezas y miró al hombre, analizando sus rasgos. Desde la desaparición de su padre, parecía mayor y más delgado.

—John, no estarás pasando las noches en vela, ¿verdad? —le preguntó, con recelo.

Él desvió la mirada.

—Estoy durmiendo en la butaca que hay a los pies de la escalera que sube hasta tu ala. Tengo una pistola —le confesó.

—¡John! —Se quedó de piedra. No se imaginaba a John disparándole a alguien. Batiéndose en duelo, sí, quizá con espadas. Se lo imaginaba golpeando la cara de alguien con un guante blanco para desafiarlo a batirse en duelo, pero nunca apretando un gatillo—. ¿En qué diablos estás pensando? —Su devoción la emocionó—. Arly ha convertido la casa en un fortín. Hasta las arañas tienen miedo de tejer una tela. No puedes seguir haciendo eso.

—Un intruso entró una vez, Lily, y no estoy dispuesto a perderte. Alguien tiene que vigilarte, y yo llevo casi treinta años haciéndo-lo.

—Te quiero, John Brimslow, y doy gracias por tenerte en mi vida —le dijo—. Pero no hay ninguna necesidad de vigilarme. En serio, Arly ha vuelto a repasar la casa y la ha llenado de aparatitos nuevos. Tiene un ego demasiado grande y le molestó mucho que alguien entrara y se burlara de sus juguetes. —Sonrió con maldad—. Me lo pasé pipa recordándoselo.

—No tanto como Rosa. Lo riñó en dos idiomas y creo que la palabra «incompetente» apareció más de una vez. —John dibujó una sonrisa al recordarlo.

—Casi me da pena, pero cualquier hombre más delgado que yo merece que le bajen un poco los humos. Deséame suerte, John y no te preocupes. Estaré bien. —Esperando que fuera verdad, le dio un beso en la mejilla, salió del coche y se dirigió hacia la entrada.

Ryland se había puesto furioso cuando se había enterado de que pensaba regresar a Donovans y la había amenazado con colarse en las instalaciones para vigilarla. Ese hombre tenía un temperamento extraordinario que estallaba como un volcán en erupción. Si ella fuera tan estúpida como para dejarse, la intimidaría.

Por suerte, era fundamental llevar a Jeff Hollister a la consulta del doctor Adams. Todos lo sabían. El lado derecho de Jeff estaba débil, sobre todo una pierna, que no le respondía. Tenía zonas de la cara dormidas y temblores ocasionales en la mano derecha. Lily no había detectado problemas considerables de memoria o de lenguaje, pero quería que lo revisara un especialista. Y quería saber si le po-dían quitar los electrodos o era más seguro dejárselos. Jeff necesita-ba un escáner y más ayuda de la que ella podía ofrecerle.

—¡Doctora Whitney!

Se volvió y notó un escalofrío en la espalda cuando el coronel Higgens se le acercó.

—Permítame que la acompañe hasta su despacho.

Lily le sonrió. Educada. La princesa de hielo. Por algún motivo, las palabras burlonas de Ryland la tranquilizaban. No le importaba ser altiva o una princesa de hielo con Higgens.

—Gracias, coronel. Me sorprende verlo aquí. Me imaginaba que los coroneles siempre estaban realizando inspecciones militares y poniendo a todo el mundo en su sitio. —Cruzó los controles de seguridad con cierta impaciencia—. ¿No es curioso? Muy típico de Thornton reforzar la seguridad después de que las gallinas se hayan escapado del gallinero.

—Thornton y yo hemos estado comentando la situación, doctora Whitney, y le gustaría verla a primera hora en su despacho.

—¿Perdón? —Ella siguió caminando deprisa por los pasillos hacia su despacho—. ¿A qué situación se refiere?

—A los hombres que escaparon.

—¿Los han encontrado? —Se detuvo para mirarlo a la cara—. ¿Pudieron sobrevivir fuera del entorno protegido del laboratorio? —Incluso con las barreras y los escudos en su sitio, notaba las ondas de rabia que emitía Higgens. Era algo más que rabia. Violencia y avaricia. Hasta olía a huevos podridos. Se le revolvió el estómago.

—Nadie los ha encontrado. ¿Por qué no vino a trabajar ayer?

Lily no dijo nada, lo miró fijamente y arqueó una ceja. Esperó a que él mostrara abiertamente su incomodidad.

—No suelo dar explicaciones a nadie, coronel, y menos a un hombre que no tiene nada que ver con mi trabajo. En el momento en que esos hombres consiguieron escapar, yo dejé de estar relacionada con el proyecto. Me avisaron como consultora, y lo hice como un favor a mi padre y a Phillip Thornton. Tengo muchísimo trabajo y poco tiempo para dedicarlo a un proyecto extinto. —Le ofreció una educada y falsa sonrisa y entró en su despacho.

Higgens la siguió, con el gesto torcido.

—Thornton viene hacia aquí. Creemos que corre peligro.

Lily se puso la bata blanca.

—Sí, corro el peligro de no hacer mi trabajo, coronel. Si no tiene ningún otro particular más importante, voy a tener que pedirle que se marche. Le agradezco su preocupación, de veras, pero mi responsable de seguridad es muy bueno.

Phillip Thornton entró corriendo en su despacho. Lily notó ondas de miedo y se dio cuenta de que Higgens lo aterraba.

—¡Lily! Estaba preocupado. Ayer te llamé a casa pero el ama de llaves se negó a pasarte la llamada.

—Lo siento, Phillip, pero Rosa no quiere que vuelva a trabajar. Ha estado sufriendo por mí desde la desaparición de mi padre. Suelo trabajar en casa, ya lo sabes. No me imaginé que te preocuparías. Intento tranquilizar a Rosa y seguir haciendo mi trabajo.

—Rosa no es la única que se preocupa por ti, Lily. El coronel Higgens y yo tememos que exista un peligro real de que el capitán Miller y su equipo decidan secuestrarte.

Lily apoyó la cadera en la mesa y se cruzó de brazos, molesta.

—Por el amor de Dios. Acepto que Rosa se ponga histérica, pero tú no, Phillip. ¿Por qué iba a querer secuestrarme Miller? No sé nada de este proyecto; me incorporé a última hora y sé menos que vosotros dos. Antes me inclinaría porque Miller os buscara a uno de vosotros.

—Sigo pensando que deberíamos asignarte un equipo —dijo Phillip.

—¿Un equipo? —Lily arqueó las cejas—. Mi familia se habría quedado tranquila con un guardaespaldas. ¿Qué quieres decir con un equipo?

—El capitán Miller es el líder de un grupo de soldados de elite, todos formados en las Fuerzas Especiales —intervino el coronel Higgens—. Un guardaespaldas no podrá protegerla de ellos. Tengo un equipo de soldados muy bien entrenados preparado para ayudarla.

—Esto no tiene sentido. ¿Por qué iba a ir tras de mí? Sabe que no sé nada. No podría ayudarlo. Y no estoy en el ejército, soy una civil. No puede justificar el uso de soldados para protegerme. Creo que todos estamos exagerando un poco por lo de la desaparición de mi padre. Estamos un poco alterados, pero creo que pedir a un grupo de soldados que me vigile es demasiado. Phillip, si te vas a quedar más tranquilo le pediré a Arly que me busque a alguien. Pero aquí debo pasar por todos los controles de seguridad y tener a alguien pegado a mí sería un lío.

—Pues deja que te busque a alguien con pase de seguridad —se ofreció Thornton.

—Déjame trabajar. —Lily sonrió para restar dureza a sus palabras—. Sabes que agradezco tu preocupación, de veras, pero el capitán Miller sólo me vio un par de veces. Dudo haberle causado ninguna impresión.

Thornton sabía cuándo debía retirarse.

—Pero sigo queriendo que colabores con el proyecto, Lily. Repasa los apuntes de tu padre e intenta averiguar qué demonios hizo. Es importante.

—Todo es importante. De acuerdo —asintió Lily, con un suspiro—. En mi tiempo libre, si lo encuentro, echaré un vistazo a ver si encuentro algo.

Thornton casi sacó a Higgens a empujones del despacho, pero luego se volvió.

—Ah, Lily, casi me olvido. La fiesta anual para recaudar fondos es el jueves por la noche. Tu padre iba a dar un discurso.

Lily lo estaba mirando, muy tranquila y, de repente, su corazón empezó a latir con fuerza. En ese momento, estuvo segura de que Phillip Thornton estaba implicado en la muerte de su padre. Lo delató el sentimiento de culpa que lo invadió. La forma en que desviaba la mirada para no mirarla a los ojos. El repentino olor a sudor de su cuerpo. Lily se agarró con fuerza al respaldo de la silla para no caer al suelo. Tenía miedo de moverse y de hablar, porque estaba segura de que diría algo que revelaría su reciente descubrimiento. Lo sospechaba, pero ahora lo sabía. Conocía a Phillip Thornton desde siempre. Consiguió asentir.

—Ya sabes lo importante que es ese evento para la empresa y los investigadores. En esa fiesta podemos llegar a recaudar más del sesenta por ciento de nuestra financiación. Acudirán personas importantes y varios generales, entre ellos McEntire y Ranier, y necesitaré que me ayudes. Tú ya sabes cómo funcionan estas cosas, has acudido a muchas.

—Me había olvidado por completo, Phillip.

—Es comprensible, Lily —respondió él—, y no te lo pediría si no fuera necesario. Todo el mundo esperará que vayas.

Ella asintió. La habían inundado a condolencias, desde el presidente hasta los técnicos de laboratorio. Sabía que se esperaba su presencia en un acto tan público.

—Iré, Phillip. Claro que iré.

—¿Y darás un discurso? —Ambos sabían que, con la desaparición de su padre, sus palabras atraerían más dinero que nunca. Todo el mundo estaba buscando la forma de demostrarle su apoyo y era consciente de que eso se materializaría en la fiesta.

—Por supuesto, Phillip. —Lo echó de la oficina con un gesto. El general Ranier estaría allí y siempre la sacaba a bailar. La fiesta le proporcionaría la oportunidad perfecta para leer al general y descubrir si él, como su colega McEntire, también estaba implicado. Lily se había olvidado por completo del acto más importante del año para Donovans. Sería la primera vez que acudiera a una fiesta de aquellas características sin su padre. La idea la entristeció. Se sentó un momento en su mesa, llorándolo y echándolo de menos.

Dejó el dolor a un lado, porque no quería emitir demasiado y arriesgarse a establecer una conexión con Ryland. Si percibía que estaba triste o en peligro, buscaría la forma de llegar hasta ella. La sorprendía conocerlo tan bien, estar tan segura de que vendría.

Se pasó varias horas trabajando en el laboratorio, perdida entre fórmulas y modelos. Cuando, por fin, se dio cuenta del tiempo que había pasado, se enfadó consigo misma. Ordenó sus notas y corrió por el pasillo hacia el ascensor para bajar a la planta baja. El hospital era pequeño pero disponía de unos equipos que harían llorar de envidia a cualquier hospital o centro de trauma. Lily firmó y pasó por los controles de seguridad para acceder a los informes que necesitaba. Leyó la anotación de cada entrada relativa a Ryland o a sus hombres. Luego, empezó a buscar información del personal, comprobando las altas para descubrir quién estaba de guardia cuando bajaron a cada hombre, buscando un modus operandi. Revisó las entradas pertinentes, anotó nombres y bajó corriendo a los laboratorios subterráneos, aunque esta vez se dirigió al despacho de su padre.

Todavía olía al tabaco que fumaba, igual que el despacho de casa. Nadie había limpiado el escritorio, aunque era evidente que habían estado rebuscando entre sus papeles. Se dirigió a la mesa y encendió el ordenador. Cuando sacó la mesa corredera con el teclado, golpeó el ratón y lo tiró al suelo.

Maldijo entre dientes y buscó debajo de la mesa con el pie, con la vista pegada a la pantalla que tenía delante. Golpeó un bloque de cemento con la punta del pie con tanta fuerza que notó el dolor por toda la pierna. Lily miró debajo de la mesa. El ratón estaba al fondo, junto a la pared. Se agachó y se metió debajo de la mesa para recogerlo, tirándolo del cable. Lily había empezado a retroceder cuando algo del bloque de cemento le llamó la atención. No estaba pegado a la pared.

Se sentó en el suelo y se lo quedó mirando un segundo. Tuvo que agachar la cabeza para poder llegar hasta él. No le resultó fácil sacarlo; parecía que estaba muy bien fijado, pero ella se tomó su tiempo y fue aflojándolo poco a poco. Cuando al final consiguió soltarlo, enseguida vio que su padre había excavado un hueco en la pared detrás del bloque. Pegada a la pared, había una grabadora de voz diminuta.

Sin ningún aviso previo, saltaron las alarmas de los edificios. Lily se asustó y levantó la cabeza, dándose un golpe contra la mesa. Oía a los vigilantes correr por los pasillos. Escuchó la alarma unos segundos y, como no oyó ningún aviso de peligro, ignoró la conmoción y cogió la grabadora.

Soltó el aire muy despacio mientras la cogía. Debajo de la mesa estaba muy oscuro, pero rozó un pequeño disco, tan pequeño que casi no se dio cuenta. No había tapa ni nada que lo protegiera del polvo o la suciedad. Vio que había otro dentro de la máquina, así que se metió el disco suelto en el bolsillo de la bata blanca y salió de debajo de la mesa.

Cuando se sentó en la silla de su padre y se dobló encima de la grabadora, le temblaban las manos. Y entonces, al apretar el *play*, no pasó nada. Maldijo en voz baja y rebuscó por los cajones en busca de pilas. No había pilas de ningún tipo en los cajones de arriba. Sujetó la grabadora con una mano y se agachó para buscar en los cajones de abajo.

Lo supo antes de volverse, incorporándose para enfrentarse a la amenaza y consciente de que ya era demasiado tarde. Había estado tan obsesionada con volver a escuchar la voz de su padre y con encontrar pruebas contra sus asesinos, que no había prestado atención a su propio sistema de alarma. Volvió la cabeza y, de reojo, vio a un hombre. La invadieron ondas de violencia y rabia antes de que todo estallara. Notó cómo un puño la golpeaba en la sien. Todo se volvió negro y vio pequeñas explosiones blancas detrás de los ojos. Lily se aferró a su atacante, le arañó la cara y le rasgó la camisa mientras caía al suelo. No podía verlo, pero oyó cómo maldecía y luego notó el segundo golpe, que le echó la cabeza hacia atrás. Al final, cayó al suelo.

A Ryland no le gustaba el plan. Se había pasado gran parte del día yendo de un lado a otro, dejando un rastro imborrable en las caras alfombras. No debería haber permitido que Lily volviera a los laboratorios. Su seguridad era más importante que cualquier ilusión de normalidad que pudiera hacerse. Tenía que convencerla para que se tomara un año de excedencia. Su padre había desaparecido y aquello era motivo suficiente para tomarse un descanso.

Había anochecido y era su oportunidad para trasladar a Jeff Hollister. A Ryland no le hacía demasiada gracia sacarlo de la casa, pero Lily había insistido en que su amigo el doctor Adams tenía mucho mejor equipo en su casa. Ella les había dejado dos coches y una furgoneta a la entrada del bosque, justo fuera de la propiedad. Arly le había asegurado a Ryland que el doctor no diría nada, pero él no estaba dispuesto a correr ningún riesgo con la vida de Hollister. Actuarían como si estuvieran en territorio enemigo.

—Nico, quiero que vigiles la zona. Utiliza el túnel que está cerca del bosque. No queremos recorrer demasiada distancia con Jeff. Localiza cada posible posición del enemigo.

—¿Y si me topo con el enemigo? —La voz era pausada.

—Sé discreto. No queremos dejar pruebas de que hemos estado cerca de la casa de Lily.

Nicolas asintió. Se acercó a Hollister.

—Estoy trabajando mucho para esas clases de surf que me prometiste.

Jeff levantó una mano temblorosa y se aferró a la de Nicolas.

—Serás un gran surfero, Nico, tanto si te enseño yo como si no.

—Yo sólo aprendo del mejor, Hollister, así que tienes que ponerte bien. —Nicolas le apretó la mano y, con la misma rotundidad, salió en silencio de la habitación.

Ryland señaló a Ian McGillicuddy y los dos salieron al pasillo.

—Necesitaremos a dos hombres que vigilen a Jeff en casa del doctor. Quiero que Nico y tú os encarguéis de su seguridad. No sabemos nada sobre ese doctor. Si Lily le ha pagado, significa que se le puede comprar. Uno de vosotros estará siempre despierto.

Ian asintió.

—¿Tienes alguna idea de cómo saldremos de este lío, capitán?

—Quiero que todo el mundo haga los ejercicios que Lily nos ha dado. Dice que, si nos los aprendemos, tendremos muchas opciones de vivir en el mundo exterior en condiciones bastante normales. Cree que el experimento no fue un fracaso, que podría haber salido bien si hubiéramos aprendido lo que se suponía que teníamos que aprender.

—¿Cree que Higgens mató a los demás? —preguntó directamente Ian. Había hielo en su voz y un brillo despiadado en sus ojos.

—Higgens está implicado, sí, y el general McEntire también. Parece que Ranier también podría estarlo, pero no tenemos pruebas. En cuanto controlemos nuestros escudos, podremos perseguir a los culpables. No sólo son asesinos, sino también traidores a nuestro país —añadió Ryland—. Ahora tienen que matarnos. No les queda otra opción. No apartes tus ojos de Jeff, ni siquiera un momento. No pienso perder a otro hombre.

—No lo perderás, capitán. No bajo mi vigilancia —dijo Ian—. Nico nunca falla.

—Quédate con Jeff, Ian.

—Es lo único que hago, capitán.

Volvieron a la habitación de Hollister, donde los demás esperaban expectantes.

—En cuanto Nico nos dé luz verde, sacaremos a Jeff —les dijo—. Tucker, eres el más fuerte. Te encargarás de llevar a Jeff en brazos.

Tucker enseñó sus dientes blancos cuando sonrió a Jeff.

—No te preocupes, te cuidaré como a un recién nacido.

Jeff gruñó.

—No puedo creerme que el capitán haga que me lleves en brazos.

Sam le dio un codazo suave.

—Me aseguraré de que no te deja caer más de una vez, surfero, aunque un golpe en la cabeza puede que te arreglara en un santiamén.

—Sam, tú irás detrás de ellos. No quiero que nadie toque ni un pelo de la cabeza del surfero. Tendría que enfrentarme a su madre. —Ryland se estremeció.

—Ya no nos haría galletas, eso seguro —se quejó Gator—. Nadie hace galletas como las de la madre de Jeff.

—Por no hablar de que es un imán para las chicas. —Jonas Harper levantó la cabeza desde el rincón donde estaba afilando una navaja con mucho cariño—. El guapo de Hollister va por la calle y no tenemos que buscar mujeres, porque ellas lo siguen.

Kyle Forbes estiró las piernas y se echó a reír.

—Pero eso es porque no se pasa el día afilando un cuchillo, Jonas. Las mujeres huyen cuando entras en un sitio.

Sam se partió de risa y le dio una patada a Jonas.

—Lanzar cuchillos no impresiona a las mujeres, Jonas.

—Pues cuando trabajaba en el circo funcionaba —respondió éste—. Les parecía sexy.

Jeff le lanzó la almohada.

—Eso es lo que tú querías que creyeran. ¿No fue tu última novia la que te tiró una jarra de cerveza por la cabeza?

Todos se echaron a reír. Jonas levantó la mano.

—Eso no cuenta. Me pilló con las gemelas Nelson sentadas en mis rodillas. Y lo malinterpretó.

Tucker cogió la almohada y golpeó, sin querer, en la cabeza a Gator.

—No es lo que yo he oído, Jonas. Tengo entendido que te pilló en la cama con las gemelas.

—Sí, yo también —añadió Kyle—, aunque a mí me dijeron que las gemelas estaban escondidas debajo de tu cama.

El comentario de Kyle fue recibido con más risas. Jonas se lo tomó con calma y sonrió con timidez.

—Sólo decís chorradas. Gator lleva sangre exótica en las venas y Jeff se queda allí de pie como un imbécil y las mujeres caen rendidas a sus pies.

—Sé que no acabas de llamarme imbécil —dijo Jeff—. Te estás pasando porque sabes que no puedo moverme de la cama, Jonas.

Jonas sonrió con picardía.

—He estado pensando, Hollister. Contigo fuera de juego, quizá tenga una oportunidad con las gemelas Nelson. Tucker, déjalo caer al suelo en el bosque. Nos harás un favor a todos.

Kyle arqueó una ceja. Normalmente, era un tipo tranquilo, un genio con los explosivos, pero intervino para mantener animado a Hollister.

—Jonas, ¿no te olvidas de sus hermanas? Le robaste las fotos de la cartera y las besas cada noche. ¿Crees que alguna de ellas se fijará en ti si no les devuelves al niño de la familia sano y salvo?

La almohada volvió a volar por los aires, y golpeó a Jonas en la parte trasera de la cabeza.

—¿Fuiste tú el que me robó las fotos de mis hermanas, pervertido amante de los cuchillos? No te atrevas ni a mirarlas. Las dos se van a meter a monjas. —Jeff se santiguó y se besó el pulgar.

Hay vigilantes, Rye. Y no son civiles. Nicolas siempre hablaba en el mismo tono bajo. Nadie lo había visto nunca emocionado o nervioso.

¿Es una luz verde? ¿Podemos sacar a Jeff sin que nos vean? Ryland tenía una fe absoluta en el criterio de Nicolas. *No podemos*

poner en peligro a Lily. Él mismo había decidido usar la comunicación telepática a pesar de Cowlings. Su ex compañero no era demasiado bueno con la telepatía y Ryland consideró que el riesgo de que estuviera lo suficientemente cerca como para captar las conversaciones era mínimo.

No se están tomando su trabajo demasiado en serio. Mi opinión es que están aquí para vigilar a la mujer. No tienen ni idea de que estamos nosotros y te aseguro que no nos esperan.

Entonces, luz verde. Avísanos cuando tengamos el camino libre. Tucker cargará con Jeff. Sam irá detrás. Ian conduce. Los demás controlaremos a los vigilantes.

Son vulnerables. Están aburridos y con la guardia bajada. No creo que tengamos muchos problemas. Dile a Tuck que pase corriendo.

—Estamos listos, Jeff —dijo Ryland con calma. Hizo un gesto con la cabeza hacia Tucker—. Kyle y Jonas irán delante. Nico os está esperando. Sabemos que están ahí fuera, que están vigilando, pero no pueden saber que estamos aquí. Es lo que hay. Moveros como los fantasmas que sois y atravesad las líneas enemigas. Nos veremos en casa del doctor. No os paréis ante nada hasta que podamos repasar la misión allí. Vuestra única responsabilidad es manteneros todos con vida. Si surge algún peligro, salid inmediatamente y volved. No dejéis rastro.

Se quedó mirando a sus hombres un momento.

—Recordad: toda esa gente, soldados y civiles, todos creen que somos fugitivos, que hemos cometido un crimen. A menos que vuestra vida o la de un compañero corran peligro, no utilicéis la fuerza extrema.

Ryland hizo un gesto y señaló a Kyle y a Jonas. Ambos agarraron a Hollister por debajo del hombro y salieron de la habitación detrás de Ryland, directos hacia el túnel. Había sido un día largo, vigilando a Jeff, preocupándose por él, comprobando los daños de su lado derecho, aunque sin poder hacer nada para ayudarle. Habían esperado a que el sol se escondiera y oscureciera. Era su hora. Cuando los fantasmas podían salir a pasear. Al menos, harían algo.

Cuando el personal de día se marchaba, podían moverse con más libertad sin miedo a que los descubrieran. Disponían de la última tecnología, pero las máquinas nunca substituirían a la confianza que tenían en ellos mismos.

Ryland salió primero del túnel y se movió con rapidez y sigilo, avanzando por la oscuridad y escondiéndose en las sombras. Sintió la energía creciente cuando los hombres empezaron a proyectar, susurrando en la noche y convenciendo a los vigilantes para que miraran las estrellas y contemplaran la belleza de la noche. Para que estuvieran ciegos ante el movimiento y el ruido. Para que miraran a otro lado mientras Ryland indicaba a Tucker y a Sam que sacaran a Jeff Hollister.

Tucker era grande como un tronco y llevaba a Jeff acunado contra su pecho. Jeff no era un hombre pequeño pero, comparado con los enormes músculos de Tucker, parecía un bebé. Para ser un hombre tan corpulento, Tucker Addison se movía como el fantasma que era, deslizándose por el terreno irregular sin hacer ruido. Sam iba detrás de ellos, mirando a todas partes constantemente, mirando a los vigilantes y con el arma empuñada.

Ryland apartó la mirada de los vigilantes del camino del bosque que Tucker necesitaba para reunirse con Ian en el coche. Encabezaba el grupo, acercándose al vigilante más resistente. Se concentró en «pegarle» más fuerte, convenciéndolo de la necesidad urgente de hablar con su compañero. Entonces se tendió en el suelo y lo observó. El hombre estaba reaccionando a la fuerza mental rascándose la cabeza y moviéndola como si necesitara aclararla. El vigilante empezó a ir de un lado a otro, nervioso, frotándose los ojos.

Ryland levantó la mano indicando a Tucker que podía fundirse con las sombras con su carga.

Vuelvo para cubriros. Era Nicolas.

Sácalos de aquí sanos y salvos. Fue una orden de Ryland. *Vigila a Jeff.* Se acercó todavía más al vigilante y se colocó a escasos metros de él. Hizo acopio de energía y de fuerzas. Tenía que parecer un accidente; un accidente creíble. Ryland lanzó una oración pidiendo perdón por si algo salía mal.

Se acercan dos chavales. Son adolescentes. Informó Nicolas.

Ryland soltó el aire despacio, aliviado. Relajó los músculos del cuerpo. *Utilízalos. Envíalos hacia aquí, hacia el vigilante. Pueden ser la distracción que necesitamos.* Se concentró en la conexión, construyendo un puente hasta los chicos que estaban paseando por el bosque con una linterna y una pistola de perdigones. Inmediatamente cambiaron de dirección, porque eran víctimas altamente susceptibles a las ondas de energía que les llegaban.

El vigilante se volvió hacia ellos cuando los chicos se rieron en voz alta de alguna broma. Los enfocó con la linterna en la cara, cegándolos momentáneamente. El vigilante estaba de espaldas a Tucker y a los demás. Ryland les indicó que siguieran mientras él empezaba su propia retirada, alejándose con cuidado del vigilante, arrastrándose por el suelo y aprovechándose de la conversación como tapadera.

Tucker avanzó deprisa por el bosque, escondiéndose entre las sombras y esquivando las ramas y hojas secas que delatarían su posición. Sam corría en paralelo a Tucker y Jeff, entre ellos y los vigilantes.

Ya están. Los tiene Ian. Todo despejado, Rye. Ian había apagado la luz interior de la camioneta para que Tucker y Sam pudieran acomodar a Jeff tranquilamente sin que ésta los delatara.

Nicolas se sentó en el coche junto a Kaden, que arrancó antes de que cerrara la puerta. *Estamos fuera. Estamos fuera.*

Ryland hizo un gesto a Kyle y a Jonas para que fueran delante de él y corrió tras ellos para protegerlos mientras salían de la zona boscosa. A sus espaldas, el vigilante seguía arengando a los dos chavales, acribillándolos a preguntas con la clara intención de asustarlos.

Ryland fue el último hombre en subirse al tercer vehículo, e indicó a Kyle que se pusiera en marcha incluso antes de entrar en el coche. Respetaron todas las señales de tráfico, porque no querían correr el riesgo de que una patrulla de policía los parara. La casa del doctor Brandon Adams estaba a unos cuantos kilómetros de la propiedad de los Whitney. Era una casa preciosa y grande, rodeada de jardines muy cuidados y verjas de hierro forjado.

Kyle pasó de largo, siguió casi un kilómetro más por la carretera y volvió a pasar por delante de la casa. Redujo la velocidad lo suficiente como para que Ryland y Jonas bajaran antes de volver a pasar por segunda vez. Descubrió un ensanchamiento en la calle justo detrás de la casa y aparcó allí, debajo de las enormes ramas de los árboles. Ryland y Jonas ya estaban vigilando, separados para cubrir más terreno. Nicolas y Kaden rodearon la casa desde el otro lado.

¿Ian? ¿Notas algún mal presagio que quieras comentarnos?

No. Diría que está limpio.

Ryland peinó la zona con la meticulosidad que empleaba en todo. Rodearon la casa, se tomaron su tiempo y revisaron todas las posiciones desde donde les podían sorprender con una emboscada. No había nadie cerca de la casa. Kaden y Nicolas se acercaron y rodearon la baranda del porche. Kaden subió al segundo piso y entró por una ventana abierta. Nicolas entró al sótano por la puerta trasera. Ryland lo hizo por una puerta corredera. La cerradura era de juguete.

Revisó todas las habitaciones y se empapó de las sensaciones que desprendía la casa. Estaba vacía, como Adams le había prometido a Lily. Oyó al doctor moviéndose en el piso de arriba.

Limpio. Era Kaden.

Limpio. Añadió Nicolas.

Entradlo. Ryland se colocó en posición detrás de las escaleras. El timbre sonaba como una melodía. Un hombre alto y delgado bajó corriendo las escaleras. Llevaba unos pantalones gris marengo y una camisa blanca que olían a dinero. Abrió la puerta sin dudarlo. Tucker no esperó a que lo invitara a pasar y entró con Jeff en brazos. Ian y Sam lo siguieron, cerraron la puerta y echaron el pestillo.

—Llévelo a la parte de atrás. Hace poco que cerré mi clínica, así que tengo aquí todo el equipo. —El doctor los guió hasta las espaciosas habitaciones—. He preparado una habitación aquí detrás y he dado unos días libres al personal de la casa. Lily me dijo que se lo devolviera lo antes posible.

—¿Le dijo también que nos quedaríamos? —le preguntó Ian—. Haremos guardia a su lado por turnos.

—Como quieran, pero dudo que sea necesario. Creo que estará bien.

La habitación era grande y ventilada, con unas vistas increíbles. Ian se acercó a la ventana y cerró las cortinas. Sam abrió los armarios y las puertas que conectaban con las habitaciones adyacentes.

—Es muy necesario, doctor, pero no se preocupe que lo dejaremos trabajar. Somos autosuficientes —dijo Ian mientras dejaba la mochila en la mesa—. Hemos traído nuestra propia comida.

Lily se había asegurado de darles suficiente comida cuando se había enterado que se quedarían. También había insistido en que siguieran practicando los ejercicios.

—Nos gustaría asegurar la casa —dijo Ian.

El doctor arqueó las cejas.

—No sé qué significa eso.

—Las cerraduras son de juguete —respondió Sam—. Hasta un niño podría forzarlas.

—Tengo un cerrojo en la puerta delantera y otro en la trasera. —El doctor no estaba prestando demasiada atención a la conversación. Se inclinó sobre Jeff Hollister y le miró los ojos. Hablaba sin ningún tipo de preocupación. Al doctor Adams le daba igual la seguridad.

—No le importa si reforzamos su seguridad, ¿verdad, doctor? —preguntó Sam.

Adams agitó la mano en el aire.

—Hagan lo que tengan que hacer.

El nudo que Ryland tenía en el estómago se relajó. El doctor Brandon Adams tenía una mente parecida a la de Lily. Ella lo entendía. Sólo le interesaba su trabajo. No Jeff Hollister, sólo su cerebro y lo que podía revelarle.

Nico, todo tuyo. Nosotros nos vamos.

Ryland dio la señal a los demás y salieron de la casa con el mismo sigilo con que habían entrado. El doctor nunca sospecharía que habían estado allí.

Capítulo 13

La casa seguía vigilada. Arly tenía vigilantes de seguridad por todas partes, pero los hombres que se escondían entre las sombras no eran civiles. A Ryland no le gustaba tener el equipo separado en dos grupos. Y también estaba preocupado por Lily. Había intentado contactar con ella varias veces en las últimas horas, pero no le había respondido. No se había dado cuenta de lo mucho que contaba con esa conexión y lo mucho que lo preocupaba no poder contactar con ella. Cuando se aseguró de que Jeff Hollister estaba a salvo, se concentró en Lily, pero fue incapaz de establecer ningún tipo de puente.

A medida que fueron pasando las largas horas de la tarde y de la noche, Ryland se fue poniendo más nervioso. Ian había acudido a él un par de veces, diciéndole que «sentía» un peligro pero no podía concretar qué era. Él había intentado tranquilizarlo y achacarlo a los militares que vigilaban la casa. El hecho de no poder contactar con Lily no le reducía la inquietud.

Frunció el ceño y se movió como un Soldado Fantasma entre las líneas para localizar las posiciones del enemigo. Una vez, se oyó algo por un radiotransmisor, y el ruido resonó en la noche fría. Otro vigilante encendió un cigarro, protegiendo la llama con la mano, aunque el olor viajó con el viento. Ryland los observó durante un rato, contemplando su aburrimiento. La noche iba a ser muy larga y fría para los vigilantes.

Por fin. Vio la luz de unos faros y luego, el coche de Lily acercándose por el sinuoso camino. Estaba en casa y el mundo de Ryland volvía a estar entero. El día había sido demasiado largo y, cada vez que pensaba en ella sola en Donovans, se le hacía un nudo en la garganta. Esa gente había conseguido asesinar a su padre y él tenía miedo de que, a medida que el tiempo pasara y no tuvieran ninguna pista de los Soldados Fantasma, Higgens empezaría a ponerse nervioso.

Satisfecho, se movió como el viento: sigiloso y letal. Se mezcló con las sombras veteadas de los árboles y los arbustos que bordeaban la verja. Arly les había dicho que la verja estaba llena de sensores y que la zona que había entre la verja y la casa plagada de sensores de movimiento. Llegó a los árboles que había detrás de la casa y se sirvió de los troncos más grandes para seguir avanzando hasta una zona más boscosa. Pasó cerca de dos vigilantes que estaban manteniendo una aburrida conversación a escasos metros de la entrada al túnel más cercano.

La rosa de tallo largo que llevaba en la mano no tenía espinas, se había encargado personalmente de escogerla. Ojalá tuviera una docena para Lily, pero una era lo máximo que había podido conseguir sin poner en riesgo su seguridad. Arriesgándose mucho, había entrado en una floristería de regreso de ver a Jeff y había dejado el dinero por la rosa perfecta en el mostrador para que la atónita dependienta lo encontrara. Le pareció que ir por ahí con una docena le habría impedido pasar desapercibido entre los viandantes.

Avanzó sigilosamente por el sinuoso túnel. Salió en los pisos superiores. El personal de día ya hacía horas que se había ido. Sin embargo, se asomó a la puerta con precaución, preparado para todo y con todos los sentidos alerta. Sólo vio oscuridad. Hasta las luces de los pasillos estaban apagadas. No importaba, porque él se dirigió decidido hacia su objetivo.

Fue de sombra en sombra, deslizándose a toda prisa por la enorme casa. Llegó a los pies de la escalera que subía hacia los pisos de arriba y el ala donde estaban sus hombres. Subió las escaleras pero giró a la derecha, hacia las habitaciones de Lily.

Cuando entró en la habitación, lo primero que reconoció fue el sonido. Un sonido ahogado, suave. Lily, su Lily, estaba llorando. Ryland se detuvo, tan asustado que tembló. El sonido de su llanto le partía el corazón. Se aferró con fuerza a la rosa y cerró el puño ante aquella situación. Respiró hondo, mantuvo los pulmones llenos de aire y lo soltó muy despacio. El llanto de Lily era algo que no podía soportar. Lo debilitaba y lo sacudía por dentro. Cada día se recordaba que era una pérdida de control, que no era algo demasiado masculino para un hombre de las fuerzas especiales y, sobre todo, que quizá Peter Whitney realmente lo había manipulado, pero nada de eso parecía importar.

Ante todo, respetaba el valor y la integridad, dos cualidades que Lily poseía en abundancia. Como no quería asustarla, se acercó un poco más.

—Lily. —Pronunció su nombre con suavidad y ternura, con una mezcla de calidez y humo.

Lily contuvo el aire de forma audible. Hundió la cabeza en la almohada y le dio la espalda, humillada al verse sorprendida en un momento tan vulnerable.

—¿Qué haces aquí, Ryland? Arly me ha dicho que no estabas, que habías ido a visitar a Jeff. —Habló con un punto de nerviosismo en la voz. Ryland lo reconoció a pesar de que la voz estaba ahogada contra la almohada.

—Lily, no estarías preocupada por mí, ¿verdad? Es imposible que llores porque sufrieras por mí. —La idea lo alarmaba y lo complacía a partes iguales. Alargó la mano para encender la lámpara de la mesita.

—No. —Ella lo sujetó por la muñeca—. Por favor.

Ryland se quedó de pie dubitativo unos instantes porque no sabía cómo reaccionar ante aquella situación. Le rozó la mejilla empapada de lágrimas con los pétalos de la rosa antes de dejar la flor en la almohada.

Lily se estremeció, volvió la cabeza para mirar la rosa y luego lo miró a él. Había tanto dolor en sus ojos azules que lo partió en dos, lo dejó sin fuerzas.

—Siento mucho lo de tu padre, Lily. Sé lo mucho que significaba para ti. —Se sentó al borde de la cama, se quitó los zapatos muy despacio y luego también la camisa y la tiró al suelo. Muy despacio, porque no quería asustarla, se tendió a su lado. La tomó entre sus brazos con una delicadeza infinita.

—Deja que te abrace, cariño, que te consuele. Es lo único que quiero hacer. No quiero volver a verte llorar así.

Lily se acurrucó contra él, con la cara pegada a su pecho y el cuerpo relajado al verse protegida. Acercó la boca a su oreja y le calentó la piel con su aliento.

—No es por mi padre, Ryland. Es por todo. Ha sido un momento de debilidad. Nada más.

Había algo en su voz que lo puso en alerta. Todos sus instintos masculinos y guerreros despertaron. Esperaron. Inspiró muy despacio y olió... sangre.

—¿Qué coño...? —La agarró con fuerza—. ¿Qué te ha pasado? ¿Dónde estás herida?

Lily se aferró a él.

—Estaba en el despacho de mi padre, buscando cosas, y encontré una grabadora de voz. Alguien entró y me golpeó en la cabeza. Caí de espaldas y me volvieron a golpear mientras caía. Se llevaron la grabadora.

Ryland se tensó. Le temblaba todo el cuerpo. La rabia era intensa y volcánica. Maldijo en voz baja.

—Voy a encender una vela y mirarte las heridas. ¿Son graves? ¿Dónde coño estaban los imbéciles de los vigilantes de seguridad? —le preguntó, entre dientes.

Cuando ella no respondió, Ryland alargó los brazos hasta la mesita y cogió las cerillas. La llama pequeña y silenciosa encendió la vela aromática. Dejó la cerilla en el soporte y la sujetó por la barbilla, girándole la cara a un lado y al otro mientras inspeccionaba los daños. Se le hizo un nudo en el estómago; algo muy peligroso en su interior crecía y clamaba que lo dejaran salir.

—Joder, Lily, ¿has visto quién te ha hecho esto? —insistió.

—Me estaba dando la vuelta cuando me ha golpeado. Lo vi de

reojo y luego caí al suelo. —Le acarició el ceño fruncido con la yema del dedo—. Estoy bien; un poco dolorida pero sobreviviré.

Él le acarició la cabeza. Localizó un chichón cerca de la sien y ella hizo una mueca de dolor cuando él se lo tocó.

Un gesto oscuro y depredador se apoderó de la expresión de Ryland, se reflejó en el fondo de sus ojos; una amenaza que la hizo estremecer. Él se inclinó hacia delante para acariciarle la sien y la mejilla con la calidez de la boca.

—Se suponía que debías tener vigilancia en Donovans. ¿Dónde coño estaban esos inútiles? ¿Dónde estaban mientras sucedía todo esto? ¿Por qué no te estaban vigilando? Nunca debí permitir que volvieras allí. Mierda, soy un militar y he dejado que una civil quedara desprotegida ante una situación de peligro. —Había dejado que fuera, que su Lily fuera, y ahora estaba herida.

Tenía una voz tan bonita que le penetraba por todos los poros de la piel hasta lo más profundo de su cuerpo. Como siempre, la emocionaba como sólo él hacía. No sabía por qué, pero parecía que le dolía menos la cabeza con su preocupación. Le acarició la cara porque quería tranquilizarlo.

—Sabes que fue decisión mía y que nadie podría habérmelo impedido —cuando notó que él se tensaba, se apresuró a continuar—: Saltaron las alarmas. Los vigilantes corrieron para ver si alguien había cruzado las líneas de seguridad —explicó, muy cansada.

Se reclinó y se acercó más a la calidez de su cuerpo sin ser consciente de hacerlo.

—Esta mañana, cuando llegué, el coronel Higgens me acompañó a mi despacho. Phillip Thornton se unió con nosotros allí y me dijo que querían asignarme un equipo militar de vigilancia porque tenían miedo de que intentaras secuestrarme. Insinuaron que serías el responsable del ataque.

Se produjo un breve silencio mientras Ryland se tragaba la ira. Los dos hombres sabían que él jamás le haría daño a una mujer.

Él sonrió y enseñó sus dientes blancos; una sonrisa pícara que provocó que le brillaran los ojos.

—Secuestrarte tiene un aspecto muy erótico —bromeó.

Ella dibujó una pequeña sonrisa temblorosa a pesar del ataque.

—No tienes remedio, Ryland. Sólo tú podrías pensar en algo tan pervertido.

Él le husmeó el cuello.

—Cuando se trata de ti, cariño, me gustan las perversiones. —Le mordisqueó el lóbulo de la oreja.

—Más perspectivas interesantes. —A pesar de su intento por sonreír, su voz sonó infinitamente agotada.

El corazón de Ryland dio un vuelco. La pegó a su cuerpo y notó como ella se amoldaba a él. Ryland luchó por contener la reacción de su cuerpo, porque sabía que ella necesitaba consuelo. Sentía el dolor de su cabeza.

—¿Te has tomado algo para el dolor de cabeza?

—No he querido tomarme nada de ellos. Me he esperado hasta llegar a casa. No tengo sueño ni estoy cansada, sólo quiero tenderme en la oscuridad y sentir lástima por mí misma.

Él le llenó la cara de besos. Suaves como una pluma. Tiernos.

—Necesitas una taza de chocolate caliente. Llamaré a Arly para que avise a un médico y te eche un vistazo.

—¡No! No puedes hacer eso, Ryland, no los conoces. Arly, John y Rosa se volverán locos. Estoy bien, de verdad. Sólo es un chichón y un dolor de cabeza. Además, supone una excusa excelente para quedarme en casa un par de días y nadie del trabajo se extrañará.

—No quiero que vuelvas nunca más. No hay ninguna necesidad.

—Ryland, no. —Ella le acarició la boca escultural con la yema del dedo.

—No, ¿qué? ¿Que no quiera protegerte? Lo siento, Lily, pero es imposible que ese instinto desaparezca. Lo sabía. Aquel día que entraste en la habitación. Lo supe allí mismo, en ese mismo instante en que mi cerebro se volvió loco, la piel se erizó y mis entrañas se retorcieron de forma que creía que iban a estallar. Entraste en la habitación, Lily, y estabas tan preciosa que me hacías daño.

—Yo no lo recuerdo exactamente así.

Él le agarró un mechón de pelo sedoso y se lo acercó a la cara para frotarlo contra su mandíbula.

—Me robaste el corazón allí mismo. Y es tuyo desde entonces. Maldita sea, no puedo hacer o sentir otra cosa que no sea protegerte.

—Ryland... —Ella lo miró, con el corazón en los ojos—. Yo siento lo mismo por ti, pero los dos somos amplificadores. Cualquier cosa que sentimos es más intensa.

Él cogió la rosa de la almohada y la dejó en la mesita, al lado de la vela.

—Yo también lo he estado pensando y lo he analizado desde todos los ángulos. Y no creo que lo que siento por ti tenga que ver con ninguna amplificación, Lily. Atravesaría el infierno para protegerte. No soy uno de los hombres amables que has conocido siempre en tu mundo protegido. Y no quiero que me veas así, porque no es eso. Tendrás que quedarte con el hombre que soy.

—No quiero que seas de otra forma, Ryland. —Era verdad. A pesar de ella misma, no podía evitar adorar su proceder de protector.

—Eres magia, Lily. Pura magia. Y eres mía, lo eres todo para mí. Me gustas porque eres Lily Whitney, con más coraje en tu dedo meñique que mucha gente en todo el cuerpo. Eres inteligente, tienes sentido del humor, una sonrisa que me desarma y cada vez que estoy cerca de ti, quiero arrancarte la ropa. Y no voy a perderte, joder.

—No vas a perderme. —Levantó las pestañas para darle una mejor visión de sus increíbles ojos azules—. Sabía que, tarde o temprano, sacarías a relucir el sexo.

Sus manos la rodearon y localizaron sus pechos debajo de la sábana. Ella encajaba en las palmas de sus manos, cálida y suave como un pétalo de rosa.

—Me he olvidado de añadir que siempre hueles muy bien. —Respiró hondo, inspirando su aroma, que le llenó los pulmones; una potente tentación—. Deja de distraerme de forma deliberada, Lily. Quiero sermonearte.

Ella sonrió y el intrigante hoyuelo de las mejillas apareció.

—Creo que son tus manos las que están sobre mi cuerpo, capitán Miller, no al revés.

Él cerró los ojos un segundo y gimió ante las posibilidades que encerraban aquellas palabras murmuradas.

—La idea de tener tus manos en mi cuerpo es alarmante, Lily. Luego empiezo a pensar en lo que pasaría después. Tienes una boca preciosa. Es interesante todo lo que podrías hacer con esa boca.

Ella se rió; abrió los ojos y lo miró. Estaba a escasos centímetros de su cara.

—La vida contigo sería agotadora. Lo sabes, ¿verdad?

—Deliciosamente agotadora —asintió él.

—Y llena de picardía.

Él sonrió con gesto satisfecho.

—Llena de una picardía deliciosa.

Simplemente, le estaba meciendo los pechos con las manos, con los dedos aferrados a la piel, pero ella notó cómo el calor empezaba a expandirse desde sus manos hasta su cuerpo. Una lenta llama. Una llama deliciosa.

A Ryland se le hizo un nudo en la garganta. Lily lo estaba mirando sin malicia, sin esconderle nada. Tenía el corazón en los ojos. Amor. Aceptación. Incondicional. Lily Whitney estaría siempre a su lado. Y eso era bueno y malo. Bueno porque era suya. Y malo porque creía que tenía que protegerlo. Podía derribar a un hombre hecho y derecho.

La llama de la vela tembló y le iluminó la cara dolorida. Ella hizo una mueca y la apartó.

—Me siento tan estúpida. Mi padre se gastó una fortuna en los mejores profesores del mundo de defensa personal. Y lo peor es que en cuanto saltaron las alarmas, incluso antes, supe que iba a pasar algo.

Él no dijo nada porque sabía que ella necesitaba sacarlo. Estaba temblando, pegada a él. Todavía tenía un nudo en el estómago, porque era consciente de que no había contactado con él en el momento del ataque. Su reacción iba y venía entre el dolor y la rabia.

—Estaba revolviendo las cosas de mi padre con la esperanza de encontrar algo que me pusiera sobre la pista de quién lo había matado. He estado en su despacho decenas de veces y sabía que Thornton ya lo había mirado todo a conciencia, pero seguía pensando que podría encontrar algo.

Él le besó el chichón, besos ligeros como una pluma que descendieron por la mejilla.

—Es natural que quieras descubrir quién mató a tu padre, Lily. Y lo descubriremos.

—Encontré la grabadora detrás de un bloque de cemento que estaba suelto. Me golpeé el pie con él cuando estaba separando la silla de la mesa. Entonces me agarré a la mesa para acercarme y tiré el ratón al suelo. Así que me agaché y tuve que meterme debajo de la mesa para recogerlo, y entonces vi que el bloque no estaba pegado a la pared. Había un hueco y, sencillamente, saqué la grabadora.

—Y, lógicamente, deben de tener una cámara escondida en su despacho, así que estaban observando todos tus movimientos. Debieron de creer que en la grabadora había notas sobre el experimento que explicarían cómo había conseguido fortalecer nuestras habilidades. Eso o algo incriminatorio. En cualquier caso, no podían permitir que cayera en tus manos.

Lily se dejó caer en la almohada.

—Sabía que tenían una cámara. Era consciente de eso, pero cuando encontré la grabadora estaba tan concentrada que me olvidé de todo lo demás.

—Sácalo, cariño. Cualquiera habría cogido la grabadora. —Con los labios, localizó el pulso que le latía en el cuello, bajó hasta el hueco de la clavícula y se quedó allí—. ¿Piensas quedarte dormida mientras te hablo? —Sabía que se quedaría allí quieta, pensando en el ataque y en la cinta que había perdido.

—Sí, me duele todo el cuerpo. Si vas a quedarte conmigo, apaga la vela. Sería una lástima quemar la casa.

—Me gustaría quedarme contigo toda la noche, cada noche, pero duermo sin ropa.

Se produjo un pequeño silencio.

—Está bien, quítatela.

Ryland se deshizo de los vaqueros en un abrir y cerrar de ojos, antes de que cambiara de idea y lo enviara a su habitación. Volvió a tenderse a su lado, la abrazó, olió su olor e intentó controlar su cuerpo cuando se pegó a ella. Se quedaron en silencio mientras su corazón latía y bombeaba sangre por todo su cuerpo.

Lily suspiró.

—Respiras demasiado fuerte.

Él se rió.

—Tengo un plan, cariño.

—Pues guárdatelo durante un rato. Y no te muevas tanto, que me duele la cabeza.

Parecía somnolienta y malhumorada. Íntima. Ryland notó cómo lo invadía una calidez y le hacía cosas extrañas en el corazón. Nadie más veía a Lily así. Lily Whitney, siempre controlando la situación, siempre perfecta en el trabajo o en sociedad. Con él era diferente. Era suave. Delicada. Ardiente. Malhumorada. Sonrió hasta que se le puso cara de idiota. Tenía a Lily tan dentro de su corazón y su alma que sabía que nunca la sacaría de allí.

Se concentró en la vela, agitando el aire hasta que la llama se apagó y la habitación se volvió a quedar a oscuras. Tenerla entre sus brazos era el cielo y el infierno, pero lo aceptaba. Le mordisqueó el hombro desnudo.

—Tengo hambre, Lily.

Ella soltó un pequeño sonido de satisfacción y se acurrucó más contra él.

—Ya tendrás hambre mañana.

Él habló con una nota de humor en la voz.

—¿Te das cuenta de que te pones de mal humor cuando tienes hambre? Ya me había fijado.

Le estaba masajeando la piel, con las manos cálidas, fuertes y reconfortantes en la noche. El cuerpo de Lily se fue relajando y, bajo sus mimos, el dolor de cabeza fue desapareciendo, pero ella suspiró con fuerza.

—No me dejarás tranquila hasta que te salgas con la tuya, ¿verdad?

Él le mordisqueó el lóbulo de la oreja.

—Por supuesto, cariño. Tengo que comer. Y sé que tú no has comido nada. —Salió de debajo de la sábana.

—No tenía hambre —respondió Lily

Ryland la dejaba sin aliento con su actitud completamente desinhibida. Parecía que no conocía el significado de la palabra «pudor». Tensó los músculos y deslizó el cuerpo, con movimientos fluidos y poderosos. No podía quitarle la vista de encima. Con un pequeño suspiro por las horas de sueño perdidas, apartó la sábana y lo siguió, cubriéndose con su camisa aunque sin cerrarla.

—Estoy muerto de hambre. —Ryland no se volvió; siguió caminando, increíblemente sensual, saliendo de la habitación como un tigre de la jungla. Cuando salió al pasillo, cogió varias velas de un estante de caoba.

—Siempre estás muerto de hambre —respondió Lily—. ¿Vas a la cocina? Pero si son las tantas de la madrugada. —Corrió tras él, y los extremos de la camisa le rozaban los muslos mientras caminaba—. Cuando te dije que no cocinaba, no bromeaba. Ni siquiera sé poner en marcha el microondas.

—Soy un buen cocinero. Además, tengo planes para después, cuando el cuerpo no te duela tanto. —Volvió la cabeza hacia ella, por encima del hombro, con un brillo pícaro en los ojos grises. La recorrió con la mirada con posesión, hambre, acariciando cada curva de su cuerpo sin disimulo—. Necesito recuperar fuerzas.

—No necesitas más fuerzas, Ryland. —Parecía remilgada, pero se le endurecieron los pezones bajo su ardiente mirada y, en su interior, la calidez empezó a apoderarse de ella—. Acabaremos agotados los dos. Y, para tu información, con la medicación que hay en mi cuerpo podrías dormir a un elefante.

—La herida no parecía tan anestesiada cuando la he examinado.

—¡Porque has apretado justo en el chichón! En serio, estoy bien.

—Será mejor que me digas la verdad. —Cuando entraron en la cocina, Ryland encendió las velas y las colocó sobre la encimera para iluminarse—. Cocinar a la luz de las velas es un mundo aparte. Ahí es donde se equivocó tu profesor de cocina. No tenía alma.

Ella se echó a reír.

—Debiste de ser un niño terrible. Apuesto a que, cuando le sonreías así a tu madre, siempre acababas saliéndote con la tuya. —Se apoyó en la encimera más lejana y lo observó, fijándose en cada detalle de su increíble cuerpo. Era todo fibra, cada músculo definido. Y se movía con soltura por la cocina, totalmente desnudo y casi erecto, aunque parecía que no le importaba. Su cuerpo la fascinaba casi tanto como su mente. Le encantaba su falta de pudor y cómo parecía que no le molestaba el no poder ocultar lo mucho que la deseaba.

A Ryland le encantaba que Lily lo mirara. Se agachó para asomarse a la nevera, rebuscó, sacó varias cosas, y todo sabiendo que ella lo estaba mirando. Su cuerpo se endureció todavía más bajo aquel escrutinio. Estaba contento de tenerla cerca. Oía el sonido de su risa. Necesitaba escuchar el tono tranquilo de su voz. La deseaba, quería estar con ella, pero no únicamente mediante la unión de sus cuerpos; quería un compromiso.

La camisa le iba grande y le envolvía el cuerpo, aunque dejaba algunos huecos que permitían ver intrigantes rincones de sus pechos. Ryland veía el triángulo oscuro de rizos en la entrepierna. Los extremos de la camisa despertaban sus sentidos con pequeños destellos de información, y luego se movían cuando ella se movía, escondiendo sus tesoros.

—Fui un niño maravilloso, Lily —le dijo—. Igual que lo será nuestro hijo.

Ella arqueó la ceja.

—¿Vamos a tener un hijo?

—Al menos, uno. Y también un par de niñas. —Pasó por delante de ella, le acarició el vientre plano con la mano, la masajeó y jugueteó con los oscuros rizos de la entrepierna antes de ir hacia el fregadero—. ¡Lily! Mira esto. Tienes masa de pan.

Ella se sacudió mientras un escalofrío la recorría entera. Su cuerpo reaccionó ante sus caricias.

—Rosa suele dejarme masa de pan porque sabe que me encanta el pan recién hecho. Yo sólo lo meto en el horno.

Él se detuvo y la miró con escepticismo.

Lily se encogió de hombros.

—De acuerdo, está bien. Me escribió las instrucciones y las tengo en un cajón junto al horno. —Se acercó a él, porque quería que volviera a acariciarla—. ¿Quieres tener hijos algún día? —La idea de tener al hijo de Ryland creciendo en su interior la emocionó. Se colocó la mano encima del vientre, protegiendo inconscientemente a un bebé que todavía estaba por llegar.

—Algún día no —la corrigió él—. Pronto. Ya no tengo veinte años. —Destapó la masa de pan—. Me apetecen unos rollos de canela, ¿a ti no? —Alargó la mano para encender el horno y precalentarlo.

—¿Conmigo? ¿Quieres tener hijos conmigo, Ryland?

Él emitió un gruñido mientras empezaba a introducir ingredientes en un cuenco.

—Intenta no perderte, cariño, tienes un coeficiente intelectual muy alto. Sé que, si lo intentas, puedes hacerlo.

Lily se frotó el labio inferior con la yema del dedo pulgar.

—Debiste de ser un niño monstruoso, Ryland. Debías de estar siempre metido en algún lío. —Se desplazó hasta el otro lado de la encimera y lo miró fijamente, mientras se le ocurría una idea alocada. Ryland estaba muy seguro de sí mismo. Y estaba haciendo lo que podía para ignorarla mientras trabajaba.

Ella rodeó la encimera y se colocó a su lado.

Ryland la miró.

—Estoy trabajando y la luz de las velas en tus pechos me distrae. Quédate en la sombra.

Lily meneó la cabeza.

—¿Por qué no te ayudo? —Le estaba mirando las manos mientras amasaba la masa, no a los ojos, pero su voz desprendía un tono ronco y sensual que lo excitó y lo encendió al instante.

Un calor oscuro se apoderó de él y le quitó el aliento. No se atrevía a hablar, porque no quería romper el hechizo sexual que Lily estaba creando. Empezó a mezclar ingredientes en un cuenco pequeño con movimientos seguros y expertos.

Lily le empujó los fuertes músculos de las piernas, obligándolo a separarse de la encimera. Sacó un pequeño estante que había delante de él, escondido en los muebles. Era una tabla de madera que, de pequeña, utilizaba como escalón para alcanzar más cosas.

Ryland se quedó sin aire en los pulmones.

—Ni me imagino cómo vas a ayudarme —dijo él, con la voz tan ahogada que apenas la reconoció.

—De pequeña, solía subirme aquí para abrir los armarios. —Sacó del todo la tabla para que Ryland viera las patas que se apoyaban en el suelo—. He pensado que podría sentarme aquí y verte trabajar. No te importa, ¿verdad?

—Siéntate. —Dio la orden con brusquedad. Aquella sola palabra era lo único que podía decir.

Lily se sentó despacio en el pequeño taburete, de frente a él. El cuerpo desnudo de Ryland estaba muy cerca y muy excitado y duro.

—Sabía que sería la altura perfecta. Tú trabaja y yo ya veré qué puedo hacer para relajarte.

Había soñado con eso. Lo había deseado. Era demasiado tentador para resistirse. Sus muslos eran como columnas y ella los acarició con suavidad con las yemas de los dedos. Ryland ya estaba más grueso, duro y ansioso por acariciar la sedosa calidez de su boca. Ella deslizó las manos hasta las nalgas, las apretó y lo obligó a dar un paso adelante.

—¿Estás seguro de que no te distraeré? —Prolongó el momento a propósito, alargándolo, respirando encima de la cabeza gruesa, aterciopelada e hinchada de su pene. Antes de que él pudiera responder, lo acarició un segundo con la lengua—. Porque no quisiera distraerte. Me apetecen mucho los rollos de canela. Calientes, crujientes y especiados.

Ryland soltó el aire de los pulmones.

—Lily. —Era una orden. Absolutamente.

Ella se rió.

—Vaya, no tenemos paciencia, ¿eh? —Quería volverlo loco, sentirse poderosa y al mando de la situación y, sin embargo, tenía poca experiencia y, ahora que había insistido, tenía miedo de decepcionarlo.

—Puedo leerte los pensamientos, cariño —le dijo él con ternura. Le agarró un mechón de pelo y se lo estrujó entre los dedos—. Todo lo que haces me gusta. Cuando estamos así, lo nuestro es tan intenso que es muy fácil obtener lo que queremos. Ábreme tu mente, igual que me abres tu cuerpo. Está todo en mi cabeza, todas las fantasías eróticas que he tenido contigo. Y todas las que tú has tenido conmigo.

—Tienes algunas ideas interesantes —admitió ella.

—Y tú también —respondió él.

Lily se inclinó hacia delante y lo tomó en su boca, caliente, húmeda y tensa, succionando un poco, bailando con la lengua para que el placer le recorriera las venas y le estallara como un volcán en el estómago. Ryland notó un escalofrío por todo el cuerpo cuando ella lo tomó en su boca y su lengua empezó a juguetear con él mientras le agarraba las caderas con las manos para que siguiera su ritmo. Por un segundo, su mente quiso estallar con el intenso placer que se había apoderado de él.

La luz de las velas iluminaba la cara de Lily. Estaba tan preciosa, con el pelo sedoso y la pasión reflejada en sus ojos. Ryland dejó las manos inmóviles mientras veía cómo su cuerpo entraba y salía de su boca, porque quería grabar esa visión en su cerebro para siempre.

Así es como se suponía que tenía que ser. Lily queriéndolo, seduciéndolo. Y él devolviéndole la misma pasión. Su mundo. Su fantasía. Y estaba decidido a hacer realidad todas sus fantasías. Ella lo necesitaba en su mundo perfecto. Necesitaba pasión, amor y que, de vez en cuando, la sacudieran y le dieran vida.

Ryland obligó a sus manos a moverse, amasando la masa y colocándola en la encimera, delante de él. Mientras tanto, el placer seguía recorriéndole el cuerpo entero. Trabajó la masa caliente con las manos rítmicas, avanzando la cadera cuando ella cerraba la boca, con unas caricias que pasaron de ser juguetonas a insistentes. Los dedos de Lily eran, a veces, como alas de mariposa y, otras, fuertes y exigentes. Le envolvió el pene con una mano, siguiendo el ritmo que marcaba, y tenía la boca tan caliente que él notaba las llamas en su interior.

Emitió un sonido gutural.

—Creo que ya hemos encontrado tu creatividad. Eres maravillosa. —Todo su ser, su existencia entera parecía concentrada en el calor de su boca sedosa. La tomó entre las manos y la detuvo antes de que fuera demasiado tarde—. Es demasiado, Lily. Y quiero que esta vez sea para ti, no para mí. —La levantó del pequeño taburete. Al levantarse, Lily lo rozó con todo su cuerpo, suave y tentador. Ryland apretó los dientes, contuvo otro gruñido y la levantó a peso para sentarla en la encimera—. Quédate aquí. No hagas nada, sólo quédate aquí sentada.

—Me estaba divirtiendo —protestó ella, mientras se apartaba el pelo revuelto de la cara. Aquel gesto le abrió la camisa y sus pechos quedaron completamente expuestos.

Él le sonrió.

—Creía que habías dicho que el impaciente era yo. —Acabó de trabajar la masa y mezcló los ingredientes que tenía en el cuenco—. Tendremos tiempo de sobras cuando meta esto en el horno. —Ya estaba en ello.

En cuanto se volvió hacia ella, la mirada de sus ojos hizo que el corazón de Lily se acelerara. Se le acercó como un tigre al acecho. Cualquier rastro de juego había desaparecido; ahora sus ojos ardían de intensidad. Cuando lo vio, el corazón le latió más deprisa. No hubiera podido mover ni un músculo de su cuerpo aunque le fuera la vida en ello. Ryland la hechizaba con su pasión y su deseo.

Alargó la mano hasta ella y le separó las piernas para recibirle. La acercó a él y luego la echó hacia atrás, dejándola tendida en la encimera. La luz de las velas bailaba sobre las curvas y los huecos de su cuerpo, rozando y acariciando con la delicada luz. Le recorrió el cuerpo con delicadeza, siguiendo la danza de la luz.

—¿Sabes lo preciosa que me pareces, Lily?

Metió los dedos en un bote de mermelada de fresa y le dibujó una línea entre los pechos, hasta el ombligo.

—Sé que te dejo hacerme cosas escandalosas —respondió ella,

con un nudo en la garganta. Era cómo la miraba. Como si fuera la única mujer del mundo. Como si la deseara tanto que no pudiera llegar a la noche sin ella y le daba igual quién lo supiera.

Le acarició la húmeda entrada de su cuerpo con movimientos largos y pausados, aunque no la penetró.

—Ni siquiera hemos empezado con las cosas escandalosas —murmuró él, mientras agachaba la cabeza y seguía el rastro de mermelada con la lengua.

Lily se estremeció de placer y el aire frío le endureció los pezones. La sensación de su lengua lamiéndole el cuerpo, con calma y tranquilidad, como si tuviera todo el tiempo del mundo para disfrutar de su cuerpo, añadía más intensidad a su deseo. Movió las caderas en una clara invitación. Él respondió penetrándola con dos dedos, aunque con una lentitud tentadora.

Lily gritó cuando le agarró los pezones con los dientes, cuando le cubrió el pecho con la boca. La sensación era tan intensa que casi la levanta de la encimera. Luego, Ryland siguió lamiendo la mermelada del estómago, jugueteando con el ombligo, deslizando la cabeza para saborear los rizos oscuros.

—Me estás matando. —Lo agarró del pelo y lo hundió contra su cuerpo.

Él respiró fuego entre sus piernas. La penetró todavía más con los dedos y levantó la cabeza para ver cómo se le nublaban los ojos. Verla tan receptiva aumentaba su placer. Cuando retiró la mano, ella lo retuvo, tensando todos los músculos, buscando el ansiado alivio.

Tenía la cabeza echada hacia atrás, la espalda arqueada, seduciéndolo para que la llenara del todo. Él sonrió y mantuvo el mismo ritmo lento y respirando fuego contra su entrepierna. Antes de que Lily pudiera pensar o razonar, Ryland sacó los dedos y los substituyó por la lengua, penetrándola con fuerza.

Ella emitió un sonido a medio camino entre un grito y un gruñido, y se aferró con más fuerza a su pelo, acercándolo más. Su cuerpo entró en erupción. Creyendo que era el alivio que buscaba, Lily respiró, aunque enseguida se vio transportada a las nubes de nuevo cuando él la agarró por los muslos y la mantuvo abierta para su seductora exploración.

Ryland la quería así, abierta ante él, volviéndose loco con sus gritos y su sabor. Había soñado con esto muchas veces, despertándose con una erección dura y dolorosa y Lily no estaba a su lado para aliviarlo. Pero ahora se dio el gusto, se tomó su tiempo y la llevó hasta el precipicio del placer aunque sin dejarla caer, frenando mientras ella gritaba y suplicaba. Lily estaba caliente, era un infierno en llamas, y Ryland sabía qué pasaría cuando la penetrara. Le recorrió el cuerpo con las manos, explorando cada hueco secreto, cada sombra, reclamando su parte, haciéndole saber que era suya. Igual que él quería ser suyo. Mientras tanto, los dedos y la boca la estaban volviendo loca.

Lily casi estaba llorando de la necesidad.

—Por favor, Ryland. No puedo más. —Lo decía en serio. Su cuerpo estaba en llamas y ella se estaba hundiendo en el placer.

—Sí que puedes, Lily —respondió él con suavidad, levantándole la cabeza y lamiéndose los dedos para saborearla—. Vas a recibirme en toda mi plenitud en tu cuerpo, que es mi sitio. Quiero que sepas lo que ningún otro hombre hará jamás por ti. Voy a conocerte de forma tan íntima que nunca se te ocurrirá dejarme.

Parecía tan arrogante que ella sonrió. No había pensado en ningún otro hombre desde el día que lo conoció. Y, desde luego, nunca se había planteado la posibilidad de hacer con otro lo que hacía con él.

—Deja de hablar y pasemos a la acción —le suplicó.

Él la cogió por las caderas, la bajó de la encimera y le dio la vuelta de modo que pudiera inclinarle el pecho sobre el taburete. Tenía un culo precioso. Le encantaba verla caminar, porque el balanceo de sus caderas siempre era una tentación. La agarró por el cuello con una mano, sujetándola en aquella posición, mientras con la otra mano le acariciaba las nalgas.

—¿Estás cómoda con la cabeza agachada? No quiero hacerte daño.

Ella se rió y empujó su cuerpo contra esa mano.

—Ryland, ahora mismo no estoy pensando en mi cabeza.

Él comprobó una última vez que estaba preparada para recibirlo y le separó las piernas mientras le acariciaba el oscuro túnel.

Ya estaba al límite del control, y ella también. Así que empujó hacia atrás cuando él la penetró con fuerza. Era como terciopelo cálido, tan ardiente que podía quemarlo y tan tensa que era como si lo estuviera agarrando con la mano y no quisiera soltarlo. Ella no podía moverse, estaba a su merced en aquella posición en que la había puesto, y aquello le daba una sensación de poder. La penetró una y otra vez, llenándola por completo, obligando a su suave y amoldable cuerpo a aceptar hasta el último centímetro de su cuerpo. Ella se adaptó a su ritmo y gritó cuando su cuerpo estalló de placer. Él siguió embistiéndola con fuerza, entrando y saliendo, llegando hasta el fondo, presa de una pasión brutal que lo invadió con ferocidad.

Lily se dejó ir, dejando que el orgasmo la avasallara como un tren, que se apoderara de ella con toda su fuerza. Su cuerpo se sacudió y la sensación fue tan abrumadora que tuvo que hacer un esfuerzo por no llorar de puro placer. Se quedó ahí lacia, como una muñeca de trapo, agotada, incapaz de moverse, con Ryland todavía dentro de ella.

—Lily, dime que sientes lo que yo siento —dijo, besándole la nuca—. No te he hecho daño, ¿verdad?

—¿Acaso te ha parecido que me hacías daño, tonto? Sin embargo, cuando recuperes las fuerzas, espero que me lleves en brazos a la cama. No podré volver a caminar en la vida.

Le recorrió la columna vertebral con las manos, masajeándola y explorándola. Adorándola.

—No sé qué he hecho para merecer esto, Lily, pero gracias.

Ella volvió la cabeza para sonreírle, todavía demasiado agotada para moverse. Estaba totalmente saciada y completamente relajada. Le dolía el golpe en la cabeza, pero daba igual. Él no dejó de tocarla ni de pensar en ella. Tomó lo que quería, pero se lo devolvió con creces.

—¿Te han dicho alguna vez lo precioso que eres, Ryland?

Él le tomó los pechos entre las manos, acariciándole los pezones con los pulgares, saboreando cómo sus músculos se tensaban a su alrededor cada vez que su cuerpo se estremecía.

—No, pero no me importa que me lo digas. Ahora mismo, me pareces espléndida. —Y lo decía en serio.

Tardó un poco en poder levantarla en brazos y llevarla hasta la habitación. Disfrutaron de los rollos de canela y la mermelada antes de darse una larga y erótica ducha juntos.

Horas después de que Lily se quedara dormida en sus brazos, Ryland fijó la mirada en el techo. Aquella parte oscura y peligrosa de su ser se había despertado. Alguien se había atrevido a ponerle las manos encima a Lily. Había sido un error.

Capítulo 14

Lily se miró en el espejo. El moretón alrededor de la mejilla era demasiado evidente para ignorarlo.

—No creo que puedas ocultarle los moretones a Arly —dijo Ryland—. Estás muy... colorida.

—Ah, no digas su nombre. Voy a esconderme todo el día. Quizá podrías mentir por mí y decirle que he ido al laboratorio. —Frunció el ceño y se tocó las manchas negras azuladas. Tenía la mejilla hinchada y un chichón más que obvio en la sien.

Arly y Rosa la iban a emprender en su contra. Y John, al pobre John seguro que se le humedecerían los ojos. Pero era una buena excusa para no ir a trabajar.

—Si intentas acercarte a ese sitio —la advirtió Ryland—, se lo explicaré a Arly tan deprisa que la cabeza te dará vueltas.

Ella le hizo una mueca.

—Vaya, vaya. Tu carácter empieza a salir. También eres malo. —Volvió a mirarse en el espejo. Era imposible esconder aquellos moretones con maquillaje—. Voy a tener que enviarlo a Alaska en una misión de gran importancia.

—Mientras no vayas a Donovans. —Ryland le acercó el teléfono y se quedó a su lado mientras ella marcaba el número y dejaba un mensaje para Thornton diciéndole que se quedaría trabajando en casa hasta que le bajase la hinchazón.

Lily le devolvió el teléfono.

—Intenta borrar esa sonrisa de petulancia —le dijo—. Ya había pensado llamar. No ha tenido absolutamente nada que ver con tu actitud mandona. Creo que esto de dar órdenes a tus hombres se te ha subido a la cabeza.

—¿Es un comentario feminista? —Ryland arqueó la ceja—. Porque, si lo es, vuélvete a mirar en el espejo, tesoro.

Lily lo ignoró y se recogió el pelo en un moño. Desvió la mirada hacia él cuando Ryland hizo un sonido extraño con la garganta.

—¿Eso ha sido un gruñido? ¿Tienes algún tipo de dolencia que quieras explicarme?

—No he gruñido. Sólo era una protesta involuntaria.

—Has gruñido, ¿y por qué ibas a protestar? Eres muy quejica, ¿no? —dijo Lily, con la mirada neutra y la ceja arqueada aristocráticamente.

—¿Quejica? —repitió él—. Lily, estás chalada. Me parece que no tienes ni idea de lo que hago. Los hombres obedecen mis órdenes porque confían en que sé lo que hago en situaciones de máximo riesgo. —Nadie desobedecía o cuestionaba sus órdenes. Hasta que conoció a Lily.

—¿En serio? —Ella lo miró con la arrogancia de una princesa que mira a su lacayo—. Los hombres obedecen tus órdenes porque tienes un mayor rango. Las mujeres piensan las cosas y deciden por sí solas qué hacer. —Le acarició la cabeza, dibujando pequeñas espirales con los dedos durante unos segundos—. No te preocupes, ahora que soy consciente de tu pequeño problema de ego, me esforzaré por parecer entusiasmada cuando te golpees el pecho.

—¿Pequeño problema de ego? ¡A mi ego no le pasa nada! ¿Cómo coño has conseguido darle la vuelta a la tortilla? Te lo advierto, si sigues por ahí, te demostraré lo pervertido que puedo llegar a ser.

Lily sonrió.

—Claro. Sexo. Cuando los hombres pierden una discusión, siempre hacen alusiones sexuales. Debo asumir que hablas de sexo pervertido por algún tipo de gratificación para el hombre de las cavernas. He leído sobre eso, pero como nunca había probado la perversión, no me parecía demasiado estimulante.

—¿Quieres que ponga remedio a la situación por ti? —se ofreció Ryland, exasperado—. Sería un placer ponerte un ejemplo. Quiero ver ese libro del que siempre hablas y te juro que, si te estás riendo de mí, te daré una paliza. ¿Eres siempre tan impertinente?

Ella se inclinó y le dio un beso en la oscura mandíbula.

—Y todavía es peor cuando alguien intenta decirme qué tengo que hacer. Pregúntaselo a Arly. Hasta mi padre se resignó al cabo de un tiempo. Dijo que tenía problemas con las figuras de autoridad. —Le acarició la barba de tres días y, de inmediato, empezó a notar un suave cosquilleo en la entrepierna. Notaba la escofina en la piel otra vez, aumentando el placer.

Él la tomó de la mano y se metió los dedos en la boca. Uno a uno. Muy despacio. Succionó cada dedo. La lengua jugueteó con la piel, la rodeó, la sedujo y bailó a su alrededor. Lily notó cómo algo empezaba a arder en su interior y cómo se le llenaban las venas de líquido ardiente. Se alejó de él. Sonriente. Con la piel sonrojada.

—Deberías ser ilegal.

Ryland le sonrió, complacido con su respuesta.

—Soy ilegal. Y no me importa que te metas con mi orgullo si lo dices de corazón.

Ella abrió los ojos. También abrió la boca, pero no emitió ningún sonido. Meneó la cabeza.

—Lárgate, tengo que trabajar. Tengo que encontrar todas las cintas que mi padre grabó del primer experimento y analizar los ejercicios. Los que funcionaron y los que no.

Ryland amplió la sonrisa de modo que sus ojos grises se iluminaron.

—Lily recurre a la ciencia y al trabajo cuando pierde una discusión.

—No he perdido —le respondió de inmediato—. Nunca pierdo. Sólo elijo no seguir con esta estúpida discusión cuando tengo tanto trabajo que hacer. Ve a meterte con tus hombres. Seguro que están listos para una sesión de golpes en el pecho.

—Ya, pero es que si no estamos todos no es tan divertido. ¿Cuándo crees que el doctor nos dirá algo acerca de Jeff?

—Estoy segura de que me dirá algo hoy. —Lo empujó y se dirigió hacia las habitaciones exteriores.

Ryland fue tras ella.

—Voy contigo, Lily. Cuatro ojos ven mejor que dos.

Ella se detuvo en seco y ni siquiera lo miró.

—El personal de día está aquí. Pueden verte.

—Puedo controlar al personal de día sin ningún problema, Lily. Ése no es el motivo por el que no quieres que vaya contigo. No quieres que vea esas cintas de tu infancia.

Lo dijo con tanta amabilidad y ternura que el corazón de Lily dio un vuelco y tuvo que contener las lágrimas.

—Cuando las veo, me siento traicionada y, si las miraras tú, sentiría que lo estoy traicionando a él. Lo que hizo está mal, Ryland. Ya estuvo mal que me lo hiciera a mí, pero había otras niñas, que ahora deben de ser mujeres, que no tuvieron la suerte de vivir en esta casa ni de estar con la gente que vive aquí. Seguro que lo pasaron mal, incluso puede que alguna acabara encerrada en algún manicomio. Y no está bien. Nunca estará bien y nada de lo que haga podrá cambiarlo.

Ryland la tomó de la mano y le dio un beso en la palma.

—Aprendió a querer contigo, Lily. Aprendió a diferenciar entre lo que estaba bien y lo que estaba mal y a tener valores a través de conocerte y quererte. No te sientas culpable por haberlo querido. Intentó hacer el bien a través de ti. Sabía que no era la persona adecuada, así que te rodeó de gente que cubriría tus necesidades. Y les dio una casa, un sentido, una familia. Pocas personas son absolutamente buenas o malas, Lily. Todos tenemos matices de ambas cosas.

Ella asintió.

—Ya lo sé, Ryland, pero duele. Entrar en aquella horrible habitación y recuperar todos aquellos recuerdos... Ver las cintas y oír su voz. Entonces, no significaba nada para él. Notas la impaciencia en su voz cuando hago algo que no le gusta. Rosa, que era la niñera, es una mujer mucho más joven y está distinta. Intenta consolarme y él siempre le está gritando. —Se colocó una mano encima del corazón, aunque seguía sin mirarlo a la cara.

—Lily, ¿por qué quieres pasar por eso?

—Necesito la información para todos nosotros. Para tus hombres y para esas niñas. Cuando todo esto termine, las encontraré a todas y me aseguraré de que están bien, aunque tenga que invertir toda la vida en ello.

—No tienes por qué ver las cintas sola. —Le apretó los dedos—. Somos compañeros en todos los aspectos. Sé que querías a tu padre y no tienes que disculparte por eso, Lily. Y él te quería e hizo todo lo que pudo para ofrecerte una casa, una familia y la mejor educación que pudo. No tienes de qué avergonzarte.

—Me da vergüenza que lo veas —insistió ella—. Me mira como si fuera un bicho raro. No quiero que lo veas. No puedo permitir que me veas así. —No encontraba las palabras para explicarle que eso la empequeñecía. La reducía a esa niña pequeña indeseada y asustada en una casa de extraños. Ryland la veía así. Y no podía soportarlo.

—Te quiero, Lily. —La tomó por la barbilla y le levantó la cara hacia él—. Y voy a querer a esa niña, porque está en ti.

Lily apartó la cabeza.

—No, Ryland. No lo sabes. No sabes lo que vas a sentir cuando veas esas cintas.

Él abrió la boca para protestar, pero se calló cuando vio que la mano de Lily estaba temblando. Suspiraba por ella, sentía su angustia interna, su dolor lo invadía.

—Lily, si soy tan simple que no voy a sentir lo mismo por ti por el hecho de que te maltrataran de niña, deberías descubrirlo ahora. ¿De verdad piensas eso de mí?

Ella cerró los ojos un segundo.

—No, Ryland. Pero es que es muy duro sentarme allí y ver todo eso. Saber que es la verdad. Mi padre nunca me preparó para eso, yo no tenía ni idea de nada.

—Sólo piensa que tu padre aprendió a quererte. Le diste algo que ni todo el dinero del mundo podía comprar.

—¿Y no es precisamente ése el problema, Ryland? —Por primera vez habló con amargura—. Nos compró y, cuando todo salió mal, utilizó su dinero para sacudirse el problema.

—En esa época, Lily, era la única solución que conocía. —La rodeó con el brazo y la acercó a la protección de su pecho—. Afrontémoslo juntos. Así no será tan duro.

Ella seguía muy tensa, sin querer estar tan cerca de él.

—Soy parte de ti. Te guste o no, es así. Siento lo que sientes. Está ahí, Lily, y siempre lo estará, estemos separados o juntos. Llévame contigo.

Entonces Lily lo miró. Su mirada azul le recorrió toda la cara, analizándolo rasgo a rasgo. Buscando algo. Ryland rezó en silencio para que lo encontrara.

—Anoche confiaste a ciegas en mí. Esto es lo mismo. Tienes que creer en mí.

—No se trata sólo de mí —susurró ella, porque quería que la entendiera, que entendiera lo que le estaba pidiendo. Había más niñas. Les debía algo. Privacidad. Respeto. Protección.

Ryland le masajeó la nuca mientras su cuerpo la empujaba a avanzar por el largo pasillo que llevaba hasta las escaleras.

—Sé lo que es querer cuidar de los demás. Tener que cuidarlos. Es algo innato en nosotros, no podemos evitarlo. Compártelo conmigo y permíteme que te ayude a digerirlo.

Lily ya sabía que la acompañaría. Lo necesitaba ahí abajo, porque esta vez tenía que mirarlo todo. Había adquirido un compromiso con Ryland y sus hombres. La información que contenían esas cintas tenía un valor incalculable para ellos. Y quizá también para las otras niñas de las cintas. Tenía que visionarlas todas; no podía permitirse el lujo de retrasarlo más.

Ryland fue fiel a su palabra y pasó inadvertido entre el personal de día, esperó pacientemente a que ella abriera la puerta del despacho de su padre, entró y observó cómo la cerraba para que nadie los molestara.

—¿Le has dicho a Arly dónde estarías?

Lily hizo una mueca.

—Intento mantenerme lejos de Arly. Hará llegar más comida a tus hombres sin que Rosa se entere. Por suerte, siempre ha tenido un apartamento privado en la casa, así que suele ir a comprar a menudo. No quiero que Rosa sepa nada hasta que todo esto haya terminado.

—Para poder demostrar la inocencia de mis hombres, necesito encontrar a alguien que nos ayude. Si no es Ranier, entonces alguien por encima de él. —La siguió por las escaleras y se dio cuenta de que cojeaba más de lo habitual—. ¿Te duele la pierna?

Ella se volvió hacia él y a él se le revolvió el estómago cuando volvió a ver la mejilla y la sien hinchadas y de color negro azulado. La explosión de rabia y la necesidad de violencia subieron a la superficie. Tenía la repentina ansia de cogerla y encerrarla en algún lugar seguro.

—No me había dado cuenta de que cojeaba. A veces, los músculos se me agarrotan y duelen. No les presto demasiada atención.

—¿Cómo pasó?

Lily se encogió de hombros mientras entraba en el laboratorio.

—Nadie habla de eso. Si saco el tema, Rosa se enfada y se santigua. Me dice que no hable de cosas malditas.

—¿Tu pierna está maldita? —Ryland no sabía si enfadarse o echarse a reír.

—Mi pierna no, tonto. —Se rió y las sombras oscuras que había en el fondo de sus ojos desaparecieron—. Para Rosa todo es una maldición en potencia. Si caes al suelo podría ser algo maldito si caes en mala postura. ¿Quién sabe? No intento entender las extrañas ideas de Rosa. —Agitó la mano hacia la pared del otro lado, que estaba llena de libros, cintas y discos—. Están en orden. Creo que las primeras contienen más ejercicios como los que estamos buscando.

Enfrentarse a aquella fría habitación con Ryland a su lado era mucho más fácil. Lily le sonrió, porque era incapaz de expresar con palabras lo que sentía. Lo mucho que significaba para ella que se preocupara tanto como para insistir en acompañarla.

Ryland la miró mientras recorría con la mano las hileras de vídeos. Había muchos. Aunque notaba que estaba más relajada con él, veía que seguía preocupada por algo mientras cogía varios vídeos.

—La mayoría de las cintas están narradas por mi padre, pero también tiene varias libretas que, por lo visto, corresponden a cada vídeo y donde él añadió más datos y sus impresiones acerca de lo que iba descubriendo. —Lily intentó hablar en un tono estrictamente neutro.

Ryland se sentó en el sofá alargado. Estaba claro que Peter Whitney se había pasado allí muchas horas y seguro que había dormido en el sofá más de una noche. Lily encendió el reproductor.

Había varias niñas sentadas en sus pupitres. Todas llevaban el pelo recogido en dos trenzas, camisetas grises y vaqueros. Notó cómo se le encogía el corazón cuando se dio cuenta de que la niña de la izquierda de la pantalla era Lily. La miró, pero ella tenía la cara inexpresiva y estaba mirando a la pantalla fijamente.

Durante las tres horas siguientes, Ryland observó a las niñas realizar trabajos mentales. Parecía que Peter Whitney había olvidado que eran niñas, porque las reñía cuando fallaban y les gritaba con desdén si lloraban. Cuando una niña se quejó de que le dolía la cabeza, él le gritó que era culpa suya por no trabajar duro.

Lily no dijo nada durante las dos primeras cintas; se limitó a observar detalladamente cada ejercicio que Whitney les daba y sus comentarios acerca de cuáles parecía que funcionaban para reforzar los escudos y darles un respiro del asalto exterior de sonidos y emociones.

En las primeras cintas, Whitney había comentado que, por lo visto, había algunas niñas que actuaban como anclas para las demás, permitiéndoles trabajar mejor. Separó a las anclas y les puso varios sonidos, e incluso dos niñeras acabaron a gritos entre ellas. Las pequeñas se desmoronaron, se agarraron las cabezas y empezaron a balancearse hacia delante y hacia atrás, hasta que tuvieron que sedarlas.

En la tercera cinta se veía a Lily, de pequeña, sentada en el suelo de una de las pequeñas salas insonorizadas. Estuvo sentada mucho rato, inmóvil y totalmente inexpresiva. De repente, los juguetes que había en la sala empezaron a moverse.

Lily irguió la espalda y se inclinó hacia delante, con la mirada pegada a la pantalla. Los objetos de la sala se estaban moviendo, las muñecas bailaban y las pelotas flotaban en el aire.

«La sujeto Lily es cada vez más fuerte en su habilidad para controlar objetos. Una niñera del orfanato observó este fenómeno y la calificó de hija del diablo. Me emocioné cuando oí las historias de su móvil dando vueltas y moviéndose encima de la cuna y supe que tenía que adquirirla. Es un talento natural muy fuerte y, con el reforzamiento, puede ser la que acabe utilizando para las generaciones futuras.»

Ryland se tensó y no se atrevió a mirarla. *Maldito sea. Que se pudra en el infierno por eso.* Lily seguro que sabía las implicaciones de sus palabras. Ella creía que Peter Whitney podía haber manipulado la intensa atracción física que había entre ellos. Y el comentario de Whitney en el vídeo sólo podía reforzar esa idea de Lily.

—Es un ejemplo claro de que la historia se repite. —Lily se frotó la cara con la mano—. ¿No es terrible cómo las familias perpetúan los ciclos de violencia o la actividad criminal? En este caso son los experimentos. Papá no aprendió nada. Odiaba su infancia y, sin embargo, hizo lo mismo.

—Al final, lo aprendió, Lily.

—¿En serio? Si es verdad, ¿por qué siguió experimentando con vosotros?

La voz seguía hablando en el vídeo.

«La he animado a que juegue así con sus juguetes y he descubierto que su talento es mucho más fuerte y, de hecho, lo está refinando. La única forma de conseguir su colaboración ha sido aislarla de las demás. No demostró ningún interés por jugar con sus juguetes cuando estaba con las demás niñas. Han hecho falta dieciséis horas de aislamiento para que la sujeto demostrara algún interés por los objetos que le habíamos dado.»

—Tiene razón —dijo ella, con suavidad—. En las primeras cintas controlaba una o dos muñecas y los movimientos eran errantes. Ahora casi todos los juguetes se mueven con un absoluto control.

Puede que Ryland creyera que estaba tranquila, pero conectó con sus emociones y se fijó en que se estaba clavando las uñas en las palmas de las manos.

De repente, la niña de la cinta empezó a gritar y se agarró la cabeza con las dos manos. Los juguetes cayeron al suelo, inmóviles. Whitney soltó el aire entre dientes, frustrado, y Rosa entró corriendo en la habitación para abrazarla, pues estaba llorando. El doctor sólo expresó su desagrado y su frustración ante la interrupción del experimento.

En el siguiente plano, la niña, Lily, estaba sentada sola en la misma sala de observación. La Lily adulta rebobinó la cinta hacia adelante hasta que llegaron a la acción. La niña meneaba la cabeza con tozudez y con los puños apretados. Rosa estaba al fondo de la sala, con la mano delante de la boca y la cara llena de lágrimas.

«Eres demasiado pequeña para hacerlo, ¿verdad, Lily?» Había una nota burlona en la voz de Whitney, como si estuviera desafiándola.

Lily levantó la barbilla y le brillaron los ojos. Se apoyó en la pared, con las piernas estiradas delante de ella y miró fijamente la enorme caja que estaba atornillada a la pared, al otro lado de la sala. Uno a uno, los tornillos empezaron a temblar, a girar y a aflojarse. La niña se colocó una mano en la sien, pero no apartó la mirada. Centímetro a centímetro, la caja empezó a levantarse del suelo.

«Más arriba, Lily. Mantén el control.» Había una gran emoción en la voz de Peter Whitney, un maravilloso triunfo.

La caja se levantó todavía más, más alta de un extremo que del otro, temblando, inestable.

«Ahora, llévala al otro lado de la sala. Puedes hacerlo, Lily. Sé que puedes.»

Ryland observó, con el corazón en la boca, cómo la enorme caja, que estaba claro que pesaba mucho, se levantaba todavía más y empezaba a desplazarse por el aire. Telequinesia. No sabía el peso exacto de la caja porque lo habían pasado rápido, pero estaba seguro de que eran muchos kilos. La niña empezó a sudar, pero siguió con la mirada fija en la caja.

Ahora, el objeto temblaba visiblemente, balanceándose en el aire. Estaba muy alta, casi tocando el techo, pero apenas se había desplazado un palmo desde la posición inicial. Whitney emitió un sonido de disgusto. La niña hizo una mueca. La caja se movió más.

«¡Concéntrate!», gritó Whitney.

Ryland estaba mirando a la niña. Estaba pálida y tenía los ojos muy abiertos. Tenía arrugas de tensión alrededor de la boca. Temblaba por el esfuerzo de mantener la caja estable. Todos los músculos del cuerpo de Ryland estaban tensos. Empezó a sudar. Recordó la concentración que era necesaria para mover un objeto y lo mucho que sufrían los que podían hacerlo. Y eran hombres adultos. Ver la infancia de Lily lo ponía malo. Quería abrazarla con un sentimiento de protección, pero se había alejado de él y su postura gritaba que la dejara en paz. Tenía los brazos cruzados sobre el pecho y había doblado las piernas, con las rodillas pegadas a la barbilla.

Asqueado, vio cómo la caja empezó a viajar por la sala, centímetro a centímetro. Cuanto más se acercaba a Lily, más control parecía tener. Entonces, por fin se estabilizó, giró sobre sí misma y retrocedió.

Igual de rápido, la niña cayó rendida. Se agarró las sienes con las manos y gritó de dolor. La caja cayó como una piedra desde el techo. Una de las esquinas impactó en la pierna de Lily, atravesando la carne, desgarrando el músculo y pulverizando el hueso. La niña gritó histérica mientras la sangre salía a borbotones y empezaba a encharcarse a su alrededor. La caja de madera se partió contra el suelo, lanzando astillas hacia todas partes.

Rosa pasó junto al doctor Whitney, agarró la pierna de Lily con ambas manos, taponó la herida y gritó instrucciones a su jefe. El hombre estaba totalmente en *shock*, pálido y con la mirada fija en la niña que estaba llorando de dolor.

«¡Doctor Whitney, ayúdeme! —gritó Rosa, que había pasado de mostrarse tímida y temblorosa a actuar como una mujer resolutiva en un momento de crisis—. Ha provocado esto por interferir en los caminos de Dios. ¡Ahora tiene que arreglarlo! Haga lo que le digo.»

Lily se llevó la mano a la garganta en un gesto protector.

—Por eso Rosa nunca ha querido hablar de mi pierna. Siempre creyó que las cosas que podía hacer no eran naturales y no debían comentarse. Más de una vez me ha dicho que no hiciera nada «no natural» o Dios me castigaría. —Involuntariamente, se rascó la pierna.

Ryland no podía seguir mirando. Se levantó de golpe y apagó el reproductor.

—No sé por qué quieres guardar estas cintas, Lily. ¿Qué pueden aportarnos?

Aquello provocó que lo mirara, como Ryland se imaginaba. Parecía asustada, con los ojos angustiados. Preocupados.

—Las cintas nos aportan información que podemos comparar con vuestros datos. Si nos hemos olvidado de algún ejercicio o hay alguno que no se hacía a diario, podemos enseñárselos. El objetivo es que podáis reintegraros en la sociedad en algún momento. Y, si tenemos suerte, como personas con todas sus facultades.

Él desvió la mirada hacia sus manos. Tenía los dedos largos retorcidos, una señal inequívoca de agitación. Todos sus hombres estaban haciendo lo que podían para evitar utilizar sus habilidades, sobre todo la telepatía, a menos que fuera estrictamente necesario. Si Cowlings estaba cerca, podría localizarlos mediante las ondas energéticas.

Lily disponía de escudos que había ido desarrollando a lo largo de su vida y para ella utilizarlos era algo automático. La casa, con las paredes gruesas insonorizadas y su ubicación alejada del centro, era un santuario para ellos, un respiro del ruido del mundo. Todos estaban aprovechando para descansar y practicar los ejercicios mentales que Lily les había dado. Conocerla y saber que estaba en el mundo los había animado. Era un ejemplo para ellos, una mujer fantasma que vivía tranquilamente en la sociedad. Sabían que se podía hacer y que estaba dispuesta a ayudarlos.

Ryland no había intentado penetrar los escudos de Lily desde que estaba en la casa. Si sus emociones lo invadían cuando hacían el amor, las aceptaba de buen grado y se las devolvía con la misma intensidad. Quería leerla, sentir lo que estaba sintiendo, compartir su dolor. Era un dolor muy profundo e intenso para el que no tenía palabras de consuelo.

Se había fijado en la cara de Peter Whitney, había analizado su expresión cuando se quedó mirando a la niña que estaba llorando en el suelo. Aquel había sido el momento clave: el doctor Whitney se había dado cuenta de que aquella niña era un ser humano. El dolor de Lily era demasiado intenso para ignorarlo.

—Lily. —Ryland se acercó a ella.

Pero ella retrocedió enseguida y levantó la mano para que no la tocara. No había palabras para explicarle lo humillante que había sido aquella escena. No había sido una niña. Había sido la rata de laboratorio con la que él se identificó la primera vez que se conocieron.

—No puedo, Ryland. Espero que lo entiendas.

Él se acercó un poco más, aunque parecía que no se había movido.

—No, cariño. —Meneó la cabeza—. No lo entiendo. Ya no estás sola y no tienes que pasar por este dolor tú sola. Para eso estoy aquí. —La agarró con delicadeza por la muñeca, aunque luego apretó los dedos y tiró de ella hasta que su cuerpo tenso estuvo pegado al suyo—. No puedo borrarlo, Lily. Tienes derecho a llorar por esa niña. Pero yo también la he visto sufrir. He visto a una niña que debería haber recibido amor y protección y, en cambio, estaba explotada. Y me da asco que un hombre pudiera hacer algo así.

Ella intentó apartar la cara, pero Ryland la tomó de la barbilla.

—Pero también he visto a ese hombre abrir los ojos y ver, por primera vez, que se había equivocado. Le pasó algo. Ese accidente fue el catalizador que hizo que su vida diera un vuelco. Lo he visto en su cara. Cuando tengas fuerzas, vuelve a mirar la escena y verás lo mismo que yo. Fue algo terrible, Lily pero, al final, convertiste a Peter Whitney en un ser humano. Sin ti, sin ese accidente, nunca habría hecho donativos a entidades caritativas ni hubiera trabajado por un cambio positivo en el mundo. Ni siquiera se habría dado cuenta de que el mundo necesitaba esas cosas.

—Y entonces, ¿por qué lo repitió? —estalló Lily, con lágrimas en los ojos—. ¿Por qué pensó en repetirlo? Os metió en celdas, Ryland. Os trató con menos respeto que el que demostró hacia esas niñas. A hombres que servían a su país. Hombres que salían y arriesgaban sus vidas para proteger a los demás. Hombres que perseguían a asesinos. Os metió en celdas y no os protegió cuando debía hacerlo. ¿Por qué iba a permitir que ninguno de vosotros abandonara la seguridad de los laboratorios y de los anclas, sabiendo que no os quedaban barreras naturales y no habíais construido barreras nuevas? ¿Cómo pudo hacerlo?

—Quizá no tuvo elección, Lily. Tú lo veías como un hombre todopoderoso. Y es cierto que su dinero y su reputación le daban más licencia que a otros, pero se acostaba con gente bastante poderosa.

—Phillip Thornton es un don nadie. Sólo le gusta ganar dinero, y por eso papá respaldó su candidatura para presidir la empresa, pero es un inútil, Ryland. Siempre ha sido políticamente correcto, siempre se le ha visto con la gente correcta y diciendo lo más adecuado. Nunca se hubiera puesto en contra de mi padre. Nunca. Le tenía miedo.

—Odiaba a tu padre. Le tenía miedo, Lily. Thornton entró en el laboratorio un día que estábamos haciendo unas pruebas y nos interrumpió. Tu padre se puso furioso y le gritó que se largara. Yo estaba al otro lado de la habitación, pero la onda de odio y malevolencia me sorprendió. No se reflejó en la cara de Thornton. Sencillamente, se disculpó y se marchó, pero tenía los ojos inexpresivos y clavados en tu padre. Si tuviera que apostar por alguien que quisiera ver muerto, él sería mi primera opción. ¿Ganaría algo?

—Claro. —Lily se alejó de la cálida seguridad de los brazos de Ryland y se paseó por la habitación, movida por una energía inquieta—. El voto de mi padre pesaba mucho. Si Thornton y él tuvieran un problema y papá quisiera echarlo, podía hacerlo. En cualquier caso, sé que Thornton es íntimo de Higgens. Mi padre y yo tenemos la mayor parte de las acciones de la empresa. Y papá tenía mucha influencia entre los accionistas.

—¿Heredarás las acciones?

—Lo heredaré todo, pero sin el cuerpo, será complicado. La casa hace años que es mía. Mi padre me la regaló cuando cumplí los veintiún años. Y tengo un fondo. Por suerte, mi nombre está en todas las propiedades de mi padre, todas las empresas, todo, así que puedo firmar lo que sea para que todo siga funcionando. Sufrimos varios varapalos en el mercado cuando desapareció, pero autoricé a un publicista para que reflotara la imagen de solidez de la empresa y parece que ha funcionado. ¿Y qué me dices del coronel Higgens? Es mi principal sospechoso. También odiaba a mi padre.

Ryland meneó la cabeza.

—No, con Higgens las cosas no son personales. Tiene mucha sangre fría. Me lo imagino eliminando a alguien que se interpusiera en su camino, pero le preocuparía tan poco como pisar una araña.

Lily se agarró la cabeza con las manos.

—Creo que tengo que volver a empezar con los ejercicios, Ryland. Me duele la cabeza.

Él la acompañó hasta el sofá y la obligó a sentarse. Le masajeó los hombros.

—Estás sometida a una gran presión, Lily. Es normal que te duela la cabeza. —Intentó buscar algo para que no pensara en su padre—. Es como si todos hubiéramos vuelto a la escuela y estuviéramos aprendiendo lo que deberíamos haber estudiado hace meses. Todos se quejan del último ejercicio. Deberías ver a Jonas controlando el lápiz y bloqueando ruidos mientras Kyle hace el baile de la gallina por la habitación.

Lily se echó a reír, como Ryland imaginaba.

—Creo que deberíamos grabar a Kyle haciendo ese baile para poder chantajearlo más adelante. Y dile a Jonas que es un niño pequeño. El lápiz es sólo el principio. Va a poder controlar objetos más grandes y bloquear sonidos mientras Kyle agita sus alas y mantiene una conversación telepática.

—Vamos a tener una rebelión.

—Los hombres son bebés. Yo hacía esas cosas cuando tenía cinco años. Si no tenéis barreras suficientes, ¿cómo creéis que vais a sobrevivir si os atrapan y os retienen en un campo enemigo? Incluso todos juntos en una misión, si entráis y a Gator lo separan de su ancla, debería poder seguir funcionando él solo. —Lily alargó la mano, agarró la de Ryland y la apretó—. Si arreglamos todo esto del ejército y os dejan volver sin cargos, sabes que a Jeff Hollister le quedarán secuelas en el lado derecho, ¿verdad? Y eso siempre que trabajemos duro con la terapia física que Adams nos recomendará.

—Ya me lo había imaginado. Y creo que a él también le daba miedo.

—No significa que nadie vaya a darse cuenta, pero él sí y dudo que lo dejen participar como miembro del equipo si os mantienen juntos.

—Kaden es un civil. Se apuntó al ejército para poder entrar en la unidad antiterrorista y lo llamaban cuando lo necesitaban después de los entrenamientos. Es inspector de policía y uno de los mejores, seguramente porque su intuición es un talento parapsicológico. Será interesante comprobar si puede batir su récord de detenciones y encontrar a los criminales incluso más deprisa. Siempre sobresalió en su trabajo. Entrenamos juntos hace años y somos amigos desde entonces.

—¿Conocías a alguien más antes de esto?

—A Nico. Kaden, Nico y yo nos conocimos en el campamento de entrenamiento de reclutas de la Marina y acabamos en las fuerzas especiales, también entrenando juntos.

Lily se estremeció.

—Nicolas me da un poco de miedo, Ryland.

—Es un buen hombre. No puedes dedicarte a esto y que no te afecte. Es uno de los motivos por los que aceptó participar en el proyecto.

—¿Te lo imaginas de civil?

Ryland se encogió de hombros.

—Nico es el epítome del Soldado Fantasma. Si quiere, puede desaparecer y que nadie lo encuentre nunca.

—Pero no os abandonaría.

—No, a menos que nos atraparan. Entonces se escondería hasta que pudiera liberarnos. Es leal, Lily, y si eres su amigo, lo haría todo por ti.

—Si hubieras sido tú quien dio la orden de separar a los anclas, te habría matado. Lo vi en sus ojos.

—No esperaría menos de él —respondió, muy despacio—. Alguien estaba matando a nuestros hombres.

Lily se levantó con ese movimiento rápido y elegante tan propio de ella, totalmente inconsciente de que el corazón de Ryland daba saltos.

—Vives en otro mundo, ¿verdad? —Ahora fue ella quien le tomó la mano.

Ryland se acercó a ella, rozando su cuerpo.

—Estoy en tu mundo, Lily, igual que los demás. La única opción de los Fantasmas es estar unidos.

La sonrisa de Lily le iluminó la cara e hizo que él se fijara en sus enormes ojos.

—¿El nombre se le ocurrió a Nico?

—Empiezas a conocerlos. —Ryland se alegraba.

—Empiezo a conocerte a ti. —Le acarició la mandíbula—. Siempre consigues que me sienta mejor. No sé qué pasará en el futuro, pero por si me olvido de decírtelo, me alegro de que hayas llegado a mi vida.

Él le besó la palma de la mano. Todavía no conocía a Ryland Miller, pero lo haría. Lily era su otra mitad. Estaba seguro, todo su cuerpo se lo decía. Él tampoco conocía el futuro pero sabía que, donde fuera que los llevara, estarían juntos. Y, seguramente, los otros hombres permanecerían a su lado. Sus hombres.

Lily observó su sonrisa y arqueó la ceja.

—¿Qué?

—Pensaba en los niños.

—¿Qué niños? —preguntó ella con suspicacia.

—Los que están arriba.

Capítulo *15*

Jeff Hollister fue trasladado a escondidas hasta la casa el día de la fiesta. Lily se pasó casi todo el día trabajando con los hombres, asegurándose de que hacían los ejercicios mentales. Sabía que no podría retenerlos mucho tiempo más. Eran hombres de acción y camuflaje; y a pesar de que lo que estaban haciendo era necesario, no lo llevaban demasiado bien. Se quejaban, aunque sin malicia, cada vez que ella subía el nivel de ruido y les daba mucho trabajo.

—Sois como bebés —bromeó ella, mirando alrededor de la habitación de Hollister, donde solían reunirse todos. Le encantaba lo unidos que estaban y cómo nunca dejaban solo a su compañero.

—Eres una negrera, Lily —dijo Sam.

No podía mirar a Ryland. Se había pasado las dos últimas noches despertándose entre sus brazos en mitad de la noche, llorando como una niña. Incluso en la oscuridad, cuando estaban solos, no había podido reunir el valor suficiente para explicarle lo que iba a hacer. Lo soltó delante de los demás, con la esperanza de que no se enfadara con ella.

—No sé si os lo comenté, pero esta noche tengo que salir y ya llego tarde. —Miró el reloj para potenciar sus palabras, aunque con naturalidad—. Y todavía tengo que arreglarme. Doy un discurso en una fiesta para recaudar fondos para Donovans.

La habitación se quedó en silencio. Pareció que todos se inclinaban hacia delante, mirándola como si acabara de anunciar que estaba embarazada. La miraron a ella y luego a Ryland. Él no los decepcionó.

—¿Qué coño significa que te vas a una fiesta? Te has vuelto loca, Lily. —Ryland habló en voz baja y con los dientes apretados.

Notó cómo el corazón le daba un vuelco. Hubiera preferido que le levantara la voz. La tensión que se respiraba en la habitación la puso todavía más nerviosa.

Ryland dio un paso hacia ella.

—Thornton está metido hasta las cejas en esto. Y como no puede controlarte en tu casa, te hace ir a su terreno. Si no empiezas a tomarte en serio tu seguridad, voy a tener que hacer algo.

Lily acarició el hombro de Jeff Hollister antes de erguir la espalda y volverse hacia Ryland. Intentó que su ira no le afectara, pero estaba pegada a la cama como una cobarde.

—Creo que has estado encerrado con Arly demasiado tiempo. Créeme, no me atrevería a tomarme mi seguridad a la ligera, porque vendría, me destriparía y me descuartizaría. —Apartó el pelo de la frente de Jeff, con la esperanza de cambiar de tema. Le dio rabia que le temblara la mano y que los oscuros ojos de Ryland se dieran cuenta—. ¿Haces los ejercicios que te di? Sé que todavía estás débil, Jeff, pero es importante. Si puedes construir un escudo mental, podrás estar fuera y rodeado de gente durante periodos de tiempo cada vez más largos. Es lo mismo que esculpir el cuerpo a base de levantar pesas.

—Es mucho más difícil —protestó Hollister, intentando dar una imagen lo más patética posible—. Acabo de llegar y el trayecto ha sido duro. Ese médico del cerebro me ha abierto la cabeza y ha estado revolviendo por ahí dentro. Todavía no estoy preparado para levantar ese escudo.

—Ese escudo te permitirá volver a casa con tu familia. Y deja de comportarte como un bebé —le ordenó—. Y ahora, si me disculpáis, tengo que ir a arreglarme para esta noche.

Se produjo una protesta inmediata. Nico se levantó en un movimiento tan rápido y ágil que a Lily se le aceleró el corazón. Retrocedió hasta la puerta.

—Seguid trabajando y portaos bien. Todos. Vendré a veros después y os explicaré cómo ha ido. —Salió de la habitación a toda prisa. Parecían muy peligrosos.

Ryland la siguió por el pasillo, con una amenaza reflejada en los ojos brillantes.

—Pensaba que tenías un coeficiente alto. ¿Acaso no ves lo arriesgado que es?

—La fiesta está organizada desde hace meses. Mi padre iba a dar un discurso, y yo lo sustituiré. ¿No se te ha ocurrido que si no sigo comportándome de forma normal y sigo con mi vida diaria, levantaré sospechas y entonces todos correremos peligro?

—Por el amor de Dios, Lily. Tiene una unidad del ejército en la puerta de tu casa, patrullando los límites de la finca e intentando oír todas las conversaciones de aquí dentro con unos aparatos que ni entenderías.

Ella se volvió hacia él con la ceja arqueada.

—De acuerdo, quizá sí que lo entenderías —admitió—, pero ya estás bajo sospecha. Tienes que empezar a pasar más desapercibida.

Lily subió las escaleras de dos en dos, intentando dejarlo atrás inconscientemente. Él tenía razón, sí, y ella lo sabía. Hacer algo que Phillip Thornton quería que hiciera era peligroso, pero era un riesgo calculado y, en su opinión, merecía la pena.

—¡Lily! —Ryland le siguió el paso sin dificultad.

Ella se detuvo en el salón de sus habitaciones.

—Tengo que ir, Ryland. Prometí que daría el discurso y, aunque no te lo creas, recaudar fondos es importante. Varios investigadores necesitan becas. Su trabajo es importante. Mi padre siempre acudió, y eso que odiaba las fiestas y cualquier otra cosa que lo mantuviera alejado del trabajo. E insistía en que yo también fuera.

—Dudo seriamente que creyera que es tan importante como para arriesgar tu vida. Ya te han atacado una vez, Lily.

—Porque encontré la grabadora. —Se detuvo en seco en medio del dormitorio—. Había otro disco, Ryland. Me lo guardé en el bolsillo de la bata del laboratorio antes de salir de debajo de la mesa. Estoy segura de que ni se imaginan que está allí. ¿Por qué iban a hacerlo? ¿Cómo he podido olvidarlo? Seguramente, todavía estará en el bolsillo de la bata, que está colgada en mi despacho. —Lo miró—. Tengo que ir a buscarlo.

—Esta noche no, Lily. Vas a volverme loco. No merece la pena que pongas en peligro tu vida. Podrían matarte. —Apretó el puño. Estaba muerto de miedo—. ¿Por qué coño tienes que ser tan testaruda? Si tanto quieres ese disco, entraré en los laboratorios y lo cogeré.

—¡No! —La alarma se reflejó en sus ojos. Era totalmente capaz de hacerlo—. Ryland, no te enfades conmigo. Tengo que ir a la fiesta. En serio. Habrá muchos políticos. Congresistas, senadores, todas las personas que son alguien influyente estarán allí. Y habrá representación de todos los grupos sociales, incluso del ejército. ¿No te das cuenta de lo que significa? El general Ranier estará allí. Le conozco desde que era pequeña. Cuando lo vea, sabré si miente. Si hablo con él por teléfono, no podré saberlo.

Lily entró en el vestidor, donde el vestido ya estaba preparado en un colgador. Se lo puso, una prenda increíble de color rojo que se ceñía a los pechos y a la cintura como una segunda piel pero que, por detrás, dejaba toda la espalda al descubierto casi hasta las nalgas. A la altura de las caderas, se acampanaba, para poder bailar. Se adornó las orejas con unos preciosos diamantes y, en el cuello, se puso un colgante con un único diamante que le caía justo entre los pechos.

—El general ha acudido a la fiesta los tres últimos años y siempre me ha sacado a bailar. Hace años que lo conozco y siempre le hemos considerado un buen amigo. —Volvió la cabeza hacia un lado, mirándose en el espejo mientras se recogía el pelo para ver cómo le quedaba mejor con el vestido. Se encontró con la mirada de Ryland en el espejo y se rió, avergonzada—. Casi nunca me peino y me maquillo para estas cosas. Viene alguien a casa. Pero esta vez no he querido avisar a nadie por si aprovechaban la oportunidad para infiltrar a alguien en la casa y poneros a todos en peligro. Pero no se me da demasiado bien.

Se había pasado una hora en el baño y otra eligiendo el vestido antes de bajar a ver a los hombres. Se acercó al espejo y frunció el ceño.

—Déjatelo suelto. —Ryland habló con la voz ronca y, cuando se acercó a ella por detrás, su expresión era intimidante—. Estás preciosa. Demasiado para ir a la fiesta sola. —Deslizó la mano suavemente por encima de la curva de las nalgas—. ¿Tengo que preocuparme por lo que llevas debajo de esta cosa?

Ella se reclinó sobre él, encajando sus curvas en su cuerpo.

—Estás obsesionado con mi ropa interior.

—Con la ropa no, sino con la ausencia de ella. Hay una diferencia.

—Bueno, fíjate bien, Ryland. No hay donde poner la ropa interior, estropearía la línea del vestido. —Le sonrió en el espejo—. ¿No prefieres las líneas limpias?

—No tiene espalda. No hay tela. —Tiró de los extremos de la tela, pegando todavía más el material contra sus pechos—. Vas a provocar disturbios con este vestido.

—Te gusta. —Le empezaban a brillar los ojos.

—Vas a provocar un infarto en los hombres mayores. —Le acarició la piel con los nudillos—. Y todos se van a poner duros como una piedra. —Empujó la cadera contra su cuerpo para dejar claro qué quería decir.

Ella se rió, se dio la vuelta y buscó su boca con los labios. Se entregó por completo al beso, ardiendo en sus brazos, encendiendo las llamas en el estómago de Ryland, de modo que cada célula de su cuerpo gritara por ella. La necesitara. La ansiara. Él la abrazó con más fuerza. ¿Por qué siempre tenía la sensación de que se le escaparía? Un momento era suya y compartía su mente y su piel y, al instante, se había alejado tanto que no podía retenerla.

Lily emitió un sonido ahogado y Ryland se dio cuenta de que la estaba apretando demasiado.

—Lo siento, cariño —dijo, llenándole la cara de besos—. No quiero que pongas en peligro tu seguridad para poder hablar con el general. Si forma parte de todo esto, y parece que tiene muchas papeletas...

—Entonces lo sabré, ¿no? Siempre he podido leerlo mientras bailamos; incluso cuando nos damos la mano percibo sus emociones. Está demasiado ocupado pensando en los demás para protegerse. —Se separó de él—. Estaré bien. Deja de preocuparte. —Miró su reflejo en el espejo—. Gracias a Dios que, en estos días, la hinchazón ha bajado. Al menos, he podido cubrir los moretones con maquillaje.

—¿Dónde es la fiesta?

Ella se encogió de hombros.

—Arly lo sabe. Quiere controlarme. Es en el Hotel Victoria.

—Claro. El de la cúpula de cristal y donde es obligatorio llevar traje para entrar.

—Exacto.

Ryland la agarró por la nuca y la acercó a él y la besó, exigiendo, alimentándola y dejándole huella. De repente, dio media vuelta y salió de la habitación.

Lily se quedó mirando la puerta un buen rato, con los dedos en los labios. Su sabor le quemaba en la boca y en el cuerpo incluso cuando llegó al hotel y empezó a saludar a los invitados. Era extraño cómo notaba a Ryland con ella, como si una parte de él viajara siempre en su interior. Y quizá fuera así.

La música sonaba alta y con ritmo, emitiendo un latido que parecía consumirla. La sala era enorme y, aún así, había gente en los pasillos y el comedor. Había tanta gente que se sentía aplastada. Era complicado mantener las barreras levantadas y no sentirse apabullada por la tremenda explosión de energía emocional que invadía el ambiente.

Mientras se paseaba por la sala, saludando a la gente, se puso en el papel de recaudadora de fondos. Cuando daba la mano a alguien o intercambiaban abrazos y besos falsos, los leía. Peter Whitney le había inculcado la importancia de conocer a la gente adecuada y conseguir que estuvieran de su lado. Y ahora, más que nunca, aquello era vital. Mientras todos comían los deliciosos platos de la cena, ella dio un apasionado discurso acerca de ayudar a la humanidad, recalcando la necesidad de los investigadores de disponer de fondos. Prometió una suma considerable antes de inaugurar el baile y sonrió con una nota de confianza cuando la aplaudieron.

Se paseó entre la gente, hablando y riendo, diciendo lo correcto en cada momento, dirigiéndose hacia el salón de baile. La iluminación tenue suponía un alivio para sus ojos. Y la música consiguió bloquear ligeramente la emoción y la tensión sexual, las discusiones que surgían aquí y allí, los susurros sobre amores, conspiraciones y cotilleo empresarial.

Lily observó cómo las mujeres seducían a los hombres con sus vestidos ajustados. Miradas, arqueos de ceja, susurros al oído. El roce de los cuerpos cuando se tocaban en secreto, se unían un momento en la habitación oscura y luego volvían a separarse. Las miradas. Evaluativas. Especulativas. Sexys. Era un lugar que le encantaría compartir con Ryland. Se escondió entre las sombras y observó a los bailarines. La música resonaba en su cuerpo, con un latido fuerte y persistente. Nunca se había dado cuenta de cómo una melodía podía penetrar en el cuerpo y calentar la sangre.

—Lily, querida. —Phillip Thornton levantó la copa—. Quiero presentarte al capitán Ken Hilton. Lleva toda la noche esperando para poder bailar contigo. Estás preciosa. Tu padre habría estado orgulloso de tu discurso.

—Gracias, Phillip. —Lily ignoró el nudo que se le hizo en el estómago y, para evitar tocar a Thornton, se volvió y sonrió al capitán—. Encantada de conocerle.

En cuanto le dio la mano, Hilton se la llevó con pericia hacia la pista de baile. Se movía con mucha confianza, demostrándolo en cómo la sujetaba.

—Hace tiempo que quería conocer a la famosa doctora Whitney.

Lily lo miró.

—El famoso doctor Whitney es mi padre. Yo me escondo en el laboratorio.

Él se rió.

—Pues es una lástima. Una mujer tan preciosa como usted no debería estar encerrada en un laboratorio.

Ella movió las pestañas y se pegó a él, aunque luego se separó. Él la agarró, la volvió a pegar a él y, esta vez, con más intensidad.

—Es una bailarina excelente, doctora Whitney.

—Lily. —Le sonrió. El capitán creía que era un objetivo fácil. Una mujer con demasiado dinero y vulnerable tras la desaparición de su padre. Se suponía que tenía que vigilarla y, al final, resultaría que el trabajo sería un incentivo. Lily bajó las barreras para leerlo, y luego volvió a levantarlas y se deslizó por la pista con él. No era el primer hombre que la quería por su dinero, ni sería el último.

—¿Ha venido con el coronel Higgens? —Lo miró con los ojos tan abiertos como pudo—. ¿O con el general?

—Con el general McEntire —respondió el capitán Hilton—. Y llámeme Ken.

Cuando se la llevó cerca de las sombras de la pared, Lily vio un par de ojos que los observaban. Ojos negros como la noche. Fríos como el hielo. Unos ojos que los seguían por toda la pista mientras el cuerpo estaba inmóvil como una roca. Lily estuvo a punto de tropezar y tuvo que agarrarse al capitán para recuperar el equilibrio. Naturalmente, el capitán creyó que lo había hecho a propósito.

¿Qué estaba haciendo Nicolas allí? Y si Nicolas estaba en el baile, ¿significaba que Ryland también se encontraba en el salón? No podía concentrarse en el baile, aterrada ante la idea de que hubiera sido tan arrogante como para presentarse allí y, al mismo tiempo, emocionada de que hubiera decidido correr ese riesgo por ella.

Incluso mientras buscaba en los rincones más oscuros de la estancia, sonrió a su pareja de baile.

—Quizá deberíamos ir a tomar algo, capitán.

Hilton la agarró por el codo como si tuviera miedo de perderla entre tantos cuerpos. La iluminación era tan tenue que casi resultaba imposible ver algo. Hilton la mantuvo cerca de él mientras se abría paso hasta la barra y llamaba al camarero.

Un hombre con un traje oscuro chocó contra Lily, la ayudó a

recuperarse, murmuró una disculpa y volvió a perderse entre la gente casi antes de que ella descubriera que era Tucker.

—¿Doctora Whitney? —Hilton parecía preocupado. Su enorme cuerpo se acercó a ella—. Quizás esto no sea una buena idea.

La sonrisa de Lily era brillante. Debería haberse imaginado que Ryland estaría cerca. Y debería estar enfadada, pero sólo se sentía querida y protegida.

—Un empujón no le hace daño a nadie. Por casualidad no le habrá pedido Phillip Thornton que me vigile, ¿verdad?

El capitán se quedó helado en el momento en que le acercaba un vaso.

—Quería tener la oportunidad de vigilarla. El general McEntire y el coronel Higgens creían que estaría en peligro y me ofrecí voluntario para el trabajo. —Hilton maldijo en voz baja cuando una mujer con un vestido muy llamativo y casi transparente lo rozó al pasar por su lado y le lanzó una sonrisa seductora.

—Sáquela a bailar —le sugirió Lily—. Viva un poco, capitán. Es mucho más su tipo.

La mujer lo estaba mirando abiertamente, parpadeando y dibujando un beso con los labios rojo pasión.

—Lo quiere —bromeó Lily.

Ante la sorpresa, el capitán Hilton sonrió; la primera sonrisa de verdad que le había visto.

—Una mujer así se me comería vivo. Puedo enfrentarme a un par de hombres con pistolas y cuchillos y no titubear, pero si una mujer así me mira dos veces, tendría que ponerme las zapatillas de correr.

Lily se rió.

—Pues ya puede ir a por sus zapatillas, Hilton, porque lo ha mirado más de una vez.

El capitán meneó la cabeza.

—Me quedaré con usted para protegerla.

—No puede hacer eso. Si se queda a mi lado, con lo grande y serio que es, nadie me sacará a bailar. Además, le había prometido el próximo baile al general Ranier.

Lily le dio unas palmaditas en el hombro. El capitán parecía confundido y miró a la mujer que parecía que quería seducirlo allí mismo. Lily entendió enseguida la energía colectiva que los rodeaba, los susurros para convencerlo, la sutil influencia sobre el capitán y la mujer depredadora.

—Adelante —le dijo, en voz baja, sumando su energía a la de los fantasmas.

El capitán Hilton se alejó con la mirada fija en la mujer. Lily vio cómo las uñas de porcelana se aferraban a su brazo y cómo el cuerpo apenas cubierto por la ropa se pegaba a él mientras se perdían entre las sombras.

Lily miró a su alrededor pero no vio más caras conocidas. Aun así, las sentía. Estaban a su alrededor. Se debatía entre el miedo y la emoción mientras la adrenalina le acentuaba todos los sentidos. Se dirigió hacia la parte delantera del salón por el perímetro de la pista de baile. No podía dejar de mover los ojos de un lado a otro ni siquiera cuando sonreía, asentía y saludaba a los invitados.

Localizó al general Ranier y cambió de dirección para interceptarlo. Estaba con un grupo de hombres entre los que se encontraban el coronel Higgens, Phillip Thornton y el general McEntire. Cuando se acercó a ellos, el coronel se tensó y recorrió el salón con la mirada, lógicamente buscando al capitán Hilton. Lily dibujó su sonrisa festiva.

—Caballeros —dijo, con una elegancia regia, ignorando a Higgens para acercarse al general Ranier y cogerlo del brazo—. Es un placer verlos aquí. Ha venido mucha gente. Phillip, te has superado, como siempre. Creo que la cena y el baile han sido un éxito.

—Gracias, Lily. —Thornton le sonrió, distraído por el cumplido.

Lily se puso de puntillas para darle un beso en la mejilla al general.

—Mi hombre favorito. Me alegro de volver a verlo. Tienen que venir a cenar un día.

—Lily. —El general la abrazó con tanta fuerza que casi la aplasta—. He estado de viaje y, cuando llamaba a tu casa, no estabas. Obviamente, estoy al corriente de la investigación. ¿Cómo estás? Y dime la verdad. Delia estará por algún sitio del salón y la veo muy preocupada por ti.

—Me envió una carta preciosa, general —reconoció Lily—. Me invitó a quedarme en su casa. Fue un gesto muy bonito por parte de los dos.

—La invitación sigue en pie. No deberías estar sola en aquella monstruosidad de casa que tu padre tanto quería. Delia tiene miedo de que te encierres en el trabajo.

—He ido al laboratorio un par de veces pero, básicamente, trabajo desde casa. Phillip se ha portado muy bien. —Le ofreció una amplia sonrisa al presidente de Donovans y volcó toda su atención en el general Ranier—. Me encantaría bailar con usted, señor. Siempre es el mejor momento de la noche. —Lily realizó una pequeña reverencia.

El general la tomó de la mano de inmediato.

—Es un honor.

El coronel Higgens los miró con suspicacia mientras el general se la llevaba a la pista. Lily no lo miró a la cara porque no quiso dignarse a dejarse afectar por su grosería.

El vals le ofreció la oportunidad perfecta para establecer una conversación. El general la hizo rodar por la pista, guiándola con pericia entre los bailarines, hasta que perdieron de vista al grupo con quien estaban hacía unos segundos.

—Lily, querida, ahora dime la verdad. ¿Cómo estás? Además, me han informado de que alguien te atacó el otro día en el despacho de tu padre, ¿es cierto?

Lily intentó encontrar alguna pista de fechorías, culpa o malevolencia, pero el general Ranier sólo sentía preocupación.

—¿Quién se lo ha dicho?

—Siempre estoy muy atento cuando se trata del bienestar de mi chica preferida. Te conozco desde que tenías once años. Tenías los ojos más grandes y solemnes que he visto nunca, y hablabas como una adulta. Me encantaba el sonido de tu risa. Delia y yo no tuvimos más hijos después de perder a nuestro chico, y tú llenaste ese hueco. Soborno a Roger para que me mantenga informado. Me llama a casa directamente, así no tiene que hablar antes con mi ayudante. El capitán es un chico brillante, pero un poco estirado.

La mirada de Lily estaba buscando entre las sombras. Una pareja se acercó peligrosamente, rozando el brazo de Lily. Vio la amplia sonrisa y los alegres ojos de Gator mientras se llevaba a su pareja entre el gentío. La sorprendió la audacia de los Fantasmas. Soltó una carcajada.

—¿A ti también te parece que es un estirado?

—¿Su ayudante? No lo conozco.

—Estabas bailando con su hermano, Lily. El capitán Ken Hilton es el hermano de mi ayudante. Pensaba que os conocíais.

Lily digirió aquella información.

—¿Sabe que mi padre lo llamó cuatro veces y le envió varios correos electrónicos la semana anterior a su desaparición? ¿Y que le escribió varias cartas expresándole su preocupación por el equipo de las Fuerzas Especiales? También llamó a su residencia en repetidas ocasiones.

—No dejó ningún mensaje. Estábamos de viaje, pero siempre escucho los mensajes.

El general se detuvo en seco en la pista de baile. Inmediatamente, Lily oyó la advertencia. *Lily, si no forma parte de la conspiración y creen que sabe demasiado, lo matarán. Haz que se mueva y tranquilízalo.* La voz de Ryland susurró sobre su piel y penetró en su mente. Se movió al ritmo de la música, obligando al general a seguirla.

—Señor, por favor, no puede pararse y tiene que fingir que estamos hablando de asuntos triviales.

El general Ranier le hizo caso, echó la cabeza hacia atrás y se rió mientras seguían girando y perdiéndose en el anonimato de la multitud.

—¿Qué estás insinuando, Lily? —El amigo de la familia ya había desaparecido, ahora hablaba el militar y quería saber la verdad. La miró fijamente con sus ojos oscuros.

Lily lo miró sin pestañear.

—Mi padre me pidió que le diera mi opinión sobre el proyecto. El día que desapareció, bajé al laboratorio. Los hombres estaban aislados los unos de los otros, despersonalizados y viviendo en unas celdas donde no tenían ningún tipo de privacidad. Los habían enviado al exterior a cumplir misiones en contra de las instrucciones específicas de mi padre. Advirtió repetidamente al coronel Higgens de que necesitaban mayores protecciones. Se produjeron tres muertes que sospecho que fueron asesinatos, aunque no puedo demostrarlo, y un intento de asesinato que sí puedo demostrar.

—Estás haciendo acusaciones muy graves, Lily. ¿Sabes de lo que estás acusando a un oficial respetado? El coronel Higgens es un hombre respetado, un hombre de honor.

—No es sólo el coronel Higgens. El general McEntire conocía el proyecto mucho antes de la huída de los hombres y de cuando él dice que empezó a participar en él. Phillip Thornton también está metido.

—¿En qué, Lily? Estás hablando de asesinato. Conspiración. Son oficiales de alto rango del ejército de Estados Unidos... —Dejó la frase en el aire y endureció las facciones de la cara. Tensó la mandíbula—. Dios mío, Lily, quizás has encubierto lo que estamos buscando. Esto es peligroso. No hables con nadie.

—General, los hombres...

—Lily, lo digo en serio. No hables con nadie. —La sacudió ligeramente—. Si mis sospechas son ciertas, esos hombres te matarán si creen que sabes algo.

—Y a usted también, general. Ya han matado a mi padre. Yo, de usted, tendría mucho cuidado con su ayudante. Usted es la única oportunidad para esos hombres.

La música concluyó y el general la acompañó hasta el límite de la pista de baile.

—Lily, dime que no tuviste nada que ver con la huída. No sabes dónde están esos hombres, ¿verdad? Podrían ser parte de esto y son peligrosos. He leído informes.

—Piense en quién escribió esos informes, general. Piense en el dinero que otros gobiernos o grupos terroristas pagarían por hacerse con este proyecto. Sólo con simular que ha sido un fracaso absoluto, desacreditando a los hombres y cortándoles la comunicación con una cadena de mando legítima, Higgens podría hacerse con el control de la situación. Apuesto a que encabeza la búsqueda y que él mismo los ha etiquetado como muy peligrosos…

—Es que son peligrosos, Lily. ¿Tienes contacto con ellos? —Habló con voz áspera, exigiendo una respuesta—. Te prohíbo que te pongas en peligro. No lo toleraré, Lily. Te pondré bajo arresto domiciliario en mi casa y estarás vigilada día y noche.

—¿Cómo está seguro de en quién puede confiar? Yo tenía miedo de hablar con usted de esto porque no respondió a las llamadas o los correos electrónicos de mi padre.

—No recibí los mensajes ni las cartas de tu padre, Lily. Me crees, ¿verdad? Todavía no me creo que ya no esté. —Lily reconoció el dolor en su voz y lo leyó en su mente. No podía fingir tanta tristeza.

—Lo tiraron al océano. Supe cuándo murió.

El general Ranier la abrazó. Ella percibía su profundo dolor y la rabia que empezaba a nacer en él. La rabia por saber que quizá conocía a los responsables.

—Lo siento, Lily, era un gran hombre y un amigo.

—No se preocupe por mí, general. Arly se encarga de que esté totalmente a salvo. Nadie va a molestarme en casa. —Lo tranquilizó—. Ya hemos estado juntos demasiado rato. Tendrán miedo de que nos estemos explicando algo. Va a tener que actuar con normalidad ante ellos hasta que tengamos las pruebas.

—Nosotros no, Lily. Yo. Y lo digo en serio, considéralo una orden. No te metas en esto. Y si sabes algo acerca de esos hombres y de su desaparición, deberías decírmelo ahora mismo.

Lily se mantuvo en silencio.

El general Ranier suspiró.

—Me temo que la pobre Delia va a acabar con dolor de cabeza después de los siguientes dos bailes. Llámame, Lily. Cada día. Llama, habla con Delia y dile que estás bien.

—Lo haré, general. —Le dio un beso en la mejilla—. Gracias por ser usted. No se imagina lo tranquila que me quedo.

Lily lo vio perderse entre el gentío antes de volverse y observar a los bailarines. Empezó a recorrer el perímetro de la pista de baile. Un recorrido lento y placentero. Estaba emocionada. Tenía esperanza. Miedo. Tantas emociones, intensas y difíciles de controlar. El pulso le dio un vuelco y el corazón se le aceleró.

Ven a mí, Lily. La voz de Ryland le acarició la mente con seducción. Ryland Miller. En algún lugar entre las sombras, parte de la intensa música. Parte de ella. Avanzó entre la gente, con el cuerpo vivo. Hambriento. Seductor. Tenía los pechos ansiosos y la piel ardiendo. Se le espesó la sangre y empezó a bombear al ritmo de la música.

Sabía que la estaba mirando, porque sentía el peso de su mirada. Todos sus instintos femeninos despertaron para responder a su llamada y para regodearse en su mirada. Se movió como sólo lo haría una amante, expresando con el cuerpo lo que el corazón no podía. Varios hombres la pararon brevemente y la invitaron a bailar o a tomar algo, pero ella apenas los miró y meneó la cabeza, consciente de que Ryland estaba comprobando qué efecto tenía en otros hombres mientras se movía con absoluta seguridad entre tantos cuerpos. Sabía que la estaba mirando con ojos apasionados y hambrientos. Para Lily sólo existía su amante fantasma, un amante tan osado, arrogante y loco que se había atrevido a seguirla hasta allí, donde él corría mucho más peligro que ella.

Lily sabía que debería marcharse y no sucumbir a la tentación. Ryland corría peligro al acercarse a ella. Sin embargo, el riesgo de que los descubrieran sólo aumentaba la emoción y despertaba todavía más sus sentidos. Su cuerpo estaba vivo. El corazón le daba vuelcos y sonrió. Balanceó las caderas, una sensual invitación mientras aparecía y desaparecía entre los invitados en el borde de la pista de baile. Se alegraba de haberse arreglado con tanto mimo, de haber deslizado el vestido por la piel perfumada, fingiendo que era para él. Para Ryland. Fingiendo que se encontraría con él en el baile.

Obviamente, él le había leído el pensamiento mientras estaba frente al espejo enseñándole el vestido y él le acariciaba los pechos y le rozaba las caderas. Lily quería que soñara con ella mientras estaba fuera. Que pensara en su espalda desnuda hasta la curva de las nalgas.

No se volvió para comprobar dónde estaban sus enemigos. Confiaba en que Ryland lo sabría. Confiaba en que sus hombres lo protegerían, que vigilarían de cerca al coronel y lo distraerían. Lily continuó avanzando muy despacio, esperando. Emocionada. El calor la invadió en forma de invitación húmeda y rica, su cuerpo llamando a gritos a su amante.

Primero notó su aliento en la nuca. El calor de su cuerpo, cerca del suyo. Su mano se deslizó, abierta, por su cintura con posesión, justo por debajo de los pechos para que ella ansiara su contacto. Se movió con ella, una unión perfecta mientras se la llevaba hasta la pista y empezaron a dar vueltas entre las demás parejas.

Lily lo miró cuando sus cuerpos se juntaron, se tocaron un segundo y se separaron. Levantó la mirada y se quedó sin aliento. El pelo negro le caía sobre la cara como una cascada de rizos. Sus ojos grises parecían plata fundida. Su cuerpo se pegó al suyo, apenas rozándose, piel contra piel, guiándola con la mano como un experto. Pasos complicados y sus cuerpos rozándose íntimamente. Era emocionante. Erótico. Hacer el amor en la pista de baile, como se había imaginado.

Los ojos de Ryland la tenían cautiva. No podía apartarlos de él. No quería apartarlos. Quería perderse allí para siempre, en el calor de su deseo. La música los atravesaba, los envolvía con fuego y pasión. Cuando dieron un giro y él la pegó contra su cuerpo durante varios segundos, le acarició un lado del pecho, la sedosa piel debajo de las costuras del vestido.

El fuego se apoderó de ella y las llamas le lamían la piel como pequeñas lenguas. Tenía los pezones erectos, con lo que cada vez que se movía, la tela rozaba la sensible piel. Él volvió a acercarla, a abrazarla mientras sus cuerpos se balanceaban siguiendo la música. Lily dio gracias por la tenue iluminación que permitía esconder a las parejas en la enorme pista de baile. Su cuerpo se amoldó al de Ryland, rozándose a cada paso, con los pechos pegados a sus pectorales mientras él descendía las manos hasta la curva de las caderas, le acariciaba las nalgas y le clavaba la erección en cada movimiento. Era una nube de calor que crecía y respiraba con vida propia.

Ella volvió la cabeza para buscar al coronel, porque tenía miedo de que hubieran estado demasiado tiempo en la pista de baile para evitar que los vieran, incluso con tan poca luz.

No pienses en otro hombre, piensa sólo en mí. Las palabras le rozaron la mente. Él le acarició los pezones con los nudillos y le besó el cuello. Se separaron y se balancearon juntos, mientras la mano de Ryland descendía peligrosamente por su muslo, rozándole la entrepierna. Lily tensó el cuerpo mientras la sangre se le espesaba.

Se quedó sin aire en los pulmones y el corazón le dio un vuelco. Cualquier pensamiento lógico desapareció, los demás bailarines desaparecieron. Sólo Ryland era real, con su cuerpo duro y sus ojos brillantes. La volvió a alejar de él, la atrajo y la mantuvo cautiva entre sus piernas, la atrapó con los muslos y le acarició la cadera con su erección en un breve momento de promesa, de contacto total.

Se quedaron así mientras el cuerpo de Ryland se movía al ritmo de la música, moviendo las caderas de forma sugerente. Cada movimiento era como un relámpago en sus venas mientras su erección acariciaba su cuerpo suave y abierto. La pasión de la música era un repiqueteo constante en su cabeza, en su cuerpo.

Había querido que esta vez fuera distinto; había querido hacer todas esas pequeñas cosas que una mujer necesitaba. La risa susurrada. La charla íntima. Las salidas compartidas. Quería cortejarla como ella se merecía. Sin embargo, su cuerpo se excitaba en cuanto estaba con ella. Y no eran sólo llamas, sino un incendio descontrolado. Ardiente, brillante y peligroso.

Tenía que oírla contener la respiración, ver su mirada sensual. Era tan sexy y apasionada que perdía cualquier tipo de control. Era peligroso para ella y para cualquiera que intentara interferir.

La música estaba llegando a su fin; estaban sonando las últimas notas. Tenía la intención de dejarla, de verla caminar por la pista, de quedarse satisfecho por el breve contacto, pero notaba unos pinchazos en el cerebro y le dolía tanto la cabeza que tenía miedo de no poder caminar y poder salir de la pista sin que los vieran.

La siguiente canción era lenta y bajaron las luces todavía más. Con Lily en sus brazos, Ryland se la llevó entre los cuerpos y se alejó de posibles ojos vigilantes. El capitán tenía las manos llenas. La mujer del vestido de colores llamativos de la barra había sucumbido enseguida a la sugerencia de Ryland. Sabía que sus hombres estaban entre las sombras, esperando a que desapareciera. Esperaban que se la llevara a casa ahora que habían garantizado su seguridad y les habían permitido un baile. Ryland comprobó que no había ningún par de ojos que los siguiera mientras se llevó a Lily entre las sombras, donde la quería. Donde la necesitaba.

Capítulo *16*

La escalera de caracol era una estructura grande. Cuando Nicolas había recorrido el hotel, había descubierto los rincones escondidos que había en ella. El edificio, que se había construido en los años treinta, había sufrido varias renovaciones y, dentro del cuarto de planchar, había una puerta estrecha que se había forrado con papel. Accedía a una pequeña habitación que, seguramente, había servido para cosas ilegales. Nicolas le había enseñado el escondite en caso de emergencia. Y Ryland estaba seguro de que esto era una emergencia.

Se la llevó por debajo de las escaleras, giraron una esquina y bajaron varios tramos de escaleras hasta la puerta del cuarto de planchar. No tuvo ningún problema para abrir la cerradura antigua y se llevó a Lily hasta la pequeña habitación donde tantos otros debieron de esconderse a lo largo de los años. Se rió y le dijo:

—En los tiempos de clandestinidad había agujeros en la pared. Todavía se ven las marcas.

Ella no le respondió. No podía. No sabía si darle una bofetada por ser tan arrogante y seguro de sí mismo o abalanzarse sobre él y besarlo apasionadamente.

Se quedaron mirando el uno al otro, la tensión sexual creciendo inexorablemente. Él tomó la decisión por ella. La arrinconó en la oscuridad con su cuerpo y la abrazó con fuerza.

—Bésame, Lily. Necesito tu boca.

Ella no pudo resistirse al deseo de su voz ni a la atracción de lo prohibido. Echó la cabeza hacia atrás y contuvo la respiración cuando sus labios se encontraron. Ardientes. Hambrientos. Saboreó la pasión. Saboreó el deseo. La lengua de Ryland acarició y sedujo, eliminando cualquier inhibición y miedo para que ella respondiera con la misma pasión.

Ese hombre era suyo. Le pertenecía. La quería. La necesitaba. Nunca podría resistirse a la urgencia de su necesidad. La estaba devorando, allí entre las sombras, agarrándola por las nalgas para alinear mejor su cuerpo con el suyo. A escasos metros, oyeron el murmullo de varias voces, risas y un brindis. La música entraba por las grietas de las paredes delgadas y se oía tan fuerte que casi temblaba el suelo. Llenaba la pequeña habitación. Ryland levantó la cabeza y sus ojos la miraron con pura pasión mientras se perdían en su mirada azul. Estaba muy erecto y ella lo estaba mirando con desconcierto.

Entonces vio los pezones duros, oscuros, clavándose en la delicada tela del vestido. Aquella visión lo enloqueció, lo tentó. Subió las manos por los laterales del vestido, agarró la tela a la altura de las costillas y tiró para dejar un pecho al descubierto.

El aire frío sobre la piel caliente añadió sensibilidad a su cuerpo. Lo quería allí mismo, quería que la tocara, que la penetrara. La adicción que sentía por él iba más allá de cualquier otra cosa que hubiera vivido o se hubiera imaginado que era posible. Quería arrancarle la camisa y disfrutar de la visión de su pecho, recorrer el perfil de sus músculos, sentir cómo crecía la necesidad por ella en la mano, contra su cuerpo. Lily se movió con descaro, deslizó las manos por su cuerpo, se acarició las curvas con las yemas de los dedos, dibujó un camino por encima de su estómago plano y disfrutó de cómo él le seguía las manos con la mirada.

El cuerpo de Ryland se endureció todavía más. Ella estaba sensual y sexy, pegada a la pared y con los labios hinchados y oscuros por sus besos. Parecía desinhibida, con el elegante vestido brillante y los pechos seduciendo a sus sentidos. Los dedos de Ryland siguieron el camino que los de ella habían dejado en sus pechos y recorrió la piel suave, jugueteó, acarició y masajeó.

Notó cómo el cuerpo de Lily temblaba. Respiró aire cálido en su pezón endurecido y, lentamente, inclinó la cabeza hacia la tentación. Ella gimió cuando la boca de Ryland, caliente y húmeda, se cerró sobre su pecho. La lengua bailó al ritmo de la música, lamió y acarició. Succionó con fuerza, quería devorarla, hacerla suya.

En ese momento, necesitaba penetrarla con los dedos más que cualquier otra cosa. Necesitaba sentir su respuesta húmeda. Ryland se pegó a ella, arrinconó su cuerpo en la oscuridad, bajó las manos hasta los bajos del vestido y le rodeó el tobillo con los dedos. Deslizó la mano sobre la pantorrilla, tomándose su tiempo para acariciarle las cicatrices. Siguió subiendo por la rodilla y por el muslo.

Lily le tomó la cabeza entre las manos, disfrutando de las sensaciones. Aquello era una locura. Oyó su propio gemido cuando él localizó el nido de calor entre los húmedos rizos oscuros.

—Ryland —le susurró contra el pelo—. Voy a arder en llamas.

—Es lo que quiero, Lily. Arde para mí. —Sus dedos localizaron una pequeña tira de ropa interior. Le mordisqueó el lateral del pecho—. Pensaba que no llevabas nada. Estoy decepcionado.

El diminuto tanga no fue impedimento para introducir el dedo en su cuerpo y comprobar su respuesta. Ella contuvo el aliento y lo excitó todavía más. Los músculos de Lily se tensaron a su alrededor, como terciopelo, tan tentador que él se sacudió con la urgencia por penetrarla. Le parecía tan preciosa. Tan necesaria. Lily no tenía ni idea de lo que significaba para él.

Cerró los ojos y se dejó llevar por su deseo, perdiéndose en la tentación de su cuerpo. Introdujo más el dedo y siguió jugueteando con la boca caliente y persistente en su pecho. Ella se aferró a su pelo, sujetándose. La música los envolvía, el ruido de los pasos en las escaleras, las voces y las risas.

Abandonó el pecho para viajar por la garganta hasta la barbilla.

—Bájame la cremallera, Lily. —Respiró la tentación. Lo susurró. Una súplica pícara.

—Ryland... —Fue una protesta débil y ahogada, incluso mientras sus manos localizaban la parte delantera de los pantalones, encendiendo todavía más la verga de Ryland cada vez que lo rozaba—. Esto es una locura. Deberíamos irnos a casa... —Dejó la frase inacabada, porque le faltaba aire en los pulmones. Lo deseaba tanto, allí mismo, tal cual, salvaje, descontrolado y tan loco por ella que no pudiera esperar más.

Ryland estaba muy duro, erecto, grueso y muerto de deseo. Era un ansia. Le cogió la pierna y se la colocó alrededor de la cintura mientras la inclinaba todavía más contra la pared.

—Estás ardiendo por mí, cariño —susurró—. No digas que no. Aquí no nos encontrarán. —Le subió todavía más el vestido y se lo recogió detrás de la cintura—. No me dejes así. Nunca he necesitado tanto algo. —Como no quería arriesgarse a que le dijera que no, pegó su cuerpo a su entrada húmeda. Localizó con los dedos la pequeña tela de encaje rojo y la rompió, dejándola absolutamente expuesta para él—. Acéptame, Lily. Acéptame así. Quizá no es el lugar ni el momento adecuado, pero acéptame igualmente.

Lily cerró los ojos cuando lo notó en la entrada de su cuerpo, grueso y duro. Era un hombre grande y ella estaba tensa. Parecía imposible hacerlo en aquella diminuta habitación con los agujeros en la pared y su historia. Y también estaba el factor peligro...

Ryland se quedó inmóvil, esperando. Rezando.

Ella se aferró con fuerza a su pelo.

—Te deseo más que a cualquier otra cosa —admitió, frotándose contra su cuerpo.

Resbaladiza con la humedad y el calor, lo aceptó, centímetro a centímetro. Él la llenó hasta que jadeó y el placer le entrecortó la respiración. Ella también lo necesitaba. Lo necesitaba dentro; necesitaba que fuera una parte de ella, que compartieran el mismo cuerpo.

Ryland empezó a moverse con un ritmo caliente y apasionado que seguía la sensual música que los envolvía. Deprisa y despacio, profundo y con fuerza, no quería que terminara nunca. Ella estaba muy tensa, su cuerpo estaba hecho para él. Los pequeños gemidos que salían de su garganta lo volvían loco. Lily le clavó las uñas en la espalda, jadeó muy deprisa y tenía los ojos nublados de placer.

Él la levantó a peso, de modo que ella tuvo que rodearle la cintura con las piernas y abrirse todavía más a su posesión. Él la penetró más y la agarró con fuerza por la cintura.

—Móntame, cariño. Venga, tómame entero —susurró, tentador, mientras le observaba la cara, sonrojada, y veía el placer que le estaba dando.

Ella se movió, tensando los músculos, deslizándose arriba y abajo, siguiendo el salvaje ritmo de la música, como él había hecho. Lily se olvidó de dónde estaba. De quién era. Sólo existía el placer que le invadía el cuerpo y el fuego que la quemaba por dentro mientras echaba la cabeza hacia atrás y se dejaba llevar. Vio explosiones de luz y cerró los ojos, siguió moviéndose al ritmo de la música, montando su cuerpo, con cada músculo tenso y vivo. Notaba su cuerpo soltándose, tensándose, aferrándose a él. Lo deseaba. Era hambre de él. Quería más.

Entonces él murmuró algo que Lily no llegó a entender, se aferró a ella con las manos y le clavó las uñas mientras la penetraba con fuerza. Ella echó la cabeza hacia atrás y se sacudió de placer cuando su cuerpo empezó a caer en la espiral del descontrol. Tenía el pelo alrededor de la cabeza como una nube oscura enmarañada, y le rozaba los pechos con el movimiento. Notó un grito de intenso placer en la garganta y pegó la boca al hombro de él. Los enormes músculos amortiguaron sus gritos mientras dejaba caer una pierna al suelo porque necesitaba mantener el equilibrio.

Su cuerpo era un infierno, suave como el terciopelo aunque muy tenso. La fricción era casi insoportable y tan placentera que hasta dolía. La penetró una última vez justo cuando la música alcanzaba el punto álgido y cuando su cuerpo explotó, un volcán en erupción que casi le arranca la cabeza. Le temblaban las piernas y se quedó vacío, como si Lily le hubiera absorbido todas las fuerzas. La apoyó en la pared, con la frente pegada a la suya, intentando recuperar la habilidad para respirar.

Se quedaron así, entrelazados y contra la pared, porque era la única forma de mantenerse de pie. Lily intentó recuperar la respiración y escuchó la siguiente canción, un tema triste y lento. Con una pierna todavía enroscada alrededor de su cintura, sus cuerpos encajaban perfectamente. Era plenamente consciente de cada movimiento de Ryland, de cada respiración, de la mano que le estaba acariciando la pantorrilla.

La sorprendió no caerse de bruces cuando él por fin pudo moverse, le besó el cuello y la puso en pie muy despacio. Ella consiguió bajar la pierna, apoyó el pie en el suelo y lo soltó. Él le devolvió el diminuto trozo de ropa interior inútil.

Lily miró atónita el tanga de encaje roto y luego miró a Ryland. Él dibujó una sonrisa. Satisfacción. Masculino. Ella no pudo evitar dibujar otra sonrisa.

Ryland la miró. Parecía plenamente querida. Seguía apoyada en la pared, con el vestido recogido detrás de la cintura, y con los pechos erguidos hacia él. Tenía la boca hinchada de los besos y vio cómo el semen le resbalaba por la pierna.

—Sin duda, eres la mujer más preciosa que he visto nunca.

Sorprendida de no sentir ningún tipo de vergüenza, recurrió al diminuto tanga para limpiarse la pierna. Ryland la tomó de la mano, le quitó la prenda y, muy despacio, lo hizo él. Pareció que sus dedos se entretenían y acariciaban su piel sensible y el cuerpo reaccionó de nuevo.

—No puedes hacer eso —susurró. Su contacto despertaba un hambre que nunca podría saciar.

—No te creerías lo que puedo hacer —respondió él, con una absoluta seguridad, jugando con los dedos dentro de su cuerpo, provocándola y obligando a su cuerpo a frotarse contra su pulgar.

Ella volvió a alcanzar el orgasmo con tanta intensidad y velocidad que se sorprendió. Se apoyó en el hombro de Ryland, con el cuerpo tembloroso y ansioso.

—Tienes que parar o empezaré a gritar y llamaré la atención de todo el mundo.

Él la besó una y otra vez, deseando poder disfrutar de más tiempo con ella.

—Quiero pasarme horas haciéndote el amor, Lily.

Ella miró a su alrededor, a la pequeña habitación.

—No puedo creerme que estemos en esta habitación inmunda. Y lo peor es que no puedo creerme que quiera quedarme aquí contigo.

Ryland se inclinó, localizó su boca con sus labios y fundió sus cuerpos en un delicado beso. Donde antes saltaban chispas, ardientes y apasionadas, ahora se respiraba ternura.

—Te quiero, Lily Whitney. En serio. —Le colocó la mano en la nuca y le levantó la barbilla con el pulgar para que tuviera que mirarlo a los ojos de acero.

—Sé que quieres mi cuerpo.

—Joder, ¿tan difícil es decirlo? Lo siento cada vez que me tocas. Cuando me besas. Deja de ser tan testaruda. Podrías colaborar un poco.

—Dos veces joder —respondió ella, pensativa. Le rodeó el cuello con los brazos y pegó los senos generosos contra su pecho. Le mordisqueó el cuello y la mandíbula—. Supongo que tendré que planteármelo si vas a ser tan persistente.

Ryland reconoció la nota de humor en su voz y los nudos del estómago se relajaron.

—Voy a ser persistente, Lily. Estaba pensando que podríamos irnos a casa y continuar esta conversación en la cama.

—Estás muy seguro de ti mismo, ¿no? —Su lengua bailoteó en su oreja y sedujo la comisura de los labios.

—Lily, estás jugando con fuego. —Se separó de ella—. Estoy a nada de volver a hacerte el amor y esta vez sí que podrían descubrirnos. —Uno de los dos tenía que ser fuerte. Le metió los pechos dentro del vestido y le arregló el escote. Ella no lo ayudó; se quedó allí mirándolo y comiéndoselo con sus enormes ojos. Casi desafiándolo. Ryland le bajó el vestido con decisión y tiró de la tela hasta que quedó como al principio.

La mano de Lily le acarició el estómago, descendió un poco y frotó, acarició y lo marcó como suyo antes de guardarle la verga dentro de los pantalones oscuros.

El cuerpo de Ryland se tensó, se sacudió y se incendió ante aquella caricia tan íntima. Puede que ella no tuviera experiencia, pero tenía confianza y sabía que la quería.

—No voy a sobrevivir a esto, Lily. —Estaba suplicando piedad.

Ella se apiadó de él. El papel de seductora le gustaba cada vez más, pero tenían que volver a la vida real y notó la creciente tensión de Ryland.

—No te he dicho lo guapo que estás con traje. ¿Dónde has conseguido uno tan deprisa? ¿Y los demás? Imagino que tambíen llevaban traje.

—Arly. Es un hombre de recursos.

Lily sonrió.

—¿No es maravilloso?

—No sé si diría tanto, cariño. ¿Cuándo vas a presentarme a Rosa? Empiezo a cansarme de esconderme debajo de la cama o en el armario las mañanas que decide traerte una taza de té. Aunque, por cierto, tu armario es más grande que la caravana donde crecí. —La miró detenidamente y le apartó el pelo por encima del hombro—. Cuando salgamos de aquí, tienes que informarme de cómo ha ido con el capitán y el general. Te has arriesgado al hablar con él. Fue necesario el esfuerzo de todos para mantener las miradas de Higgens y los demás lejos de vosotros.

—Creo que el capitán os debe un súper agradecimiento. Esa mujer pensaba llevárselo a casa y hacérselo pasar muy bien.

—Tenía en la cabeza encontrar un marido oficial muy apuesto —dijo Ryland—. Iba vestida para la seducción y él estaba decidido a seducir.

—No me mires así —dijo Lily, riéndose—. No quería nada con ese hombre.

Ryland le recorrió la espalda con un dedo hasta que llegó a las nalgas.

—Te tocaba como si fueras suya.

—Como si quisiera que fuera suya. —Lily lo agarró de la mano—. En un par de ocasiones, pensó en el dinero. Eso es lo que quería, no a mí. Aunque sólo fueron unos pensamientos pasajeros. Le ordenaron que no se separara de mí y apuesto a que mañana por la mañana tendrá que dar muchas explicaciones.

—Le dará igual —respondió Ryland, con seguridad—. Creerá que la mujer valía la pena.

—¿Cómo vamos a sacarte de aquí? —Lily intentó no estar nerviosa. Ryland respiraba confianza—. ¿Los demás se han ido? ¿Hay alguien vigilando a Higgens?

—Ya se replegarán, no te preocupes por ellos. —Ryland se la llevó de la mano hacia la puerta del armario—. Tú te vienes conmigo, Lily. No voy a marcharme sin ti. Mis hombres esperan que salgas conmigo. Has arriesgado tu vida por nosotros, por conseguir información que nos ayude, así que no vamos a dejarte desprotegida. Todos saben que nunca me iría sin ti. Y no se aceptan discusiones. Lo digo por si pensabas replicar.

Lily se frotó la barbilla contra su hombro.

—Estoy cansada y, después de tanto baile, la pierna dirá basta en cualquier momento. Tengo que explicarte muchas cosas. —No quería que creyera que se iba porque se lo había dicho él. Por supuesto, se iría inmediatamente. Los moretones eran la excusa perfecta. Mañana ya le diría a Phillip Thornton que le dolía la cabeza y que se había ido a casa a descansar.

No puedo retenerlos más tiempo. Higgens está enviando a hombres por todas partes buscando a Lily. Sácala por la escalera de atrás y te cubriré. La advertencia de Nicolas fue tan fuerte que incluso Lily reconoció la urgencia en su voz.

Ryland reaccionó de inmediato, la tomó de la mano y salió corriendo hacia la puerta del armario. Primero salió él, y luego se la llevó hasta las escaleras y giraron la esquina hasta que estuvieron otra vez debajo de la escalera de caracol. La gente estaba cerca, repartida en pequeños grupos que buscaban privacidad para hablar de negocios sin dejar de mirar a los bailarines. Ryland confió en sus instintos, se fundió entre la gente y se sirvió de la multitud para camuflarse. Él llevaba traje oscuro y podía esconderse entre las sombras, pero Lily iba de rojo pasión, sexy y sensual, con la melena oscura suelta, de modo que llamaba la atención. Si le dejaba la chaqueta, la camisa blanca sería como una luz de neón en el salón.

Ella se dio cuenta de que estaba poniendo en peligro a Ryland.

—Vete sin mí, ya te cogeré. John me está esperando con la limusina. —Intentó soltarse, pero él la agarró por la muñeca y la pegó a su lado.

Un brazo muy fuerte la rodeó por la cintura. Lily descubrió que era de acero. Otra cara del apasionado amante que podía llegar a ser tan tierno y encantador.

—Haz lo que te diga y estate quieta. No vamos a separarnos, Lily, así que no pierdas el tiempo discutiendo.

Ella se fijó en la concentración que se reflejaba en su rostro. Los ojos grises no dejaban de moverse, alerta, repasando los grupos de gente buscando a los hombres serios que estaban abriéndose paso entre la gente, por los pasillos y los rincones.

Ryland sabía que los soldados buscaban a Lily y su vestido rojo tan sexy. Él la habría localizado de inmediato. La obligó a avanzar por el pasillo, pegándola a la pared y protegiendo su pequeño cuerpo con el suyo, más grande, para minimizar el riesgo de que la vieran. Buscaban a una mujer, no a Ryland Miller. El guardarropa estaba detrás del ascensor. Él tomó la tarjeta de Lily y se acercó al encargado. El abrigo de Lily era largo y con capucha, una enorme capa de terciopelo. Afortunadamente, pudo envolverla entre aquella calidez.

A tu derecha. Voy a desenfocar un poco tu imagen.

Ryland abrazó a Lily y pegó su espalda contra una hilera de plantas, como un amante ardiente, con la espalda hacia la derecha, protegiéndola de cualquier ojo buscón. Murmuró con suavidad, a propósito, con la voz animada como si estuvieran compartiendo alguna broma íntima. Mientras tanto, ella notó la onda de energía a su alrededor hasta que casi crujió en el aire. Los dos hombres consiguieron que el soldado vestido de oscuro mirara hacia otro lado, viera de reojo una tela roja y persiguiera a la mujer mientras ésta giraba una esquina.

Ryland se llevó a Lily hacia las escaleras, como un hombre que tenía tantas ganas de estar con su amante que estaba impaciente por salir de allí. Llegó un momento en que no les quedó otra opción que atravesar un pasillo iluminado. Ryland sólo podía rezar para que la capa fuera lo suficientemente larga para cubrir la cola del vestido mientras Lily caminaba muy deprisa.

—Quítate los zapatos —le ordenó cuando alcanzaron la relativa seguridad de la escalera—. No quiero que los tacones nos frenen si tenemos que echar a correr.

Lily se apoyó en él con una mano mientras, con la otra, se quitaba los zapatos de tiras.

—Resulta que estos zapatos me gustan mucho —dijo—. No quiero perderlos.

—Típico de una mujer, pensando en los zapatos en un momento como éste. —Ryland puso los ojos en blanco mientras la tomaba de la mano—. Seguro que nos estarán esperando en uno de los pisos inferiores. No deberían estar tan nerviosos.

Bajaron corriendo dos tramos de escaleras.

—¿Por qué iban a estarlo, si no saben que estáis aquí? ¿Es posible que te hayan visto a ti o a cualquiera de los otros antes?

—Lo dudo. —Bajaron dos tramos más.

Lily cojeaba ostensiblemente. Intentó soltarse, porque era consciente de que lo estaba retrasando. Por experiencia, sabía que sus músculos empezarían a sufrir espasmos y, al final, acabaría arrastrando la pierna.

—Aquí quien corre peligro eres tú, Ryland, no yo. ¿Qué van a hacerme aquí delante de tanta gente? Volveré al salón y me introduciré en un grupo. Dile a Arly que envíe a John a buscarme.

—Sigue caminando, Lily —le espetó Ryland, con la expresión seria—. Esto no es una democracia. —La agarró con fuerza por la muñeca y la obligó a bajar otro tramo de escaleras.

—Ryland, la pierna… —empezó a decir ella.

Él le tapó la boca con la mano. Ella percibió su tensión. La tenía rodeada con los brazos, abrazándola contra él, mientras retrocedían hasta el rellano del tercer piso. Se asomó al hueco de la escalera, con la boca pegada a su oreja.

—La luz de la escalera está apagada a partir de aquí. Hay alguien esperándonos. Lo noto.

Ella sólo podía sentir el terrible dolor mientras los músculos de la pantorrilla se le agarrotaban y los pulmones le ardían después de bajar corriendo las escaleras. Tenía el corazón acelerado. ¿Qué podía haber puesto sobre aviso al coronel Higgens de la presencia de Ryland en el edificio? ¿O acaso la estaba buscando porque había estado mucho rato hablando con el general Ranier? *Quizás el general estaba tan furioso que, sin querer, le ha soltado la verdad a Higgens.* La idea la aterró. Ranier estaría en peligro, y también Delia, su mujer. Si Higgens y Thornton ya se habían atrevido a cometer un asesinato en cuatro ocasiones, no se detendrían porque la siguiente víctima fuera un general.

Ryland movió los labios y habló tan bajito que Lily apenas lo oía:

—Es Cowlings. Su habilidad telepática es nula, pero siente las ondas energéticas. Vamos a bajar las escaleras. Quédate junto a la pared y con la capa cerrada.

Ella asintió para indicarle que lo había entendido. Ryland la soltó y se llevó casi toda la calidez. Lily se agarró a la baranda mientras iniciaron el descenso hacia la parte oscura. Ryland no hizo ningún ruido mientras avanzaba, propio del depredador que era. Lily le tocó la espalda para tranquilizarse. Notó la tensión de sus músculos mientras bajaba las escaleras. Intentó imitar su silencio, pisando con cuidado y haciendo un esfuerzo por controlar la respiración. Aún así, sus movimientos parecían resonar en la quietud de la escalera.

Una puerta se abrió varios pisos por encima de ellos y oyeron unas risas. El olor de tabaco se extendió muy deprisa. Ryland se quedó inmóvil y levantó la mano para que ella también se detuviera. Se quedaron inmóviles hasta que la puerta se cerró y alejó las voces, dejándolos otra vez en silencio. La mano de Ryland localizó la suya y se la apretó para darle ánimos.

Lily intentó contener la respiración mientras bajaban hasta el rellano del segundo piso. Cuanto más se acercaban, más fuerte le latía el corazón, hasta que tuvo miedo que le fuera a estallar. La explosión de adrenalina provocó que su cuerpo temblara con violencia. Ryland, en cambio, estaba firme como una roca. No detectaba que se le hubiera acelerado el corazón, y eso que no dejaba de acariciarle el pulso en la muñeca con el dedo pulgar. Parpadeó. Y la muñeca de Ryland se deslizó entre sus dedos.

De repente, él desapareció y ella se quedó sola, pegada a la pared en la cuarta escalera antes de llegar al rellano, temblando en la oscuridad. No se oía absolutamente nada. Lily buscó en su interior para calmarse y se obligó a llenar de aire los pulmones hasta que el ritmo cardíaco se hubo tranquilizado y pudo controlar la respiración. Esperó y contuvo el impulso de buscar a Ryland telepáticamente. Si Cowlings estaba cerca, detectaría la actividad energética.

La necesidad de moverse fue repentina e inmediata. Oyó un susurro en su cabeza pero no entendió las palabras. Se quedó quieta, pegada a la pared, y desconfió de una conexión que no era fuerte e íntima como la que siempre tenía con Ryland. Nicolas era extremadamente fuerte y ella ya lo conocía. Estaba segura de que se las habría apañado para enviarle un mensaje claro. Esperó, envuelta en la capa de terciopelo. Tensa. Asustada. Firme.

La espera se le hizo eterna. El tiempo pasaba muy despacio. Casi se paró. Lily odiaba ese silencio cuando, normalmente, era su refugio. Notó un susurro de movimiento, aunque no oyó nada. Ropa que rozaba la pared muy cerca de ella. Intentó hacerse pequeña, contuvo la respiración y esperó. Miró directamente hacia el ruido. Poco a poco, fue identificando la enorme sombra que se levantaba allí en la oscuridad.

Todos sus instintos le decían que corriera, pero se obligó a quedarse quieta. Confiaba en él. Confiaba en Ryland. Lo notaba cerca de ella. Respirando con ella. Para ella. Dándole fuerzas para esperar a que la amenaza se abalanzara sobre su persona.

Algo cayó desde arriba, aterrizó en la espalda del atacante, lo agarró por el cuello, lo echó hacia atrás y ambos cuerpos cayeron al rellano. Lily oyó cómo unos puños golpeaban contra la carne.

¡Sal de ahí! La voz sonó alta y clara en su cabeza. Era Nicolas, no Ryland.

Dudó un segundo y luego hizo lo que le decían. Pasó junto a los dos hombres, que estaban peleando con todas sus fuerzas. Empezó a bajar las escaleras y miró hacia atrás. Los dos estaban de pie. Una sombra se movió, corrió hacia ella y saltó por los aires, decidido a atraparla.

Lily intentó correr y se apoyó en la pierna mala. Los músculos se le agarrotaron. La pierna cedió y tuvo que sentarse en la escalera. Seguramente, aquello la salvó. Si no se hubiera caído, el hombre la habría golpeado en la espalda. De hecho, le dio una patada en el hombro cuando pasó por encima de ella, y estuvo a punto de caer por las escaleras a consecuencia de la fuerza del impacto. El hombre aterrizó varios escalones por debajo de ella, se dio la vuelta y corrió hacia ella. Lily le vio los ojos, con un brillo triunfal. Alargó los brazos, la cogió del tobillo y la tiró hacia abajo.

Entonces resbaló por las escaleras mientras Ryland se abalanzaba hacia el otro hombre como una amenaza sólida. Le dio una patada a Cowlings en toda la cabeza, y éste cayó hacia atrás, lejos de Lily.

Ryland se agachó, la abrazó y la tocó por todas partes para asegurarse de que estaba bien.

—¿Estás herida? ¿Te ha hecho daño?

Ella apoyó la mano en su pecho y, cuando la levantó, la sintió húmeda y pegajosa.

—¿Ryland?

—No es nada, Lily. Tenía una navaja. Sólo es un rasguño. ¿Puedes andar?

—No lo sé. A veces me pasa, estoy bien y, de repente, cuando el músculo está muy estresado, no puedo moverme. —Quería levantarle la camisa y examinarle el pecho, pero él la puso de pie, la rodeó por la cintura con un brazo y bajaron el último tramo de escaleras hasta la entrada del primer piso.

Ryland abrió la puerta, se asomó y corrieron hacia una puerta lateral. *Detrás de ti.* La advertencia llegó justo cuando Cowlings salía de la escalera. Ryland se metió en una pequeña sala y empujó a Lily lejos de él mientras se volvía para esperar a Cowlings de frente. Los dos hombres caminaron en círculos.

—Voy a matarte, Miller —amenazó Cowlings mientras se limpiaba sangre de la nariz destrozada. Su cara parecía de plastilina. Hasta los ojos estaban hinchados.

—Te invito a intentarlo —respondió Ryland, muy tranquilo.

Lily se concentró en el cuadro que había en la pared, a la derecha de Ryland, que empezó a temblar con fuerza. De repente, se soltó y voló hacia Russell Cowlings. Voló y giró, a ras de suelo, ganando velocidad a medida que iba levantando el vuelo. Cowlings se agachó y lo esquivó, intentando evitar el cuadro atacante.

Ryland avanzó, fingió un ataque y lo distrajo. Cowlings retrocedió y volvió a concentrarse en su oponente humano. El cuadro le cayó encima de la cabeza. La tela y el cristal se rompieron y el marco le quedó colgando del cuello. Parecía más desorientado que herido.

—Vete, Lily. —Ryland no tenía otra opción. Si dejaba a su enemigo vivo, ella y sus hombres estarían en peligro. Y no podía permitir que Lily lo presenciara.

Ella lo obedeció y se marchó cojeando. La pierna le dolía tanto que tenía arcadas. Impotente, se dirigió hacia la salida. De repente, la enorme cortina que tapaba la entrada de la sala cobró vida; salió volando y la envolvió en varias capas de tela. Era tan gruesa que amenazaba con dejarla sin aire. No podía ver nada y era incapaz de pelear. Tenía los brazos pegados al cuerpo.

La pierna cedió y cayó al suelo, atrapada entre los cada vez más tensos pliegues, y fue consciente de que se estaba asfixiando. *¡Ryland!* Presa del pánico, gritó su nombre en la cabeza.

Sabía que él estaba enfrascado en una lucha por su vida. Por la vida de todos. Incluso se avergonzaba por haberle suplicado ayuda y haberse arriesgado a distraerlo, pero no había podido evitarlo. Nunca había estado tan asustada.

Tranquila. Era Nicolas. Era increíble que pudiera oírlo cuando estaba gritando tan fuerte en su cabeza.

Respiró hondo, cerró los ojos y utilizó el cerebro. Disponía de un poder tremendo, un control tremendo. Los años de práctica habían afinado sus habilidades. Russell Cowlings estaba ocupado luchando y no era, ni de lejos, tan fuerte como ella. Lily intentó controlar la pesada cortina. La pelea no duró demasiado. Cowlings no tenía fuerza suficiente para una pelea mental prolongada ni las habilidades necesarias para dividir su atención.

Ryland fue directo al grano, porque necesitaba terminar con aquello cuanto antes. Nicolas estaba cerca, pero controlando las cámaras de seguridad y alejando a los invitados de la sala. Cowlings era un buen luchador, y rápido. Siempre había sido uno de los mejores en el combate cuerpo a cuerpo y era lo suficientemente inteligente como para no dejarse tocar, manteniendo a Ryland alejado con una serie de patadas.

Éste contuvo las ganas de ir demasiado deprisa y se tomó su tiempo, bloqueó las patadas y se fue acercando poco a poco. Era el más fuerte de los dos y, cuando lo tuviera en sus manos, Cowlings estaría perdido. Localizó un cenicero cilíndrico de medio metro. Era de metal. Mientras seguía con su lenta aproximación hacia Cowlings, se concentró en el cilindro y lo obligó a avanzar lentamente, arrastrándolo hasta la gruesa alfombra para que no hiciera ruido.

Bloqueó varias patadas y lanzó el cilindro entre las piernas de Cowlings, que tropezó y cayó al suelo. Ryland pasó a la acción de inmediato y se lanzó con la mano por delante hacia el cuello de su oponente, aplastando todo lo que se encontró por delante. Le dio asco ver cómo el otro hombre se apagaba. Verlo luchar por seguir respirando, algo imposible. Entonces intentó no sentir nada. Intentó morirse por dentro.

Se volvió y vio los enormes ojos de Lily mirándolo horrorizada. Consiguió salir de debajo de la cortina y gateó hasta Cowlings con la vaga idea de ayudarlo.

¡Largo! ¡Largo! Están bajando muchos y no puedo entretenerlos.

Ryland la cogió por la cintura, la levantó en brazos y corrió hacia la puerta. Salió hacia la oscuridad de la noche y se dirigió hacia la esquina donde sabía que Arly los estaba esperando.

—Tengo que irme con John. Si la limusina se queda aquí, esperándome, Higgens sabrá que no me he ido inmediatamente —protestó Lily.

Ryland no se detuvo ni miró a Nicolas cuando salió por otra

puerta y siguió caminando a su lado. Se separaron antes de llegar al coche y entraron en la parte trasera cada uno por un lado. Ryland dejó a Lily en el suelo.

—Arranca, Arly. Vámonos. —Habló con sequedad. Se volvió hacia Lily—. Llama a John al móvil y dile que vuelva a casa.

Lily miró su gesto serio y lo obedeció. John protestó, quería saber qué estaba pasando, pero la urgencia de la voz de Lily acabó convenciéndolo. Prometió que se iría a casa inmediatamente.

—Gracias por quedarte y cubrirnos —dijo Ryland.

Nicolas se encogió de hombros.

—Kaden se ha llevado a los chicos a casa. Les ha encantado poder jugar un rato. A mí me apetecía divertirme un poco más, y por eso me he quedado. —Se inclinó para examinar la cara de Lily—. ¿Estás bien? ¿Estás herida?

—Ryland sí. Cowlings tenía una navaja —respondió ella.

Arly volvió la cabeza para mirar.

—¿Qué coño ha pasado?

—Conduce —le espetó Ryland—. Sólo es un rasguño —añadió, a la manera de una protesta cuando Lily se arrodilló frente a él y Nicolas le levantó la camisa para ver la herida.

—Tienes mucha suerte, capitán —dijo Nicolas—. Deberías haberle partido el cuello la primera vez. Sabías que teníamos que eliminarlo. Le diste otra oportunidad para que te matara.

Ryland no respondió. Estaba mirando por la ventanilla, con la mirada fija y sacudida.

—Podía haberla matado, Rye. Iba a por ella para hacerte daño.

—Joder, Nico, ya lo sé. ¿Crees que no lo sé? —Ryland volvió la cabeza para mirar a Nicolas a la cara.

Éste se encogió de hombros con una naturalidad estudiada.

—Deberías haberlo matado la primera vez que le pusiste las manos encima, en la verja, cuando nos escapamos.

Ryland dejó caer la cabeza en el asiento y cerró los ojos, cada vez más furioso. Intentó calmarse y sus dedos localizaron y jugaron con los gruesos mechones de pelo de Lily. Apretó el puño y la mantuvo así. A ciegas. Sólo necesitaba su presencia.

Capítulo 17

Joder, Lily, acabo de matar a un hombre. Y me caía bien. He estado en casa de sus padres. ¿Qué coño querías que hiciera? —Ryland iba de un lado a otro, nervioso, con las emociones a flor de piel y la voz ronca—. Era un buen soldado. Una buena persona. No sé qué coño le pasó. —Estaba recordando a Russell Cowlings y los recuerdos le hacían daño.

No podía mirarla, no podía volver a ver el terror en sus ojos. Le daba la espalda de forma deliberada mientras iba hasta el otro lado de la habitación y volvía. Lily tenía el grifo de la bañera abierto y había dejado la capa de terciopelo tirada encima de un abullonado sillón. El vestido rojo tan sexy estaba hecho un ovillo en el suelo. Ryland lo recogió y lo retorció entre las manos.

—Podría haberte matado, Lily. Podrías estar muerta. La primera vez lo dejé escapar por miedo a lo que pudieras pensar de mí. Mierda. —Las palabras estallaban en su boca—. Soy bueno en lo que hago. No puedes mirarme acusándome y sacudirme de forma que no pueda ni moverme. ¿Tienes una idea de lo que habría pasado si lo hubiera dejado ir? Habría puesto a todos mis hombres en peligro por no querer matarlo delante de ti. —Esperaba que fuera cierto. Deseaba que fuera verdad. Si no, significaría que había dudado porque Cowlings era un amigo. Y aquello era malo, muy malo. En cualquier caso, se merecía la reprimenda de Nicolas.

Lily se recogió el pelo en lo alto de la cabeza y entró en la bañera caliente, rezando para que el agua la ayudara a deshacer el agarrotamiento de los músculos de la pierna. Le dolía el hombro que Cowlings le había golpeado al pasar por encima de ella en las escaleras y sabía que tendría un moretón enorme. No se había molestado en comprobarlo; tenía los ojos llenos de lágrimas y sabía que no vería nada en el espejo. Lo sentía por Ryland. Sentía su dolor. Sentía lo asqueado y lo enfadado que estaba consigo mismo. Le estaba gritando, pero ella sabía que aquella rabia iba dirigida a sí mismo.

Cuando entró en la ducha, quedó envuelta en vapor. No podía consolarlo. No se le ocurría nada para hacerle olvidar el dolor. Él había acudido a ella el día que asesinaron a su padre. Estuvo a su lado cuando descubrió que había sido un experimento. Y ahora lo único que se sentía capaz de hacer era quedarse sentada en un jacuzzi de mármol gigantesco lleno de agua caliente, llorar y preguntarse cómo alguien con un cerebro tan privilegiado como ella podía no tener ni idea de cómo actuar.

—¿Lily? —Ryland apoyó la cadera en el marco de la puerta del baño, con el vestido de Lily todavía en las manos. Ella no lo había mirado ni una sola vez desde que habían salido corriendo del hotel. Ni una sola vez, como si no pudiera soportarlo. No podría hacerle más daño ni aunque le hubiera clavado un cuchillo en el estómago—. Será mejor que entiendas algo aquí y ahora. Esto es mi trabajo, para lo que me han entrenado, ¡joder!

Ella no lo miró, siguió con la mirada fija al frente. Ryland se le acercó. Estaba seguro de que, antes de obtener ningún tipo de compromiso por parte de ella, le iba a salir una úlcera. Vio el enorme moretón negro y violeta que le había salido en la parte de atrás del hombro.

—¿Me estás escuchando? —La rabia desapareció de su voz—. No pienso dejarte porque me hayas visto hacer algo que era necesario. Seguro que sabes que no lo haré. Es un motivo muy estúpido para que pongas fin a esto nuestro. —Se acercó la tela roja a la cara y se frotó la mandíbula. No iba a perderla.

Ryland no tenía ni idea de cómo ni cuándo había pasado, pero Lily estaba grabada a fuego en su corazón y en su alma, no podía respirar sin ella. Cuando, aún así, ella siguió sin responderle y se quedó ahí sentada, con el pelo rizado por el vapor y las mejillas llenas de lágrimas que caían al agua, suspiró y se olvidó de la rabia.

—No llores, cariño. Siento mucho haber tenido que matarlo. —Habló en voz baja y controlada—. No llores, por favor. Me partes el corazón.

—¡Entérate! No lloro porque tuvieras que matarlo, Ryland. Siento que esté muerto, pero quería matarnos a los dos. Lloro por ti. Porque no tengo ni idea de cómo ayudarte. —Avergonzada, se echó agua en la cara para camuflar las lágrimas.

Él no dijo nada y contempló su cara ladeada.

—¿Todo esto es por mí? ¿Lloras por mí? —Es lo que hacía. Lo dejaba sin palabras con una simple frase. ¿Qué iba a hacer con ella?—. No lo hagas, Lily. No tienes que llorar por mí. —Los nudos del estómago de antes se habían convertido en un río cálido. Era como si le acabara de hacer un regalo de Navidad. Hacía mucho tiempo que nadie lloraba por él.

Lily reconoció la nota en su voz. Felicidad. La reconoció a pesar del peso de la culpa que Ryland sentía. Aquella pequeña nota le permitió volver a respirar.

Volvió la cabeza para mirarlo por encima del hombro. Las largas pestañas estaban puntiagudas. Las gotas de agua le resbalaban por la suave piel hasta el pezón. A pesar de los moretones, era una visión encantadora. El vapor le rizaba el pelo. El agua llena de burbujas le acariciaba el cuerpo. Lo dejaba sin aliento. Le robaba el corazón. Estaba llorando por él.

—Cuando estás así, no puedo pensar. ¿Por qué tienes que ser tan preciosa? —Y no se refería a la belleza física, pero no podía separar la una de la otra. Estaba muy enfadado por lo que había hecho. Pensó que nunca podría borrar la sangre de un amigo de sus manos, pero las lágrimas de Lily lo habían conseguido. Ryland la miró, en medio de lo que parecía un palacio de cristal, una princesa que no se merecía pero a la que iba a conservar.

—Ojalá fuera preciosa, Ryland. Tú me haces sentir preciosa. —Su intensa mirada azul le recorrió las facciones de la cara—.

¿Cómo has podido pensar que te culparía por salvarnos la vida? Sé el precio que has pagado. Lo sentí en cuanto lo hiciste.

—Vi tu cara. Querías salvarlo. —Bloqueó las lágrimas que, por sorpresa, le nublaron la vista. Tenía un nudo doloroso en la garganta.

—Y yo vi la tuya. Quería salvarlo por ti. —Alargó la mano hasta él. Se esperó a que él se la tomara y se apoyó en el borde del jacuzzi—. Estamos conectados. Y tienes razón; da igual si mi padre descubrió la manera de manipular la atracción entre nosotros. Doy gracias de que estés en mi vida.

Ryland se llevó su mano a la boca, le besó los dedos y contuvo las ganas de acercarla más a él. Le daba una lección de humildad con su generosidad.

—¿Te duele el hombro? —Se inclinó y le plantó un beso en el moretón.

—Estoy bien, Ryland. ¿Y tus costillas? Arly dice que ha limpiado la herida, pero ya sabes que los cortes de navaja suelen infectarse. —Parecía nerviosa, muy alejada de la Lily perfectamente calmada que él conocía.

Ryland se arrodilló junto a la bañera y metió la mano debajo del agua para acariciarle la pantorrilla. Le hizo un lento masaje, relajando los músculos con mucha ternura.

—No te preocupes. Arly me ha echado una especie de líquido apestoso que llama jugo de bichos. Quemaba mucho. Es imposible que quede nada vivo, ni siquiera el germen más diminuto.

—De pequeña, Arly juraba por ese jugo. Creo que lo fabrica en el laboratorio como un científico chiflado. Cada vez que me caía, me lo frotaba en las rodillas y me quedaba la piel de un color morado muy raro.

Ryland se rió.

—Es el mismo jugo, exacto. —Notó que hacía una mueca de dolor por el masaje y aflojó las caricias—. Háblame de Ranier. ¿Qué opinas?

—Me ha dicho la verdad —respondió Lily—. Ha sido un alivio enorme. Lo conozco desde hace años y no sé si habría podido soportar que estuviera implicado en una trama contra mi padre. Por lo visto, no recibió ninguno de los mensajes que mi padre le envió. Ni las cartas, ni los correos electrónicos, ni las llamadas. Y lo peor es que el ayudante del general es el hermano de Hilton, el hombre que, por órdenes del coronel, tenía que acompañarme toda la noche en el baile. —Metió la mano en el agua y lo agarró por la muñeca—. El general Ranier se preocupó enseguida, como si estuviera atando cabos sobre algo. Creo que ha habido un fallo de seguridad durante un tiempo y, de repente, todo le ha encajado.

—Quizá. Si ha habido un fallo de seguridad, no lo dirán. Abrirán una investigación interna. Nadie sospecharía del coronel Higgens. Su historial es intachable. Te aseguro que, al principio, prefería pensar que quien nos había traicionado era tu padre. Y el general McEntire... Todavía me cuesta creer que haya aceptado vender a su país. Esto es una pesadilla, Lily. Todo esto está siendo una pesadilla.

—¿Crees que Cowlings era un infiltrado? ¿Alguien a quien el coronel Higgens introdujo en el programa? Recuerdo que, cuando leí su historial, había obtenido unas cualificaciones bajas en la mayoría de habilidades parapsicológicas. Creí que había entrado porque papá quería comprobar si el proceso de reforzamiento funcionaba igual en alguien con poco o ningún talento natural. Y funcionó.

Su tono volvía a ser profesional, totalmente interesado en hechos. Ryland supo que la conversación había pasado del plano personal al clínico. En lugar de enfadarse, tuvo ganas de sonreír.

—Quizá no fuera telepático, pero era capaz de controlar un objeto inanimado. Era increíble —respondió él—. Por cierto, destruiste las notas originales de tu padre sobre el experimento, ¿verdad? Él no querría repetirlo.

El agarrotamiento de la pierna estaba empezando a ceder ante los masajes y el agua caliente. Lily suspiró aliviada y se hundió un poco más en las burbujas.

—Papá pensaba que el experimento había fracasado —dijo.

—Sólo al principio —respondió él, con tranquilidad. Le clavó los dedos para despertarla—. Creía que alguien lo estaba saboteando y todavía tuvo las fuerzas para decirte que te deshicieras de su trabajo. Tienes que honrarlo, Lily. Puedes conservar las cintas con los ejercicios por si las necesitas para las demás mujeres cuando las localicemos, pero todo lo demás tienes que destruirlo para que no vuelva a repetirse.

—Fue brillante, Ryland. —Se incorporó sobre las rodillas, con la mirada azul muy viva—. Desde un punto de vista estrictamente científico, lo que hizo fue brillante.

—Yo me presenté voluntario, Lily, y mis hombres también, pero las otras niñas y tú no tuvisteis otra opción. Desde un punto de vista estrictamente humanitario, lo que Peter Whitney hizo con vosotras estuvo mal. —Los fuertes dedos de Ryland le rodearon el tobillo y la sacudieron ligeramente—. Piensa en cómo te sentiste al ver a esas niñas. Al verte a ti misma. Piensa en cómo deben de sentirse esas mujeres ahora y lo que han tenido que pasar durante todos estos años. Y en mis hombres, en cómo van a tener que protegerse el resto de sus vidas para no terminar en un manicomio. Sí, desde un punto de vista militar, con la ayuda que nos estás proporcionando, el experimento podría ser un éxito. En realidad, fue extraordinario poder dividir mi energía y poder luchar con Cowlings mientras trabajaba con la otra mitad del cerebro. Pero lo importante es que tenemos que funcionar como un grupo. Aquellos que no dispongan de un ancla que absorba el exceso de energía siempre van a tener problemas para vivir una vida normal.

—Lo sé, lo sé, pero Ryland…

Apretó los dedos.

—No hay ningún pero, Lily. Estos hombres y esas mujeres se merecen una vida normal. Quieren tener familias. Tienen que ganar dinero para sus familias. No tienen tanto dinero como tú ni esta magnífica casa como santuario donde refugiarse. No puedo creer que estés estudiando la idea de continuar.

Ella suspiró.

—No lo hago. De verdad que no. No puedo evitar que me parezca interesante y brillante. —Inclinó la cabeza hacia delante—. No puedo soportar la idea de destruir algo que era de mi padre. Y menos sus notas escritas a mano. Me hacen sentir que todavía está conmigo.

Ryland le acarició el pelo.

—Lo siento, Lily. Sé lo que duele perder a un padre. No tuviste madre y yo no tuve padre. Cuando tengamos hijos, vamos a ser unos padres curiosos.

Ella se rió y despejó las sombras de sus ojos.

—No sabría qué hacer con un hijo.

Ryland se inclinó sobre la bañera para darle un beso en la cabeza.

—No pasa nada, cariño, siempre puedes conseguir un libro por internet.

Ella lo miró fijamente.

—Muy gracioso. Pues los que compré eran muy informativos.

—No me estoy quejando. —La sonrisa desapareció de su cara—. Siento lo de Russell Cowlings, Lily. Nicolas tenía razón. Podría haberlo eliminado desde un principio, pero lo dejé ir. Pensaba en sus padres y en cómo era durante los entrenamientos. Y en que quizá no me perdonarías el haber matado a alguien. No quería que todo terminara así y, en lugar de eso, te puse en peligro. —Le acarició el hombro dolorido—. Nunca te habría hecho esto si yo hubiera hecho mi trabajo.

—Me alegro de que tuvieras dudas, Ryland. Si hubiera sido algo fácil entonces sí que me preocuparía. —Bostezó e intentó camuflarlo con la mano.

—Venga, cariñ.o —Él reaccionó enseguida—. Vamos a la cama. Ya lo pensaremos por la mañana. ¿La pierna está mejor?

Lily asintió.

—Mucho mejor, gracias. —Cerró los chorros del jacuzzi y se sentó en el banco de mármol para secarse.

Ryland le quitó la toalla de las manos y la secó con caricias largas, eliminando las pequeñas y tentadoras gotas de agua.

—Ojalá tuviera pruebas para el general Ranier, pero no tengo más que conjeturas. Y eso no me va a evitar un consejo de guerra.

Lily se quedó inmóvil y abrió mucho los ojos.

—Quizá sí que tenemos pruebas, Ryland. El disco. Todavía está en el bolsillo de mi bata en el laboratorio. La dejé colgada junto a la puerta cuando regresé de la clínica. No tomé ninguna medicación hasta que llegué a casa porque no confiaba en nadie. Me dolía tanto la cabeza que me fui. Ojalá lo hubiera recordado antes. ¿Cómo he podido olvidar algo tan importante?

—¿Porque te golpearon en la cabeza y perdiste el conocimiento? —sugirió él.

Lily cojeó hasta la habitación y abrió el armario. Ryland frunció el ceño cuando la vio rebuscar entre las camisas.

—Quería hablarte de ese armario. Ahí dentro podría vivir una familia entera. —Cogió la camisa que Lily estaba descolgando y se la quitó por encima de la cabeza—. ¿Qué haces?

—Voy a Donovans a buscar la cinta. —Recuperó la camisa.

—Lily, son las cuatro de la mañana. ¿En qué estás pensando?

—Pienso en que el coronel Higgens no es imbécil y cuando descubra el cuerpo de Russell Cowlings en esa sala después de que lo enviara por mí, organizará un pequeño accidente, un secuestro o un simple asesinato en mi despacho. Si voy ahora, tengo una oportunidad de recoger la cinta y salir. No esperará que me presente allí ahora. Estará estudiando la forma de entrar en casa o de utilizar a alguien que quiero, como John, Arly o Rosa para atraparme. —Se puso la camisa y se cubrió los generosos pechos—. Es mi única oportunidad para recuperar el disco. Higgens no sabe ni que existe.

—¡Son las cuatro de la mañana! ¿No crees que despertarás sospechas en algún vigilante?

Ella se encogió de hombros, escogió un par de pantalones y se los puso.

—Lo dudo. Me presento allí a cualquier hora. Todos piensan que estoy un poco loca. —Se inclinó y le dio un beso en los labios—. No me mires tan preocupado. Sé que conlleva riesgos, pero merecen la pena. Higgens no sabe nada acerca del disco. Ellos creen que la grabadora con el disco que hay dentro que me quitaron es lo único que existe. Ni siquiera yo sé si hay algo en ese otro disco. Podría estar vacío, pero si no es así quizá sea la prueba que necesitamos contra Higgens. Os libraría a ti y a los demás de cualquier culpa y el general Ranier tendría que escucharos.

—No me gusta, Lily.

—Te gustaría menos mañana, con la luz del día, cuando Higgens y Thornton hayan podido reunirse y diseñar un nuevo plan. Conozco a Thornton. Ahora mismo está borracho y durmiendo en casa. No está en Donovans. Ryland, si queremos ese disco, es nuestra única oportunidad para conseguirlo. Ahora.

—Lily, si casi no puedes andar.

—Deja de poner impedimentos cuando sabes que tengo razón. Dentro de unas horas no voy a poder entrar ahí. O ahora o nunca. —Levantó la barbilla. Había necesitado mucho valor para decidir ir y no quería discutir, porque tenía miedo de ceder cuando sabía que era algo necesario.

Vio la lucha interna de Ryland. Él habría ido sin pensarlo, pero quien estaba en peligro era ella, no él. Le acarició el brazo.

—Puedes venir con un par de tus hombres y quedarte cerca por si necesito ayuda. Cowlings era el único que sabíamos que detectaba la actividad telepática y está muerto. Si es necesario, podemos recurrir a eso y convencer a los vigilantes para que miren hacia otro lado y pueda salir muy rápido. Tenemos que movernos deprisa y hacerlo ya.

Ryland maldijo en voz baja pero asintió, porque sabía que tenía razón. El disco era demasiado importante para ignorarlo. Si contenía algún tipo de información, aunque fueran las sospechas del propio Peter Whitney, valía la pena arriesgarse. Tendrían que atreverse a pasar por delante de los militares que Higgens había colocado alrededor de la casa, y empezaba a clarear. Podían hacerlo, pero era más complicado. Ni siquiera Lily podía salir tranquilamente. Los vigilantes avisarían a Higgens de inmediato.

—Le diré a Arly que vamos a necesitar las llaves de los coches que ha aparcado en el bosque. —Ryland capituló completamente—. Reuniré al equipo.

—Voy a entrar y salir. Podéis quedaros aquí y, si necesito ayuda, ya os avisaré. —Se puso el reloj—. Arly escondió un minicomunicador en él. Siempre sabe dónde estoy.

Ryland llamó a Arly para avisarlo mientras Lily buscaba una chaqueta.

—No vamos a esperarnos aquí, cariño. Tenemos que estar cerca de ti para poder ayudarte. —Habló por teléfono en voz baja, colgó y se volvió hacia ella—. Y no discutas o no irás a ningún sitio.

Ella puso los ojos en blanco.

—Me encanta cuando te pones machito conmigo. Pero no tienes que preocuparte, Ryland. Tengo miedo. No quiero que te pase nada, pero preferiría saber que estás cerca. No voy a correr ningún riesgo.

Se apresuraron para avanzarse a la salida del sol, pasaron por los túneles y, una vez fuera, utilizaron sus fuerzas combinadas para dirigir la atención de los vigilantes hacia otro lado. Les resultó mucho más fácil porque estaban más cansados y dormidos. Nicolas y Kaden corrieron hasta el garaje que había detrás de la cabaña del encargado de la propiedad y sacaron los dos coches. Arly llevó a Lily hasta Donovans con el segundo coche pegado a ellos, aunque éste se detuvo a varias manzanas de la verja.

Entonces se paró en la entrada y puso cara de aburrimiento mientras el vigilante iluminaba el coche con una linterna y verificaba la identificación de Lily.

—¿Nuevo chófer, doctora Whitney? —le preguntó.

Ella se encogió de hombros.

—Es mi hombre de seguridad. Thornton y el coronel Higgens están preocupados por mí. —Parecía aburrida, incluso un poco irritada—. Y he pensado que no me costaba nada dejarlos tranquilos.

El vigilante asintió y se apartó para dejarlos pasar. Arly condujo el diminuto Porsche hasta el aparcamiento y siguió las indicaciones de Lily para acercarse lo máximo posible al edificio donde estaba su despacho.

—Debería haberme imaginado que un cambio de chófer pondría en alerta a los vigilantes, después de todo lo que ha pasado. Siempre llego con la limusina con John o conduciendo el Jaguar yo misma. —Lily suspiró—. Si te digo que te vayas, no discutas. Si me descubren, no quiero que te cojan a ti también.

—Vale, no te preocupes por mí. Entra y sal enseguida. —La miró nervioso—. Lo digo en serio, Lily. Entrar y salir.

Ella asintió.

—Te lo prometo. —Tenía el corazón en la garganta.

Estaba claro que no era una heroína. A la primera señal de peligro, tenía pensado huir como un conejo. Se miró la pierna. Todavía cojeaba y los músculos no respondían. Era culpa suya, por bailar varias canciones seguidas sin descansar. Hacer el amor de forma salvaje. Bajar las escaleras corriendo. Había olvidado hacer todo lo necesario para evitar que la pierna se cansara y ahora estaba pagando las consecuencias.

Lily saludó a los vigilantes y pasó por el control de seguridad sin ningún problema. Normalmente, prefería trabajar de noche para evitar los ruidos de la gente y el caos emocional y la energía que los rodeaba. Ahora, mientras oía el eco de sus pasos, era consciente de las muchas cámaras que estaban siguiéndola.

Sintió una nota de pánico en la boca del estómago. Mil mariposas levantando el vuelo al mismo tiempo. El estómago se le contrajo al ritmo del latido del corazón. Cuando entró en el ascensor, apretó el botón y descendió hasta las plantas subterráneas donde estaba su despacho; tenía la boca seca.

El interior del edificio estaba únicamente iluminado por las tenues luces del centro del pasillo. Unas sombras muy sospechosas que nunca había visto estaban por todas partes, moviéndose con ella, como si la siguieran. Todo estaba casi demasiado tranquilo. Lily estuvo a punto de hablar consigo misma para darse ánimos.

Abrió la puerta de su despacho, entró y la cerró. Estaba segura de que habrían colocado una cámara, así que intentó actuar con normalidad. Se puso la bata blanca, como siempre, y fue directamente a la mesa, como si hubiera olvidado algo importante.

Empezó a buscar por los cajones. Abrió los de abajo y se metió la llave en el bolsillo de la bata, rozando el disco con el dedo. Era muy pequeño, perfecto para la grabadora. Se colocó las manos en las caderas en un gesto de frustración y aprovechó para esconder el disco en el bolsillo de los pantalones. Con una irritación fingida, cerró todos los cajones, buscó por encima de la mesa y colgó la bata.

Por muchas veces que miraran la cinta, estaba segura de que no verían el disco ni descubrirían su existencia. Con un enorme suspiro de alivio, abrió la puerta del despacho.

Unas inmensas manos la golpearon en el pecho y la tiraron al suelo. Ella parpadeó sorprendida y alarmada. Un hombre corpulento que se parecía al capitán Ken Hilton del baile entró en el despacho y el coronel Higgens cerró la puerta muy despacio. Lily sabía que estaba frente al ayudante del general Ranier.

Higgens la miró con unos ojos fríos e inexpresivos.

—Vaya, vaya. Es mucho más atrevida de lo que imaginaba. —Se paseó por el despacho y su tranquilidad añadía peso a la amenaza.

Lily lo miró, pero no intentó levantarse, porque todavía le costaba respirar. Se pasó la palma de la mano por la cara y luego entrelazó los dedos en el regazo, buscando el botón del reloj. Cuando lo encontró, lo apretó y avisó a Arly de que había problemas, y rezó para que huyera.

—Se ha marchado de la fiesta muy temprano.

Lily se encogió de hombros.

—No creo que eso sea excusa para que su amigo me tire al suelo.

—¿Sabía que han matado a un hombre esta noche en la primera planta del hotel? —Higgens caminó a su alrededor, pisándole los pantalones con los zapatos.

—No, coronel, no lo sabía. Espero que tenga un motivo para intentar intimidarme, porque voy a llamar a seguridad.

El capitán Hilton le dio un cachete en la cabeza.

Lily le miró los zapatos. Los había visto antes en otro sitio. Recordaba el rasguño de un centímetro de largo en forma de zigzag cerca de la costura interna. Miró a Higgens.

—Entiendo que me está amenazando.

—No se haga la tonta conmigo. Usted no es tonta. Tiene los informes de su padre, ¿verdad? Todos. —Siguió rodeándola.

Lily se tocó la pierna dolorida y no lo miró.

—Si tuviera los informes, se los habría dado a Phillip, coronel. El código que mi padre usaba en el ordenador de aquí y en el de casa no significa nada. Y usted ya tuvo acceso a todo lo que yo leí en los informes. Y las cosas que reuní, hipótesis y conjeturas, se las di al general McEntire. También las pasé al ordenador y le envié una copia a usted y otra a Phillip. Aparte de eso, no tengo ni idea de cómo mi padre consiguió reforzar las habilidades parapsicológicas de los hombres.

—No la creo, doctora Whitney. Creo que sabe perfectamente cómo lo hizo y ahora mismo me lo escribirá. El proceso entero.

Entonces Lily lo miró, con los ojos abiertos y acusadores.

—¿Cree que su amigo va a golpearme en la cabeza y sacármelo? Si creyera que sé algo, no me tocaría. No podría permitírselo.

El coronel Higgens se agachó, la agarró por el pelo y la levantó. Lily intentó apoyarse en la pierna mala. Se le llenaron los ojos de lágrimas, pero se resistía a llorar. Seguía mirando fijamente los zapatos. El rasguño. Higgens la lanzó hacia atrás, contra la mesa.

Lily se agarró al borde para mantener el equilibrio. Era imposible escapar corriendo, aunque le quitaran los ojos de encima un momento. Tenía la pierna demasiado débil. Apoyó la cadera en la mesa para descansar la pierna mala.

—¿Vende la información al mejor postor, coronel? ¿Es eso lo que hace? ¿Vender a su país?

Hilton alargó la mano y le dio una bofetada. Lily maldijo y se lanzó directa a su garganta, golpeándolo con fuerza con el lateral de la mano. El ataque fue tan inesperado que el capitán no pudo bloquearlo y retrocedió con dificultades para respirar. Lily continuó con un rodillazo en la entrepierna, con lo que lo tiró al suelo y dándole una patada en la cabeza con la parte exterior de la pierna buena.

La pierna mala cedió ante el peso y cayó justo al lado de él, que estaba gimoteando. Lily se dio la vuelta y le clavó el puño en el plexo solar. Dobló el brazo y cerró el puño con más fuerza para volver a golpearle en la garganta, pero el coronel Higgens la cogió entre sus brazos y la alejó del capitán.

—Levántese, Hilton —dijo, enfadado—. Póngase en pie antes de que yo mismo le pegue. Tiene una pierna coja y aún así le ha dado una paliza.

Hilton se dio la vuelta y se apoyó en las rodillas, gimiendo constantemente.

Lily no se resistió y dejó que Higgens la acompañara hasta la mesa, donde se sentó en el borde. La pierna le dolía mucho, y ya empezaba a tener rampas, pero los miró con el rostro inexpresivo.

Hilton se volvió, todavía a cuatro patas, y la miró fijamente.

—Voy a matarla con mis propias manos.

La mirada de Lily se desvió hacia sus manos, movida por una fuerza más poderosa que su voluntad. Las reconoció. Reconoció sus muñecas. Su reloj. Apenas habían sido unos segundos, pero había visto lo que estaba viendo su padre. Manos que lo arrastraban por el muelle. Un zapato con un rasguño.

La energía pura se acumuló en la habitación. Ondas tan poderosas que las luces parpadearon. La lámpara de la mesa explotó, rompiendo el cristal en mil pedazos. Los libros salieron volando de las estanterías, tomos enormes atravesando el aire como misiles, atacando a Hilton. Lápices y bolígrafos, el abrecartas, cualquier objeto puntiagudo de la habitación tenía un objetivo: ir lo más deprisa posible y clavarse en la piel de Hilton.

El capitán se tiró al suelo gritando. El coronel Higgens sacó su arma como si nada y disparó a escasos centímetros de la mesa. Sorprendida, Lily distrajo su atención y los objetos de la habitación cayeron inertes al suelo. Lily y Higgens se miraron. Él la estaba apuntando a la cabeza.

—Vaya, doctora Whitney, o sea, que su padre también la reforzó a usted.

Ella arqueó una ceja.

—Se interesó por el refuerzo parapsicológico y lo que podía hacer cuando descubrió mis habilidades naturales. Vio de lo que era capaz y quería comprobar si podía desarrollarlo en mucha mayor medida en otras personas.

Hilton se levantó y se estremeció mientras intentaba arrancarse todos aquellos objetos de la piel. Por suerte para él, llevaba una chaqueta que consiguió que la mayor parte de las heridas fueran superficiales.

—Si por casualidad se pregunta dónde están las dos horquillas que había encima de la mesa, debe saber que están en su riego sanguíneo, de camino a su corazón —dijo, a modo informativo.

Hilton le gritó:

—Voy a cortarla en trocitos y la tiraré al mar para que se la coman los tiburones. —Parecía casi tan asustado como furioso.

—¿En serio? Pues asegúrese de tener el cuchillo a mano mientras lo hace porque, si no, quizá sea usted quien acabe a pedacitos en el océano. —Mientras hablaba, en un tono de lo más pausado y sin rencor, se concentró en la pistola que el coronel Higgens tenía en la mano.

La mano empezó a temblar, la pistola giró, como si quisiera apuntar a Hilton. Vio cómo el capitán abría los ojos alarmado.

—Basta, doctora Whitney —pidió Higgens—. Necesito su cerebro, no el resto de su cuerpo. Si no quiere que le dispare a la pierna, compórtese.

Lily apartó la mirada de la pistola.

—Si me estaba comportando, coronel. Lo quería ver muerto. Debería haberle clavado los cristales de la lámpara en la cabeza. —Le sonrió—. No se preocupe, estoy cansada. Por desgracia, lo malo de los talentos naturales es que no duran demasiado. Por eso mi padre quería reforzarlos, para que fueran más fuertes y resistentes.

—O sea, que lo habló con él.

—Claro que lo hablamos. Durante años. —Ladeó la cabeza—. ¿Mató usted a mi padre o fue Ryland Miller?

—¿Por qué iba a querer matar a su padre? —preguntó Higgens—. Necesitaba el proceso. Se estaba mostrando muy testarudo.

—No le ofreció lo que pedía. ¿Dónde está Miller? —Su voz era fría como el hielo, y su mirada azul directa a los ojos.

Ten cuidado, cariño. No vayas demasiado lejos. Es un hombre inteligente. La voz de Ryland le rozó las paredes de la mente, pero sonaba muy lejos.

Lily se echó la melena oscura encima del hombro. *No tanto. Hizo matar a mi padre y ahora quiere hacer lo propio conmigo con el mismo matón.*

Joder, Lily, no lo fuerces. Es peligroso. Ryland se mostró categórico.

—¿Quiere a Miller? —preguntó Higgens.

Hilton, que por fin había conseguido levantarse, se quitó de encima los últimos lápices y dio un paso hacia ella. Se detuvo en seco cuando Higgens levantó la mano en una orden muda, pero le siguió prometiendo venganza con la mirada.

Lily lo ignoró.

—Si Miller mató a mi padre, entonces sí, lo quiero. Búsquelo y mátelo. Enséñeme su cuerpo y le daré el proceso. Si no, adelante, máteme. Nunca lo averiguará usted solo.

Se quedaron en silencio mientras el coronel valoraba sus opciones.

—Es una mujer sanguinaria, ¿verdad? Nunca lo habría dicho. Siempre fría, como el hielo.

—Mató a mi padre —prosiguió ella—. ¿Sabe dónde está Miller?

—Todavía no, pero no puede haber desaparecido. Tengo a varios hombres buscándolo. Lo atraparemos. ¿Qué dijo Ranier?

—¿El general Ranier? ¿Qué tiene que ver él con todo esto?

—Habló con él un buen rato —respondió el coronel Higgens, con los ojos entreabiertos.

Lily notó un escalofrío en la espalda. Percibía las ondas de malicia que desprendía ese hombre. La voluntad de violencia. Se obligó a encoger los hombros con naturalidad porque sabía que la vida del general estaba en sus manos.

—Estaba preocupado por mí. Delia quería que me quedara con ellos después de la desaparición de mi padre. No se ha encontrado bien y el general deseaba que considerara el ofrecimiento por el bien de las dos.

—¿Mencionó a Miller?

—Yo sí. —Lily se arriesgó—. Esperaba que Miller se hubiera puesto en contacto con él, pero el general no sabía nada. Corté la conversación para que no sospechara. Y seguimos hablando de Delia.

—Creo que, por su seguridad, va a tener que quedarse bajo custodia vigilada. En mi opinión, Miller es una amenaza para usted.

—Mi casa es suficientemente segura.

—Nadie está a salvo de Miller. Es un fantasma. Un camaleón. Podría estar en la misma habitación que nosotros sin esconderse y no lo veríamos. Es para lo que lo han entrenado. No, estará mucho más segura con nosotros. —El coronel asintió hacia Hilton.

Éste la tomó de las manos, se las estiró para ponerlas delante de él y le colocó unas esposas muy apretadas. Con la excusa de comprobar si estaban bien cerradas, le sacudió las manos hacia delante y hacia atrás con malicia.

—Ya basta, Hilton. Tenemos que marcharnos.

Lily bajó de la mesa y apoyó la pierna mala. Podía caminar, aunque cojeando, pero no podría aguantar si tenía que correr. Con un suspiro de resignación, caminó detrás de Hilton. Los soldados fantasmas estaban en algún sitio de ahí fuera. Sólo esperaba que fueran todo lo que el coronel había dicho que eran. Camaleones. Preparados para tender una emboscada a sus secuestradores.

Capítulo 18

A Lily no le sorprendió en absoluto la ausencia de vigilantes de seguridad. Phillip Thornton tenía que estar implicado en lo que fuera que el coronel Higgens estuviera planeando y seguro que había insistido en que el personal de Donovans colaborara en lo necesario con Higgens. Los vigilantes se habían ido a otro sector de los laboratorios. Lily mantuvo la cabeza baja, concentrada en el mecanismo de las esposas. Las cerraduras nunca habían sido su fuerte. Incluso después de haber estudiado cómo funcionaban, raras veces conseguía abrirlas. Se necesitaba una concentración finita y mucha energía con una precisión milimétrica y gran habilidad. Estaba furiosa consigo misma por no haber reforzado lo suficiente aquel talento.

Estamos en posición, Lily. Aprovéchate de la pierna. Retrásalos. No queremos que el coronel crea que puedes correr. Ryland parecía muy seguro de sí mismo.

Ella frunció el ceño. *Es que no puedo correr. Y evita que os atrapen. Yo puedo salir de esta.*

Eres una mentirosa. Necesitas que venga a rescatarte.

La nota de humor en la voz de Ryland la tranquilizó. Fue entonces cuando se dio cuenta de que estaba temblando de miedo. Se apartó el pelo de la cara y puso los ojos en blanco por si, por algún milagro de la vida, Ryland podía verla, pero aminoró la velocidad y arrastró la pierna mala un poco más.

El coronel Higgens le apoyó una mano en el hombro.

—Le diré a Hilton que traiga el coche hasta la puerta y así no tendrá que caminar tanto. —Ahora que creía que ella estaba convencida de que Miller había matado a su padre podía permitirse ser civilizado.

—Se parece al capitán con quien bailé en la fiesta —dijo Lily, para distraerlo.

—Son hermanos. Ninguno de los dos es demasiado inteligente, pero siempre vienen bien. —El coronel colocó la mano encima de la pistola cuando entraron en el ascensor. No tenía demasiado control sobre los vigilantes de la planta baja y cualquiera podía ver las esposas—. Dispararé a cualquiera que intente detenernos —le advirtió—. Considérelo una misión de seguridad nacional. Tiene la oportunidad de salvar vidas, doctora. Usted elige.

Se detuvo para coger dos batas blancas de una sala y le dio una a Hilton.

—Está un poco maltrecho. Póngase esto para esconder la sangre. —Colocó la otra bata en las manos de Lily para camuflar las esposas—. Vamos a salir todos juntos, caminando muy pegados. Hilton, usted vaya a buscar el coche y tráigalo hasta la puerta.

Envía a su secuaz a buscar el coche. Este hombre mató a mi padre.

La calidez que la envolvió era intensa. Enseguida se dio cuenta de que los demás estaban conectados a la onda telepática y estaban escuchando, esperando y listos para atacar por ella. La hacían sentirse parte de algo. ¿Cuándo había pasado de estar sola y destrozada a ser una más?

¿Alguien utiliza todavía la palabra secuaz?, preguntó Ryland.

Se oyó un murmullo colectivo de respuestas negativas, unas cuantas risas y burlas incrédulas.

Lo siento, cariño. El veredicto es que nadie utiliza ya esa palabra anticuada.

¿Anticuada? Contuvo el aliento cuando vio a dos vigilantes que venían hacia ellos desde el final del largo pasillo. *¿Qué debería haber dicho? ¿El tío malo? ¿Así es más moderno?* El exceso de adrena-

lina la estaba agitando, casi hasta el límite, pero le anestesiaba el dolor de la pierna y le permitía funcionar con normalidad.

Unos minutos más, Lily. Ryland la animó. *Tu corazón va demasiado deprisa. Relájate.*

Intervino otra voz. *Es la emoción por volver a vernos. Le gusto.* Gator lo dijo con su curioso acento.

Lily tuvo que hacer un esfuerzo por no reírse a pesar del peligro de la situación. No se atrevió a mirar a Higgens. Tenía miedo de que su expresión la delatara. Los hombres se estaban esforzando mucho por tranquilizarla.

Es verdad, Gator. La primera vez que te vi me pareciste muy mono. Los vigilantes asintieron a Higgens cuando pasaron por su lado.

Era el cambio de turno. Todos estaban cansados. Higgens no era tan estúpido. Los vigilantes no querrían ver nada fuera de lo normal. Sólo irse a casa con sus familias.

Vale, no vuelvas a mirar a Gator nunca más. Ryland estaba decidido. *No si te parece mono. Además, ¿qué coño es mono?*

Tú no. Comentó Gator en tono jocoso.

A pesar de las bromas, Lily percibió la nota de tensión en sus voces. Las puertas dobles de la salida del complejo estaban cada vez más cerca. Agachó la cabeza y caminó despacio, arrastrando la pierna.

Hilton las abrió y la hizo pasar. Lily no lo miró. Estaba muerto, aunque todavía no lo sabía. Ella siguió caminando hasta que Higgens la agarró por el brazo y la detuvo en seco. Hilton salió corriendo.

—Ha sido muy inteligente al no llamar la atención de los vigilantes. Seguro que no quiere mancharse las manos de sangre.

Lily levantó la cabeza y lo miró a los ojos.

—No se engañe por el hecho de que sea una mujer, coronel. La violencia, en las circunstancias adecuadas, no me importa. Alguien es responsable de la muerte de mi padre y voy a encontrarlo.

Él le sonrió. Sus ojos eran inexpresivos.

—Espero que lo haga, doctora Whitney.

El coche se detuvo frente a ellos. Higgens alargó el brazo para abrirle la puerta. Lily se giró un poco como si fuera a entrar en él, pero, en lugar de eso, le dio una patada frontal con toda la fuerza de su cuerpo. Lo golpeó en el plexo solar, le cortó la respiración y cayó al suelo como un globo desinflado. Mientras caía, Kaden apareció tras él y terminó el trabajo con un fuerte golpe en el cuello. El coronel Higgens cayó al suelo como un saco de patatas.

Kaden no dudó ni un segundo, metió a Lily en el coche y subió tras ella.

—¡Vamos, vamos! *Fase uno completada. Rescate finalizado. Repito. Rescate finalizado.*

—Nos pararán en la valla —dijo Lily—. Kaden, quítame estas esposas. No las soporto. —Ella era la fase uno. El objeto rescatado. La idea la irritaba, pero no tanto como las esposas metálicas.

—Ahora mismo tenemos controlada la valla, Lily —le respondió él con calma—. Aguanta unos minutos más. Lo haré cuando sepa que estamos a salvo.

—¿Arly ha salido? —Estaba mirando al conductor en un esfuerzo por identificarlo. Llevaba la bata blanca de Hilton.

Jonas la miró por el retrovisor y le guiñó un ojo.

—Nos está esperando fuera con el Porsche. Menudo coche. Me gustaría conducirlo alguna vez. —Parecía esperanzado. Se detuvo frente a la valla. El hombre uniformado la abrió, subió al coche y se sentó junto a Lily, de modo que estaba rodeada.

Ryland le tomó la cara entre las manos y la besó.

—Joder, Lily. Voy a buscar una habitación acolchada y te encerraré allí, donde sepa que estás a salvo —dijo, y luego se giró para mirar hacia atrás. Lily vio la pistola que llevaba en la mano.

Detrás de ellos, los laboratorios se tambalearon con varias explosiones. Lily se volvió para mirar por el cristal de atrás. Las columnas de humo subían hacia el cielo.

—¿Quién ha hecho eso?

—Kyle. Le encanta hacer estallar las cosas.

—Había mucha gente inocente trabajando ahí dentro —dijo ella.

Jonas detuvo el coche detrás del Porsche. Arly estaba fuera, yendo de un lado a otro. Estaban a cuatro manzanas de los laboratorios y oían las alarmas que habían saltado. Ryland sacó a Lily del asiento trasero, la metió en el Porsche y le quitó las llaves a Arly antes de que se diera cuenta.

—¿Qué vamos a hacer? —preguntó ella.

—Alejarte de este sitio —respondió Ryland.

—Ni siquiera he podido abrazar a Arly —contestó—. Debía de estar muy preocupado.

—¿Él estaba preocupado? —Ryland cambió de marcha con más fuerza que delicadeza—. Lily, he envejecido diez años por tu culpa. Ya abrazarás a Arly después. Ahora te quiero lo más lejos posible de Donovans cuanto antes. Por mí, ese sitio puede arder hasta quedar reducido a cenizas. —Tensó un músculo de la mandíbula—. Podrían haberte matado.

Ella se apoyó en el reposacabezas mientras él avanzaba entre el poco tráfico de aquella hora.

—Lo sé. Tenía mucho miedo. Pero he recuperado el disco y Higgens ni se ha enterado. —Cerró los ojos—. Hilton era el hombre que tiró a mi padre al océano.

Ryland la miró, preocupado.

—Lo sé, cariño. Lo siento. ¿Estás herida? ¿Te han hecho daño? —Quería parar el coche y examinar cada centímetro de su cuerpo.

Lily meneó la cabeza con cansancio sin abrir los ojos.

—No. Pero he pasado mucho, mucho miedo. Cuando hubiera obtenido el proceso, me hubiera matado.

Ryland frunció el ceño.

—Pero no conoces el proceso, ¿verdad?

—Entero, no. Sé hacia dónde se encaminaba mi padre y, conociéndolo tan bien como lo conocía, no me habría costado adivinarlo. Está todo en el portátil del laboratorio de casa. Todo está ahí. Me habría inventado algo para Higgens. —Estaba agotada y no veía el momento de meterse en la cama. Levantó las manos esposadas—. ¿Puedes quitármelas?

Parecía que estaba a punto de llorar y aquello lo afectaba mucho.

—En cuanto lleguemos al garaje del bosque, cariño. Aguanta un poco más.

Lily se miró las manos.

—He leído sobre estas cosas en los libros de internet pero, en la vida real, no es tan emocionante.

Ryland la cogió de la mano y le acarició las muñecas con el pulgar. Las esposas estaban demasiado apretadas y le estaban cortando la piel.

—Podríamos hacer muchas cosas como esclava y amo —dijo él, con un tono aventurado y con la esperanza de hacerla reír. Si se echaba a llorar, le partiría el corazón—. Aunque creo que la seda funcionaría mejor que las esposas metálicas. —Le acarició los moretones que le estaban apareciendo en las muñecas—. Esto no te pasará nunca conmigo. Lily, cuando quieras experimentar con cosas así, tienes que saber escoger mejor la compañía. —Arqueó las cejas—. Yo sería un gran maestro.

Lily soltó una carcajada.

—¿Maestro? Ya veo. Y yo sería tu esclava.

Él le sonrió con picardía.

—Es una forma de mirarlo. Atarte a la cama y tomarme mi tiempo para explorar tu cuerpo me parece buena idea. No me importaría invertir unas horas en darte placer.

Ella lo miró con sus ojos azules. Su cuerpo reaccionó ante la idea.

—Gracias por distraerme y no dejar que piense en las esposas. Me duelen mucho. Y me siento atrapada. Como si no pudiera respirar.

—Ya casi estamos, cariño. Un par de minutos más —le prometió mientras metía el Porsche en el garaje y cerraba la puerta, dejándolos a oscuras. Ryland le buscó las manos.

—No tengo las herramientas aquí, así que voy a tener que concentrarme. Quizá tarde un poco.

—Me da igual. Quítamelas. —No iba a echarse a llorar ahora que estaba a salvo y casi en casa.

Después de varios minutos de precisa concentración por parte de Ryland, notó que las esposas se aflojaban y caían al suelo. Él las recogió y se las dio mientras se agachaba para levantarla.

—Te llevaré en brazos, cariño.

—Peso demasiado. —Estaba tan contenta por haberse liberado de las esposas.

Ryland hizo un sonido rudo y la sacó del diminuto coche.

—¿No tenemos que esperar a los demás para que consigan que los vigilantes miren hacia el otro lado? —Estaba muy cansada. Quería dormir una eternidad.

—Podemos hacerlo solos. De uno en uno. Ya te avisaré cuando tengamos que combinar nuestras energías. —Ryland la levantó y la sacó del garaje hacia el bosque.

Ya empezaban a filtrarse los rayos del sol entre la espesa vegetación. Las ramas y las hojas se movían y bailaban bajo la brisa matinal. Lily miró a su alrededor, maravillada. Había olvidado que las cosas bonitas existían. Los pájaros cantaban a pesar de los gritos de las ardillas.

Lily apoyó la cabeza en el hombro de Ryland y le rodeó el cuello con los brazos.

—Me gusta esta parte del juego del maestro y la esclava, aunque ahora mismo parece que el esclavo seas tú.

Él inclinó la cabeza para mordisquearle el cuello, mientras con la lengua le lamía las heridas imaginarias.

Lily se rió.

—Creo que eso de que los hombres piensan en sexo cada tres segundos es cierto. Estás pensando en sexo y no en los vigilantes, ¿verdad?

—Lo dices como si fuera algo malo. Claro que estoy pensando en sexo. Toda esta conversación me está excitando mucho. ¿Cómo consigues oler siempre tan bien?

Lily percibió el cambio en él, cuando pasó de la diversión a la seriedad. No se tensó, pero su cuerpo estaba cargado de energía, una energía pura y mortal. Asintió hacia su izquierda. Entonces notó la interrupción en el flujo natural de la naturaleza a su alrededor. Había una presencia extraña en el bosque.

Cerró los ojos y se unió a él, tocó la onda, la alimentó y dejó que Ryland asumiera el mando. Él se encargó de conectar con el vigilante y sugerirle que fuera a pasear por otro sitio. El sutil flujo de energía persistió hasta que el vigilante cambió de dirección y les dejó el camino libre hasta la entrada del túnel.

Una vez dentro, Ryland se movió deprisa, porque conocía el camino, y avanzó por el laberinto de pasillos hasta el más cercano a las habitaciones de ella. La luz del día entraba por las ventanas. Cerró las cortinas antes de dejarla en la cama.

Lily lo miró.

—No tengo fuerzas para encontrar un reproductor. —Sacó el disco del bolsillo de los pantalones y se lo dio—. Seguro que Arly tiene uno por algún sitio. Sólo quiero quedarme aquí y mirarte.

Ryland dejó el valioso disco encima de la mesita y se arrodilló junto a la cama para quitarle los zapatos.

—Y yo quiero mirarte la pierna. ¿Te duele?

—Estoy tan cansada que no puedo pensar —admitió.

Ryland dejó los zapatos en el suelo y le quitó los pantalones, que también dejó en el suelo.

—Había olvidado que no llevabas ropa interior. Por el amor de Dios, Lily, no sé por qué te extrañas de que me pase el día pensando en sexo. Pasas de asustarme a seducirme.

Ella dibujó una pequeña y casi involuntaria sonrisa.

—¿Cómo te seduzco? Sólo estoy tendida en la cama. —La idea habría sido interesante si no hubiera estado completamente agotada. Pero había algo en cómo la miraba que siempre conseguía hacerle hervir la sangre.

Ryland le examinó la pantorrilla con detenimiento y masajeó los músculos agarrotados. Ella se quedó inmóvil bajo sus cuidados, con los ojos cerrados y vestida sólo con la camisa. La tela estaba arrugada y se le veía el ombligo y la parte inferior de un pecho. Ryland deslizó la mano por el muslo.

Ella abrió ligeramente los ojos.

—No sé qué crees que vas a hacer, pero quiero dormir un mes seguido.

—Estoy comprobando los daños —dijo, y era cierto. Le estaba empezando a aparecer un moretón en el muslo.

—Me sube hasta la espalda y el pecho —murmuró, adormecida—. Me duele todo, Ryland. Gracias por quitarme las esposas. Sé que no ha sido fácil.

Él la tomó de las manos, se las giró hacia ambos lados y frunció el ceño cuando vio las marcas que le habían quedado.

—¿Cómo te hiciste el moretón de la pierna? —Tenía un nudo de rabia en el estómago, pero intentó controlarlo y mantener un tono de voz neutro.

—No lo sé. Nos peleamos. Hilton me dio una bofetada y, durante un minuto, enloquecí. —Se volvió de lado y se acurrucó contra la almohada—. Fui a por él.

—¿Te dio una bofetada? ¿Qué más te hizo? —Ryland le apartó la camisa de la espalda. Tenía dos golpes en las nalgas. En ese momento deseó poder matar a un hombre dos veces.

—No te preocupes, se la devolví —respondió. Lo dijo con satisfacción—. Y lo habría matado allí mismo si Higgens no hubiera interferido. Seguramente, me hice el moretón de la pierna cuando disparó a la mesa, a mi lado. Volaron astillas de madera por todas partes. Estaba tan enfadada que no sentía dolor.

—¿Disparó a la mesa al lado de tu pierna? —Ryland se frotó la cara con la mano—. Joder, Lily.

Ella no abrió los ojos pero sonrió. Con aire de suficiencia.

—Te repito.

—No te alegres. Estoy envejeciendo por momentos. ¿Te peleaste con ese hombre? Habría jurado que la hija de un multimillonario sería más sofisticada.

—Soy demasiado moderna para permitir que un hombre de las cavernas me pegue. —Se defendió ella.

Él le estaba masajeando el cuero cabelludo, buscando heridas.

—¿Y te golpeó en el pecho? Déjame ver.

—No pienso dejarte ver mi pecho. —Soltó una carcajada ahogada contra la almohada—. Lárgate y déjame dormir. Es una excusa muy pobre para verme los pechos.

—No necesito una excusa pobre para verte los pechos —respondió él—. Quiero comprobar los daños. —Y simplemente agarró los bajos de la camisa y tiró hasta que ella soltó la tela y levantó el cuerpo lo suficiente para que se la quitara.

—Estoy muy cansada, Ryland. Llévale el disco a Arly a ver si tanto esfuerzo ha valido la pena. Dame una hora y luego podemos ir a ver al general Ranier y pedirle ayuda. —Cada vez hablaba más bajo, hasta que Ryland estuvo seguro de que se dormiría.

La tapó con la sábana y se tendió junto a ella hasta que estuvo seguro de que estaba dormida. Le levantó la mano y examinó las muñecas magulladas bajo la luz de la mañana.

—Joder —susurró, mientras se inclinaba para besar los moretones, intentando encontrar una forma de curarla. Se pegó la mano a su pecho, a su corazón, como si ese músculo que latía por ella pudiera eliminar las señales.

Estaba tan inmerso en su deseo por curar las heridas de Lily, tan concentrado en ella, que no oyó ni percibió ninguna presencia ajena. No oyó nada, pero levantó la cabeza y se encontró de frente con una mujer mayor. Estaba de pie en la puerta, con una mezcla de sorpresa y miedo en la cara.

Ryland dejó la mano de Lily en la cama muy despacio y se sentó.

—Usted debe de ser Rosa —dijo, con su voz más encantadora—. Soy Ryland Miller. Lily y yo somos... —Buscó la palabra adecuada. No quería decir «amantes», pero «amigos» parecía ridículo cuando estaba sentado en su cama y ella desnuda debajo de la sábana. Lo estaba haciendo sentirse como un adolescente que se había colado en la habitación de su novia. No tenía ni idea de qué haría si salía corriendo y gritando por toda la casa.

—Sí, soy Rosa. —Lo miró—. ¿Por qué Arly no me ha hablado de usted? Debe de saber que está en la casa. Nadie puede entrar aquí sin que él lo sepa.

—Bueno, señora. —La mujer lo estaba mirando con sus ojos de acero y Ryland, que no tenía miedo de nadie, se estremeció—. Es complicado.

—Pues a mí no me lo parece. —Rosa entró en la habitación, chasqueando la lengua para demostrar su desagrado mientras se acercaba a la cama. Vio los moretones en las muñecas de Lily y gritó. De hecho, se golpeó el pecho.

Ryland se quedó en silencio. La mujer dominaba toda la habitación con su presencia y lo intimidaba como nadie había hecho jamás. No sabía si se iba a desmayar, a gritar o a agarrar algo y lanzárselo a la cabeza.

—¿Qué le ha pasado a mi niña? —Localizó las esposas y abrió los ojos como platos. Se produjo un incómodo silencio.

Ryland notó que empezaba a sonrojarse. De repente, la camisa le apretaba mucho y empezó a sudar.

Rosa se agachó para recoger las esposas y se las colocó delante de la cara. Empezó a decir una serie de improperios en su idioma. Siguió hasta que se quedó sin aliento. Ryland tenía la sensación de que había utilizado todos los improperios que conocía y alguno otro que se había inventado.

—Señora, no lo malinterprete —dijo él—. Yo no le he puesto las esposas. Ha sido otra persona.

—¿Hay otro hombre en la habitación? —Rosa agitó la mano en el aire mientras se dirigía hacia el armario y abrió la puerta—. ¿Esto es uno de esos *ménages*? ¿Le está enseñando cosas de ésas a mi niña? —Entró en el armario e inspeccionó hasta el último rincón—. ¡Dígale que salga y dé la cara!

—Señora... —Ryland estaba entre la risa por lo que Rosa estaba pensando y la desesperación por si intentaba echarlo—. Rosa, no es eso. Esta noche el enemigo ha atacado a Lily. Han intentado secuestrarla.

Rosa gritó, con la voz tan aguda que los cristales de las ventanas temblaron. De hecho, le lanzó las esposas y Ryland tuvo que agacharse. Saltó de la cama e intentó detenerla.

—Por el amor de Dios, no haga eso, despertará hasta a los muertos. No grite, por favor.

En la cama, Lily se movió, levantó la cabeza y se volvió para mirar a Rosa con los ojos dormidos.

—¿Ryland te ha asustado?

—¿Yo? —Ryland intentó ensanchar el cuello de la camisa con un dedo—. ¿Cómo puedes decir eso? Cree que hemos estado jugando a algo que implicaba las esposas.

Lily parpadeó y cerró los ojos.

—Bueno, es lo que querías hacer, ¿no? —Había una nota de diversión en su voz dormida.

—Lily, sólo intentaba hacerte reír. Animarte. —Estaba empezando a sudar en serio bajo la amenazadora mirada de Rosa.

Alguien se rió. Ryland se dio la vuelta y vio a Kaden y a Nicolas en la puerta, con Arly justo detrás de ellos. Había varios hombres más tras él, intentando asomarse, alertados por los gritos de Rosa. Con la puerta abierta, la insonorización de la habitación no había servido de nada. Ryland levantó las manos y se dejó caer en la cama de Lily.

—Lily, despierta. Esta casa loca es tuya y seguro que tú puedes encargarte de todo.

La risa de Lily le acarició la piel como si fueran sus dedos.

—Por lo visto, mi armadura tiene grietas. Rosa es inofensiva, un amor. Sé bueno. —Se dio la vuelta y la sábana se deslizó peligrosamente, dejando su sonrosada piel a la vista.

Rosa gritó ofendida. Ryland agarró la sábana y la tapó hasta la barbilla.

—No te muevas. Han llegado los vecinos.

Lily abrió los ojos y vio la multitud que se había reunido en su habitación.

—Por Dios, ¿acaso ya no existe la privacidad? Estoy segura de que tengo derecho a un poco.

—Cuando gritas, no —señaló Kaden.

Se aferró a la sábana.

—Yo no he gritado —respondió, con rotundidad—. ¡Ha sido Rosa! Todos fuera. Quiero dormir.

—Me parece que no estabas pensando en dormir —comentó Kaden—. He oído perfectamente cómo Ryland decía que quería jugar a ataros. ¿Vas a ponerle las esposas?, porque quiero verlo.

—Habéis estado mirando mis películas —soltó Arly en tono acusador.

—¿Qué películas? —preguntó Gator—. ¿Nos las estás escondiendo? ¿Tienes películas con chicas y esposas y no las compartes?

—Estáis obsesionados con las esposas. —Lily se sintió obligada a decirlo.

—¡Lily! —El grito de Rosa silenció la habitación al instante—. ¿Quién son toda esta gente y qué está pasando en mi casa? Exijo una explicación inmediatamente.

Lily buscó una bata. Ryland encontró una y, utilizando la sábana como pantalla, se la puso para que pudiera incorporarse.

—Lo siento, Rosa. Debería habértelo dicho. Mi padre estaba implicado en algo en Donovans. Un experimento para reforzar las habilidades parapsicológicas. —La miró fijamente, rezando para que no se desmayara.

La piel de color aceituna de Rosa palideció y la mujer buscó una silla para sentarse. Arly la ayudó. En ningún momento apartó la mirada de la cara de Lily.

—¿Volvió a hacer eso tan feo después de todo lo que habíamos pasado?

Lily asintió.

—Las cosas empezaron a salir mal. Alguien quería sus notas. Querían el proceso para ellos y así poder venderlo en el mercado negro a otros gobiernos o incluso a organizaciones terroristas. El reforzamiento también podía ser útil en el sector privado. Para eso tenían que convencer a papá de que el experimento era un fracaso. Y lo hicieron asesinando a los hombres que participaban en él uno a uno y fingir que era consecuencia de los efectos secundarios.

Rosa se santiguó y se besó el pulgar.

—Esto no está bien, Lily.

—Lo sé, Rosa —respondió Lily, en voz baja, porque quería consolarla—. Papá empezó a sospechar que las muertes eran fruto de un sabotaje y no consecuencia de los efectos secundarios y me pidió que revisara el proceso. No me dijo nada, porque quería que lo analizara sin ningún prejuicio. Por desgracia, en cuanto entré a participar en el proyecto, esa gente creyó que les podría facilitar el proceso de reforzamiento. Por eso mataron a papá y tiraron su cuerpo al océano.

—¡Madre mía! —Rosa reprimió un grito de alarma, buscó la mano de Arly y se aferró a él con fuerza—. ¿Estás segura, Lily? ¿Lo han matado?

—Sí, Rosa, lo siento. Está muerto. Lo supe desde que desapareció. Esa misma gente intentó aprovecharse de tu miedo para entrar en casa y buscar las notas de papá. Gracias a Arly, no pudieron hacerlo, pero lo han seguido intentando.

Rosa se balanceó hacia adelante y hacia atrás.

—Esto está mal, Lily. Muy mal. Me prometió que nunca más volvería a hacer algo así. Y ahora está muerto. ¿Por qué lo hizo?

—Estos hombres son los que participaban en el proyecto. Les ayudé a huir de Donovans y los traje aquí. Uno de ellos se está recuperando de una herida cerebral.

Rosa estaba sacudiendo la cabeza con fuerza. Lily continuó, obstinada:

—Les estoy enseñando los ejercicios que me funcionaron y me ayudaron a sobrevivir en el mundo exterior. No tienen otro sitio adonde ir, Rosa. Los están buscando y, si los entregamos, los matarán.

Rosa siguió meneando la cabeza sin mirar a Lily.

—Son como yo, Rosa. Como yo. ¿Adónde quieres que vayan? Necesitan una casa. John, Arly, tú y yo somos todo lo que tienen. ¿De verdad quieres que los entregue para que los maten?

Rosa sollozó. Arly se arrodilló a su lado y la abrazó, susurrándole algo al oído. Ella apoyó la cabeza, que seguía meneando, en el hombro de Arly, aunque ya con menos convicción.

—Rosa, estoy enamorada de Ryland. —Lily lo admitió en voz baja, pero en el silencio sepulcral de la habitación se oyó perfectamente.

Rosa la miró y le prestó toda su atención.

Lily entrelazó sus dedos con los de Ryland.

—Le quiero y quiero pasar el resto de mi vida con él. Ésta es tu casa. Siempre será tu casa. Eres mi madre y ninguna hija podría quererte más que yo. Si de verdad no quieres que Ryland y estos hombres se queden en casa, nos iremos. Todos. Yo me iré con ellos.

—Lily. —A Rosa se le llenaron los ojos de lágrimas—. No digas eso. Ésta es tu casa.

—Y la tuya también. Y quiero que sea la suya mientras la necesiten. Puedo ayudarlos. Lo sé. Tenemos un disco, algo que mi padre grabó y escondió. Espero encontrar alguna prueba incriminatoria. Si es así, haremos copias y le entregaremos una al general Ranier. Si es necesario acudiré más arriba. Si eso limpia sus nombres, perfecto; si no, seguiremos trabajando para encontrar pruebas.

—Ahora tienen que ir a por ti, Lily. El coronel Higgens sabe que está acorralado. Si no te puede atrapar, intentará matarte —dijo Ryland, muy serio.

—Ya lo sé. Buscará la manera de entrar en la casa. No será fácil y jamás encontrará los túneles ni a los hombres. —Miró a Kaden y a Nicolas—. Tendréis que vigilar a Jeff. No podrá moverse deprisa. ¿Quién está con él ahora mismo?

—Ian y Tucker. No dejarán que nadie le haga nada —le aseguró Kaden con total confianza.

—Perfecto. Mi huida enfurecerá todavía más al coronel Higgens. Estoy segura de que vendrá aquí con algún tipo de orden. No le gusta que le arruinen los planes. —Se inclinó sobre Ryland—. Tenías razón acerca de él.

—Quiero oír el disco —dijo Arly.

Ryland le lanzó el diminuto objeto.

—¿Tienes algo con qué reproducirlo?

Arly atrapó el disco en el aire, se levantó y empezó a rebuscar por los bolsillos hasta que sacó una grabadora activada por voz en miniatura.

—Por supuesto, me lo llevé a los laboratorios porque quizá nos pueda venir bien. —Sacó el disco que había dentro y metió el suyo.

Al principio sólo se oía silencio, aunque enseguida oyeron una voz:

»—Llévalo a la clínica. Llénalo de esa mierda. Dale varias descargas eléctricas y parecerá que ha sufrido un ataque. Lo quiero muerto mañana. —La voz del coronel Higgens sonaba brusca—. Y cuando Miller se tome el somnífero esta noche, llévatelo a la clínica y fríele el cerebro. Ya estoy harto de su insubordinación. Y esta vez acaba el trabajo, Winston. Quiero a Hollister muerto y a Miller como un vegetal. Si eso no convence a Whitney de que su experimento es un fracaso, mata a ese hijo de puta. Y dile a Ken que quiero que se encargue de Miller esta noche.

»—Miller no duerme demasiado. Si está despierto, no podemos acercarnos a él.

Higgens maldijo.

»—Ken no puede interceptar las llamadas de Whitney indefinidamente. Tarde o temprano, Whitney conseguirá hablar con Ranier. Puedo organizar algo para el general, quizás un incendio. Tiene que parecer un accidente. No puedes matar a un general y a su mujer y esperar que nadie abra una investigación. Una instalación eléctrica defectuosa servirá. Pero lo primero es lo primero. Arregla lo de Hollister, para que sufra un ataque y podamos dañarle el cerebro y deshazte del cabrón de Miller.

La habitación se quedó en silencio. Ryland soltó el aire muy despacio y miró a Lily.

—Creo que bastará para convencer a Ranier. Arly, ¿puedes hacer copias?

—Por supuesto. Haré varias y guardaremos el original en la habitación segura de Lily. —Le guiñó el ojo.

Lily estiró el brazo para coger el teléfono y llamó a casa del general. Después de una breve conversación, miró a los demás con gesto de frustración.

—La chica del servicio dice que han pasado el día fuera y que volverán mañana por la mañana. No me ha dicho dónde han ido. Como mínimo, el general ha tomado precauciones.

—¿Por qué no descansáis un poco? Habéis estado despiertos toda la noche y ya casi es mediodía. Si no podemos hablar con Ranier, podemos aprovechar para descansar. —Ryland quería que Lily durmiera unas horas. Los moretones de su cuerpo eran cada vez más visibles.

—Puedo prepararos una buena comida —propuso Rosa, ofreciéndoles todo su apoyo de la única forma que sabía—. Y soy enfermera. Dejadme ver al hombre que está enfermo.

—Rosa. —Lily se deslizó debajo de la sábana—. Que hagan los ejercicios. Yo estoy demasiado cansada para controlarlos.

—Pensaba que nos tomábamos el día libre —protestó Gator—. Que nos relajaríamos y veríamos esas películas de Arly.

—Los ejercicios no entienden de días libres —le riñó Rosa—. Es importante hacerlos cada día. —Empezó a llevarse a los hombres de la habitación de Lily pero de repente se volvió y se fue directa hacia la cama. Miró a Ryland y se llevó las esposas.

Arly, que la había esperado en la puerta, se inclinó y le susurró algo pícaro en la oreja. Se ganó un golpe en el brazo, pero mientras cerraban la puerta, oyeron la risa de Rosa.

—¿Lo has visto? —preguntó Ryland—. Se ha llevado las esposas.

Lily se quitó la bata y la tiró al suelo.

—Para que ni se te ocurriera ponérmelas.

—No pensaba ponértelas. —Ryland se echó el pelo hacia atrás y se despeinó los rizos más de lo habitual—. ¿Por qué todo el mundo piensa que utilizaría esposas metálicas? Las usaría de seda. —Se inclinó sobre ella y le dio un beso entre los pechos—. No me importaría atarte, pero lo haría con seda.

Lily hundió la cara en la almohada, que ahogó el sonido de su risa.

—Pobrecito, nadie te cree. Rosa piensa que eres un pervertido.

—Bueno, y lo soy —admitió—, pero sólo contigo. Rosa se ha llevado las esposas y se ha ido riendo con Arly, el fanático de las películas de sumisión. Eso sí que da miedo.

Lily reunió fuerzas suficientes para pegarle con la almohada.

—Es asqueroso. Ni siquiera te los imagines haciendo algo juntos. Rosa es como mi madre y Arly... bueno... es Arly. —Miró a Ryland y meneó la cabeza—. Qué va. Es imposible. Ellos nunca... —Dejó la frase en el aire y se estremeció.

Ryland se rió de ella.

—Sí que lo harían. Él la mira con esos ojitos. Los hombres sabemos ver esas cosas. —Tiró la ropa al suelo y se metió debajo de la sábana, envolviéndola con su cuerpo.

—No quiero saberlo, así que si descubres que están juntos, no me lo digas. ¿Crees que el general Ranier y Delia están bien de verdad?

—Creo que Ranier es perro viejo y que Higgens ha tirado de la cola incorrecta. Seguro que ha ido a poner a su mujer a salvo. Es lo que yo haría, y volverá preparado para la batalla. No se detendrá hasta que muera o gane. —La abrazó y le cubrió un pecho con la palma de la mano—. No me hacía demasiada gracia tener a todos esos hombres aquí sabiendo que sólo llevabas una sábana encima. Vamos a tener que hablar seriamente sobre la ropa interior.

Ella se rió y se volvió para mirarlo a la cara. Su mirada se la recorrió con amor.

—Eres el hombre más guapo que he visto nunca. Cuando estás a mi lado, no veo a nadie más. —Le recorrió el perfil de la cara con las yemas de los dedos. Acarició los ángulos definidos, las pequeñas cicatrices y la mandíbula prominente. Y, mientras tanto, no dejaba de mirarlo con todo su amor.

—Pues tendré que asegurarme de estar siempre a tu lado, ¿no? —dijo él.

—Me parece muy buena idea —admitió Lily.

Capítulo 19

Ryland se despertó poco después de anochecer. Se quedó escuchando la pausada respiración de Lily. La tenía cerca, con su cuerpo pegado al suyo, encajados como un guante. Cuando se movió, la textura de su piel sedosa como un pétalo de rosa se deslizó encima de la suya, más rugosa, recordándole la belleza de una mujer.

Había ido a ver a sus hombres varias veces durante el día. La mayor parte dormían, pero Nicolas siempre estaba despierto, siempre vigilando. Simplemente, sonreía, saludaba o asentía, pero apenas le dijo nada. Ryland se estiró con pereza, porque confiaba en los sistemas de alarma de Arly, aunque no en la facilidad que todos parecían tener para entrar en la habitación de Lily.

Salió de la cama y echó el cerrojo de la puerta para garantizarse una intimidad absoluta. Desnudo, fue hasta la ventana y deslizó la gruesa cortina hacia un lado para que la luz de la luna bañara la cama e iluminara la piel de Lily. Lo asombró que ella no reconociera su propia belleza. Allí tendida, durmiendo, con el pelo oscuro extendido sobre la almohada como la seda, lo dejaba sin aliento.

Era emocionante estar de pie en la sombra y mirarla mientras dormía. Poder apartar la sábana y, simplemente, disfrutar de la sensual vista de su cuerpo desnudo. Devorarla con los ojos hambrientos. El aire frío la acarició y ella se movió, ocupó toda la cama, con una mano en la almohada de Ryland como si quisiera buscarlo. Él se excitó con una dolorosa erección. Cada célula de su cuerpo la necesitaba. El corazón se le aceleraba cuando la miraba. Lily. ¿De dónde había salido? ¿Cómo había conseguido encontrarla? La elusiva Lily. A veces, tenía la sensación de que era como agua en la palma de la mano, que atraía al sediento para colarse entre sus dedos cuando se agachaba a beber.

Lily volvió la cabeza hacia él con decisión, como si presintiera algún peligro en la oscuridad.

—¿Ryland? ¿Sucede algo?

—No. Todo está perfecto, Lily.

—¿Qué haces?

—Mirar lo que es mío. —Esperó un segundo—. Y pensar en todas las formas en que quiero hacerte el amor.

—Vaya. —Había una delicada nota de humor en su voz, una suave invitación—. ¿Y tanto pensar va a tener alguna consecuencia?

Él se agarró su cuerpo, deslizó la mano por encima de la dura erección, comprobando su respuesta, su indulgencia a las fantasías.

—Creo que sí.

—Ven aquí donde pueda verte. —Lily se rió con alegría. Una invitación implícita—. Siempre he creído que sería divertido hacer realidad todas tus fantasías. ¿Qué quieres en este mismo instante?

Ryland se lo pensó.

—Más que nada, quiero borrar cada moretón de tu cuerpo. Quiero eliminar cualquier punto de dolor y sustituirlo por bienestar. Quiero que te olvides de las pesadillas y la tristeza y que pienses sólo en mí, aunque sólo sea durante unos minutos. Quiero que seas feliz y quiero ser el hombre que te haga feliz.

Lily notó una extraña sensación de derretimiento en la zona del corazón. Su corazón se convirtió en calor líquido. No era en absoluto lo que esperaba que dijera. Cuando se trataba de sexo, Ryland era un hombre desinhibido y ahora mismo la estaba mirando como un depredador, con los ojos hambrientos. Su cuerpo estaba excitado y pedía a gritos que lo aliviasen. ¿Cómo era posible resistirse a él cuando decía cosas como aquellas con tanta sinceridad?

—Ven aquí, Ryland —le dijo, en voz baja.

Él se acercó al lado de la cama, vio cómo ella se daba la vuelta y alargaba la mano hacia su cuerpo con sus delicados dedos. Le acarició el muslo y él la dejó, porque quería hacerla feliz, porque sabía que quería explorar su cuerpo igual que él necesitaba explorar el suyo. La palma de la mano le calentó el muslo y las uñas le arañaron suavemente la piel. Entonces, le agarró la bolsa testicular, tiró de ella con delicadeza y sensualidad hasta que él gimió de placer y cambió el peso de pierna para acercarse un poco más.

—Lily —protestó, aunque sólo suplicaba piedad.

—No, déjame. Quiero memorizarte. Retener tu silueta. Me encanta cómo te hago sentir. —La luz de la luna le iluminaba el cuerpo. A Lily le gustaba ver sus dedos en el suyo, dándole forma, bailando sobre él, seduciéndolo y cortándole la respiración. Ryland podía hacerla enloquecer muy deprisa. Con sus manos. Su boca. Su cuerpo. Ella quería saber que podía hacer lo mismo. Que tenían el mismo poder el uno sobre el otro.

Ryland vio que era importante para ella. Estaba duro como una roca y aquellas caricias quizá lo matarían, pero sabía que moriría feliz.

—Algún día, cuando estemos solos, te explicaré cómo me haces sentir. Y tú también lo sentirás —le dijo.

Las palabras le salieron entre los dientes. Vio cómo su cara emergía de las sombras y se acercaba a él muy despacio. Era preciosa, con unas líneas clásicas: la pequeña nariz patricia, la boca carnosa, las largas pestañas. Y sus ojos. Lo miró y él notó que caía y se hundía en esos ojos.

La boca de Lily estaba caliente, tensa y húmeda cuando se deslizó sobre él, y la lengua empezó un curioso baile que le hizo estallar el cerebro. Ryland se aferró a su pelo mientras acariciaba los sedosos mechones con los pulgares. Echó la cabeza hacia atrás y cerró los ojos, entregándose a ella por completo, al placer que le estaba dando.

Ella lo acariciaba por todas partes, apretando las firmes nalgas, explorándole las caderas y deslizándose por sus muslos, que parecían columnas. Le recorrió las costillas, el estómago plano; le obligó a mover las caderas a un ritmo lento mientras las llamas de sensualidad le lamían el cuerpo.

Cuando Ryland supo que un segundo más implicaría perder el control, se separó de ella muy despacio y a regañadientes. Le costó volver a respirar y conseguir que las pesadas piernas se movieran. Se colocó a los pies de la cama y se arrodilló, mirándola.

—Lily, quiero que esta noche sea para ti. Quiero que sientas lo mucho que te quiero. Cuando te toco y te beso, cuando te hago el amor. Quiero que siempre sepas que no es sólo sexo. Hay mucho más entre los dos. No tengo palabras bonitas para decorarlo. Sólo puedo demostrártelo.

—Tienes palabras preciosas, Ryland —protestó ella.

Ryland empezó a masajearle los músculos de la pantorrilla y la dejó sin aliento y sin palabras. Cuando la tocaba, siempre sucedía lo mismo. Y él tenía razón. Notaba su amor. Se lo estaba transmitiendo a través de las yemas de los dedos al acariciarle las cicatrices y los músculos doloridos. Estaba en sus labios cuando besó cada moretón. En su lengua cuando jugueteó con cada marca de su cuerpo. La forma en que la quería la hizo llorar.

Ryland se deslizó por sus piernas, encontró el oscuro triángulo de rizos y se hundió para buscar el tesoro. Lily estuvo a punto de dar un brinco en la cama. Él la sujetó por las caderas y la acercó a él, saboreándola. Poseyéndola. Quería que supiera que no había nadie más en el mundo para ella. Ni para él.

Lily gritó cuando las oleadas de éxtasis la sacudieron. Ryland le clavó las caderas al colchón, dejándola abierta y vulnerable para él. Se tomó su tiempo, veneró su cuerpo y le dio placer de todas las formas que sabía. Y tenía unos conocimientos considerables. Ella suplicó piedad, le pidió que la tomara, se ofreció para que la poseyera. Y, mientras tanto, su cuerpo reaccionaba ante cada caricia.

Se tomó su tiempo, la exploró con detenimiento; cada sombra, cada rincón. Se comprometió a memorizar todas sus respuestas. Localizó los moretones y los puntos de dolor. Localizó los puntos sensibles. Ella estaba fuera de sí, intentaba atraerlo y le susurraba en la oscuridad de la noche.

Ryland se colocó encima de ella. Notó su suavidad y cómo su piel casi se derretía debajo de la suya. Juntó las caderas de los dos. La entrada del cuerpo de Lily estaba caliente y húmeda, dándole la bienvenida. Penetró los primeros pliegues de terciopelo, sólo la cabeza, para que lo envolviera en llamas.

—Dímelo, Lily. Necesito que lo digas en voz alta.

Ella lo miró.

—¿Decirte el qué? Creo que ya me estás oyendo. Quiero tenerte dentro, que es donde debes estar.

—Encajamos. Estamos hechos el uno para el otro. —La penetró un poco más y notó cómo el túnel se estrechaba y se resistía hasta que, al cabo de un par de segundos, se suavizaba y lo acogía—. ¿Lo sientes, Lily? ¿Crees que ha sido así con alguien más? ¿Crees que podría serlo? —La penetró un poco más. Vació de aire los pulmones. Se aferró a sus caderas y la sujetó mientras la hacía suya lentamente. A su manera. A conciencia.

—Te quiero, Ryland. No quiero a otro hombre. Dímelo. ¿Qué buscas en mí?

Tenía los ojos demasiado azules. Veía demasiado. Ryland vio su inteligencia. Era lo opuesto a él. Rica. Inteligente. Sofisticada. Tenía más educación de la que él podría acumular en una vida entera. La sujetó con más fuerza y la penetró hasta el fondo con fuerza, con largos embistes para volverse locos los dos. Para alejarlos de la realidad del mundo y transportarlos hasta la calidez, el fuego y la pasión de otro mundo, donde no importaba nada más y ella era completamente suya.

En la cama, bajo la luz de la luna, era una parte de ella. Siempre sería una parte de ella. Se obligó a ir hasta los límites de su control, la penetró con fuerza y la recompensa fueron los gritos ahogados de Lily, sus manos aferrándose a él, su cuerpo arqueado contra él, siguiendo el ritmo que imponía sin dudarlo. Ella lo siguió con una confianza absoluta, sin inhibiciones y entregándose del todo.

Lily oyó su propio grito y también un sonido que salía de la garganta de Ryland cuando las llamas los envolvieron, cuando el mundo estalló a su alrededor, dejando tras ellos colores, luces y tanto placer que sólo podía quedarse allí intentando inspirar aire y mirándolo. Aquella preciosa cara. Adoraba cada ángulo rugoso, cada cicatriz, la sombra azulada de la que parecía que nunca podría desprenderse. El placer la sacudió, una explosión de emociones, y la dejó anclada a él, saciada y feliz. Con una sensación de pertenencia.

Lo abrazó con fuerza como si pudiera retenerlo allí, en la misma piel con ella y en el mismo cuerpo mientras sus corazones latían al unísono y cada movimiento provocaba una reacción en ambos cuerpos.

Ryland apoyó el peso de su cuerpo en los codos para no aplastarla, pero se negó a separarse de ella. Le llenó la cara de besos y se detuvo en la boca.

—Me gusta todo de ti.

—Me he dado cuenta. —Le acarició el pelo. Rizos. Ryland tenía unas facciones fuertes y unos rizos negros azulados en la cabeza. Le encantaban.

—Quiero dejar claras unas cuantas cosas, Lily.

Ella abrió los ojos y dibujó una sonrisa en la comisura de los labios.

—Me suena a uno de esos momentos «Tenemos que hablar» de las películas.

—Es que tenemos que hablar y es serio.

—Ni siquiera puedo pensar, ¡mucho menos hablar! —protestó ella—. Ya no tengo capacidad para pensar. Me has provocado un cortocircuito en el cerebro.

—Lily, todavía no has aceptado ningún compromiso conmigo. Quiero casarme contigo. Tener hijos contigo. ¿Tú sientes lo mismo?

Se produjo un instante de silencio mientras lo miraba. Él notó la respuesta en su cuerpo, en el imperceptible movimiento para liberarse de él.

—No es justo; claro que quiero todas esas cosas contigo, pero no sé si será posible. Tengo que descubrir qué hay en esa habitación, Ryland. Hay tantas cosas que todavía no sé. Tengo que buscar a esas mujeres. Le hice una promesa a mi padre y pienso cumplirla.

Ryland la sujetó con fuerza por los hombros y la sacudió ligeramente.

—Necesito saber que te dará igual, Lily. Dímelo. Podemos mantener esa habitación, leer todos los informes, ver todos los vídeos, encontrar a esas mujeres y asegurarnos de que viven bien. Dime que nada de lo que descubramos nos separará. —Le tomó la cara entre las manos, su cuerpo encima del suyo—. Si puedes decírmelo, con el corazón, entonces quiero que te quedes la habitación. Quizá necesitemos la información. ¿Quién sabe? Quizá nuestros hijos sean su sueño hecho realidad. Pero si no puedes, Lily. Si no puedes mirarme a la cara y decirlo con el corazón, juro que lo destruiré todo con mis propias manos.

La intensa mirada azul de Lily le recorrió la cara, examinó la intensidad de su expresión y la frialdad de sus ojos grises. Dibujó una sonrisa. Levantó la cabeza y le dio un beso en la nariz, otro en la boca y otro en cada ojo.

—¿Sabes lo estúpida que es esa amenaza? Si quisiera mantener la habitación intacta, simplemente te mentiría.

Él meneó la cabeza.

—No sabes mentir. Me quieres para siempre y esto te importa tanto como a mí, o no. Quiero ese compromiso por tu parte. Todo, Lily. Lo que hay en esa habitación dará igual si me quieres igual que yo. No aceptaré menos que eso. No me importa firmar un acuerdo prematrimonial desvinculándome de tu dinero ni el hecho de no entender lo que haces la mitad del tiempo, pero quiero saber, y no adivinar, saber que me quieres igual que yo a ti.

Ella se tensó y el corazón se le aceleró.

—Estás hablando de dejarme. Es lo que estás diciendo, ¿verdad?

—Lily, estoy diciendo que estoy dispuesto a acatar las promesas que le hiciste a tu padre. Estoy dispuesto a vivir aquí contigo si es lo que necesitas para ser feliz. Estoy dispuesto a aceptar a Arly, Rosa y John como mi familia. A cambio, sólo te pido lo mismo. Acéptame a mí y a mi familia. Esos hombres de ahí fuera no tienen adónde ir si no los ayudamos. Aprécialos como lo hago yo. Lily, comprométete. ¿Tan difícil es?

Lo vio primero en sus ojos. En lo más profundo, donde contaba.

El corazón casi le estalló en el pecho. La besó en la boca y le robó las palabras, se las tragó para que llegaran directamente a su alma. Lily. Su Lily para siempre.

Ella se rió y lo besó, al tiempo que lo rodeaba con las piernas para mantenerlo en su interior.

Ryland levantó la cabeza, alerta. Maldijo.

—Tenemos compañía. —Se levantó de la cama.

Ella se tapó hasta la barbilla.

—¿Qué quieres decir?

—Que los niños no están en la cama durmiendo. —La puerta de la habitación se abrió y entraron varios hombres.

—¿Qué demonios pasa aquí? ¿No tenéis otra cosa que hacer que acosarme en mi habitación? Resulta que interrumpís una proposición de matrimonio. —Intentó mostrarse furiosa con la esperanza de que lo captaran y se marcharan.

Kaden se encogió de hombros con normalidad.

—Todos sabemos que te casarás con él. Al pobre siempre le ha costado pasar de las palabras a los hechos.

—Se lo he pedido una decena de veces —protestó Ryland—. Es ella la que duda.

Lily lo miró.

—¿Por qué no has cerrado la puerta?

—Sí que la he cerrado —respondió el—. Pero eso no los detiene. Nuestros niños son expertos en allanamientos de morada.

—Genial. ¿Y nadie les ha enseñado a llamar? —Dirigió su mirada hacia los hombres y al traidor de Arly, con la esperanza de congelarlos ahí mismo.

Varios levantaron las manos como si quisieran protegerse, aunque con una sonrisa.

—Ian tiene un mal presentimiento —anunció Kaden cuando las risas se acabaron—. Le parece que está pasando algo con el general Ranier ahora mismo.

Ryland se puso serio y le dio el teléfono a Lily.

—Llámalo. En marcha. Iremos ahora mismo. Podemos echar un vistazo y ver si todo está en orden.

—No responde nadie, Ryland —dijo Lily con el ceño fruncido—. Siempre hay alguien en casa. Día y noche, siempre hay alguien del servicio. No es normal y me preocupa.

—Tengo un mal presentimiento —añadió Ian—. Si esperamos más, quizá sea demasiado tarde.

—Me basta, Ian —dijo Ryland mientras se vestía delante de todos sin un ápice de vergüenza—. Venga, Lily, no pienso dejarte aquí. No me fío de Higgens. Arly puede mantener a Rosa y a John a salvo, pero no podría impedir que el coronel te secuestrara.

Lily puso los ojos en blanco.

—Sólo lo dice para hacerse el machito delante vuestro. Sabe que iré tanto si quiere como si no, así que ha dado la orden. Además, señor Mandón, resulta que ya estoy lista. Y un poco de privacidad me vendría bien. —Sujetó la sábana, se la envolvió alrededor del cuerpo y se dirigió hacia el armario.

—Ropa de noche, Lily, eso significa negro. —Ryland le dio un mono negro de tela elástica—. Esto es perfecto. Lo he encontrado en esa casa que tú llamas armario. Y ponte zapatillas deportivas. Tienes, ¿no?

—Diez pares como mínimo, señor sarcástico. No sé si podré entrar en esto —dijo, mientras corría hacia el baño para lavarse e intentar meterse en el mono—. Pareceré una salchicha.

—Yo te ayudo —se ofreció Gator.

—Te lo agradezco —respondió Lily—, y quizás acepte tu ofrecimiento.

—Antes, te disparo —advirtió Ryland a Gator.

—Lily, este hombre es muy sensible —bromeó Gator.

Ella apareció y le hizo una mueca a Ryland.

—Un niño pequeño, eso es lo que es —le respondió a Gator y corrió junto a Ryland hacia el túnel. Se acercó a él y le susurró al oído—. Es imposible llevar ropa interior con esta cosa.

Él le tapó la boca con la mano y lanzó una mirada a sus hombres. Ninguno se atrevió a hacer ningún comentario, pero todos lo miraron con picardía.

Ian se metió debajo del seto y se arrastró hasta Ryland.

—No me gusta la sensación de este sitio, capitán. Ahí dentro hay alguien y, si es el general, no está solo.

He contado a cuatro en la casa y dos guardias en la cara norte, dijo Nicolas.

Yo tengo a dos en la casa y un guardia en el balcón de la cara este, informó de Kaden.

Francotirador en el tejado. Y otro en el tejado al otro lado de la calle, añadió Jonas. *Dos francotiradores en dos edificios distintos.*

Ryland analizó la situación. *Tenemos que entrar en la casa. ¿Alguna señal de que el general esté dentro?*

Hombre abatido en la cocina, junto a la mesa. No lo veo demasiado bien y no sé si es de la casa o es un soldado. Mi opinión es que el general está en la casa y que tiene una visita indeseada. Era la voz de Kaden.

Entonces no tenemos otra opción. Nico, encárgate de los tejados. Kaden, Kyle y Jonas, encargaros de los guardias. Si no estáis seguros de qué lado están, no seáis duros. Si son hombres de Higgens, id deprisa y sin armas. Silencio absoluto. Avisad cuando hayáis terminado y podamos entrar.

Lily se acurrucó en un rincón del coche, intentando hacerse invisible. Estaba a una manzana de la acción. Sabía que Ryland había dejado a uno de sus hombres cerca. Sospechaba que era Tucker, que tenía la habilidad de conseguir que todo el mundo se sintiera seguro. No lo veía, pero estaba segura de que estaba ahí fuera normalizando la situación de la noche. Arly se había quedado sentado en el asiento del conductor, repiqueteando los dedos contra el volante en una muestra de nerviosismo.

—No deberías estar aquí, Arly —dijo ella, nerviosa—. No puedo creer que vinieras con nosotros. John y Rosa...

—Están a salvo. Si te pasa algo, Rosa me habría arrancado la cabeza. Me dijo que me encargara personalmente de que volvieras sana y salva. Bueno —añadió—, tú y tu jovencito.

—Alguien ha colocado guardias en el perímetro de la casa del general. Los hombres de Ryland se están encargando de ellos —le informó. Se acercó al asiento de delante—. Arly, ¿cuánto hace que Rosa y tú estáis juntos? —Intentó decirlo con absoluta normalidad.

Él la miró a los ojos.

—¿Desde cuándo lo sabes?

—¿Por qué querías mantenerlo en secreto?

—No quería mantenerlo en secreto. Le he pedido que se case conmigo un millón de veces. Pero nunca ha querido. Porque no podía tener hijos.

—Rosa es demasiado mayor para tener hijos, Arly. ¿Por qué se preocupa por eso?

—Es lo que le dije ayer. Aunque no me importa esconderme... le añade un poco de picante a la cosa. Pero ya empiezo a ser mayor para escalar por las ventanas y arrastrarme por los pasillos.

—¿Y te dijo que sí?

—Le dije que con las cosas que hemos hecho, si no se casaba conmigo ardería en el infierno. Y me dijo que sí.

—Debió de ser una proposición preciosa. —Lily se inclinó y le dio un beso—. Me alegro mucho. Necesitas a alguien que te controle. —Respiró hondo—. Esta vez tengo mucho miedo. Por Ryland. Por el general. Por todos ellos. Y por nosotros.

Arly le apretó la mano.

—Yo también. Pero he visto algunos tipos que se encargan de situaciones difíciles y los compararía con tu Ryland y su equipo sin dudarlo.

Limpio, informó Kaden.

Limpio, repitió Jonas.

Limpio, dijo Kyle.

Ryland siguió esperando. Si era posible limpiar los tejados, Nicolas lo haría. Ian expresaba señales claras de incomodidad. Aquello era una mala señal. Ese hombre era mucho más sensible a las intenciones violentas o asesinas, las ondas de energía maliciosa lo buscaban y corrían hacia él olvidándose de los demás. Ryland vio las gotas de sudor en su frente.

Adelante. Los tejados están limpios, informó Nicolas con la voz suave que empleaba siempre, sin delatar sus sentimientos. *Uno fácil. El otro se ha resistido.*

Ryland suspiró. Aquello complicaba su decisión. Higgens se había traído soldados, hombres que sólo obedecían órdenes. Sólo había uno o dos que eran cómplices de sus planes. Saber que algunos de sus enemigos eran inocentes aumentaba el riesgo a la hora de entrar en acción. Tomó la decisión.

Tenemos a cuatro en la parte delantera de la casa. Si el general está dentro, seguramente se encontrará ahí. Entrad por los cuatro sectores y haced un barrido. Eliminad todo lo que se interponga entre el general y vosotros. Tenéis que pensar que son del servicio de la casa, pero tratadlos igual. Incapacitar y seguir hacia adelante. Ryland ya estaba avanzando por el extenso jardín, arrastrándose sobre el estómago y escondiéndose en aquella zona sin protección.

Lily hizo una mueca cuando oyó la orden. No quería distraerlos mientras entraban en la casa, pero tenía algunas preguntas. Se las planteó a Arly porque necesitaba repasar las cosas.

—No tiene sentido que Higgens haya encontrado a tantos hombres dispuestos a traicionar a su país por un único proyecto. Tiene que tener una larga historia para poder reclutar y confiar en más de un par de hombres.

Arly se encogió de hombros.

—Lleva mucho tiempo de servicio, Lily. Es un oficial, una persona con poder que puede leer con facilidad las debilidades de los demás.

—Pero Phillip Thornton y Donovans... —Dejó la frase en el aire mientras su cerebro iba a toda velocidad—. Tenemos varios contratos referentes a asuntos de seguridad pero... oh no. Podríamos tener problemas serios, Arly. Donovans tiene el contrato de defensa relativo a la inteligencia por satélite. Si Higgens tiene acceso a esos datos, podría vender la ubicación exacta de los satélites de Estados Unidos. —Le clavó las uñas en el brazo—. Tendría la información de nuestros sistemas de alarma o de nuestra capacidad de reacción ante un ataque a gran escala. Incluso podría acceder a la información de comunicaciones. Thornton no tiene acceso a esa información. Sólo unas cuantas personas en la empresa pueden acceder a ella.

—¿Y el coronel Higgens es una de ellas?

—Que yo sepa, no. —Repiqueteó los dedos contra el asiento—. Esto podría ser grave, Arly. Seguro que Thornton no es tan tonto como para vender secretos nacionales. —Lily quería transmitirle la información a Ryland, pero tenía miedo de distraerlo. Los hombres estaban asaltando la casa, entrando desde cuatro puntos.

Ryland saltó por encima de la baranda del porche, aterrizó en silencio sobre el suelo de madera y se alejó para que Ian pudiera hacer lo mismo. Varias sombras se acercaron a la casa desde todas las direcciones, silenciosas como los fantasmas que eran. Si parpadeabas, ya no estaban.

Ian se colocó en posición frente a la puerta y abrió el pestillo tan deprisa que apenas se detuvieron. Ryland y él entraron casi a la vez y se separaron, uno hacia la derecha y el otro hacia la izquierda, ambos a ras del suelo y rodando para levantarse con el arma a punto. La entrada estaba libre. La casa a oscuras, con todas las luces apagadas.

Fuera, un perro ladró. Ryland notó la onda de energía y el animal se calló. Oyó un murmullo de voces en la habitación que tenía a su derecha. Hizo una señal a Ian y ambos tomaron posiciones para cubrir toda la superficie de la habitación.

Están apuntando a Ranier a la cabeza. ¿Tengo vía libre? Necesito vía libre. Como siempre, la voz de Nicolas no reflejaba ningún tipo de tensión.

¿Tienes un objetivo claro?, le preguntó Ryland.

Puedo manipular su arma, respondió Nicolas.

Adelante. Ryland percibió cómo la energía entraba en la habitación y cómo todos utilizaban el poder de sus mentes para desviar el cañón de la pistola que estaba apuntando al general Ranier. Cuando Nico disparara su pistola con silenciador, una bala se incrustaría en el entrecejo del hombre que retenía al general y ya no habría posibilidad de que aquella pistola se disparara y matara al general.

Higgens vio el agujero en medio de la frente de su hombre. Lo vio caer al suelo como un saco de patatas delante del general. Dio media vuelta, con el arma en la mano, buscando un objetivo. El general era su única salida. Lo apuntó. Los otros dos soldados que había en la habitación contuvieron el aliento, sorprendidos, y pegaron las espaldas para protegerse.

—Sé que creéis lo que el coronel Higgens os ha dicho —dijo Ryland a los dos soldados—. Ha venido a asesinar al general Ranier y sois sus cómplices. Entregad las armas y arrodillaos. Estáis en una posición de desventaja. —Su voz cabalgó sobre la onda de energía, que parecía llegar desde todas las direcciones. Sus hombres estaban sugiriendo a los soldados que lo obedecieran.

Los dos oficiales se miraron casi con impotencia, dejaron los rifles en el suelo y retrocedieron con las manos en alto. De inmediato, el flujo de energía se concentró en el coronel Higgens. Lo estaba esperando y se resistió, luchando por mantener el control de sus actos.

—Lo mataré. Levántese, general. Nos vamos —dijo Higgens. Parecía que se había vuelto loco, porque miraba a su alrededor pero no veía a nadie.

—Se lo advierto por última vez, coronel. Nico le está apuntando. Y nunca falla. Ya conoce su historial. No podrá dispararle al general y él no irá a ningún sitio con usted. Baje el arma.

—Maldito seas, Miller, debería haberte matado cuando tuve la oportunidad. —Higgens escupió su ira hacia el capitán, dio media vuelta y echó a correr.

Rodeadlo. Ryland corrió hacia el general mientras Ian cacheaba a los dos soldados. Estaban confundidos y colaboraron, sentados en el suelo con la espalda pegada a la pared y los dedos entrelazados detrás de la cabeza.

Ryland ayudó al general a levantarse.

—Siento haber llegado tarde, señor. La invitación no nos llegó de inmediato.

El general Ranier se tambaleó hasta la silla más cercana con la ayuda de Ryland. Se tocó la frente y la mano acabó empapada de sangre.

—Ese traidor me golpeó con la pistola. —Se hundió en la silla, con la cabeza agachada.

Ryland vio que estaba viejo y cansado, con la cara casi gris. *Llamad a una ambulancia, asegurad la casa y traed a Lily.*

Nicolas, muy serio, entró con el coronel Higgens. Lo acompañó hasta una silla y lo obligó a sentarse.

—La casa es segura, capitán. Tenemos tres civiles abatidos que necesitan un médico. El hombre de la cocina está muerto. Es militar.

—Era mi guardaespaldas — dijo Ranier, muy triste—. Un buen hombre. Me llevé a Delia, me aseguré de que estuviera a salvo y luego regresé para que vinieran por mí. Tenía la sensación de que lo intentarían y de que ella estaba en peligro. —Miró al coronel Higgens—. Esta noche ha matado a un buen hombre.

Higgens no dijo nada, pero en ningún momento apartó la gélida mirada de Ryland.

—Señor, ya hemos llamado a una ambulancia. Llegará enseguida. Mis hombres se encargan de su gente. Soy el capitán Ryland Miller. —Lo saludó escuetamente.

—O sea, que usted es el hombre que ha montado todo este lío. Peter solía hablarme de reforzar las habilidades parapsicológicas y al final acabé haciéndole caso, pero nunca pensé que funcionaría. —Se reclinó en la silla y apoyó la cabeza en el respaldo de piel—. Si le hubiera creído, hubiera prestado más atención a lo que estaba pasando.

Ryland le ofreció una toalla limpia para presionar la herida.

—Mis hombres y yo somos desertores, señor. Nos gustaría entregarnos bajo su custodia.

—A ver, capitán, creo que cuando entró a formar parte de esta misión, le expresaron claramente la orden de hacer lo que fuera necesario para proteger a sus hombres y a nuestra nación. A criterio suyo, ¿es eso lo que ha hecho?

—Sí, señor. Así es.

—Entonces, no veo ningún motivo para que nadie crea que son desertores; estaban cumpliendo órdenes. Y, por lo que veo, su misión ha sido un éxito.

—Gracias, señor. Tengo un hombre herido. —Miró a Higgens—. Puede añadir tentativa de asesinato a la larga lista de cargos contra el coronel.

Lily entró corriendo en la habitación y fue directa hacia el general Ranier.

—¡Madre mía! Mira todo esto. ¿Ha llamado alguien a una ambulancia? Ryland, debería estar tendido en el suelo.

El general la abrazó.

—Estoy bien, Lily. No te preocupes. Sólo me ha sacudido un poco. He estado intentando encajar todas las piezas del puzle desde el día que hablamos.

—Tiene que ser por el contrato de defensa. Debe de hacer tiempo que vende secretos —dijo Lily, en voz baja—. Este experimento sólo era un extra. Estaba deseando poder vender la información, pero es imposible que consiguiera tantos cómplices tan deprisa a menos que su estructura llevara tiempo funcionando. Imagino que años.

—No puede haberlo hecho solo. Nunca participó en el sistema de defensa por satélite —respondió el coronel Ranier—. Yo pensé lo mismo, Lily. Sospechábamos que alguien estaba filtrando la información, pero el coronel Higgens nunca fue sospechoso. Su historial es impecable.

—Tengo un disco que mi padre grabó. Debió de esconder la grabadora activada por voz en algún sitio donde sabía que el coronel hablaría con absoluta libertad. Papá sí que sospechaba de él. En el disco se le oye planificar su muerte y la de Delia con un incendio en su casa, de forma que pareciera «un accidente». Arly ha hecho copias y tenemos el original para comparar la voz.

El general Ranier levantó la cabeza y miró al coronel Higgens.

—¿Cuánto tiempo lleva haciéndolo?

—Lo niego todo. Se lo están inventando para intentar esconder su cobardía y su culpa —respondió el coronel—. Me niego a participar en esto sin la presencia de mi abogado.

—Creo que el general McEntire también está implicado, señor —dijo Lily, apenada, porque sabía que estaba destrozando a Ranier—. Lo siento, sé que es amigo suyo. Pero creo que él es el jefe y que Higgens trabaja para él. Creo que metieron a Hilton en su despacho para vigilarlo y depositar documentos incriminatorios si era necesario o interceptar cualquier cosa sospechosa. Como los numerosos mensajes de mi padre. —Miró a Higgens—. McEntire no tenía nada que ver con el experimento. Al principio, ni siquiera sabía que existía. Usted no creyó que fuera a funcionar. Y luego los vio en acción y se dio cuenta de que nadie más conocía ese potencial. Aquello tenía un valor real y, por primera vez, usted tomó la sartén por el mango. Al principio no le dijo nada a McEntire, ¿verdad?

Higgens la miró con maldad.

—Usted fue quien decidió sabotear el experimento para que mi padre creyera que había fracasado y lo interrumpiera. Pero era mucho más listo de lo que usted pensaba y sospechó de los derrames cerebrales. No tenían sentido, porque no utilizaba descargas eléctricas. Le había explicado a Thornton los peligros de hacerlo, ¿verdad? Y usted utilizó esa información para matar a los hombres.

—Estoy perdido, Lily —admitió el general Ranier.

—Ya me encargaré de que entienda perfectamente a cuántos hombres ha matado a cambio de dinero —respondió Lily—. Se va a pasar el resto de su vida en la cárcel, coronel, con su amigo McEntire. El dinero por el cual vendió a su país y por el cual mató no le va a servir de nada, así que espero que haya disfrutado hasta del último céntimo mientras haya podido.

—¿El general McEntire? —repitió Ranier—. Empezó la carrera militar en las Fuerzas Aéreas. De joven, lo destinaron a la Oficina de Reconocimiento Nacional. Más adelante, trabajó para construir y manejar satélites espía. Su opinión influyó en la decisión a la hora de entregar el contrato de defensa a Donovans.

—Es amigo de Thornton —añadió Lily.

—Fueron al colegio juntos —admitió el general con tristeza—. Todos fuimos juntos.

—Lo siento mucho, general —dijo Lily, y lo abrazó.

Capítulo 20

La historia ha salido esta mañana en los periódicos, internet y la radio —anunció Arly. Se inclinó, besó a Rosa en los labios y sonrió abiertamente mientras ella le pegaba con un periódico enrollado—. McEntire, Higgens, Phillip Thornton y otras tantas personas han sido acusados de asesinato, espionaje y varios crímenes más.

—Han tardado en terminar la investigación —se quejó Jeff. Se apoyaba en el bastón que llevaba—. Creí que moriría de viejo antes de que terminaran. ¿Por qué han tardado tanto?

—El general McEntire y el coronel Higgens eran oficiales muy respetados con un historial impecable —respondió Kaden—. La trama empezó hace años, en la academia, cuando decidieron que eran más listos que el resto del mundo y decidieron que sería genial jugar a ser espías. A ambos les atraía la emoción y sentían que burlarse de los que los rodeaban era media recompensa.

Ryland asintió:

—Thornton ha hablado tanto que no sabían cómo hacerlo callar. Quería llegar a un acuerdo. Estaba metido en el ajo por dinero. Aceptó ayudar a Higgens a sabotear el experimento parapsicológico porque odiaba a Peter Whitney. El doctor era más inteligente y tenía más dinero y poder que él. Habían tenido varios encontronazos y Thornton siempre salía malparado. Vivía única y exclusivamente para su imagen. Cuando empezó a imaginarse que lo despreciaban, no veía la hora de deshacerse de Whitney. Estaba orgulloso de haber ayudado a Higgens a llevar a Peter hasta el lugar, donde lo mataron. Le había dicho que tenía que darle una información importante sobre Higgens, y Peter estaba tan preocupado que fue solo.

Arly hizo una mueca.

—Lily no se encontraba en la sala cuando lo explicaron, ¿verdad?

Ryland meneó la cabeza.

—No, ha estado tan ocupada intentando mantener en pie Donovans y salvar puestos de trabajo y la reputación de la empresa que no ha tenido tiempo para nada más.

—Eso es mentira. —Jeff cogió un puñado de patatas fritas—. Desde que el general Ranier la puso al frente de nuestra operación, se ha pasado el día pensando en cómo idear nuevos ejercicios masoquistas para fortalecernos el cerebro. Y, cuando no está con eso, insiste en el ejercicio físico. Y luego está la terapia. Esa mujer es una negrera.

—Estás furioso porque ha invitado a tu familia para que te vieran y tu madre se ha puesto de su lado en lo de la terapia —respondió Ryland—. Y será mejor que no te vea comer patatas fritas. ¿No se supone que estás siguiendo una especie de plan nutricional?

Rosa gritó y le pegó en la mano.

—¿Qué crees que haces? Cómete una manzana.

Tucker guiñó un ojo a Jeff y balanceó en el aire una bolsa de patatas fritas desde el otro lado de la encimera, cerca de la puerta. Rosa fingió no darse cuenta y se consoló con el hecho de que «los chicos», como ella los llamaba, estaban cada vez más fuertes y practicaban lo que Lily les había dicho que era importante.

—¿Dónde está Lily? —preguntó Arly—. Hoy no la he visto. Esta mañana no ha ido a los laboratorios, ¿verdad?

—¿El día de su boda? —Rosa estaba horrorizada—. Espero que no.

Ryland se puso de pie en la iluminada cocina, absorbiendo la risa y la camaradería que Lily había conseguido crear para ellos. Había compartido su casa con los hombres generosamente. Les había entregado su tiempo y sus conocimientos. Todos eran más fuertes por lo que ella había hecho y la casa que les había ofrecido. Incluso Jeff había progresado de forma destacable.

El equipo de Ryland estaba en perfecto estado con su superior y la unidad funcionaba de maravilla en las misiones de prácticas. El general Ranier participaba de forma activa en sus operaciones diarias. Las cosas no podían irles mejor… a ellos. Lily cargaba con todo el peso. Tenía que corregir los errores de su padre. Intentar salvar vidas y puestos de trabajo. Trabajar en secreto y con sigilo para encontrar a las mujeres cuyas vidas habían sido sacudidas de pequeñas. Su Lily.

Sabía dónde estaría el día de su boda. Sonrió a Nicolas y salió de la cocina con naturalidad aunque estaba de los nervios. Fue directamente al despacho de su padre, feliz por haberle pedido a Arly que añadiera sus huellas en el código de seguridad que abría la pesada puerta.

El despacho estaba vacío, pero seguro que estaba en el sótano. La notó, se sintió atraído por ella. Siempre lo haría. Cerró la puerta del despacho, porque siempre pensaba en la seguridad, igual que Lily. La habitación representaba su infancia. Y también escondía secretos nunca revelados sobre la investigación parapsicológica. A menudo, Lily se despertaba a media noche y bajaba allí a leer más. Una vida de éxitos y fracasos que su padre había grabado meticulosamente.

A pesar del horror que Lily sentía por lo que su padre había hecho, también la fascinaba. Igual que a Ryland. Ahora que la unidad funcionaba con éxito sin la amenaza de la muerte, quería descubrir cómo ser más fuerte. Quería saber de qué era capaz, él y sus hombres. El laboratorio secreto era un almacén de conocimiento. No la culpaba de querer mantenerlo.

Descendió por la estrecha escalera, acercándose más a ella a cada paso. Ahora la percibía con facilidad, la profunda tristeza que siempre parecía formar parte de su vida. Su Lily, que estaba dispuesta a asumir los pecados de su padre y volver a arreglar el mundo.

La encontró contemplando la imagen congelada de una niña en el monitor. Cuando se le acercó y ella se volvió, vio rastros de lágrimas en sus mejillas. Tenía las largas pestañas puntiagudas y húmedas, y mirarla le hacía daño.

Lily le sonrió.

—Sabía que vendrías a mí. Estaba aquí intentando decidir si mi padre era un monstruo. Y sabía que vendrías.

Ryland la tomó de la mano y le apretó los dedos.

—Era un hombre con una vida muy triste hasta que apareciste tú, Lily. Recuerda al padre que conociste, no al hombre que fue. Lo cambiaste, moldeaste su vida. Lo convertiste en una persona decente y, a partir de entonces, dedicó todos sus esfuerzos a la humanidad. —Se sentó a su lado, con el muslo pegado al suyo, y su cuerpo protectoramente cerca.

—Lo quería mucho, Ryland. Lo admiraba a él y a su brillantez. Intenté con todas mis fuerzas no decepcionarlo.

Se acercó su mano a la boca y le acarició los nudillos con pequeños besos.

—Lo sé, Lily. Estaba muy orgulloso de ti. No tiene nada de malo que una hija quiera su padre. Él se lo ganó.

—Estaba intentando pensar en cómo me sentiría si fuera una de las otras. Si me hubieran abandonado porque tuviera un defecto. ¿Te lo imaginas, Ryland? Me da miedo ponerme en contacto con ellas, a pesar de que podría ayudarlas si lo necesitan. —Tocó la cara de la pantalla—. Mira qué ojos. Parece asustada. —Había kilos de compasión en su voz.

—Tenemos que ir paso a paso —le recordó, con dulzura—. La investigación ha terminado y la historia sale en las noticias de hoy. McEntire y Higgens llevan años vendiendo secretos de estado a gobiernos extranjeros. Todo el mundo está haciendo un esfuerzo para ser cauto y ver los daños reales. Mis hombres y yo estamos completamente limpios y no hay nada en nuestro historial que pueda perjudicar nuestras carreras. De hecho, recibimos honores por salvar al general Ranier y destapar todo este asunto. Los hombres ya pueden permanecer al aire libre más tiempo y, todavía mejor, separarse de sus anclas durante horas. Jeff mejora cada día. Les has dado esperanza y un refugio seguro. Has cambiado nuestras vidas, Lily.

Ella reclinó la cabeza en su hombro.

—No lo he hecho sola, Ryland. Las cosas han ido encajando.

—Contempló la imagen de la niña—. La miro y me pregunto dónde estará y cómo fue su niñez. Si me odiará cuando me vea. —Lo miró—. Tengo que encontrarla. De alguna forma, algún día, tengo que encontrarla. —Estaba suplicando que la entendiera.

Ryland le tomó la cara entre las manos.

—Por supuesto, Lily. El investigador privado ya está trabajando. Tenemos los archivos y la información de por dónde empezar que nos dejó tu padre. Las encontraremos a todas. Los dos juntos.

—También sabía que dirías eso. —Se acercó a él. Lo besó. Se apoderó de su boca como una experta—. Siempre sabes qué decir, ¿verdad? —Murmuró las palabras con la boca pegada a su garganta, trazando pequeños dibujos con la lengua mientras sus dedos iniciaron un extraño baile sobre su entrepierna que, de repente, estaba dura como una roca.

—¿Qué haces? ¡Lily! Me estás volviendo loco. ¿Dónde coño has aprendido eso? —¿Cómo era posible que lo hiciera reaccionar de forma instantánea? Lo excitaba con un simple movimiento.

Ella se rió.

—En el libro, claro. Hoy es nuestra noche de bodas. Pensé que un pequeño truco estaría bien.

—Tengo que leer ese libro.

Siguió masajeándolo, repiqueteando los dedos y acariciándolo hasta que Ryland estuvo a punto de perder el control. Y, mientras tanto, seguía el mismo ritmo con la lengua en su cuello.

—No puedo presentarme delante de toda esa gente erecto, Lily —le dijo, con firmeza.

—¿Por qué no? Todo el mundo se presenta en mi habitación cuando estoy desnuda debajo de la sábana —respondió ella. La magia de Ryland ya había empezado a funcionar y había disipado la tristeza y su mundo volvía a girar con normalidad. Cogió el mando a distancia y apagó el vídeo—. Siempre consigues que sienta que somos compañeros.

Él la tomó de la barbilla.

—Es que lo somos. Somos compañeros vitales. Fantasmas. No hay demasiados en el mundo y tenemos que estar unidos.

—Supongo que sí.

—¿Te encuentras bien? ¿Te vas a casar conmigo esta noche?

Lily se rió.

—Por supuesto. Tengo un coeficiente intelectual alto. No pienso dejarte escapar.

—Entonces, hazlo otra vez.

—¿El qué?

—Eso con la lengua y los dedos. Hazlo otra vez.

—Ahora no puedo. Es para la noche de bodas. Ya te lo he dicho, quería darte una sorpresa con mi truco especial.

—Sí, ya, pero me has puesto duro como una roca y ahora tienes que hacer algo.

www.titania.org

Visite nuestro sitio web y descubra cómo ganar
premios leyendo fabulosas historias.

Además, sin salir de su casa, podrá conocer
las últimas novedades de
Susan King, Jo Beverley o Mary Jo Putney,
entre otras excelentes escritoras.

Escoja, sin compromiso y con tranquilidad,
la historia que más le seduzca
leyendo el primer capítulo de cualquier libro
de Titania.

Vote por su libro preferido y envíe su opinión
para informar a otros lectores.

Y mucho más...

24.95

9/13/11